Chiffren im Schnee

Aufgewachsen im Schatten der Alpen, studierte Katharina Berlinger Geschichte und Politologie. Sie arbeitet heute als freischaffende Historikerin und Journalistin. Aus Liebe zu den vielen kleinen Geschichten hinter der großen Geschichte entstand ihr erster historischer Kriminalroman.

KATHARINA BERLINGER

Chiffren im Schnee

KRIMINALROMAN

emons:

Bibliografische Information der Deutschen Nationalbibliothek
Die Deutsche Nationalbibliothek verzeichnet diese Publikation in der Deutschen Nationalbibliografie; detaillierte bibliografische Daten sind im Internet über http://dnb.d-nb.de abrufbar.

FSC
www.fsc.org
MIX
Papier aus verantwortungsvollen Quellen
FSC® C083411

Umschlagfoto: Zur Verfügung gestellt von der Zürcher Hochschule der Künste, ZHdK / Museum für Gestaltung Zürich, MfGZ/Plakatsammlung
Gestaltung des Plakats: Emile Cardinaux; Auftraggeber: Schweiz Tourismus, Zürich, CH (damals Schweizerische Verkehrszentrale, SVZ, Zürich, CH)
Umschlaggestaltung: Tobias Doetsch
Druck und Bindung: CPI – Clausen & Bosse, Leck
Printed in Germany 2012
ISBN 978-3-89705-993-1
Originalausgabe

Für alle, die mich lehrten,
dass die Vergangenheit kein fernes Land ist –
besonders meine Eltern.

Die ruinierte Suite

«Anforderungen an eine Hotel-Gouvernante: Sie soll von untadeliger Moral sein. Sie soll über eine würdevolle und schickliche Erscheinung verfügen. Sie soll es verstehen, andere zu leiten. Sie soll ein angenehmes Wesen haben und stets versuchen, mit ihren Untergebenen auszukommen. Sie soll eine gute Zuhörerin und keine Schwätzerin sein. Sie soll stets die Fassung bewahren und ihre Anordnungen in festem, aber leisem Ton erteilen. Sie soll loyal gegenüber der Hotel-Leitung und höflich gegenüber den Gästen sein. Sie soll die Hotel-Leitung nicht mit Kleinigkeiten belästigen. Sie soll sich von jeglichem Klatsch fernhalten.»
Guide to Hotel Housekeeping – Mary E. Palmer, 1908

Anna Staufer, Gouvernante des Grand Hotel Splendid, hatte schon so einiges gesehen, aber der Zustand der Suite, in der Frau Baronin von Helmdorf logierte, liess sie doch innehalten. Kein Wunder waren Elsa und Marie vor ein paar Minuten atemlos vor Annas Kammertür aufgetaucht mit der Bitte, sie möge sofort nach unten kommen. Den Stubenmädchen war auf dem Weg ins Parterre, wo sie die Salons für den Tag herrichten sollten, die offen stehende Tür zur Kleinen Suite aufgefallen. Beim Anblick, der sich ihnen dann dort bot, hatten sie nicht lange gezögert: Dies war eindeutig eine Angelegenheit für die Gouvernante.

Jetzt drängten sich die beiden hinter Anna in der Eingangstür zur Zimmerflucht. Nachdem die Verantwortung bei einer höheren Autorität lag, galt es, für die morgendliche Tischrunde im Personal-Speisesaal möglichst viele Details der skandalösen Situation zu erhaschen.

Es sah aus, als hätten sich hier ein paar Dragoner amüsiert. Ein malerisches Tableau der Zerstörung entfaltete sich vor ihnen: umgestossene Stühle und Tische, heruntergezerrte Tüllvorhänge, zerfetzte Polstermöbel und Auslegeware, aufgeschlitzte Tapeten und zertrümmerte Paneele. Was einmal ein üppiges Dinner gewesen sein musste, lag dazwischen verteilt. Von der Bewohnerin der Suite war nichts zu sehen.

Vorsichtig bahnte Anna sich einen Weg durch das Trümmerfeld, doch nicht vorsichtig genug. In der Mitte des Raumes bückte sie sich nach einer am Boden liegenden Serviette, um ihre Schuhe von etwas, das verdächtig nach Kaviar aussah, zu reinigen. Als sie sich wieder aufrichten wollte, bemerkte sie die Hand, die hinter einem umgekippten Diwan hervorlugte. Anna trat näher; die Frau Baronin lag splitternackt und dekorativ zwischen Diwan und Wand auf dem Parkett ausgebreitet. Die Pose gemahnte an eine Odaliske auf gewissen Bildchen, die Anna während ihrer Zeit als Zimmermädchen manchmal in den Räumen männlicher Gäste zu Gesicht bekommen hatte. Der pittoreske Effekt wurde allerdings durch eine Unmenge klebriger Orangensauce und kandierter Früchte beeinträchtigt, mit denen jemand den leicht molligen Körper dekoriert hatte.

Die strategisch geschickte Platzierung zweier Kirschen war nicht weiter überraschend; Männer waren Annas Meinung nach nicht sehr phantasievoll. Immerhin, es war ein praktisches Arrangement: Die Früchte hoben und senkten sich regelmässig, das aristokratische Stück Patisserie war noch am Leben. Anna beugte sich über die Frau Baronin und untersuchte sie nach eventuellen Verletzungen; abgesehen von ihrem bewusstlosen Zustand schien es ihr aber gut zu gehen. Ein kurzer Blick in Bad und Schlafzimmer zeigte, dass kein weiterer Gast sich in ähnlichen Kalamitäten befand.

Anna breitete gnädig eine Tischdecke über die Blösse der Dame, schickte Elsa auf die Suche nach der Zofe der gnädigen Frau und wies Marie an, so weit wie irgendwie möglich, Ordnung zu schaffen.

Kurz darauf erschien die Zofe mit verschlafenem Blick und zerzaustem Haar. Baronin von Helmdorf gehörte wohl zu jenen Herrschaften, die man besser nicht warten liess. Allerdings, so Annas ungnädige Vermutung, dürfte es eher selten sein, dass die gnädige Frau dermassen früh nach ihrer Dienerschaft verlangte.

Die Zofe war ein blutjunges Ding und kaum auf den Anblick vorbereitet, der sich ihr bot. Innerlich bedachte Anna die Baronin mit ein paar unfreundlichen Ausdrücken für diesen bedauernswerten Mangel an gesundem Menschenverstand. Wenn man schon beabsichtigte, sich zügellosen Gelagen hinzugeben, hatte man gefälligst mit einer erfahrenen Zofe zu reisen, die selbst der Anblick eines Bengal-Tigers im Gemach der Herrschaft nicht aus der Fassung bringen konnte. Anna hatte von solch resoluten Vertreterinnen des Zofenstandes viel gelernt.

Sie liess dem Mädchen keine Zeit zu sinnlosem Händeringen, die Frau Baronin musste notdürftig gereinigt und dann ins Bett geschafft werden. Auf Annas Geheiss besorgte Elsa neues Bettzeug, Laken und Bezüge. Die zerschlissene Matratze wurde umgedreht, mehr konnten sie im Moment nicht tun. Zu viert verfrachteten sie die inzwischen von Früchten und Sauce gereinigte und züchtig bedeckte Freifrau in das Bett.

Nach einer kurzen Predigt über Schwatzhaftigkeit und den guten Ruf des Hauses schickte Anna Elsa und Marie nach unten, damit sie sich endlich den Salons widmen konnten. Die Zofe sollte weiter die Zimmer der Kleinen Suite aufräumen und sich um ihre Herrschaft kümmern.

Anna rief Doktor Reber an und bat ihn um einen frühen Hausbesuch. An der Réception meldete sie, dass es einen «Zwischenfall» gegeben habe.

Bis zum Morgenessen hatte sie noch etwas Zeit. Sie kehrte ins Dachgeschoss zurück, wo die Angestellten des Grand Hotels und die Dienstboten der vornehmeren Gäste, die ohne Dienerschaft nicht reisen konnten, ihre Bleibe hatten. Im rechten Seitenflügel war das weibliche Personal untergebracht – hier teilten sich jeweils mehrere Mädchen eines der kleinen, engen Zimmer unter der Dachschräge.

Als Gouvernante hatte Anna allerdings eine Kammer für sich. Sie öffnete das Fenster, räumte das Nachthemd weg, machte ihr Bett und schaffte auf dem Waschtisch Ordnung. Auf dem kleinen Beistelltisch, den sie unter dem Fenster als Schreibtisch eingerichtet hatte, lagen ein paar Holzspäne vom Bleistift-Anspitzen. Sie wischte sie mit der Hand in den Papierkorb und rückte den Zettelkasten mit den Notizen zu den regelmässig im Splendid logierenden Gästen gerade. Eine Gouvernante konnte sich keine Unordnung leisten.

Anschliessend blickte sie prüfend in den Spiegel. Die modischen Damen trugen luftige, weich hochgesteckte Frisuren. Annas Haar war streng nach hinten gekämmt und im Nacken zu einem Knoten geschlungen, keine vorwitzige Strähne wagte es, sich unbotmässig herauszustehlen. Bluse und Rock – die Gouvernante des Splendid trug keine Schürze – tadellos. Die Schlüssel und das viel gefürchtete Notizbuch samt Bleistift hingen rechts an ihrem Gürtel, links hatte sie einen kleinen Lederbeutel befestigt, in dem ein Taschenmesser, Näh- und Verbandszeug, Streichhölzer und andere nützliche Dinge verstaut waren.

Als Gouvernante fiel es ihr zu, mit Notfällen und kompromittierenden Situationen, die weibliche Gäste involvierten, diskret fertigzuwerden. Sie war das Pendant zum Concierge, dem Meister der Schlüssel und Zimmer, dessen Motto, sofern er etwas von seinem Beruf verstand, lautete: *Tout voir, tout entendre et ne rien dire.*

Für ihre Dienste und Mühen erhielt die Gouvernante Geschenke und Aufmerksamkeiten der Damen, und erledigte sie besonders delikate Aufgaben erfolgreich, war auch mit Zuwendungen der Herren zu rechnen.

Anna bekleidete diese Position erst seit zwei Jahren, doch sie hatte seit Ende der Schulzeit in Hotels gedient und war mit den Spielregeln ihres Gewerbes bestens vertraut. Und sie verfügte in Herrn Ganz, dem Concierge des Splendid, über einen verlässlichen Verbündeten. Was der Concierge nicht wusste, das wusste die Gouvernante und umgekehrt.

Das eiserne Gesetz der vornehmen Gesellschaft lautete schlicht «kein Skandal». Es galt, die Reputation der Gäste und des Hauses zu wahren, alles andere war nebensächlich.

Anna hatte Gouvernanten gekannt – Musterexemplare an Tugend und Aufrichtigkeit –, die ohne zu zögern das Nötige getan hatten, um den Prinzipien des Hauses allzeit gerecht zu werden, selbst wenn es bedeutete, ein junges Mädchen ins Elend zu jagen. Sie fürchtete den Tag, an dem man so etwas von ihr verlangen würde. Seit sie Gouvernante war, ließ sie keine Dummheiten durchgehen und überwachte gewisse männliche Gäste mit Argusaugen. Sie hoffte inbrünstig und – wie sie insgeheim wusste – vergeblich, dass das ausreichen würde.

Was die feinen Herrschaften hingegen untereinander so alles anstellten, war nicht Annas Angelegenheit – zumindest solange nicht, bis diese als Teil der Dessert-Karte zu ihren Füssen lagen. Sie hatte inzwischen genug Erfahrung, derlei Szenarien als Herausforderung zu betrachten. Allerdings wurde sie von solchen Eskapaden selten überrascht: Für gewöhnlich wusste sie, welche Gäste im Hause dazu neigten, in Schwierigkeiten zu geraten. Die Frau Baronin hatte sie bisher nicht dazu gezählt.

Früher waren die von Helmdorfs immer gemeinsam zur Sommerfrische in den Bergen im Splendid abgestiegen, doch seit einiger Zeit erschien die Frau Baronin alleine. Der Herr Baron beehrte das Splendid zwar weiterhin, aber nun zur Wintersaison – wobei man von ihm gewiss nicht sagen konnte, dass er alleine reiste. In einem guten Haus wurde so etwas diskret registriert und nicht weiter beachtet.

Die herrische, nörglerische Frau Baronin war kein sehr angenehmer Gast, und über die Höhe ihrer Trinkgelder wurde mehr gelästert als über den Zustand ihrer Ehe. Ihre liebste Beschäftigung schien darin zu bestehen, das Geld ihres Gatten mit beiden Händen für Schmuck und Kleider auszugeben. Doch Hinweise auf die Existenz eines Kurschattens hatte es – zumindest bis anhin – keine gegeben.

Anna schüttelte den Kopf und gemahnte sich zur Eile. Für ihren allmorgendlichen Gang durch das Hotel blieb nicht mehr viel Zeit. Auf diesem Rundgang erfuhr sie von den Nachtportiers alles über nächtliche Vorfälle und Probleme, die es allenfalls noch zu lösen galt, bevor der Tag im Hotel richtig anbrach. Doch Jakob, der auf der Etage der Frau Baronin Dienst gehabt hatte, war nicht in seinem Kabinett; er war wahrscheinlich schon zu Herrn Ganz zitiert worden.

Herr Direktor Bircher betrachtete wehmütig den dampfenden Kaffee und die warmen Croissants, die ihm eben ein Kellner wie üblich ins Direktions-Bureau gebracht hatte. Das Frühstück musste warten, die Geschehnisse in der Kleinen Suite hatten Vorrang. Herr Ganz und Herr Neumeyer, der Direktions-Sekretär und Kassierer, hatten den Patron bereits davon in Kenntnis gesetzt, dass sich in der Nacht seltsame Dinge im Haus ereignet hatten. Nun warteten die beiden zusammen mit Herrn Bircher auf den Bericht der Gouvernante.

Herr Bircher war Witwer, was bedeutete, dass die Gouvernante des Splendid sich auch um besonders delikate Angelegenheiten kümmern musste, die in anderen Häusern der Diskretion der Hoteliers-Gattin anvertraut wurden. Es brauchte hier eine Gouvernante, die mehr konnte als nur Laken zählen und Zimmermädchen herumscheuchen; das zeigte sich immer wieder.

Als Fräulein Staufer nun ins Bureau kam und ohne mit der Wimper zu zucken ein Szenario beschrieb, das auch für Herrn Bircher trotz vieler Jahrzehnte Erfahrung im Hotelgeschäft recht ungewöhnlich klang, beglückwünschte er sich einmal mehr zu seiner Entscheidung, sie einzustellen. Es mochte ein Risiko gewesen sein, die verantwortungsvolle Position einer so jungen Person zu übertragen, aber bisher bereute er es ganz bestimmt nicht.

Ihre Vorgängerin, Fräulein Hartlaub, hatte hervorragende Arbeit geleistet, doch im Laufe der Jahre ein paar Eigenheiten entwickelt, die nur schwer mit ihrem Beruf in Einklang zu bringen gewesen waren. Normalerweise wusste Direktor Bircher ein gewisses Mass an moralischer Strenge bei seinen Angestellten, besonders den weiblichen, durchaus zu schätzen. Leider hatte Fräulein Hartlaub dieses Mass bei Weitem überschritten, als sie mit einem bedrohlich geschwungenen Schürhaken bewaffnet in die Suite eines über achtzigjährigen Vicomtes gestürmt war. Das fortgeschrittene Alter des Herrn hatte sie allerdings nicht davon abgehalten, ihn eines unsittlichen Antrags zu beschuldigen. Der Vicomte hatte lediglich ein Zimmermädchen auf Französisch – der Sprache der Sünde par excellence, zumindest in Fräulein Hartlaubs leicht verschraubtem Geist – um eine Wärmflasche gebeten. Das dumme Ding hatte ihn nicht verstanden, war zur Gouvernante gerannt und von da an war die Situation auf mysteriöse Art und Weise, die dem Direktor immer noch Rätsel aufgab, ausser Kontrolle geraten.

Man hatte Fräulein Hartlaub umgehend zu ihrer Schwester zur Erholung geschickt, und Anna Staufer, damals bereits die rechte Hand der Gouvernante, war eingesprungen. Nach einer Woche hatte sie dem Direktor vorgeschlagen, bis zum Saisonende für ihren Zimmermädchen-Lohn weiter als Gouvernante zu arbeiten. Sollte er zufrieden sein, würde sie die Stellung fest auf die neue Saison erhalten. Herr Bircher, konfrontiert mit der hoffnungslosen Aufgabe, während der Hochsaison eine Gouvernante zu finden, hatte nicht lange gezögert; auch wenn er über ihr forsches Vorgehen insgeheim verstimmt gewesen war. Doch das Arrangement bewährte sich, und so arbeitete im Splendid nun die jüngste Gouvernante weit und breit.

Ihr Alter mochte gegen Fräulein Staufer sprechen, doch sie sah bereits dermassen altjüngferlich aus, dass die meisten Leute ihre unpassende Jugend gar nicht bemerkten. Herr Bircher, der sonst eine adrette Erscheinung bevorzugte, fand ihre Aufmachung durchaus angemessen. Wenn Gäste den Zimmermädchen nachstiegen, war das eine unerfreuliche Erscheinung, die sich aber nicht verhindern liess, ja in gewisser Weise sogar erwünscht war. Ein Hotel mit Zimmermädchen, die das Auge nicht erfreuten, war kein gutes Hotel. Das galt aber keineswegs für Gouvernanten, doch darüber brauchte sich der Patron keine Sorgen zu machen. Sogar Bircher jun., in seinem jugendlichen Überschwang von allem Weiblichen angezogen, hatte um Fräulein Staufer stets einen Bogen gemacht.

Die Entscheidung, ein Zimmermädchen zur Gouvernante zu machen, war beim Personal nicht gerade auf grosse Gegenliebe gestossen. Lediglich Herr Ganz hatte den Patron in der Auffassung unterstützt, dass Anna Staufer der Aufgabe gewachsen sein würde. Momente wie dieser bestätigten eindrücklich, dass er sich nicht getäuscht hatte.

Fräulein Staufer hatte die heikle Situation unter Kontrolle gebracht, noch bevor das Hotel richtig zum Leben erwacht war: die Frau Baronin züchtig ins Bett verfrachtet, den Herrn Doktor bestellt, die Suite notdürftig hergerichtet und die Mädchen hoffentlich genügend eingeschüchtert, damit diese wenigstens die pikantesten Details für sich behielten.

Niemand schien etwas über den nächtlichen Gast der Frau Baronin zu wissen; selbst der unfehlbare Ganz war ausserstande, die gewünschte Information zu liefern, was ihm offensichtlich schwer zu schaffen machte.

«Sie hat ein Dinner für zwei Personen aufs Zimmer bestellt. Klaus hatte Dienst als Etagenkellner, aber als er auftrug, war niemand im Salon. Er wurde auch bis Mitternacht nicht wieder zum Abräumen gerufen und ging dann einfach zu Bett.» Hier erlaubte sich der Concierge ein empörtes Schnaufen. «Jakob hatte Nachtdienst, und er schwört, nichts gesehen oder gehört zu haben.»

Herr Bircher schüttelte den Kopf. «Das gibt's doch nicht. Nach allem, was ich hier höre, muss es sich um ein wahres Gelage mit einigem Radau gehandelt haben.»

«Pardon», warf Fräulein Staufer ein. «Ich denke, es gibt einen guten Grund, warum niemand etwas gehört hat. Das Ganze muss sich während des 1.-August-Feuerwerks abgespielt haben. Die meisten Gäste sind im Park gewesen, um sich das anzuschauen, und selbst wenn noch jemand in der Nähe der Suite verblieben wäre, er hätte den Lärm wohl dem Feuerwerk zugeschrieben.»

Wie jedes Jahr hatte der örtliche Fremdenverkehrsverein den Nationalfeiertag mit einem prächtigen Feuerwerk für die Gäste zelebriert. Jedermann wollte das sehen, und auch Angestellte, die eigentlich Dienst hatten, rannten gerne an ein Fenster oder eine offene Balkontür, um sich das Spektakel nicht entgehen zu lassen.

«Ja, so muss es gewesen sein.» Herr Bircher nickte versonnen. «Jemand hat der Dame einen üblen Streich gespielt. Ich nehme nicht an, dass wir je erfahren werden, wer es war. Zuerst müssen wir nun Doktor Rebers Bericht abwarten, dann sehen wir weiter. Sorgen Sie dafür, dass diese unglückselige Episode nicht zum Dorfgespräch wird. Mehr ist da im Moment wohl nicht zu machen.»

Mit einer ungeduldigen Handbewegung entliess er seine höheren Chargen. Er war hungrig und wollte sich endlich Kaffee und Croissants zuwenden.

Der Personal-Speisesaal lag im Untergeschoss des Splendid neben dem gewaltigen Küchentrakt, wo im Moment das Frühstück der Gäste vorbereitet wurde. Köche und Servicepersonal hatten schon gegessen, doch die restlichen Angestellten waren eben dabei, sich zum Morgenessen niederzulassen. Als nun Herr Ganz, Herr Neumeyer und Anna dazukamen, wurde es sofort merklich ruhiger.

Die Episode in der Kleinen Suite hatte zweifelsohne bereits die Runde gemacht. Anna vermutete, dass die bei ihrer Ankunft verstummenden Gespräche gerade dort angelangt waren, wo die phantasievolle Ausschmückung begonnen hätte.

Herr Ganz warf ihr einen resignierten Blick zu. Selbst wenn Elsa und Marie das Schlimmste für sich behalten hatten, würde doch so einiges herauskommen. Es brauchte zu viele Hände (und Augen), um die Suite wieder in einen passablen Zustand zu versetzen.

Herr Doktor Reber wartete bereits an der Réception. Er war ein kleiner Mann mit erstaunlich feingliedrigen Händen; umso erstaunter zeigten sich die Gäste ob seiner oft schroffen, kurz angebundenen Art. Anna wusste aus Erfahrung, dass er für seine einheimischen Patienten mehr Geduld aufbrachte. Er hatte eben seine Visite bei der Frau Baronin beendet und versicherte Herrn Ganz und Anna nun, dass es der Dame bald besser gehen würde. Beide wussten, was er mit «leichter Unpässlichkeit» meinte, und nickten nur verständnisvoll.

Während sich die Frau Baronin von den Strapazen der Nacht erholte, begab sich Anna auf Zimmer-Inspektion und kümmerte sich um allerlei Sorgen und Sonderwünsche. Ein Gast hatte den Bundesfeiertag zu heftig begangen; ein jugendliches Brüderpaar mit einem überforderten Kindermädchen hatte unter den Betten eine gewaltige Schneckenhaussammlung angelegt, wo sie nun den Zimmermädchen das Leben schwer machte.

Anna besorgte ein Aspirin für den geplagten Herrn und leere Kartonschachteln für die naturhistorische Sammlung. Sie notierte spezielle Blumenwünsche, die sie an Herrn Brehm, den Obergärtner, weiterleiten musste, und beauftragte einen Hausknecht mit der Beseitigung eines prächtigen Spinnennetzes, das über Nacht im Gitterwerk des Liftschachts aufgetaucht war.

Die Alltagsverrichtungen versetzten sie in eine nachdenkliche Stimmung. Dank der Arbeit in den Hotels hatte sie ihrem alten Leben entfliehen können. Aber es gab immer öfter Momente, in denen sie daran zweifelte, ob dieses Gefühl der Dankbarkeit für ein ganzes Leben der Pflichterfüllung ausreichen würde. Langsam regte sich in ihr Verständnis für die verschrobenen Angewohnheiten ihrer Vorgängerin. Sie war zwar noch nicht so weit, dass sie Sicherheitsnadeln in die Matratzen steckte, um zu kontrollieren, ob die Zimmermädchen diese auch wirklich täglich wendeten, aber sie hatte sich schon bei ähnlichen Gedanken ertappt.

Manchmal kam sich Anna eingesperrt vor, gefangen in einem Leben, das nicht wirklich ihr gehörte. Das kleine Notizbüchlein half in diesen Momenten. In dem Büchlein, vor dem sich die Zimmermädchen fürchteten und über das – hinter ihrem Rücken, auch wenn sie trotzdem davon wusste – etliche Scherze zirkulierten, fanden sich nicht nur Vermerke über schlecht gemachte Betten oder beim Abstauben übersehene Simse. Anna hielt darin noch etwas anderes fest: Beobachtungen und Eindrücke, die für einen kurzen Augenblick den Raum ihrer kleinen Welt aufbrachen. Wolken, die in der Nacht wie blauer Samt schimmerten; ein silberner Vollmond; tanzende Eiskristalle, in denen sich das Licht brach; Adler über einem Lawinenkegel kreisend auf der Suche nach dem Tod. Was immer es auch war, das Annas Aufmerksamkeit so fesselte, sie hielt es, so gut sie konnte, in Worten fest. Diese Satzfetzen und Eindrücke waren wie Anker, die sie auswarf, damit sie sich nicht selbst verlor hinter dem Bild der altjüngferlichen Gouvernante.

Am Nachmittag erledigte der Patron die delikate Aufgabe, der inzwischen wieder ansprechbaren Baronin den Umzug in eine andere Suite anzubieten. Herr Ganz teilte Anna später die Einzelheiten dieses interessanten Gespräches mit.

Die Erklärung der Baronin für die Geschehnisse der vergangenen Nacht trieb dem sonst so gefassten Concierge die Zornesröte ins Gesicht.

«Sie beschuldigte tatsächlich uns – das Personal –, wir hätten ihr etwas ins Dinner geschmuggelt, das sie sich übrigens nicht erinnern kann, geordert zu haben. Und dann hätten wir in der Suite ein wüstes Gelage gefeiert, und um unsere Spuren zu verwischen, hätten wir sie in ihrer kompromittierenden Lage zurückgelassen, an die sie sich übrigens auch nicht erinnern kann. Aber das will ich gerne glauben!»

«Ich nehme an, es ist dem Patron gelungen, die gnädige Frau davon zu überzeugen, dass sie an dieser Geschichte nicht festhält?»

Herr Ganz erlaubte sich ein leicht süffisantes Lächeln. «Aber ja doch, Herr Bircher hat seine Bestürzung zum Ausdruck gebracht und ihr angeboten, sofort ins Hôtel de Paris in Monaco zu telegraphieren, wo der Herr Baron momentan residiert, und dem werten Herrn Gatten von dem grässlichen Unglück zu berichten, damit er an die Seite seiner Angetrauten eilen könne.»

Der Patron war manchmal erstaunlich durchtrieben. Der Herr Baron hatte in der Textilindustrie ein Vermögen gemacht und stand im Ruf, äusserst geschäftstüchtig – manche sagten rücksichtslos – zu sein. Er würde die Geschichte der Baronin bestimmt nicht glauben und stattdessen aus den Geschehnissen ganz andere Schlüsse ziehen. Schlüsse, die für die Frau Baronin sehr unangenehme monetäre Konsequenzen haben könnten. Anna lachte leise.

«Und auf einmal konnte sich Frau Baronin nicht mehr genau daran erinnern, was geschehen sei», fuhr Herr Ganz fort. «Und sie möchte den Herrn Gemahl nur äusserst ungern echauffieren und so weiter und so fort. Das Ende vom Lied ist, dass Frau Baronin nun die Suite im Ostflügel bezieht und für ihren Aufenthalt keinen Rappen bezahlen muss. Die Reparaturen in der Kleinen Suite wird wohl oder übel das Haus übernehmen.»

Herr Ganz und Anna schüttelten beide den Kopf. Baronin von Helmdorf musste davon abgehalten werden, ihre wilde Geschichte weiterzuverbreiten. Natürlich konnte man der Dame unmöglich die Kosten für diese Episode aufladen, und da der nächtliche Gast anscheinend kein Ehrenmann war, hatte das Splendid den Schaden. So etwas kam eben vor selbst wenn die Gäste aus den vornehmsten Schichten des Kontinents stammten, wie Herr Ganz bekümmert schloss. Anna behielt ihre Meinung dazu lieber für sich. Es traf Herrn Ganz immer hart, wenn Landsleute nicht seinen eigenen hohen Ansprüchen entsprachen. Sie überliess ihn seinen melancholischen Gedankengängen; sie musste den Umzug der Frau Baronin in die Wege leiten. Die kleine Zofe war ganz offensichtlich dieser Aufgabe nicht gewachsen.

Gegen Abend erging die Weisung, die Kleine Suite für den Rest der Saison zu schliessen. Die zur Instandstellung notwendigen Arbeiten waren zu laut und umtriebig für den Hotelbetrieb, und so entschied der Patron, damit bis zur Winterschliessung zu warten.

Das Ausräumen der Suite sollte möglichst ohne Zeugen vonstattengehen. Kurz bevor der Gong zum Dinner erklang, betrat Anna die Räume, um alles vorzubereiten. Jetzt, wo sie sich nicht um Freifrauen in peinlichen Situationen, überforderte Zofen und neugierige Stubenmädchen kümmern musste, blickte sie nochmals aufmerksam um sich.

Durch die Fenster fiel die Abendsonne und beleuchtete das Zerstörungswerk. Von der Innenausstattung der Suite waren wohl einzig und allein die Nachtvorhänge heil geblieben, weil die Frau Baronin immer darauf bestand, dass diese «unhygienischen Dinger» schon vor ihrer Ankunft entfernt wurden.

Anna hatte sich bisher weder die Mühe gemacht, darauf hinzuweisen, dass die Vorhänge regelmässig gereinigt wurden, noch je versucht, die erstaunliche Logik zu verstehen, der zufolge Nachtvorhänge unhygienisch waren, Tagvorhänge aber nicht. Stattdessen hatte sie in ihrem Zettelkasten die Karte der Baronin mit einem entsprechenden Vermerk versehen. Die schweren Samtvorhänge wurden einfach abgenommen, wenn Frau Baronin sich ankündigte.

Anna mochte die kleinen und grossen Rätsel, die ihr das Verhalten der Gäste oft aufgab, auch wenn sie das Traumbild von Ordnung und Harmonie, das jedes Hotel so gerne erschuf, für kurze Zeit empfindlich störten. Aber dieser Vorfall überstieg alles, was sie bisher erlebt hatte. Etwas stimmte ganz und gar nicht. Sie zückte ihr Notizbuch und begann zu schreiben.

«Machen Sie eine Schadensaufnahme?» Herr Ganz war hinter ihr leise ins Zimmer getreten. «Du liebe Güte!»

Er hatte bisher noch keine Zeit gehabt, sich in der Suite umzusehen. Der Anblick schien ihn zu beeindrucken. Schweigend wanderte er durch die Räume.

«Der Patron könnte schon recht haben mit seiner Theorie», meinte er, als er zu Anna zurückkam.

«Was denkt er denn, das hier geschehen ist?»

«Nun, im Grand Palace sind ein paar Burschenschaftler abgestiegen. Sie kennen diese Herrschaften ja. Der Direktor glaubt, dass sich einer der jungen Herren mit der Baronin einen groben Scherz erlaubt hat. Und dann hat er mit seiner Waffe hier allerhand Unfug getrieben. Vielleicht wurde das Ganze sogar von Herrn Lenz eingefädelt.»

Dass Herr Bircher den Ursprung des Ärgers im Grand Palace vermutete, war nicht weiter erstaunlich. Es war das einzige Haus am Platz, das dem Splendid annähernd das Wasser reichen konnte. Entsprechend gross waren die Animositäten zwischen den Patrons; dass sie Cousins ersten Grades waren, machte die Sache nicht besser, ganz im Gegenteil.

Allerdings konnte Anna sich nicht vorstellen, dass Herr Lenz seine Gäste zu solchem Unfug anstiften würde. Aber wie sie selbst aus leidvoller Erfahrung wusste, bedurften gut betuchte Herren Studenten keinerlei Anreize von aussen für ihre «Spässe».

«Hat man die Baronin denn mit einem der jungen Herren gesehen?»

«Nein – zumindest nicht dass ich wüsste. Wenn sie einen Kurschatten hatte, dann war sie sehr vorsichtig. Doch es muss jemanden gegeben haben, sonst hätte sie kein Dinner für zwei bestellt.»

Herr Ganz schüttelte ratlos den Kopf und meinte, er müsse wieder an die Réception zurück.

Inzwischen hatte sich der Grossteil der Gäste im Speisesaal und im Restaurant à la carte niedergelassen. Anna hiess ein paar Hausknechte, die zerstörten Sofas und Fauteuils mit Tüchern abzudecken und in die Remise gleich neben dem Seiteneingang des Splendid zu schaffen. Die Möbel mussten zum Sattler, aber das konnte warten. Die aufgeschlitzte Auslegeware wurde sorgsam zugedeckt in Wäschekörben hinausgetragen, und ein Zimmermädchen entfernte Nippes und allerlei Kleinigkeiten.

Anna schritt nochmals durch die Räume, um sich zu vergewissern, dass nichts vergessen worden war. Dabei liess sie sich die Theorie des Patrons durch den Kopf gehen. Es sprach einiges dafür: der grobe Sinn für Humor, die Art und Weise, wie die Baronin hergerichtet worden war, und nicht zuletzt die mit einer scharfen Klinge ausgeführten Zerstörungen. Aber nahmen Studenten ihre Säbel oder Degen oder was immer es war, womit sie sich ihre Schmisse zufügten, wirklich mit in die Sommerfrische?

Ein X kennzeichnete jede Bahn der zerschlissenen Tapeten. Im Lambris darunter waren die Paneele beschädigt worden – man hatte Teile der Intarsienarbeiten herausgebrochen. Weggezerrte Bodenleisten lagen die Wände entlang verstreut. Vergebliche Versuche, das Parkett aufzubrechen, hatten unschöne Spuren hinterlassen. Dazu war wohl eher ein Stemmeisen als ein Säbel benutzt worden, und es musste eine Heidenarbeit gewesen sein – was beides gegen eine studentische Täterschaft sprach.

Anna war sich inzwischen sicher, dass hier nicht sinnlos zerstört, sondern systematisch nach etwas gesucht worden war. Beunruhigt ging sie mit ihrer Schadensliste ins Direktions-Bureau.

Nach dem Abendessen vertiefte sich Herr Bircher in seinem Bureau gerne in Privatkorrespondenz. Er pflegte mit diversen Honoratioren und Berühmtheiten, die das Splendid beehrten, einen regen Briefwechsel, der dazu diente, die Loyalität jener Gäste gegenüber dem Haus zu stärken; zudem vermittelten diese Schreiben Herrn Bircher ein Gefühl von Bedeutung. Doch heute wurde er dabei von der Gouvernante gestört, was ihn in eine gereizte Stimmung versetzte. Ungeduldig lauschte er ihren Ausführungen.

Nun war er über Fräulein Staufers Gewissenhaftigkeit weniger erfreut als am Morgen. Wenn es etwas gab, was er an ihr auszusetzen hatte, so war es diese Art von geistiger Unabhängigkeit, die weder ihrem Stand noch ihrem Geschlecht angemessen war und die man durchaus als Impertinenz auffassen konnte. Nun ja, wenn man einen halben Blaustrumpf einstellte, musste man mit solchen Dingen wohl oder übel rechnen, aber es war schon ärgerlich.

«Ich bitte Sie, Fräulein Staufer, machen Sie mir nicht die Pferde wild», meinte er scharf und verwünschte sie und das kleine Notizbuch in ihren Händen. «Wenn Sie solche Geschichten verbreiten, haben wir schon bald keine Gäste mehr im Haus. Und überhaupt, wozu die Räume durchsuchen, wenn man dann doch nichts stiehlt? Die Juwelen der gnädigen Frau befinden sich noch alle in der Schmuckkassette – es wurde rein gar nichts gestohlen. Das ergibt überhaupt keinen Sinn, ich will davon nichts mehr hören!» Langsam und deutlich wiederholte er seine Erklärung vom harmlosen studentischen Schabernack, als ob er zu einem Kind, das etwas schwer von Begriff war, sprechen würde, und entliess sie dann ungnädig.

Zwei Tage später reiste die Frau Baronin frühzeitig ab. Eine kleine Prozession von Portiers erschien schwer bepackt mit Koffern, Hutschachteln und Reisetaschen im Vestibül. Alle, die sich trotz des Rufes der Gnädigen ein wohlverdientes Trinkgeld erhofften, versammelten sich beim Haupteingang. Anna, die wusste, was von der Freifrau zu erwarten war, beobachtete das Geschehen aus dem Hintergrund.

Nach dem Gespräch mit Herrn Bircher hatte sie ihre Bedenken wegen des Vorfalls für sich behalten. Wenn der Patron es so wollte, dann hatte sich hier ein akademischer Scherz zugetragen und damit basta. Aber Anna war froh, dass die Dame nun abreiste.

Frau Baronin erschien gekleidet in ein dunkelrotes Kostüm mit schwarzen Samtbesätzen, dazu trug sie einen Hut mit asymmetrischer Krempe. Das Ensemble, das ihren Gatten wohl einiges gekostet hatte, liess die Dame grösser und schlanker aussehen, als sie war.

Die elegante Erscheinung verschwand im Bureau des Direktors, wo sie aber nicht lange verweilte. Schon bald darauf tauchte die Frau Baronin leicht echauffiert wieder im Vestibül auf und rauschte hocherhobenen Hauptes an hoffnungsvoll blickenden Zimmermädchen, Portiers und Kellnern vorbei aus dem Haus, gefolgt von der verschüchterten Zofe, die mit gesenktem Blick hinter ihrer Herrschaft hertrippelte.

Normalerweise geleitete Herr Bircher seine Gäste bis zum Ausgang und verabschiedete sich in aller Form. Kein Zweifel, im Bureau war es zu einer unschönen Szene gekommen. Vielleicht hatte der Patron der Dame nahegelegt, sich für ihre nächste Sommerfrische ein anderes Hotel zu suchen.

Herr Ganz bestätigte Anna diese Vermutung am Abend und meinte: «Na ja, eigentlich sollte ich nicht so denken, aber ich kann nicht behaupten, dass es mir leidtäte, die Frau Baronin als Gast zu verlieren. Ich hoffe nur, der nächste Bewohner der Kleinen Suite wird uns weniger Sorgen bereiten.»

***

Es regnete, nichts Ungewöhnliches für London. Lieutenant Christian Wyndham blickte aus dem Fenster. Er wusste – und es war schön, wieder Dinge zu wissen –, er war in London, er war in einem Hospital, und es war ein guter Tag gewesen. Ein Tag, der nicht gänzlich im Nebel des Schmerzmittels versunken war. Solche Tage wurden jetzt häufiger. Und mit ihnen kamen die Erinnerungen zurück und Namen zu den Gesichtern, die an seinem Bett auftauchten.

Er drehte den Kopf zur Wand, wo ein Bild hing – ein japanisches Bild, das wusste er mit grosser Gewissheit, auch wenn er nicht sagen konnte, woher er das wusste. Jemand hatte die Darstellung eines tief verschneiten Dorfes in den Bergen dort aufgehängt. Nein, nicht irgendjemand, sondern Hastings – sein Name war Hastings, und er wusste, dass Christian das Bild liebte, weil er sein Freund war.

Christian war dankbar; bei seinem langsamen Erwachen hatte sich sein Geist an sonst nichts festhalten können, und das Bild war zu seinem Fluchtpunkt geworden. Er hatte auf die schneebedeckten Dächer gestarrt und sich vorgestellt, dort zu leben, weitab von dem unheimlichen Raum mit dem grellen Licht, den lauten Stimmen und den Schmerzen. Nach einiger Zeit des Friedens hatte er aber erkannt, dass er nun um sein Leben kämpfen musste. Dass es an der Zeit war, Abschied zu nehmen von der samtigen Stille des Schnees und an den unbekannten Ort mit den fremden Gesichtern zurückzukehren. Ein Versprechen, das er sich zwischen den Welten gegeben hatte, half ihm auf dem beschwerlichen Weg: Er würde irgendwann einen Winter in den Bergen verbringen.

Nun war das Schlimmste vorbei; noch war es Sommer, noch war er im Hospital. Doch die Ärzte sagten, im Herbst könnte er nach Hause, wo auch immer das war. Und auf den Herbst folgte der Winter.

Natürlich konnte er nicht nach Japan fahren. Aber es gab sehr viel näher auch Berge und Schnee. Er schloss die Augen und schlief, dem Regen lauschend, ein.

Die Spielwiese

«Ein berühmter Autor hat die Schweiz einst als ‹Spielwiese Europas› bezeichnet, denn Menschen aller Nationen lieben es, in das kleine Land im Zentrum des Kontinents zu reisen, ihre Ferien dort zu verbringen und sich auf mannigfaltige Art und Weise zu vergnügen. Auf einer Spielwiese gibt es jene, die einfach nur zuschauen, und jene, die mit Eifer dabei sind und immer all ihre Kräfte und Fähigkeiten einsetzen. Genauso ist es auch in der Schweiz. Manche betrachten die weissen Bergspitzen aus der Ferne, andere lieben es, die schneebedeckten Höhen zu erklimmen, dabei Mühsal und Gefahr, ja manchmal den Tod in Kauf nehmend, um die abgelegenen Gipfel zu bezwingen.»
Switzerland – John Finnemore, London 1909

Es war Herbst geworden, und die Voraussagen der Ärzte hatten sich bewahrheitet. Es ging Christian viel besser, und er sollte bald entlassen werden. Das Hospital würde er dank Tante Elinor, dem schwarzen Schaf der Familie, als wohlhabender Mann verlassen, denn sie hatte ihn zu ihrem Alleinerben bestimmt. Sie war bereits seit einiger Zeit krank gewesen. Christian hatte vorgehabt, sie nach seinem letzten Einsatz wieder einmal zu besuchen. Dazu war es nun zu spät, sie war im Frühsommer verstorben. Die Nachricht von seiner Verwundung hatte sie nicht mehr bei klarem Verstand erreicht, was vielleicht ein Segen gewesen war. Sie waren sich nahegestanden, und deshalb hatte man ihm ihren Tod lange verschwiegen. Doch schliesslich waren die Anwälte ungeduldig geworden. An einem schwülen September-Nachmittag hatte die Testamentseröffnung in seinem Krankenzimmer stattgefunden: Er verfügte nun über ein beträchtliches Vermögen und war Besitzer einer kleinen Villa am Zürichsee, von der aus man die fernen Berge sehen konnte.

Er quittierte den Dienst, was von fast allen Seiten mit Verständnis bedacht wurde. Das Verständnis fand ein Ende, als seine weiteren Pläne bekannt wurden. Auf Nachsicht mit den Launen eines Invaliden folgte ungeduldige Empörung.

«In die Schweiz ziehen und Poesie übersetzen – ich bitte dich! Das kann nicht dein Ernst sein. Deine Talente sind auch eine Verpflichtung, wie kannst du dich nur so vergessen», hatte Cecil Seymour geschnauzt.

Der beste Umgang mit Cecil war, ihm nicht zu viel Beachtung zu schenken. Doch ein paar Herrschaften aus Cecils Dunstkreis hatten sich als recht hartnäckig erwiesen. Sie tauchten immer wieder auf und versicherten Christian, dass es für ihn auch ausserhalb der Royal Navy wertvolle Aufgaben gäbe und dass andere Regierungsstellen Seiner Majestät sich glücklich schätzen würden, ihn in ihre Reihen aufzunehmen. Es hatte eine Weile gedauert, bis diese Rekrutierungsversuche aufgehört hatten.

Doch Zürich lag nicht in den Alpen, Christian hatte das nicht vergessen. Nachdem die Ärzte nichts dagegen einzuwenden hatten, suchte er nach einem Hotel in den Bergen, in dem er die kommenden Wintermonate verbringen konnte.

Erstaunlicherweise erhielt er nun auf einmal von allen Seiten aufmunternde Zustimmung und zahlreiche hilfreiche Vorschläge, wenn auch nicht alle besonders taktvoll gerieten. Es kam vor, dass man ihm von wundervollen Eisfeldern und prächtig angelegten Rodelbahnen vorschwärmte – gefolgt von betretenem Schweigen, wenn den Sprechenden wieder einfiel, dass er mit diesen Sportanlagen ja nichts mehr anzufangen vermochte.

Dass sein Zustand zu so vielen Peinlichkeiten Anlass gab, war ein weiterer Grund, England zu verlassen. Er sehnte sich nach einem Ort, wo man ihn nicht kannte. Wo Ruhe herrschte und er sich in eine längst vergangene Welt versenken konnte. Cecil mochte bei dem Gedanken noch so empört schnaufen, aber Christian empfand es keineswegs als Zeitverschwendung, sich den Worten einer Hofdame zu widmen, die vor tausend Jahren beschrieben hatte, wie sich frisch gewaschene Seide anfühlt.

Die Welt tanzte wie ein wild gewordener Kreisel auf den Abgrund zu, und niemand konnte dem Einhalt gebieten. Man hielt kurz den Atem an, wenn deutsche Kanonenboote vor Agadir eintrafen; man registrierte das Unbehagen der Diplomaten, wenn auf dem Balkan erneut Schüsse ertönten. Es kam zu Konferenzen und Verträgen, und alles schien wieder gut, doch in diesen Beschlüssen war bereits die Saat für die nächste Krise angelegt. Gegen die immer schrilleren Stimmen, die von «Vergeltung» und «Erbfeindschaft» faselten, hatten die Idealisten und Träumer nichts auszurichten.

Ihre Ideen brachten niemandem Ruhm, Kolonien oder lukrative Rüstungsaufträge ein. Ob es Krieg zwischen den grossen europäischen Mächte geben würde, war schon lange nicht mehr die Frage – nur das «Wann» verblieb noch offen. Geahnt hatte Christian das schon lange, doch nach seinen letzten Aufträgen war er sich dessen sicher. Und nun war er auch nicht mehr in der Lage, im Kriegsfalle seine Pflicht zu erfüllen, an die er zwar nicht mehr glaubte, aber die er doch auf sich genommen hätte, damit kein anderer es tun musste.

Die freundlichen Herrschaften, die mit unwillkommener Regelmässigkeit an seinem Krankenbett aufgetaucht waren, hatten zwar gemeint, er könne der Krone immer noch dienen. Aber ein Krüppel – ein Wort, das sie tunlichst vermieden – kam nicht mehr zum Einsatz; er würde hinter einem Schreibtisch sitzen und Order erteilen. Andere müssten Aufträge ausführen, die er nicht mehr erledigen konnte noch erledigen wollte. Es war besser, er widmete sich den leisen Dingen, die es verdienten, Bestand zu haben, und um die sich im kommenden Sturm kaum jemand mehr kümmern würde.

Vor Christian lag ein Schreiben von Doktor Fuller, seinem alten Hausarzt. Er griff vorsichtig danach und stellte erleichtert fest, dass seine Hand heute nicht zitterte. Der Doktor war persönlich mit dem Direktor jenes Hotels bekannt, das Christian von vielen Bekannten wärmstens empfohlen worden war, und so hatte er ihn um Hilfe gebeten. Doktor Fuller willigte – etwas zögernd, wie es Christian schien – ein, ihm ein Empfehlungsschreiben zu verfassen.

***

Zwei Mal im Jahr – im Frühling und im Herbst – schlossen alle grossen Hotels ihre Tore für die Zwischensaison, in der sich nur selten Gäste in die Berge verirrten. Die Zeit davor war jeweils voller Betriebsamkeit, denn vieles musste noch erledigt und gleichzeitig bereits die kommende Saison vorbereitet werden.

Kurz vor der Schliessung des Splendid wurde Anna eines Tages zusammen mit Herrn Ganz und Herrn Neumeyer ins Direktions-Bureau beordert. Wenn der Patron seinen Generalstab, wie er Sekretär, Concierge und Gouvernante manchmal spasseshalber bezeichnete, einberief, musste eine wichtige Angelegenheit zu besprechen sein.

«Ich habe hier ein Schreiben aus England», sagte er und deutete auf das Blatt in seiner Hand. «Ein invalider Lieutenant a. D. der Royal Navy fragt an, ob das Splendid bereit wäre, ihn trotz einiger gesundheitlicher Probleme für die Wintersaison in einer der Suiten zu beherbergen. Was meinen Sie dazu?»

Anna wusste aus Erfahrung, dass der Patron meist seine Entscheidung schon getroffen hatte, wenn er zu solchen Besprechungen einlud. Nun wollte er lediglich wissen, welche Einwände es abzuschmettern galt.

Herr Ganz, dem das Prozedere ebenfalls bekannt war, wagte sich vor. «Das Splendid ist kein Sanatorium. Die Gäste werden nicht gerne daran erinnert, dass Menschen nicht nur zum Vergnügen in die Berge kommen. Jedes Mal, wenn wir einen Gast haben, der viel hustet, will niemand mehr neben ihm sitzen, weil alle glauben, er wäre schwindsüchtig. Deshalb bin ich mir nicht sicher, ob es eine gute Idee ist, einen Invaliden aufzunehmen. Anhaltende Krankheiten geben immer zu allerhand unerfreulichen Gerüchten Anlass.»

Dem war tatsächlich so. Seit Doktor Koch bewiesen hatte, dass die Tuberkulose eben doch eine ansteckende Krankheit war, hatte sich viel verändert, und nun wurde sehr darauf geachtet, Hotels von Sanatorien für Lungenkranke zu unterscheiden.

Der Patron griff ungeduldig nach einem weiteren Briefbogen. «Der Lieutenant wurde im Dienst am Rücken verletzt, mit seinen Lungen ist alles in Ordnung. Hier ist ein Schreiben von Dr. Fuller aus der Harley Street, der das bestätigt. Wie es aussieht, leidet der Lieutenant noch unter starken Schmerzen und muss sich schonen – er wird wohl die meiste Zeit in der Suite bleiben. Sollte er Schmerzmittel benötigen, wird sich Doktor Reber darum kümmern.»

Herr Ganz blickte etwas unbehaglich zu Anna. Ein Gast, der sein Zimmer kaum verliess, galt immer als unheimlich. Anna stimmte ihm insgeheim zu; zudem bereitete ihr noch etwas anderes Sorgen. Ein Marineoffizier, der das Leben auf See und an der frischen Luft gewöhnt war und nun auf einmal Schmerzen und viele Einschränkungen seines Alltags ertragen musste: Es brauchte wahrlich nicht viel Vorstellungskraft, um Probleme anderer Art vorauszusehen.

Neben den Schwindsüchtigen gab es noch eine andere Gruppe

von Gästen, die jedes Hotel fürchtete. Schwermütige Damen und Herren, die dazu neigten, ihre Waffen mitzubringen und dann bei deren Reinigung einen tödlichen Unfall zu erleiden. Doch Anna behielt diese Gedanken für sich; sie mochte nicht an Dinge rühren, die ihr immer noch viel zu sehr wehtaten.

«Ich denke, die anderen Gäste sollten sich durch die Anwesenheit eines im Dienste für sein Vaterland verwundeten Offiziers geehrt fühlen», erklärte Herr Bircher mit strengem Blick und gab ihnen allen damit vor, wie sie Gerüchten über den Gast zu begegnen hätten.

Herr Neumeyer hüstelte. «Wenn ich eine solch delikate Frage aufbringen darf, wie steht es um die Finanzen des Herrn? So viel ich weiss, bezahlt Seine Majestät nicht gerade üppige Pensionen. Kann der Lieutenant sich das Splendid für eine ganze Saison leisten?»

«Es handelt sich um einen Gentleman», meinte Herr Bircher stirnrunzelnd, «weshalb es ungehörig ist, seine Liquidität in Frage zu stellen.» Er fuhr mit Blick auf einen Stapel weiterer Briefe fort: «Wie mir versichert wurde, hat der Lieutenant nicht nur verwandtschaftliche Beziehungen zum Hochadel, er hat erst kürzlich eine Villa am Zürichsee und ein hübsches Vermögen geerbt.»

Im Zweifelsfalle siegte auch beim Patron Geschäftssinn über Etikette. Wenn er bereits so viele Erkundigungen eingezogen hatte, stand wohl fest, dass er diesen schwierigen Gast aufzunehmen gedachte. Er griff nach einem Stapel Telegramme und wandte sich direkt an Anna, die bereits ihr Notizbuch gezückt hatte. «Der Lieutenant bittet ausdrücklich um Räume mit Abendsonne. Wir werden ihn also in der Kleinen Suite unterbringen. Er hat einige Sonderwünsche bezüglich der Einrichtung; da die Suite eh noch wiederhergestellt werden muss, geht das gleich in einem. Er möchte gerne einen Raum als Lese- und Arbeitszimmer verwenden, also sorgen Sie dafür, dass der Salon entsprechend eingerichtet wird. Der Lieutenant gedenkt, einen Teil seiner Bibliothek in Bücherschränken mitzubringen, und er hat auf seine Rechnung einen Stehsekretär geordert. Besprechen Sie das bitte mit Schreinermeister Bieri.»

Die Erwähnung von Bücherschränken versöhnte Anna etwas mit dem Gedanken, sich um einen Gast kümmern zu müssen, der offensichtlich viel Arbeit machen würde. Sie fragte sich, ob man dem

Gentleman nicht einen persönlichen Bediensteten zur Verfügung stellen sollte.

Herr Bircher wandte sich wieder dem Brief des Gentleman zu: «Er möchte einen Valet zugewiesen bekommen, jemanden, der passabel Englisch spricht natürlich – er hat zwar auf Deutsch geschrieben, aber trotzdem. Was meinen Sie, Herr Ganz? Einer der jungen Burschen sollte sich dazu wohl eignen.»

Was Herrn Ganz beim Gedanken, bis zu Beginn der Wintersaison einen tadellosen englischen Kammerdiener sozusagen aus dem Nichts herbeizuzaubern, durch den Kopf ging, konnte Anna nur erahnen. Seine Miene blieb regungslos, während er stumm nickte.

«Wunderbar», erklärte der Patron aufgeräumt, «damit ist wohl alles geklärt. Beginnen Sie mit den Vorbereitungen.» Er überreichte Anna die Liste mit den Wünschen des Lieutenants und entliess sie dann alle.

Im Vorzimmer des Bureaus erlaubte sich Herr Neumeyer lediglich ein leichtes Seufzen, bevor er sich hinter seine Schreibmaschine setzte. Herr Ganz machte erst im Vestibül seinen Gefühlen Luft. «Ein Valet – für einen englischen Offizier – in ein paar Wochen! Keiner der Burschen hat das Zeug dazu! In Koebners ‹Herrenbrevier› wird der englische Kammerdiener als ‹Gedicht›, ja als ‹Sinfonie› bezeichnet.»

Anna fühlte mit ihm. Hausknechte und Portiers fielen zwar nicht in ihre Zuständigkeit, aber sie kannte die möglichen Kandidaten alle und hielt es für unwahrscheinlich, dass einer den Erwartungen eines Marine-Lieutenants entsprechen würde.

«Jost spricht recht gut Englisch.» Anna konnte selbst kaum glauben, dass sie diesen Vorschlag machte.

Herr Ganz starrte sie an. «Das kann nicht Ihr Ernst sein, Fräulein Staufer!»

Jost Ammann stammte aus dem Nachbardorf. Sein Vater war ein legendärer Bergführer – bekannt für seine Fähigkeit, mit englischen Gästen wunderbar auszukommen. Jost hatte bei weniger anspruchsvollen Touren als Träger aushelfen dürfen und dabei ein wenig Englisch gelernt. Das war auf den ersten Blick aber auch das Einzige, was für ihn sprach. Er verfügte über viel guten Willen und wenig Geschick, was wahrscheinlich der Grund war, warum er nicht in die Fussstapfen seines Vaters trat. Im Splendid war er erst seit diesem Frühjahr. Er hätte eigentlich im Service arbeiten sollen, aber schon nach wenigen Tagen war das Office seinetwegen in offenen Aufruhr geraten. Seine Verlegung war von Herrn Schmied, dem Maître d'hôtel, sehr entschieden verlangt worden, und so hatte Herr Ganz ihn unter seine Fittiche genommen. Jost arbeitete nun als Hausknecht. Er war trotz seiner zwei linken Hände beliebt, denn er pflegte abends im Personal-Speisesaal allerlei haarsträubende Sagen und Legenden über goldgierige Gnome und rachsüchtige Berggeister zu erzählen. Anna mochte ihn, er war ein gutmütiger Kerl, der einfach seinen Platz in der Welt noch nicht gefunden hatte.

«Warum nicht? Er ist freundlich und hilfsbereit, und das scheint mir wichtig für diese Position. Wer weiss, vielleicht braucht er nur eine Arbeit, die seinem Wesen entgegenkommt, um seine Ungeschicklichkeit abzulegen.»

Herr Ganz liess sich das durch den Kopf gehen, bevor er immer noch leicht zweifelnd meinte: «Da ist schon etwas dran – mir ist auch schon aufgefallen, dass er älteren Gästen, die nicht mehr so gut auf den Beinen sind, immer besondere Aufmerksamkeit schenkt. Er hat ein gutes Auge für all die kleinen Schwierigkeiten, die sich ihnen in den Weg stellen. Und mit dem Englischen haben Sie recht, ich habe ihn ein oder zwei Mal im Gespräch mit englischen Gästen gehört. Nun, es mag riskant sein, aber es scheint mir zumindest einen Versuch wert. Wenn der Patron schon so eigenwillige Entscheidungen trifft, dann können wir das auch.»

Und damit begab er sich auf die Suche nach Jost, dessen «Lehrzeit» als Valet wohl noch in dieser Stunde beginnen würde.

Anna las die Liste in ihrer Hand durch, die sauber und methodisch aufzählte, was gewünscht wurde. Der Gentleman bat um einen Lesesessel, der nicht zu tief und zu weich sein sollte. Die Samt-Fauteuils des Splendid würden sich nicht eignen, aber Anna wusste, wo sie vielleicht noch einen steifen alten Ledersessel finden konnte, und machte sich gleich auf den Weg zum alten Hotel Bircher, das jenseits des weitläufigen Parks hinter hohen Bäumen verborgen lag. Das Haus war nicht mehr zeitgemäss und zu klein für den ständig anschwellenden Strom der Gäste. Es diente als Ökonomiegebäude und zur Hochsaison, wenn die Räume im Splendid knapp wurden, als Dépendance.

Anna ging nicht durch den Park, wo zwischen schmucken Rabatten und akkurat gestutztem Rasen weiss gekieste Pfade zum Spazieren einluden. Sie nahm eine hinter Hecken verborgene Abkürzung für das Personal und machte sich auf dem Weg so ihre Gedanken.

Im Winter wurde die Parkanlage in ein grosses Eisfeld verwandelt, wo sich die Gäste in eleganten Pirouetten versuchten. Lebhafter ging es auf den Curlingbahnen zu und her, die auf den Tennisfeldern am anderen Ende des Parks angelegt wurden. Am lautesten war es aber während der Eishockey-Matches, wenn sich die Teams in ihren weissen Sport-Jerseys gegenüberstanden; blutige Nasen und brummende Schädel waren keine Seltenheit.

Die Engländer hatten all das wilde Treiben in die Berge gebracht. Ohne die leicht verschrobenen Söhne und Töchter des Empire gäbe es weder ein Grand Hotel Palace noch ein Grand Hotel Splendid. Vielleicht lag genau hier die Erklärung für die ungewöhnliche Entscheidung des Patrons verborgen.

Als die jungen Gentlemen vor gut hundert Jahren auf einmal die Alpen zur Station auf ihrer Grand Tour durch den Kontinent machten, begann sich das einsame und harte Leben in den Hochtälern zu verändern. Die seltsamen Fremden besangen die Schönheit der unbeugsamen Natur in Gedichten und verherrlichten Berge und Menschen, die hier lebten, in Skizzen und Gemälden. Die künstlerisch weniger begabten Besucher entdeckten die Gipfel als Inspiration für allerlei gefährliche Abenteuer.

Die praktisch veranlagten Bergler staunten zuerst, fassten sich aber bald wieder und begriffen, dass es das Schicksal endlich auch einmal mit ihnen gut meinte.

Herr Birchers Grossvater hatte einen Kredit aufgenommen und das erste richtige Hotel im Dorf gebaut. Schon nach ein paar Jahren war es zu klein geworden, denn immer mehr mit Skizzenblock und Malkasten oder Eispickel und Hanfseilen bewehrte Gäste tauchten während der Sommermonate in dem kleinen Bergdorf auf. Und die bessere Gesellschaft des Kontinents folgte dem englischen Beispiel. In Sternenbach florierte das Geschäft; es wurden weitere Hotels gebaut, während das Bircher um zwei Seitenflügel erweitert wurde. Grossvater Bircher starb als wohlhabender Mann, und sein Sohn Franz, der Vater des jetzigen Patrons, übernahm das Haus.

Dann erschienen die englischen Gäste auf einmal auch in der kalten Jahreszeit und brachten ihr liebstes Wintervergnügen mit: das Eislaufen. Mit dem Anlegen von Eis- und Curlingbahnen war es allerdings nicht getan. Die Herrschaften suchten nach immer neuen Attraktionen in Schnee und Eis, deren Hauptzweck in den Augen der Einheimischen darin bestand, sich auf möglichst spektakuläre Art und Weise den Hals zu brechen. Man rüstete die bisher zum Heu- und Holztransport genutzten Schlitten um, und es entstanden allerlei phantastische Gefährte aus Stahl und Holz, ausgestattet mit Lenkseilen oder gar Steuerrädern. Und damit die Fahrt auch wirklich halsbrecherisch schnell wurde, baute man für diese Bobschlitten eisige Rennbahnen. Schliesslich wurden aus Skandinavien «norwegische Schneeschuhe» oder Ski eingeführt. Mit diesen an die Füsse geschnallten Holzbrettern quälte man sich zuerst einen Berghang hoch, um danach – je nach Können – elegant zu Tale zu schwingen oder plumpsend und kopfüber, der Schwerkraft vertrauend, irgendwann hoffentlich heil unten anzukommen.

Mit der Ankunft der Wintersaison änderte sich vieles; saubere Betten und warme Mahlzeiten wie zu Grossvater Birchers Zeiten reichten schon lange nicht mehr. Hotels mussten nun Sommer wie Winter über funktionieren, und die Gäste erwarteten inmitten der wilden Bergwelt alle Annehmlichkeiten des neuen Zeitalters. Mit diesen Überlegungen im Hinterkopf hatten Vater und Sohn Bircher kurz nach der Jahrhundertwende das Splendid erbaut. Es präsentierte sich im neuen Stil aus Wien und Paris, hatte eine eigene Stromversorgung, einen Lift, eine Telefonzentrale, eine riesige Heizanlage und eine hohe Zahl von Badezimmern, um dem «englischen Standard» zu genügen. Die Innenausstattung war ganz in Gold, Kupfer, Crème und Grün gehalten. Der Küchenchef des Hauses hätte sich auch in Paris behaupten können, und in mehreren Salons und einer gut bestückten Bar konnten sich die Gäste dem eleganten Gesellschaftsleben hingeben.

Der Wohlstand, der einen solchen Bau erst ermöglicht hatte, war zu einem grossen Teil den Engländern zu verdanken. Auch wenn sich inzwischen Gäste aus aller Herren Länder im Schnee tummelten, die Engländer nahmen in den Herzen vieler Einheimischer immer noch einen besonderen Platz ein. Konnte es sein, dass Herr Bircher – im Bewusstsein, dass der Reichtum seiner Dynastie dem Inselvolk geschuldet war – aus sentimentalen Gründen alle Bedenken über mögliche Probleme und Schwierigkeiten mit diesem Gast ausser acht liess? Das passte so gar nicht zum gesunden Geschäftssinn, den die Birchers sonst an den Tag legten.

Etwas ratlos erreichte Anna die Dépendance und machte sich auf die Suche nach einem altmodischen Sessel mit hoher, steifer Rückenlehne. In einer Abstellkammer wurde sie schliesslich fündig. Sie merkte das Stück für die Suite vor und kümmerte sich dann um die weiteren Punkte auf der Liste.

Beim Abendessen teilte Anna Herrn Ganz ihre Überlegungen zur Aufnahme des Lieutenants im Haus mit.

Der Concierge meinte: «Es hat vielleicht eher etwas mit der geheimnisvollen Erkrankung des jungen Herrn Dominik vor zwei Jahren in London zu tun; ich habe den Namen dieses Doktor Fuller wiedererkannt. Sie wissen schon, als Herr Bircher Hals über Kopf nach England reiste, und das Nächste, was wir hörten, war, dass der junge Herr nun auf einem Schiff nach Buenos Aires weilt. Sie mögen damit richtigliegen, dass der Patron aus einem Gefühl der Verpflichtung handelt, aber ich denke, diese ist weitaus persönlicherer Natur als Dankbarkeit gegenüber einer ganzen Nation. Das scheint mir in Anbetracht der Reputation des jungen Herrn die wahrscheinlichste Erklärung.»

Anna wollte sich zu diesem Thema lieber nicht äussern. Ihrer Meinung nach konnte Bircher jun. gar nicht weit genug weg sein. Und wenn dieser Lieutenant Wyndham der Preis dafür war, so hatte sie damit keine Probleme. Sie wechselte das Thema und erzählte Herrn Ganz von den Änderungen, die sie in der Kleinen Suite vornehmen wollte.

An diesem Abend verbrachte Herr Bircher viel Zeit damit, über seine Familiengeschichte nachzudenken. Düstere Sprichwörter, welche voraussagten, dass von mehreren Generationen angehäufte und bewahrte Vermögen gerne von der jüngsten Generation zum Fenster hinausgeworfen wurden, wollten ihm nicht aus dem Sinn.

Er selbst hatte, wie das üblich war, sein Handwerk in den grossen Hotels im Ausland gelernt; er war in Paris, London und Kairo in die Lehre gegangen. In den dortigen Grand Hotels hatte er sich das nötige Handwerkszeug angeeignet, um auch in den Alpen Gästen aus aller Welt jenen Hauch exklusiver Eleganz zu gewähren, den sie erwarteten.

Und nun wäre es an Dominik gewesen, seine Lehrjahre erfolgreich hinter sich zu bringen. Doch irgendwie hatte es der jüngste Sprössling der Bircher-Dynastie geschafft, sich von einer unmöglichen Situation übergangslos in die nächste zu manövrieren. Der krönende Abschluss dieser Serie von Kalamitäten hatte sich in einem erstklassigen Londoner Haus zugetragen. Es hatte einiges an Mühe gekostet, Dominik dort überhaupt unterzubringen – sein Ruf eilte dem jungen Bircher voraus. Aber da sein Vater mit dem Direktor jenes Hauses befreundet war, ignorierte dieser freundlicherweise die Warnungen, die ihm aus allen Ecken des Kontinents zukamen, und stellte den jungen Bircher ein.

Es folgte ein Reigen unglaublicher Fauxpas, wie ihn nur Dominik heraufbeschwören konnte. Die Eskapaden endeten schliesslich in einem Zimmer eben jenes Hauses mit einer Dame, die sich als Geliebte eines Angehörigen des französischen diplomatischen Korps entpuppte. Bedauerlicherweise zeigte Monsieur nur wenig diplomatische Contenance, als er Mademoiselle nicht alleine in der von ihm bezahlten Unterkunft vorfand. Es kam zu einer unschönen Szene, die für den Junior mit einer Kugel im Bein endete. Der Hoteldirektor rief Doktor Fuller herbei, und wie in einem derart erstklassigen Haus nicht anders zu erwarten, gelang es, einen Skandal zu verhindern.

Nach Erhalt eines diplomatischen, aber dennoch präzisen Telegramms war Herr Bircher sofort nach London gereist. Es war eine demütigende Erfahrung, nicht der Garant, sondern der Empfänger von Diskretion und Stillschweigen eines ganzen Hotels zu sein. Herr Bircher hatte einen weiteren Freundschaftsdienst erbitten müssen, und Dominik wurde daraufhin, wie in solchen Fällen üblich, so schnell wie möglich nach Südamerika verfrachtet, wo er in einem Aussenposten der Handelsgesellschaft eines guten Bekannten hoffentlich endlich zur Vernunft kommen würde.

Doch in der Zwischenzeit fielen die Sünden der Söhne für einmal auf die Väter zurück. Doktor Fullers Brief war keineswegs nur ein Empfehlungsschreiben für den Lieutenant gewesen, sondern die diskrete Einforderung einer Ehrenschuld auch im Namen des befreundeten Hoteliers. Warum die beiden Gentlemen sich so für den

Lieutenant einsetzten, wusste Herr Bircher nicht, doch das spielte auch keine Rolle. Er hatte der als Bitte ausgesprochenen Forderung nachzukommen, auch wenn er eigentlich gegenüber dem Aufenthalt des Lieutenants die gleichen Bedenken wie seine leitenden Angestellten hegte.

Um seinen Gefühlen etwas Erleichterung zu verschaffen, schrieb er schliesslich einen reichlich ungnädigen Brief nach Buenos Aires, dem genauso wenig Beachtung geschenkt werden würde wie seinen vielen Vorgängern.

Das Ende der Sommersaison war nur noch wenige Tage entfernt. Bald würde das Splendid für gut zwei Monate in einem trügerischen Dornröschenschlaf versinken. Doch zuerst musste das ganze Haus ordentlich gelüftet und geputzt werden, die Gärtner holten alle Pflanzen aus dem Hotel, die Teppiche wurden tüchtig ausgeklopft, das Parkett wurde blank gebohnert, und zu guter Letzt verschwand das Mobiliar unter einer Schicht von Überwürfen und Hussen.

In der ersten Woche nach der Schliessung kamen die Handwerker, um die Kleine Suite wieder herzurichten. Anna erteilte die nötigen Anweisungen, viel mehr konnte sie im Moment nicht tun. Sie würde die Suite erst zu Beginn der Wintersaison endgültig einrichten können.

Für Jost begann nun seine Lehrzeit, er wurde angewiesen, die nächsten Wochen Obergärtner Brehm, der die Parkanlage, Gärten und Treibhäuser in der Zwischensaison nicht im Stich liess, zur Hand zu gehen. Er sollte für diese Zeit auch beim Gärtner wohnen, der neben der Dépendance über ein eigenes kleines Reich von Schuppen und Gewächshäusern herrschte und dort eine kleine Wohnung hatte. Schon bald stapelten sich in Herrn Brehms Stube Titel über Benehmen, Anstand und Manieren, englische Konversation und Handbücher für Kammerdiener. Herr Ganz hatte die Bücher aus seiner Unterkunft in der Dépendance herangeschleppt, bevor er nach München abreiste, um dort seine Schwester zu besuchen. Nun sollte der Gärtner über Josts Ausbildung wachen – ein Arrangement, das höchstens jenen, die Herrn Brehm nicht näher kannten, seltsam vorkommen mochte. Der Gärtner, der stets mit Krawatte und Weste arbeitete, war mehr feiner Herr als manche der Gäste, die des Nachts betrunken seine sorgfältig gepflegten Rabatten ruinierten.

Bis auf Anna empfanden wohl alle mit Jost Mitleid. Doch sie konnte nichts Schlimmes darin sehen, wenn einem erlaubt wurde, sich Wissen anzueignen – ganz im Gegenteil. Vom ersten Tag an, als sie als schmächtiges Mädchen im Hotel Balances Wasser in die Zimmer hatte schleppen müssen, war das Hotel für sie Bibliothek und Akademie gewesen. Was ihr an Büchern und Zeitschriften in die Finger kam, las sie – oft in heimlich von der Arbeit abgezwackten Momenten. Zum nicht geringen Vergnügen der anderen Mädchen verbrachte sie ihre Zimmerstunden gerne in der dämmrigen Rumpelkammer, wo sich alte Zeitungen und von Gästen vergessene Bücher stapelten. Anna lauschte immer aufmerksam, wenn die fremden Gäste sich unterhielten, und versuchte danach, den Sinn der geheimnisvollen Worte in alten Sprachlehrbüchern auszumachen, die sie in der Personal-Stube gefunden hatte. Die Bücher waren eigentlich für die Kellner und Portiers bestimmt gewesen, doch die kümmerten sich nicht darum. Vor der Gouvernante musste Anna ihr Tun verbergen, denn die Dame hielt nichts davon, dass Zimmermädchen ihre Zeit mit Lesen vergeudeten. Im Jahr darauf fand Anna in einem anderen Hotel Arbeit, wo die Gattin des Patrons über die weiblichen Angestellten wachte. Frau Zumstein bemerkte Annas Lerneifer schon bald und bemühte sich sogleich, diesen in die richtigen Bahnen zu lenken: Anna durfte Bücher zu Fragen der Etikette, der Haushaltsführung oder der Krankenpflege lesen – jedoch keine Romane oder Gedichtbände, denn die würden ihr junges Gemüt nur verderben. Dennoch fand auch solch Lektüre ihren Weg in Annas Hände. Gutmütige Gäste, denen Frau Zumstein stolz von ihrem Schützling berichtete, übergaben Anna manchmal bei Ende ihres Aufenthaltes statt eines Trinkgelds ihre Ferienlektüre.

Doch es hatte während dieser Lehrjahre nicht nur freundliche Geister gegeben, die ihr mit kleinen und grossen Gesten halfen, oft war Anna auch sehr deutlich zu verstehen gegeben worden, dass sie wohl ihren Platz nicht kennen würde. Sie hatte sich nicht beirren lassen. Als der verbissene Buchhändler im Dorf sich weigerte, ihr Titel zu bestellen, die «für eine junge Frauenperson höchst unpassend» waren, suchte Anna sich eine Anstellung in der Stadt, wo Buchhändler sich solchen Unsinn nicht leisten konnten und wo es

Bibliotheken gab. Sie arbeitete in Basel und Zürich und stand einen eisigen, von der Bise durchtosten Winter in Genf durch. Dort hatte sich ihr die Möglichkeit geboten, eine Stelle in England anzunehmen. Sie verbrachte zwei Jahre in London und kehrte danach in die Schweiz zurück, wo sie dank exzellenter Empfehlungen umgehend im Splendid in Sternenbach eingestellt wurde.

Die Lehr- und Wanderjahre hatten Anna viel gelehrt. Sie wusste, dass es nicht gut war, zu enge Freundschaften zu schliessen. Für die meisten Frauen war der Hoteldienst nur ein Übergang. Sie suchten und fanden Ehemänner und verschwanden dann in einem anderen Leben. Einem Leben, das selten so gut war, wie sie es sich vorgestellt hatten – auch das wusste Anna. Und sie hatte erlebt, wie jene, die den Weg in die Ehe nicht fanden, behandelt wurden. «Alte Mädchen» nannte man sie, lächelte hinter ihrem Rücken und liess sie bei armseligem Lohn schuften, bis der gekrümmte Rücken und die schlechten Augen sie ins Armenhaus brachten, weil niemand sich um sie kümmern mochte.

Das Lernen, wo und wann auch immer, hatte Anna stets eine vage Hoffnung gegeben, dass mehr möglich sein konnte. Manchmal, wenn sie sah, mit welcher Gleichgültigkeit andere Menschen Gelegenheiten, zu lernen und etwas aus sich zu machen, verstreichen liessen oder gar mit voller Absicht ignorierten, konnte sie deshalb ziemlich ungnädig werden.

Was sich Jost nun bot, war eine solche Gelegenheit; eine Chance, die vielleicht nur einmal im Leben kam. Wenn er es richtig anstellte, dann nahm ihn der Lieutenant vielleicht sogar fest in seine Dienste. Anna konnte sich nicht vorstellen, dass der Mann gedachte, in Zürich sesshaft zu werden. Wenn er einen Diener hatte, auf den er sich verlassen konnte, dann kehrte er vielleicht nach England zurück, oder aber er besuchte jene fernen Orte, an denen er Dienst geleistet hatte; vermögend genug war er ja anscheinend. Eine solche Stellung konnte für Jost das Tor zur Welt bedeuten, und Anna machte sich Sorgen, dass er das nicht begriff. Genau wie Herr Ganz war auch sie die nächsten Wochen nicht im Splendid, aber sie nahm sich vor, noch ein ernsthaftes Gespräch mit Jost zu führen, bevor der Lieutenant eintraf. Jost musste von Anfang an begreifen, dass für ihn mehr auf dem Spiel stand als nur ein hübsches Trinkgeld.

Natürlich hing auch vieles von dem Gentleman ab. Die noblen

Herrschaften, die ihre Zeit in Grand Hotels verbrachten, waren nicht immer ganz so nobel, wie sie sich nach aussen gerne gaben. Die Baronin von Helmdorf war ein gutes Beispiel, doch war sie verglichen mit anderen Exemplaren noch einigermassen harmlos. Es konnte schlimmer kommen, wie Anna aus leidvoller Erfahrung wusste.

Es gab allerdings keinen Grund zur Annahme, dass in der Kleinen Suite schon wieder ein unangenehmer Gast einziehen würde. Immerhin hatten vor der Baronin Herr und Frau Professor Hatvany dort logiert, und das waren ausgesprochen liebe Gäste, die das Haus jedes Jahr beehrten und deren Ankunft das Personal stets freudig entgegensah.

Manchmal dachte Anna auch an die Geschehnisse vom 1. August und fragte sich, ob die Wahrheit je ans Licht kommen würde oder ob die zerstörte Suite in den Fundus seltsamer Geschichten eingehen sollte, die zum Hotelgewerbe gehörten und sozusagen den Sagen- und Legendenschatz ihres Berufsstandes bildeten.

***

Lieutenant Richard Hastings sah sich unbehaglich um, doch es gab kein Entkommen – Lady Georgiana hatte einen günstigen Moment abgewartet, um ihn zu einer Unterhaltung unter vier Augen zu zwingen. Während Wyndhams langem Spitalaufenthalt hatte er dessen Cousine besser kennengelernt, sie hatte sich zu seiner Überraschung als intelligent und verständig erwiesen. Trotzdem oder gerade deswegen verspürte er nicht gerade viel Lust, von ihr ausgerechnet jetzt verhört zu werden, schon gar nicht wenn die Gerüchte, die er über sie gehört hatte, wahr waren. Doch es gab kein Entkommen – Lady Georgiana drängte ihn mit sanfter Gewalt hinter eine Zimmerpalme und kam gleich zur Sache.

«Lieutenant Hastings, auf ein Wort. Muss ich mir um Christian Sorgen machen?»

«Ich glaube nicht, dass Sie dazu Anlass haben, Lady Georgiana. Die Ärzte sagen, seiner Entlassung würde nichts im Wege stehen. Er wird –»

Sie unterbrach ihn mit einer ungeduldigen Bewegung ihres Fächers. «Sie wissen genau, dass ich nicht über seinen Gesundheitszustand spreche.»

Die Gerüchte waren also wahr, und warum auch nicht? Lady Georgiana bewegte sich in den richtigen Kreisen, und mit ihrem Aussehen konnte sie so manchen Botschaftssekretär und Militärattaché dazu bringen, mehr zu sagen, als deren Vorgesetzten lieb sein konnte. Doch nun hatte sie es auf ihn abgesehen, und zwar ohne charmantes Geplänkel.

«Sagen Sie mir einfach, ob Sie der Behauptung des Professors Glauben schenken?»

Sie hatte ihre Worte vorsichtig gewählt. Hastings schüttelte den Kopf. «Nein, er muss einen Fehler gemacht haben – es ist schlicht nicht möglich. Christian würde mir da zustimmen.»

Aus dem Ballsaal ertönte ein Walzer. Lady Georgiana spielte geistesabwesend mit dem Fächer, wobei die kleine silberne Box für die Tanzkarte an ihrem Handgelenk glitzerte.

Wyndham hatte Hastings erklärt, dass es eine «Sprache des Fächers» gäbe. Das war zu Beginn ihrer Bekanntschaft gewesen, als sie aufgrund ihrer Talente zu gemeinsamen Studien abgeordert worden waren. Hastings hatte zuerst reine Frivolität hinter dem Interesse für diese absurde Methode, geheime Botschaften im Ballsaal auszutauschen, vermutet.

Doch dem war keineswegs so, Wyndham hatte das Thema einer intensiven kryptographischen Analyse unterzogen. «Das System hat mehrere Schwachpunkte: erstens, dass die Empfänger der Botschaft gar nichts von seiner Existenz ahnen. Was glauben Sie, wie viele Gentlemen überhaupt je von dieser Fächersprache gehört haben? Ich wusste nichts davon und Sie wohl auch nicht, wie ich Ihrem Gesichtsausdruck entnehme. Doch gehen wir davon aus, dass wir beide bedauernswerte Ausnahmen sind, verbleiben einige weitere Probleme. Ich bin mir – zweitens – nicht sicher, dass es nur einen Schlüssel gibt. Stellen Sie sich nur vor, wenn Sender und Empfänger nicht mit demselben Schlüssel operieren? Sollte es aber nur einen Schlüssel geben, wie kann dieser dann geheim bleiben? Verbreitet in Etikette-Büchern und in heimlichen Gesprächen, ist er dann wohl allen bekannt – auch den anwesenden Chaperons, potenziellen Rivalen und eifersüchtigen Liebhabern –, ganz zu schweigen von den Vätern und Müttern, die auch einmal jung waren. Die ganze Sache erscheint mir höchst dubios.»

So hatte Hastings zum ersten Mal mit Wyndhams Angewohnheit, auch die banalsten Vorkommnisse genau zu untersuchen und die Schlussfolgerungen als Liste zu präsentieren, Bekanntschaft gemacht – und mit seinem Sinn für Humor, der aber in den letzten Jahren mit jeder Mission mehr verschwunden war. Hastings, der nur selten zu solchen Einsätzen abbeordert wurde, hatte die Veränderung besorgt und hilflos beobachtet. Vielleicht würde Wyndham nun wieder zu seinem alten Selbst finden können. Dann hätten die vergangenen schrecklichen Monate doch auch noch etwas Gutes gebracht.

Lady Georgiana hatte sich zu seiner letzten Bemerkung geäussert, ohne dass er ihr gefolgt war. Hastings schnappte nur noch ihre letzten Worte auf.

«… Sie scheinen mit Ihrer Einschätzung aber alleine zu sein, und das macht es für Christian gefährlich, nicht wahr?»

Darauf konnte er ihr kaum antworten, und das wusste sie auch. Er trank einen Schluck und studierte dann intensiv das Glas in seinen Händen. Sie seufzte. «Verzeihen Sie die Frage.»

Er verwünschte das ganze Geschäft von Herzen und meinte leise: «Machen Sie sich nicht allzu viele Sorgen. Er wird nicht allein sein. Es wird jemand in der Nähe sein.»

«Ich weiss.» Sie schenkte ihm ein Lächeln, für das viele der anwesenden Männer einiges gegeben hätten. «Aber glauben Sie mir, Lieutenant Hastings, in dem Moment, wo ich erfahre, dass etwas nicht stimmt, bin ich auf dem Weg in die Schweiz, und nichts und niemand wird mich davon abhalten können. Nicht nach diesen höllischen Monaten.»

Sie verabschiedete sich mit entschlossener Miene, und Hastings blickte ihr nach. Cecil Seymour, Unterstaatssekretär im War Office, wartete im Ballsaal auf sie. Anscheinend hatte sie ihm den nächsten Tanz versprochen. Köpfe drehten sich nach ihr um. Sollte sie einem Mann je etwas quer durch den Raum mitteilen wollen, so hatte es Lady Georgiana nicht nötig, mit dem Fächer zu gestikulieren, um seine Aufmerksamkeit zu erlangen.

Beim Anblick der schlanken Gestalt, die scheinbar schwerelos über das Parkett glitt, fasste Hastings einen Entschluss. Einen Hauch von Insubordination würde er sich wohl auch leisten können. Vielleicht gelang es ihm ja, Wyndham davon zu überzeugen, aus gesundheitlichen Gründen in Zürich zu bleiben.

Zwischensaison

«Wen Gott lieb hat, dem gibt er ein Haus in Zürich.»
Otto von Freising, 12. Jahrhundert

Anfangs Oktober schloss das Splendid für knapp zwei Monate seine Tore. Manche der Angestellten begaben sich auf die Stör und suchten eine Anstellung in der Stadt. Andere fuhren zu ihren Familien und halfen bis zur Wintersaison auf dem Hof oder im Geschäft aus. Jost beobachtete die Abreise seiner Freunde und Kollegen etwas wehmütig. Ihm standen ein paar einsame Wochen bevor. Besonders die gemütlichen Abende im Personal-Speisesaal, bei denen – in Abwesenheit von Concierge und Gouvernante – viel geschwatzt wurde, würden ihm fehlen. Man lernte dabei vieles, was nicht in den klugen Büchern stand, die Herr Ganz ihm aufzwang.

So hatte Jost gehört, dass Fräulein Staufer in der Zwischensaison nie nach Hause zurückkehrte. Es hiess, die Gouvernante hielte sich inzwischen für zu gut, um ein paar Wochen auf einem Hof zu arbeiten.

Just an dem Tag von Fräulein Staufers Abreise brachte ein Bauer eine Fuhre Mist für die Rosenbeete vor dem Splendid. Kurz darauf half Jost Herrn Brehm dabei, von Läusen geplagte Aspidistras in einen Schuppen zu tragen. Danach hiess ihn der Obergärtner, aus Zeitungspapier Tüllen zu formen. Jost, der sich bei dieser eintönigen Arbeit langweilte, meinte leichthin: «Fräulein Staufer hat ganz schön Glück gehabt, fast wäre sie noch da gewesen, als der Mist kam – und das hätte sie bestimmt nicht gemocht.»

Herr Brehm, der bisher schweigend die Tüllen über seine Lieblinge gestülpt hatte, blickte stirnrunzelnd hoch. «Vorsichtig mein Junge. Du musst nicht jeden Unsinn glauben, der im Speisesaal geschwatzt wird.»

Jost kämpfte mit einem störrischen Zeitungsbogen und brummelte vor sich hin: «Aber es ist doch komisch, dass sie von ihrer Familie nichts wissen will. Sie soll einen Bruder haben, der jetzt den Hof führt – der wäre im Herbst bestimmt froh um etwas Hilfe.»

Inzwischen waren alle Pflanzen zugedeckt. Herr Brehm stopfte seine Pfeife und brachte sie dann sanft zum Glühen. Dann drehte er sie so, dass der Pfeifenkopf nach hinten zeigte. «Nicht alle können in ein Heim zurückkehren, in dem ein Vater mit guten Worten auf sie wartet.»

Er hob die erste Tülle ein wenig an, richtete das Mundstück unter den Rand, blies vorsichtig in den Pfeifenkopf und senkte dann die Tülle wieder ab, sodass der Rauch sein tödliches Werk vollbringen konnte. Er wandte sich der nächsten Pflanze zu, und so dauerte es eine Weile, bis er Josts verwirrten Blick bemerkte. Mit einem Seufzer sagte er: «Fräulein Staufer hat in ihrem Zuhause Dinge erlebt, von denen du dir keine Vorstellung machen kannst. Und nach allem, was man so hört, kommt der Bruder nach dem Vater. Was glaubst du wohl, würde der Herr Direktor zu einer Gouvernante sagen, die mit einem blauen Auge den Dienst antritt?»

Das war deutlich genug. Jost schwieg betreten. Er war in einem liebevollen Haus aufgewachsen. Zwar konnte er sich an seine Mutter nicht erinnern, aber der Vater hatte sich alle Mühe gegeben, ihn den Verlust nicht allzu sehr spüren zu lassen.

«Es tut mir leid – das wusste ich nicht.»

«Weisst du denn wenigstens, dass es Fräulein Staufer war, die dich vorgeschlagen hat, als Herr Ganz einen Kammerdiener für den englischen Herrn suchte? Damit hat sie dir eine grosse Möglichkeit geschaffen. Du solltest ihr das besser lohnen, als dummes Geschwätz zu wiederholen.»

«Schon gut. Aber wohin fährt sie denn nun für die nächsten Wochen?»

«Nicht dass es dich was angeht, aber es ist auch kein Geheimnis. Sie verbringt die Zeit in Zürich, bei einer Dame, die viel gereist ist und auf der ganzen Welt Photographien gemacht hat. Und nun will diese Dame ihre Lebensgeschichte niederschreiben, und Fräulein Staufer hilft ihr dabei.»

«Ach, und das kann Fräulein Staufer? Ich meine ja nur, sie ist doch keine Sekretärin.»

Herr Brehm schnaufte. «Doch, das ist sie, sie hat das alles gelernt – Schreibmaschinen-Schreiben, Korrespondenz und Buchhaltung. Und weisst du, wie sie das gemacht hat? Während sie in England gearbeitet hat. Dort gibt es etwas, das man *‹correspondence course›* nennt. Und was heisst das?»

Jost, der mit dem plötzlichem Abfragen von Vokabeln mitten im Gespräch bereits leidvolle Erfahrungen gemacht hatte, runzelte die Stirn. «Irgendwas mit Briefen.»

«Irgendwas mit Briefen! Das ist eine Schulung per Post – da setzt man sich am Abend, nach Feierabend, hin und lernt. Und das hat Fräulein Staufer gemacht, neben all ihrer Arbeit und erst noch auf Englisch. Daran solltest du dir ein Beispiel nehmen. Sie könnte jederzeit für Herrn Neumeyer einspringen, das hat sie sogar schon ein oder zwei Mal gemacht, als er krank war.»

So ging es noch eine ganze Weile weiter, und Jost wünschte sich im Stillen, dass das Fräulein Gouvernante etwas weniger eifrig wäre. Er war froh, als das Räucherwerk endlich ein Ende fand und er den Befehl erhielt, die Tüllen einzusammeln und in den Schuppen zu bringen, in dem Herr Brehm Heizmaterial für den Winter sammelte.

***

Anna wusste sehr wohl, dass ihr Tun und Lassen während der Zwischensaison immer für Gesprächsstoff sorgte. Seit dem Tag vor gut zehn Jahren, an dem Frau Hoffmann, die Nachbarin, und zwei Mitglieder des Gemeinderates sie dem zeternden Vater zum Trotz zum Bahnhof gebracht hatten, damit sie ihre erste Stelle antreten konnte, war sie nicht mehr nach Hause zurückgekehrt. Sie versuchte, darüber so wenig wie möglich nachzudenken.

In Zürich angekommen, nahm sie das Tram bis zum Stadthaus-Platz, das kurze Stück den Alpen-Quai entlang wollte sie laufen. Zunächst aber verharrte sie einen Moment, um den Anblick der Seepromenade mit ihren prächtigen Gebäuden zu geniessen, so wie Gäste in den Bergen bei ihrer Ankunft erst einmal das Bergpanorama auf sich wirken liessen.

Vor Anna lag die Tonhalle, umgeben von südländisch wirkenden Türmen, dann folgten das Rote und das Weisse Schloss mit ihren zahlreichen Türmchen, Erkern und Lukarnen. Im Hintergrund thronte auf einer Anhöhe der Turm der Kirche Enge. Er wirkte fast ein wenig herablassend, so als wüsste er, dass er im Gegensatz zu seinen Genossen an der Seepromenade mit einer Funktion jenseits des Dekorativen ausgestattet war.

Anna machte sich auf den Weg. Unter den Bäumen der Promenade spazierten Pärchen und Familien in der milden Abendluft, und vom Arboretum her waren noch Kinderstimmen zu vernehmen. Ein leichter Wind wehte über den See. Vor dem Weissen Schloss angelangt, bei dem es sich trotz der prächtigen Ausstattung nicht um ein Schloss, sondern ein Appartementhaus handelte, verharrte sie nochmals kurz mit geschlossenen Augen, um das Gefühl zu geniessen, wieder in der Stadt mit all ihren Düften und Geräuschen zu sein, dann stiess sie das schmiedeeiserne Gittertor auf und schritt über den kurzen bekiesten Pfad zu einem Seiteneingang. Von einem der Fenster über ihr erklang eine Stimme, Fräulein Brennwald erwarte te sie bereits.

Als Anna das Appartement im zweiten Stock betrat, wurde sie herzlich begrüsst. «Wie geht es Ihnen, Anna? Bestimmt haben Sie den Sommer über wieder viel erlebt, wovon Sie mir nun nicht berichten werden. Ich wünschte, Sie wären nicht ein solches Musterexemplar an Diskretion.» Fräulein Brennwald hatte sich seit ihrer ersten Begegnung vor etlichen Jahren kaum verändert. Nur das Silber in ihrem dicken schwarzen Haar hatte mit der Zeit zugenommen.

Ihr Bruder Eduard trat aus dem Salon, um Anna ebenfalls willkommen zu heissen. Er war immer noch jeden Tag in der Brennwald'schen Kunst- und Antiquitätenhandlung anzutreffen, obwohl er das Geschäft an seinen Neffen übergeben hatte.

«Ich hoffe, Sie sind wohlauf, Fräulein Staufer», meinte er augenzwinkernd, «denn Sophie hat dafür gesorgt, dass Sie über die nächsten Wochen wieder alle Hände voll zu tun haben.»

Ruhiger und zurückhaltender als seine Schwester, bildete er einen perfekten Gegenpol zu ihrem quirligen Temperament. Es entwickelte sich ein spielerisches Streitgespräch zwischen den Geschwistern, das von lebenslanger Vertrautheit und Freundschaft zeugte.

Als junges Mädchen hatte Sophie Brennwald an der Kunstakademie in München studieren wollen. Die Eltern hatten das skandalöse Ansinnen natürlich abgelehnt. Eduard schenkte der Schwester darauf zum Trost eine Kamera und besiegelte damit ihr Schicksal. Statt brav auf einen Mann zum Heiraten zu warten, vertiefte sich Sophie in die neue Kunst. Sie begab sich – vom Bruder ermuntert – mit der Kamera auf Reisen um die Welt und verkaufte ihre Aufnahmen sehr erfolgreich unter einem männlichen Pseudonym an Zeitschriften und Verlage.

Vor drei Jahren hatte ihr Bruder, der ebenfalls ledig geblieben war, die geräumige Villa am anderen Ufer des Sees für den Neffen und dessen Familie geräumt, und seither lebten die beiden Geschwister einträchtig zusammen im Weissen Schloss und zeigten wenig Neigung, den gängigen Vorstellungen vom sauertöpfischen alten Mädchen und dem verbitterten Hagestolz nachzukommen.

Fräulein Brennwald beendete das angeregte Gespräch über ihre Arbeitsmethoden damit, dass sie ihren Bruder ausschickte nachzusehen, ob das Abendessen bereit sei. Zu Anna gewandt meinte sie: «Es ist keineswegs so schlimm, wie er behauptet. Kommen Sie, ich zeige Ihnen, wie weit ich seit dem Frühling gekommen bin.»

Das Fräulein mochte kaum warten, bis Anna abgelegt hatte, um sie in das Bureau zu führen. Den Raum durchdrang eine verlockend atemlose Unruhe, der grosse Schreibtisch war unter einem Meer von Papier- und Bücherstapeln und Fotoabzügen verschwunden. Die Wände entlang zogen sich hohe Kabinettschränke, die bis an die mit Stuckatur verzierte Decke reichten. Fast alle standen offen, weil Fräulein Brennwald wohl wieder einmal eine ganz bestimmte Photoplatte gesucht hatte. Auf einer Fensterbank ruhte vereinsamt, aber sorgfältig abgestaubt, eine Continental-Schreibmaschine.

Fräulein Brennwald hatte sich von einem der vielen Komitees, in denen sie Einsitz nahm, überreden lassen, ihre Memoiren zu verfassen, um damit jungen Frauen Mut zu machen, ihren Weg zu gehen. Es war eine hervorragende Idee, nur war sie kein sehr systematischer Mensch. Zwischen Reisenotizen und Tagebüchern, Briefen und Broschüren hatte sie sich schon bald verloren. Und obwohl sie mit den diffizilen Photo-Apparaturen bestens klarkam, wollte sich ihr die Mechanik der enthusiastisch erstandenen Schreibmaschine nicht erschliessen. Da hatte ihr Bruder vorgeschlagen, sich Hilfe zu holen, und zwar bei jemandem, der sich mit Ordnungschaffen auskannte: Fräulein Staufer.

So hatte Anna dieses Frühjahr die ersten Kapitel abgetippt und das entsprechende Bildmaterial aussortiert und in Karteikästen gesammelt. Bei ihrer Abreise nach Sternenbach hatte sie ein geordnetes Bureau zurückgelassen: die Tage- und Notizbücher für die nächsten Kapitel auf einer Seite des Schreibtisches, die zur Auswahl stehenden Photographien auf der anderen. Sie hatte nicht damit gerechnet, dass sich dieser Zustand lange halten würde.

Fräulein Brennwald schwankte zwischen Zerknirschung und Rechtfertigung. «Sie hatten das im Frühjahr alles so schön getippt und geordnet, aber inzwischen ist mir halt doch wieder einiges eingefallen.» Sie eilte zum Schreibtisch und legte jene verwirrende Vertrautheit mit dem Chaos an den Tag, die unordentlichen Menschen zueigen ist; treffsicher zog sie einen Stapel Papierbögen unter einem turmähnlichen Gebilde von Notizbüchern, Alben und weiteren Unterlagen hervor. «Sehen Sie, ich habe alle Änderungen ganz fein säuberlich vermerkt – ja, ich weiss, das bedeutet, dass Sie einiges nochmals tippen müssen, bevor wir uns an die neuen Kapitel machen können.»

Auf etlichen Bögen waren mit Stecknadeln lange Papierstreifen angeheftet, über die sich ihre enge, kleine Schrift zog. «Eduard meint, ich sollte mich schämen, Ihnen so viel zusätzliche Arbeit aufzubürden. Und ich habe mir auch schon überlegt, eine Bureau-Mamsell einzustellen, aber Sie verstehen immer ganz genau, was ich meine, und beklagen sich nie über meine Handschrift.»

Anna schuldete ihr zu viel, um über ein paar Seiten, die sie nochmals tippen musste, verärgert zu sein. Sie hatten sich bei einer Veranstaltung der Union für Frauenbestrebungen kennengelernt. Fräulein Brennwald war das junge, schüchterne Zimmermädchen aufgefallen, das gerade eben vom Land in die Stadt gekommen war und doch bereits seinen Weg in die Versammlungshalle gefunden hatte. Aus der zuerst förmlichen Bekanntschaft wurde mit der Zeit Freundschaft, und über die Jahre hatte Fräulein Brennwald Anna mehr als einmal mit gutem Rat zur Seite gestanden. Nicht zuletzt war es ihr zu verdanken, dass Anna den Mut gehabt hatte, nach England zu gehen, als sich ihr dazu unverhofft die Gelegenheit bot. Und Anna hatte es nicht bereut, die beiden Jahre in London zählte sie zu den glücklichsten ihres Lebens. Allein schon dafür hätte sie diese Lebenserinnerungen mehrmals abgetippt.

Herr Brennwald erschien in der Tür. «Das Abendessen ist serviert, und Frau Hofer wird demnächst ungnädig. Du gedenkst doch, Fräulein Staufer essen zu lassen, meine Liebe?»

Die nächsten Wochen verbrachte Anna viele Stunden im Bureau, doch Fräulein Brennwald beharrte darauf, dass sie jeden Tag an die frische Luft kam. Ein kurzer Spaziergang im Arboretum, eine Einkaufstour im prächtigen Glaspalast des Jelmoli, ein Ausflug mit einem Dampfer auf dem See – dem Fräulein fiel immer etwas ein.

Sie war auch der Ansicht, dass Anna für all die Monate, die sie zwischen den Bergen verbrachte, entschädigt werden müsse.

«Ich will Ihnen nicht zu nahe treten, Anna», sagte sie eines Tages, «aber ich kann mir nicht helfen – wenn man sein ganzes Leben nur von diesen felsigen Monstren umgeben ist, dann hat das auch Auswirkungen auf den Geist, eine beengte Umgebung schafft eine beengte Weltsicht. Sogar hier – angeblich im Flachland», mit einem Schnaufen deutete sie in Richtung der Alpen, «scheint diese Enge noch zu wirken.»

Zweifellos machte sie die Berge auch für die Engstirnigkeit ihrer Eltern verantwortlich. Auf ihren vielen Reisen hatte sie denn auch nur selten Berge photographiert.

Anna hatte sich schon bei ähnlichen Gedanken ertappt. Und doch vermisste sie die «felsigen Monstren», wenn sie diese nicht wenigstens am fernen Horizont erspähen konnte. Der Mensch sehnte sich wohl immer nach jenen Dingen, die er nicht haben konnte.

Während Annas Finger über die Tastatur der Schreibmaschine huschten, dachte sie viel an ihre Zeit in London. Sie liebte die grosse Stadt mit den prächtigen Strassen und Gebäuden und – nicht zu unterschätzen – den Museen und Bibliotheken. Vor allem der englische Sommer hatte es ihr angetan. Die laue Luft in den grossen Parkanlagen, der Duft von Blumen und frisch geschnittenem Gras inmitten der voller Leben pulsierenden Stadt – selten hatte Anna sich so lebendig gefühlt wie in diesem Widerspruch. Sie mochte auch den oft beklagten Regen, der sanfte Kühlung brachte und die staubige Luft in den Strassenklüften reinwusch.

Doch der englische Winter, der nur aus Nebel und Dunkelheit zu bestehen schien, war kaum zu ertragen gewesen, vor allem, wenn man in dieser Jahreszeit an den Anblick einer im Sonnenlicht weiss und kalt glitzernden Welt gewöhnt war.

Nun fragte sich Anna, ob sie London jemals wiedersehen würde. Und hinter dieser Frage lauerten weitere beunruhigende Fragen. Sie hatte gehofft, diese mit dem Splendid hinter sich lassen zu können und für eine Weile den Gefühlen der Ausweglosigkeit und des Gefangenseins, die sie in letzter Zeit so geplagt hatten, entgehen zu können. Doch Fräulein Brennwalds Reisetagebücher waren für eine solche Flucht die denkbar schlechteste Lektüre.

Die Brennwalds liessen ihr allerdings nicht viel Zeit für schwermütige Gedankengänge. Es verging kaum ein Tag, an dem sie Anna abends nicht zu Konzerten, Theater- und Lichtspielvorführungen, Ausstellungen und Vorträgen mitnahmen.

Anna zog allerdings die ruhigen Abende im Salon vor. Manchmal holte Herr Brennwald eines der Stücke seiner privaten Kunstsammlung hervor und erläuterte dessen Technik und Symbolik. Er hatte sich im Familiengeschäft schon früh auf fernöstliche Kunst spezialisiert und war auch jetzt noch für diesen Geschäftszweig zuständig. Er zeigte Anna zarte chinesische Tuschmalereien und bunte japanische Holzschnitte, erklärte ihr, dass die seltsamen Kringel auf den Bildern Schriftzeichen waren und die roten Symbole die Stempel, mit denen die Künstler ihre Werke signierten. Er breitete auf den Tischchen Bücher und Kunstdrucke aus, um Anna darzulegen, wie die fernöstlichen Künstler die Werke ihrer westlichen Zunftgenossen beeinflussten.

Eines Abends, als er seine Schätze wegräumte, meinte Fräulein Brennwald leise zu Anna: «Ich bin ja so froh, dass Sie das nicht langweilt. Als Sie im Frühjahr hier waren, war Eduard nicht so gesprächig, er hatte gerade eine gute Kundin und Freundin verloren, und der Verlust hat ihm sehr zu schaffen gemacht. Jetzt geht es wieder etwas besser. Es macht ihn einfach glücklich, wenn er diese Welt, die ihm so viel Freude bereitet, mit jemandem teilen kann.»

Sie hatte natürlich auch ihre Liebhabereien, wenngleich sie sich gegen das Wort verwahrt hätte. Sie war eine eifrige Kämpferin für den Sozialismus, die Sache der Frau und wie die Zukunft im Zusammenleben der beiden Geschlechter aussehen sollte.

So lauschte Anna schockierenden Ausführungen, wie die kapitalistische Wirtschaftsordnung und das städtische Leben für die Deformierung des männlichen Geschlechtslebens verantwortlich seien; dass der Kampf um das Frauenstimmrecht blosse Spielerei der Bourgeoisie sei; dass die klassenlose Gesellschaft den untergeordneten Status der Frau aus der Welt schaffen würde und es nun an den

Männern lag, sich mit Hilfe der Frauen eine neue geschlechtliche Identität zu schaffen.

An einem windigen Oktoberabend waren sie wieder einmal alle im Salon versammelt. Fräulein Brennwald war an diesem Nachmittag an einem weiteren Vortrag – dieses Mal zum Thema «Moderner Krieg und Heroismus» – gewesen. Anna hatte darauf beharrt, bei ihrer Arbeit zu bleiben, denn sie wollte vor ihrer baldigen Rückkehr ins Splendid so viel wie möglich erledigt haben. Und nun brannte Fräulein Brennwald darauf, ihr die wesentlichen Punkte des Referats darzulegen.

«Wir brauchen ein neues Ideal von Männlichkeit, eines, das sich nicht an der primitiven physischen Überlegenheit orientiert und im Krieg das beste Werkzeug sieht, Männer zu formen. – Der Krieg ist nichts als Barbarei und bringt nur Barbaren hervor.»

«Tja, ich weiss nicht, Sophie», sagte Herr Brennwald, der sich normalerweise bei diesen Vorträgen mit einer Pfeife hinter seine «Neue Zürcher Zeitung» zurückzog. «Ich fürchte, diese Ansicht über den Krieg bleibt vorderhand Frau von Suttner und ihren Anhängern vorbehalten. Der Rest der Menschheit sieht ihn immer noch als prächtiges Werkzeug, Mannesmut zu entwickeln und zu zeigen. Den Militarismus werden wir so schnell nicht los, oder hast du etwa schon vergessen, mit welcher Begeisterung sogar hier in unserem friedlichen Land das Kaisermanöver im vorigen Jahr begrüsst wurde?»

«Das ist nur so, weil die Menschen es nicht besser wissen. Der moderne Krieg kennt keinen Platz für Tapferkeit und Mut. Wer die besten Waffen hat, wird gewinnen. Physische und moralische Überlegenheit zählen nichts mehr. Selbst der grösste und stärkste Krieger kann durch eine Kugel oder eine Granate gefällt werden.»

«Da magst du wohl recht haben, doch es hilft nichts, die meisten Menschen haben von diesen Dingen keine Ahnung, und jedem Versuch, das zu ändern, stehen mächtige Interessen gegenüber.» Herr Brennwald faltete die Zeitung und legte sie zur Seite. «Sieh dir die Gewinne an, die sich mit der modernen Kriegsrüstung erwirtschaften lassen. Doch selbst wenn dem nicht so wäre – der Mensch ist ein Herdentier, getrieben vom Instinkt. Der ganze Kontinent folgt blind nationalistischen Ideologien – da ist der Krieg nur das Feuer, in dem die angeblich stärkste Nation geschmiedet wird. Und alle glauben sie, das wäre ihr Land; Männer wie Frauen. Eine Welt ohne Krieg, in der sich alle Männer als Künstler und Wissenschaftler neu erfunden haben, das ist eine Utopie.»

Anna stimmte ihm zu, sie hatte der Diskussion am Fenster sitzend gelauscht und dabei beobachtet, wie ein Herbststurm den sonst so ruhigen See aufwühlte. Sie glaubte nicht daran, dass sich Menschen – Männer wie Frauen – so grundlegend ändern konnten.

Das Fräulein fuhr indes unbeirrt fort. «Noch nie hat die Menschheit solche Fortschritte in allen Bereichen gemacht wie heute. Es muss doch möglich sein, auch hier Veränderungen zu erreichen. Was sagen Sie, Anna?»

Anna wandte ihren Blick vom See ab. «Vom modernen Krieg verstehe ich nicht viel, aber ich sehe, wie die Herrschaften verschiedenster Nationalität im Hotel miteinander umspringen. Meistens geben sie sich ganz zivilisiert, doch manchmal verrutscht die Maske, und was darunter zum Vorschein kommt, ist nicht schön.»

«Da hast du's», sagte Herr Brennwald, «sozusagen aus erster Hand.»

«Anna bekommt nur die feinen Herrschaften zu sehen», meinte Fräulein Brennwald, «die einfachen Menschen, die Arbeiter sind es, die wir erreichen müssen. Sie werden die Ersten sein, von denen der Krieg den Blutzoll einfordert – man muss dafür sorgen, dass sie sich aus Solidarität dem Ruf zu den Waffen verweigern.»

Herr Brennwald sah nicht sonderlich überzeugt aus, doch seine Schwester wandte sich wieder Anna zu. «Das ist keine Utopie – genauso wenig wie eine Welt, in der Mann und Frau ohne Unterdrückung zusammenleben. Das glauben Sie doch auch, Anna?»

Anna konnte sich beim besten Willen nicht zu dieser idealistischen Sichtweise bekennen. «Solange es Menschen gibt, wird es Ungerechtigkeit geben. Wir können nur auf eine Gesellschaft hoffen, in der Unterdrückung jeglicher Art nicht mehr als Normalfall, sondern als Verirrung gesehen wird, die nicht geduldet werden darf. Es wird sie aber trotzdem geben.»

Fräulein Brennwald schüttelte ungläubig den Kopf. «Was sind Sie doch für ein pessimistisches Menschenkind.»

Etwas hitziger als sie eigentlich beabsichtigt hatte, fügte Anna hinzu: «So ist das nun einmal. Ein Mann, der nicht auf seiner Überlegenheit beharrt, selbst wenn er sie nicht zu Unterdrückung und

Herrschaft nutzt, ist selten – und er wird dafür von der Gesellschaft, auch von den Frauen, verachtet.»

Fräulein Brennwald sah verstört aus. «Mein liebes Kind, das ist eine verheerende Einstellung beiden Geschlechtern gegenüber.»

«Das mag schon sein, aber es ist meine Einstellung.» Anna konnte selbst hören, wie trotzig und kindisch ihre Worte klangen. Sie blickte wieder auf den See hinaus.

Herr Brennwald räusperte sich und meinte, während er seine Pfeife ausklopfte: «Nun, das sind grosse und schwierige Fragen, und ich fürchte, es wird darauf so schnell keine einfache Antwort geben. Bis dahin wird jede und jeder halt versuchen müssen, für sich einen Weg zu finden.» Mit leicht warnendem Ton fügte er an Fräulein Brennwald gewandt hinzu: «Wir müssen mit den Antworten anderer nicht unbedingt einverstanden sein, sie mögen ihre Gründe haben, die wir nicht kennen.»

Er erhob sich aus seinem Sessel und machte sich auf seinen abendlichen Rundgang im Appartement, danach kam er nochmals in den Salon, um Anna und seiner Schwester eine gute Nacht zu wünschen, und zog sich zurück.

Als sie alleine waren, erhob sich Fräulein Brennwald vom Sofa und trat neben Anna ans Fenster. «Es tut mir leid. Ich wollte Ihnen nicht zu nahe treten – aber es scheint mir für einen so jungen Menschen doch eine sehr düstere Sichtweise. Wissen Sie, ich habe mich damals zu meinem rastlosen Leben entschieden, weil ich gar nicht anders konnte. Der Ruf der Ferne war zu laut, und so habe ich mir Ehe- und Mutterglück versagt. Doch das war keine einfache Entscheidung. Aber Anna, wenn Sie sich auch so entscheiden, dann doch hoffentlich nur, weil es etwas gibt, das Sie ruft, und nicht etwa aus Bitterkeit. Welchen Wert hätte denn eine Freiheit ohne Ziel und Absicht, erkauft mit dem Opfer der uns allen innewohnenden Sehnsucht nach Zweisamkeit?»

Darauf wusste Anna nichts zu antworten, Wäscheschränke und Arbeitslisten mochten ärgerliche kleine Stimmen haben, aber sie waren die einzigen, die sie riefen.

Fräulein Brennwald meinte schliesslich leise: «Was ich sagen will, Anna, ist, dass es auch gute Männer gibt.»

«Das mag schon sein, aber mit denen meint es zumeist die Welt nicht gut.»

«Vielleicht, aber das trifft auch auf gute Frauen zu.» Fräulein Brennwald führte den Gedankengang nicht zu Ende, doch Anna sagte nichts dazu. Mit einem Seufzer setzte sich das Fräulein ans Klavier, um den Abend, wie sie es gerne tat, mit ein wenig Chopin ausklingen zu lassen.

Anna trat ans Klavier und lauschte ihrem Spiel gedankenverloren. Sie schämte sich für ihren kurzen Gefühlsausbruch; sie hatte sich sonst besser unter Kontrolle. Aber es gab auch nur wenige Menschen, die jemals auf die Idee kämen, ihr solche Fragen zu stellen. Als die letzten Akkorde verklungen waren, entschuldigte sie sich für ihre heftigen Worte.

Statt einer Antwort stand Fräulein Brennwald auf und strich Anna mit einer eigentümlich fürsorglichen Geste übers Haar. Dann sagte sie unvermittelt: «Es ist nicht einfach, alleine zu leben. Und lassen Sie sich von meinem Beispiel nicht täuschen. Ich hatte immer jemanden, zu dem ich zurückkehren konnte.» Sie beugte sich vor und küsste Anna auf die Stirn. «Gute Nacht, mein Kind.»

In ihrem Zimmer blickte Anna noch lange aus dem Fenster. Der Herbststurm hatte sich gelegt, ein Konzert in der Tonhalle war eben zu Ende gegangen, leises Lachen und gedämpfte Stimmen, unterbrochen von müdem Hufgeklapper, klangen von der Strasse zu ihr herauf. Es war nicht schwer, sich ein Leben in Einsamkeit vorzustellen.

***

Die Wochen in Zürich waren schnell vergangen. Die Schneefelder auf den fernen Gipfeln streckten langsam ihre eisigen Fingerspitzen die Hänge hinunter; der Winter stand vor der Tür. Gegen Ende Oktober ordnete Anna Fräulein Brennwalds Bureau: Auf dem Schreibtisch lagen nun mehrere Aktenordner, in denen das Manuskript der Memoiren nach Stand der Bearbeitung abgeheftet war. Die Schreibmaschine kehrte auf ihren Platz auf dem Fenstersims zurück. Wie es hier bis zum Frühling aussehen würde, mochte Anna sich lieber nicht ausmalen.

Sie verabschiedete sich von den Brennwalds, die sie wie üblich nicht ohne etliche neue Bücher in ihrer Reisetasche ziehen liessen.

Als der Zug aus dem Bahnhof fuhr, suchte Anna ihr Notizbuch hervor und schrieb die erste Liste dazu, was alles bei ihrer Rückkehr ins Splendid zu erledigen wäre. Nach Wochen des oft beunruhigenden Nachdenkens sehnte sie sich nach der emsig geordneten Welt des Hotels zurück, die kaum Zeit für Fragen ohne Antwort liess – zumindest hoffte sie das. Als sie beim Blättern auf die Schadensliste in der Kleinen Suite stiess, wandte sie die Seite schnell um.

***

«Grundgütiger – hast du diese Aussicht gesehen?» Hastings stand am Fenster des Salons und starrte über den See auf die Bergkette am Horizont. Die Gipfel schienen den Betrachter aus dunstiger Höhe zu sich zu rufen.

«Verstehst du nun, warum ich dorthin will?» Christian hatte sich von der Reise müde in einen der tiefen Fauteuils in Tante Elinors Salon gesetzt. Er wollte lieber nicht daran denken, wie er daraus wieder hochkommen sollte. Der Schlafwagen war eine Tortur gewesen.

«Natürlich. Ich finde nur, dass du dir nach allem etwas mehr Zeit nehmen solltest, dich hier einzuleben, dein Erbe durchzusehen und dich zu erholen.»

Sein Erbe … Christian blickte um sich. Seine Tante hatte ihm ein exquisit eingerichtetes Haus hinterlassen, in dem alles ihre Handschrift trug. Es gemahnte an ein Schmuckkästchen. Wie viele ihrer Zeitgenossen hatte sich Tante Elinor für Japonaiserie und Chinoiserie begeistert, aber sie hatte ihr Geld nicht an billige Nachahmungen und Kitsch verschwendet. Den Salon zierten Koromandel-Wandschirme, kostbare chinesische Vasen, mit phantastischen Berglandschaften und Blumen bemalte Fächer und Wandbehänge aus Seide. In feingliedrigen Etageren lagerten Lackdosen, Jade-Kämme, mit Goldprägungen verzierte Tuschsteine und aufwendig geschnitzte Siegel.

Als Christian Tante Elinor zum ersten Mal besucht hatte, war er von dem Anblick überwältigt gewesen. Später allerdings hatte er sich gefragt, ob die vielen Objekte nicht dazu dienen sollten, Erinnerungen zu verdrängen. Es gab im Haus keine Bilder von Georgiana und Frederick.

Tante Elinor hatte das grosse Rätsel nie für ihn aufgelöst. Als sie aus seinem Leben und dem Leben ihrer Kinder verschwand, war Christian noch ein kleiner Junge gewesen, vor dem man den Skandal in hastig abgebrochenen Sätzen verbarg, wenn er unerwartet den Raum betrat. Über die Jahre war die Tante für ihn zu einer blassen Erinnerung an Lachen und funkelnde Juwelen geworden.

Vor drei Jahren hatte ihn eine Einladung in die Schweiz erreicht, der er damals nur nach einigem Zögern gefolgt war. Tante Elinor bat ihn, sich ein paar japanische Farbholzschnitte, die sie kaufen wollte, zu begutachten. Christian hatte gewusst, dass das nur ein Vorwand war. Ihre Kenntnisse japanischer Kunst waren mindestens so gut wie seine eigenen. Zu seiner Überraschung hatte sich bei seinem Besuch schnell ein Gefühl tiefer Vertrautheit eingestellt; vielleicht weil es so einfach gewesen war, die Tochter in der Mutter zu sehen.

Tante Elinors Kinder und Christians Tätigkeit in der Navy waren die einzigen Themen, vor denen sie sich beide bei seinen Besuchen in acht nahmen. Sie fragte ihn nie nach Georgiana und Frederick. Ein oder zwei Mal machte Tante Elinor eine Bemerkung, aus der Christian schloss, dass sie mit irgendjemandem aus der Familie in Kontakt stand. Er hatte Paget, Georgianas unerschütterliche Zofe, im Verdacht. Dass die Antworten auf Fragen nach seinem Dienst nichtssagend und ausweichend waren, hatte sie schnell bemerkt und nur gemeint: «Mein Junge, ich bin keine Närrin. Ich weiss, dass du alle diese fremden Sprachen sprichst und dass die Admiralität dich gerne um die Welt schickt. Ich kann mir schon vorstellen, warum du darüber nicht reden willst. Ich hoffe nur, du passt gut auf dich auf.»

Hastings stand auf einmal neben ihm. «Wyndham – hörst du mir zu?»

«Verzeihung, ich war mit den Gedanken woanders.»

«In der Tat, ich hatte dich gefragt, ob du es dir nicht doch nochmals überlegen willst. Bleib doch eine Weile hier; in den Bergen ist es im Frühling und Sommer auch schön.»

Christian hatte seinen Freund noch nie so seltsam erlebt. Den Entschluss, den Dienst zu quittieren und in die Schweiz zu ziehen, hatte Hastings ruhig hingenommen. Aber den Plan, den Winter in den Bergen zu verbringen, lehnte er mit einer für ihn ungewöhnlichen Eindringlichkeit ab.

«Was ist nur mit dir, Hastings? Ich dachte wirklich, wir hätten diese Diskussion abgeschlossen.»

«Ich mache mir Sorgen um dein Wohlergehen. Hier bist du in einer Stadt, wo es alles gibt, was du brauchst, und wenn es dir schlechter gehen sollte – was Gott verhüten möge –, dann bist du schnell in einem Hospital und in guten Händen.»

«Sternenbach liegt nicht in der Wildnis. Es gibt dort einen fähigen Arzt, und die nächste Stadt ist einfach mit dem Zug zu erreichen.»

Hastings setzte sich in einen der Fauteuils. «Vielleicht sollte ich mitkommen.»

«Hastings, um Himmels willen, ich bin dir sehr dankbar für deine Hilfe, aber du musst in ein paar Tagen zurück in London sein. Ich will nicht, dass du meinetwegen in Schwierigkeiten kommst. Mir wird schon nichts passieren. Ich verbringe etwas Zeit in einem teuren Hotel bei gutem Essen, bewundere durch die Fenster die Berge, und wenn ich abenteuerlustig werde, spaziere ich ein wenig im Hotelpark herum.»

Hastings starrte auf seine verschränkten Hände und schüttelte schließlich den Kopf. «Also gut. Aber versprich mir eines – nimm eine Waffe mit.»

«Eine Waffe – wozu soll das gut sein? Ich werde viel lesen und Gedichte übersetzen. Ich habe weder im Sinn, noch bin ich dazu fähig, jemanden so gegen mich aufzubringen, dass ich eine Waffe zu meiner Sicherheit brauche.»

«Tu es einfach, Christian. Mir ist wohler, wenn ich weiss, dass du dich verteidigen kannst. Dieses Jahr war für niemanden von uns einfach.»

Christian betrachtete ihn nachdenklich. Damals, als er im Sommer endlich wieder Herr über seine Sinne geworden war, hatte er bestürzt die Veränderung in den Zügen seiner Cousine wahrgenommen. Noch bestürzter war er gewesen, als er begriff, dass Angst und Sorge um ihn sie so gezeichnet hatten. Inzwischen erschien Georgiana wieder schön und wie von Kummer unberührt, doch er wusste, es gab Spuren, die nicht zu sehen waren – nicht nur bei Georgiana. Leise sagte er: «In Ordnung; wenn es dir so viel bedeutet.»

Eröffnung

«Ein guter Bartender muss im Charakter wie in seinem Benehmen und Auftreten vom Scheitel bis zur Sohle ein Gentleman sein. Abgesehen von seinem eleganten und sauberen Anzug und seinem bescheidenen und zuvorkommenden Wesen muss er eine gehörige Portion Menschenkenntnis besitzen. Er soll imstande sein, jeden eintretenden Gast auf seinen Charakter, seine Eigenheiten und – last but not least – seine finanziellen Verhältnisse zu taxieren.»

Handbuch für Bartender – Harry Johnson, 1900

Das Splendid öffnete seine Tore auf die erste Novemberwoche, auch wenn dann noch kaum Gäste auftauchten. Anna hatte viel zu tun. Nebst den Vorbereitungen für die Wintersaison kümmerte sie sich um die Einrichtung der Kleinen Suite; sie liess die reparierten Möbel herbeischaffen und schickte nach dem Ledersessel aus der Dépendance, den sie eigenhändig polierte.

Nichts deutete mehr auf das vorherige Chaos hin. Die Holzpaneele mit den Lilien-Intarsien waren kunstvoll repariert und die beschädigten Tapeten ersetzt worden, und Herr Bieri hatte ein schlichtes Stehpult mit klar geschwungenen Linien geliefert, das tadellos zu den restlichen Möbeln passte.

Anna war mit der neuen Einrichtung ganz zufrieden, nur etwas fehlte noch. Ein Lesezimmer sollte Licht und Ordnung ausstrahlen. Die schweren dunkelgrünen Vorhänge, die dank der eigenartigen Hygienevorstellungen der Frau Baronin der Zerstörung im August entgangen waren, wollten dazu nicht passen. Der Direktor hatte Anna für eventuelle Neuanschaffungen ein grosszügiges Budget eingeräumt, das sie bisher kaum angetastet hatte. Sie erstand in Sternenbachs jüngster Errungenschaft, dem Warenhaus «Zur Stadt Paris», Vorhangstoff in einem warmen Kupferton.

Nähen war keine von Annas Stärken; sie brachte den Stoff in die Dépendance zu Madame Dubois, der Wäschegouvernante und alleinigen Herrscherin über die Lingerie. Hier wurde sämtliche Wäsche des Hauses gewaschen, getrocknet, gebügelt und gegebenenfalls auch ausgebessert.

Fräulein Hartlaub hatte mit Madame Dubois eine nicht enden wollende Fehde ausgetragen. Mindestens einmal pro Woche war ein Zimmermädchen mit einem Packen frisch gewaschener Wäsche zurück in die Dépendance geschickt worden, auf jedem Stück fein säuberlich ein Zettel angeheftet mit Vermerken wie «schlampig gebügelt» oder «falsch gefaltet» oder – der Favorit – «Fleckschatten», eine Wortschöpfung der Gouvernante, die auch als Einzige fähig war, Fleckschatten zu entdecken. Das alles hatte sich mit Annas Amtsantritt geändert, und zwischen den beiden Gouvernanten des Splendid herrschte zur allgemeinen Erleichterung bestes Einvernehmen.

Madame Dubois hatte zu jener Zeit in Paris gearbeitet, als der lebenslustige Prince of Wales die Stadt häufig besucht und dort eine wahre Euphorie für alles Britische ausgelöst hatte. Edward VII. war inzwischen tot, aber auf Madame Dubois' anglophile Gefühle konnte man sich immer noch verlassen, das wusste Anna und trug ihre Bitte mit gebührendem Respekt vor.

«*Mais oui, ma chère* – natürlich werde ich Ihnen helfen. Wir wollen doch, dass sich *ce pauvre officier anglais* so wohl wie möglich fühlt. Was für eine wunderschöne Farbe. Sie haben so ein exquisites Auge, weshalb ich einfach nicht verstehe, warum Sie Ihre Haare so tragen, *si triste!*»

Madame Dubois zeigte für Annas sorgfältig gepflegten altjüngferlichen Stil kein Verständnis, weshalb diese hastig das Gespräch auf die Näharbeit zurückbrachte. Sie erhielt die Zusicherung, dass die neuen Vorhänge bis zur Anreise des *«pauvre officier»* fertig wären.

Auch Herr Ganz war mit Lieutenant Wyndhams bevorstehender Ankunft beschäftigt. Er war dabei, Jost den letzten Schliff zum Valet zu geben, und zeigte dabei nicht nur Hingabe, sondern auch Mut. Aus unerfindlichen Gründen erachtete er es auf einmal für nötig, dass Jost die Kunst des Rasierens erlernen sollte. Annas Hinweis, dass Friseur Schildknecht jederzeit für Barbierdienste ins Splendid kam, wurde nicht beachtet.

Nachdem sämtliche männlichen Angestellten, die bereits über Bartwuchs verfügten, das Weite gesucht hatten, stellte sich Herr Ganz für die ersten Versuche selbst zur Verfügung. Als Anna ihn danach zu Gesicht bekam, bewunderte sie seinen Einsatz und den gesunden Menschenverstand der geflohenen Kellner und Hausknechte. Vielleicht wäre es doch besser gewesen, Jost zuerst beizubringen, wie man Knöpfe annäht und Krawatten bindet.

«Er wird's schon noch lernen», erklärte Herr Ganz ergeben und schickte einen Pagen zur Apotheke, um einen Alaunstift zu kaufen. Dann holte er aus seiner Westentasche eine Postkarte hervor. «Henning hat geschrieben, er ist krank – nichts Schlimmes – und schafft es nicht, zur Eröffnung hier zu sein. Er sollte aber im Verlauf der nächsten Woche eintreffen. Nun, bis dahin kann Charles die Bar führen, es wird ja eh kaum Gäste haben.»

«Gut, da wird Herr Bircher sicher erleichtert sein. Ich glaube, er hat den ganzen Sommer über befürchtet, einer der Hoteliers an der Riviera würde Henning abwerben.»

«Das haben sie bestimmt versucht. Einen Bartender wie Henning findet man nur selten. Deshalb habe ich Herrn Bircher geraten, ihn halt einmal für eine Saison ziehen zu lassen, wenn er es denn unbedingt will. Wir hätten sonst riskiert, dass er dem Splendid ganz den Rücken kehrt.»

Das wäre in der Tat ein grosser Verlust gewesen. Herr Ganz wurde zwar manchmal etwas wortkarg, wenn das Gespräch auf die Etablissements in Berlin und Hamburg kam, in denen sein Landsmann ausgebildet worden war, aber Hennings Können stand ausser Frage. Anna erinnerte sich an die Klagen über die Bar während der Sommersaison. «Dieser Jean verstand nicht gerade viel von seinem Handwerk, nicht wahr?»

Herr Ganz schnaufte empört: «Nein, wirklich nicht. Etliche Stammgäste haben sich ganz besorgt nach Henning erkundigt.» Etwas sehnsüchtig fügte er hinzu: «Wenn ich mir vorstelle, was für einen Valet Henning abgeben würde. Er hat ja mal in einem Herren-Club in London gearbeitet.»

Anna musste ihm zustimmen, wenngleich sie bei sich dachte, dass Henning zumindest eine Eigenheit aufwies, die dem Lieutenant vielleicht nicht gefallen würde – doch darüber sprach man nicht. «Da fällt mir ein, wo ist Jost? Ich muss mit ihm noch einiges besprechen. Es wird zu seinen Aufgaben gehören, die Suite wohnlich zu machen, und ich wollte ihm einige Ratschläge geben.»

«Oh, Fräulein Staufer, ich weiss nicht. In diesen Schädel kriege ich ja kaum die nötigsten englischen Vokabeln.»

«Er muss das aber lernen, ich kann nicht ständig dort aufmarschieren und alles prüfen – vor allem nicht, wenn der Lieutenant auch anwesend und vielleicht noch bettlägerig ist. Das schickt sich nicht. Und dann weiss ich aus Erfahrung, dass Offiziere es nicht mögen, wenn ihr Quartier von einer Frau kontrolliert wird.»

«In der Tat, daran habe ich noch gar nicht gedacht. Wer weiss, vielleicht spornt Jost etwas zusätzliche Verantwortung ja zu grösserem Eifer an.» Herr Ganz selbst schien seinen Worten kaum Glauben zu schenken, aber es war ein tapferer Versuch.

Anna stöberte Jost schliesslich unter den Bäumen am Rande des Parks auf, wo er sich wohl eine Verschnaufpause gönnen wollte. Sie kannte kein Erbarmen und hiess ihn, ihr in die Suite zu folgen, wo sie ihm seine haushälterischen Pflichten erklärte. Er lauschte schicksalsergeben; Protest regte sich erst, als er begriff, dass er auch die Arbeit der Zimmermädchen überwachen musste.

Doch Anna liess ihn gar nicht erst ausreden. «Es geht nicht an, dass die Zimmermädchen hier jeden Tag mit einem Gast alleine sind – so etwas gibt immer Anlass zu Gerede. Und wenn etwas nicht ordentlich erledigt wird, gibst du Herrn Ganz oder mir Bescheid. Du solltest das alles aufschreiben. Hier, nimm ein Blatt Papier und meinen Stift – ich seh schon, dass bei dir alles zum einen Ohr rein- und beim anderen wieder rausgeht.»

Die nächste halbe Stunde war der arme Jost einem gnadenlosen Diktat ausgeliefert, und natürlich tat es nur ein Blatt aus dem gefürchteten Notizbuch nicht. Als er schliesslich mit einem ganzen Bündel loser Blätter (und der Order, diese zusammenzuheften) abzog, tat er Anna fast leid.

Jost mochte es so vorkommen, als hätten sie und Herr Ganz nichts anderes zu tun, als ihm das Leben schwer zu machen. Tatsächlich hatten beide jede Menge anderer Sorgen mit all den Vorbereitungen und den vielen grossen und kleinen Problemen, die immer kurz vor der Eröffnung scheinbar aus dem Nichts auftauchten.

Zudem musste auch noch das neue Personal eingewiesen werden. Es war eine bunt zusammengewürfelte Truppe aus allen europäischen Nationen; ein Spiegelbild der Gästeschaft. Die Sprachenvielfalt im Personal-Speisesaal veranlasste Hans, den ältesten Hausknecht, zu einer kleinen Mahnrede über den Turmbau zu Babel und die Gefahren der modernen Zeit, die wie das alte Babylon an ihrer Hybris – er las in seiner freien Zeit viele Predigten – zugrunde gehen würde. Wie üblich hörte ihm niemand zu.

Herr Ganz beklagte sich bei Anna, dass für diese Saison erstaunlich viele «Gestalten mit zweifelhaften Zeugnissen» vorgesprochen hätten. Anscheinend dachten die Leute, man würde im Splendid jeden anstellen.

Es war höchste Zeit, dass das Personal vollständig war, denn die ersten Gäste reisten schon an. So früh lag zwar noch kaum Schnee, und das Eisfeld im Park war auch noch nicht bereit. Doch die hauptsächlich älteren Herrschaften genossen eh lieber die letzte Sonne des Spätherbstes auf langen Spaziergängen und wussten die Ruhe vor der Ankunft der lebhafteren, wintersportbegeisterten Klientel durchaus zu schätzen.

Lediglich eine Frau Eberhardt und ihre Tochter Louise wollten nicht so ganz in das beschauliche Bild passen. Die Mutter, eine knochige Frau mit fahriger Art, brachte eine eigenartige Unruhe unter die Gäste. Sie sass meistens im Damensalon und redete von nichts anderem als der für das Frühjahr geplanten Hochzeit der Tochter.

Louise Eberhardt schien die Gesellschaft ihrer Mutter zu meiden. Von gleicher Gestalt erschien die Tochter dem Betrachter dank ihrer Jugend schlank statt dürr wie die Mutter, und nichts an ihr wirkte fahrig – ganz im Gegenteil. Sie brachte die Menschen eher mit der Heftigkeit ihres Wesens aus der Fassung. Sie gab kurz angebunden Antworten, und obwohl sie ein hübsches Gesicht hatte, sah man sie nie lächeln. Ungehörigerweise verbrachte sie ihre Zeit mit langen, einsamen Wanderungen in den Bergen. Aus dem Dorf kamen Gerüchte, dass das junge Fräulein in ungeeignetem Schuhwerk auf gefährlichen Pfaden und abgelegenen Alpen gesehen worden war.

Alle im Hotel wussten, dass Fräulein Eberhardt ungeduldig auf Schnee zum Skifahren wartete. Unter dem Personal war man der Ansicht, dass der verspätete Winter ein Segen war. So wie Fräulein Eberhardt wanderte, brauchte sie auf Skiern ganz bestimmt nicht lange, um schwer zu stürzen. Ihre Wildheit rief viel Kopfschütteln hervor, und man wunderte sich, warum die Mutter das zuliess.

Natürlich war es gut möglich, dass Fräulein Eberhardt einfach noch einmal ihre Freiheit geniessen wollte. Doch Anna hatte die verzweifelte Entschlossenheit und Freudlosigkeit bemerkt, mit der Louise Eberhardt sich jeweils auf den Weg machte. Es gab einen weiteren Grund, warum eine junge, unverheiratete Frau ihren Körper immer wieder zum Äussersten trieb. Anna hatte schon erlebt, worauf das hinauslief: Der plötzliche Ruf nach dem Doktor, das Tuscheln und Kopfschütteln, Laken und Tücher, die schnell zur Seite geschafft werden mussten, und das beschämte Schweigen über das furchtbare Ende dessen, was einfach nicht hatte sein dürfen.

Ein oder zwei Mal überlegte Anna, mit der Mutter zu sprechen – aber als sie den hochprozentigen Hauch wahrnahm, der die Dame bereits am Vormittag umgab, gab sie das Unterfangen auf. Es konnte ja auch sein, dass sie sich irrte. Besorgt wartete sie jeden Nachmittag auf die Rückkehr der jungen Frau und wünschte sich, dass Henning bereits da wäre. Er war der Einzige im Haus, mit dem sie über ihren Verdacht zu sprechen gewagt hätte.

Auf Anfang Dezember traf das Gepäck des Lieutenants ein, der Gentleman würde wenig später folgen. Fuhrhalter Meier brachte die Koffer und Kisten vom Bahnhof, und ein kleines Heer von Portiers und Hausknechten trug sie in die Kleine Suite. Das Auspacken wäre eigentlich Josts Aufgabe gewesen, doch innerhalb kürzester Zeit war kaum noch ein Durchkommen, Portiers und Hausknechte standen vor einer Rebellion, und Hans verlangte an der Réception empört nach Fräulein Staufer.

Als Anna in die Suite kam, stapelten sich bereits überall Reisetaschen, Überseekoffer und in Wolldecken verschnürte Holzkisten. Eben trugen zwei Hausknechte einen weiteren Packen herein. Das Stück musste ein ordentliches Gewicht haben, wie Anna aus den Kommentaren schloss, die fielen, bevor die Männer ihre Anwesenheit bemerkten.

Zwischen zwei Koffern entdeckte Anna einen Umschlag, in dem eine Liste der verschiedenen Gepäckstücke samt Inhalt steckte. Sie schickte Jost, der ein unheimliches Geschick hatte, immer dort zu sein, wo er anderen in die Quere kam, ins Schlafzimmer, um die Überseekoffer mit der Garderobe des Gentlemans auszuräumen. Dann machte Anna sich mit der Liste in der Hand daran, Ordnung in das Chaos zu bringen.

Die grossen Packen waren als «Shannon-Registrators» aufgeführt. Während Anna noch darüber nachsann, was das wohl heissen mochte, erklang von der Tür eine bekannte Stimme: «Stauffacherin!»

So nannte sie nur Henning, angeblich weil sie ihn an die herrische Dame aus Schillers Stück gemahnte. Deren Motto «Schau vorwärts und nicht hinter dich!» kam der Wahrheit in Annas Leben beunruhigend nahe; das mochte Henning, unter dessen frivoler Schale sich ein scharfer Beobachter verbarg, wohl ahnen. Er war mit demselben Zug wie das Gepäck des Lieutenants angekommen und kletterte nun über Koffer und Kisten, um Anna mit einem formvollendeten Handkuss zu begrüssen.

«Das hätte ich mir denken können, Euch hier anzutreffen, im grössten Schlachtfeld, das dringend der zarten, doch ordnenden Hand der untadeligen Gouvernante bedarf! Ach, wie ich Euch vermisst habe – keine Eurer Standesvertreterinnen an den Gestaden des blauen Mittelmeers kann Euch das Wasser reichen.»

Anna versuchte erst gar nicht, es ihm mit gleicher Münze heimzuzahlen. Sie meinte schlicht: «Sie wurden auch vermisst, Henning. Ich hoffe, Sie sind wohlauf?»

In diesem Moment bemerkte sie das leichte Schillern auf seinem linken Jochbein. Sie biss sich auf die Lippen, doch er liess sich nichts anmerken.

«Oh – nur eine kleine Unpässlichkeit, alles wieder in Ordnung.»

Anna fuhr im selben unverfänglichen Ton fort: «Wie war es an der Riviera? Hat es Ihnen dort besser gefallen als hier in den Bergen?»

«Nicht unbedingt, doch der Mensch braucht Abwechslung. Aber anscheinend habe ich einiges verpasst – bisher habe ich nur ein paar nebulöse Andeutungen gehört, ich kann es kaum erwarten, mehr zu erfahren. Und was hier los ist, hat mir Herr Ganz schon berichtet. Das ist wohl Jost, der künftige Valet, der da so verloren vor einem Schrankkoffer steht?» Er griff nach dem Bund Kofferschlüssel, die auf dem Stehpult lagen, und warf sie mit einem Ruf dem verblüfften Jost zu. «Da, probier halt einfach, welcher passt. Der Koffer wird nicht aufgehen, nur weil du ihn anstarrst.»

Henning wandte sich wieder Anna zu. «Nicht gerade der Schnellste, hmm? Und was haben wir denn da?» Er zeigte auf einen der Kästen.

«Shannon-Registrators, was immer das auch ist – ich glaube, da drin werden Bücher sein.»

Er pfiff anerkennend. «Das sind stapelbare Bücherschränke. Die englischen Herren auf Auslandsmission nehmen so ihre Bibliothek mit. Wunderbar praktische Erfindung.»

Gemeinsam öffneten sie einen der Packen und fanden darin ein Schrankelement mit Glastür, die zusätzlich mit Jutesäcken geschützt war. Mehrere solcher Elemente aufeinandergestapelt ergaben einen Bücherschrank. Anna wies die Knechte an, alle Packen auszuwickeln, und half eifrig mit.

Henning zupfte sie am Ärmel. «Dass die Stauffacherin so vielen Büchern nicht widerstehen kann, habe ich mir schon gedacht. Aber ich fürchte, der Bursche wird im Schlafzimmer nicht alleine zurechtkommen. Wenn's recht ist, übernehme ich das.»

Anna nickte dankbar; das Zusammenbauen der Schränke verlangte einiges an Zeit, auch wenn die Elemente mit Nummern versehen waren. Zwischendurch widmete sie sich verstohlen den Bücherrücken. Zu ihrer Überraschung entdeckte sie auch hier die Schriftzeichen, die sie von Herrn Brennwalds Kunstsammlung her kannte. Sie hätte zu gerne eines dieser fremdländischen Werke aufgeschlagen, aber sie war kein junges Zimmermädchen mehr auf der Suche nach Lesestoff – zumal sie nichts davon hätte entziffern können.

Schliesslich war das Lesezimmer eingeräumt. Während die Hausknechte Packmaterial, Decken und Bänder wegräumten, hörte Anna Henning im Schlafzimmer aufstöhnen. Anscheinend ging es um die Feinheiten der Herrengarderobe.

«Was bist du doch für ein Tölpel. Ein solcher Gentleman hat keine auswechselbaren Kragen und Manschetten. Der zieht jeden Tag ein neues Hemd an!»

Anna wandte sich einer noch zugenagelten Holzkiste zu, der Liste zufolge sollte sie zwei Bilder enthalten. Nachdem Hans die Kiste vorsichtig geöffnet hatte, befreite Anna die Bilder aus ihrem Kokon von Holzwolle und Seidenpapier. Als Erstes kam eine winterliche Landschaft zum Vorschein, an der Herr Brennwald seine Freude gehabt hätte. Das Bild zeigte ein Dorf in den Bergen; Gestalten mit seltsamen Kopfbedeckungen aus Stroh eilten durch den tiefen Schnee im abendlichen Zwielicht nach Hause.

Die Kälte und der Wunsch der Menschen, so schnell wie möglich in ihr warmes Heim zu kommen, waren deutlich zu erahnen. Wie eigenartig, dass ein Künstler am anderen Ende der Welt aus der Fremde heraus so vertraute Erfahrungen vermitteln konnte. Am meisten war Anna aber von der Stille beeindruckt, die von dem Kunstwerk ausging – es war die Stille des Winters. Der Lieutenant schien an diesem Bild zu hängen, den auf der Liste war vermerkt, dass er es vom Bett aus sehen wollte.

Das zweite Bild war nicht so idyllisch, es zeigte eine junge Frau in reich fliessenden Gewändern; die fast zu Boden reichenden Ärmel üppig mit Blumen und Ranken geschmückt; ein kunstvoll geschnitzter Kamm zierte das schwarze Haar. Sie hielt eine Schriftrolle in ihren Händen, auf die sie beunruhigend selbstbewusst herabblickte.

Henning und Hans waren inzwischen hinzugetreten, um die Bilder zu betrachten. Die Dame schien beide zu faszinieren. Anna erging es nicht anders, sie drehte das Bild, um zu sehen, ob es eine Beschriftung hatte. Auf der Rückseite hatte wahrscheinlich der Kunsthändler einen Zettel mit einigen Erläuterungen aufgeklebt. Henning übersetzte genüsslich für Hans: «Das ist eine japanische Poetin. Eine Hofdame; berühmt für ihre Gedichte, die von den Freuden und Schmerzen ihrer zahlreichen Liebschaften handeln. Woraus wir schliessen können, dass sie auch eine Schönheit war.»

Hans brummte: «Hofdame! Das klingt mir mehr nach Kurtisane – so was Heidnisches!» Er bückte sich hastig, um noch herumliegende Holzwolle einzusammeln. Hans gehörte einer Freikirche an und las jeden Abend in der Bibel. Über die ihm unterstellten Knechte führte er ein strenges, alttestamentarisches Regiment. Es verging kein Tag, an dem er sie nicht daran erinnert hätte, dass alle Arbeit zu Ehren Gottes verrichtet werden sollte.

Anna drehte das Bild wieder um und betrachtete die Frau eingehend. Die Dichterin sah nicht aus, als hätte sie sich auch nur einmal im Leben für irgendetwas entschuldigt.

Henning lachte leise. «Was für ein prächtiges Persönchen. Ich würde ja gerne ein paar ihrer Gedichte lesen – ob es davon wohl Übersetzungen gibt?»

«Wohl kaum», meinte Anna, die sich im Stillen dasselbe gefragt hatte. Sie blickte sich suchend nach einem Platz für das Bild um, denn es gab keine Anweisungen.

Henning war in seinem Element. «Ich weiss nicht, ich glaube, die Dame gehört eher ins Schlafzimmer. Was meinen Sie, Hans?»

Der Hausknecht warf ihm einen nicht sehr christlichen Blick zu und verschwand, etwas von «Besen und Schaufel» vor sich hinmurmelnd.

Anna schüttelte den Kopf. «Sie sollten ihn nicht immerzu aufziehen.»

Henning hob abbittend die Hände. «Ich kann einfach nicht anders. Ihnen zuliebe will ich versuchen, mich zu bessern. Versprechen tu ich aber nichts.» Er begann, in der Werkzeugkiste, die die Hausknechte mitgebracht hatten, zu wühlen. «Nun, ich denke, Hans wird sich weigern, hierfür einen Nagel einzuschlagen. Also, Stauffacherin, wohin damit?»

«Sie ist eine Dichterin», meinte Anna. Sie war sich sicher, der Dame waren ihre Gedichte wichtiger als ihre Liebhaber gewesen. «Liebschaften sind vergänglich, Poesie hingegen dauert an. Also kommt sie an die Wand über dem Stehpult.»

Grinsend machte sich Henning ans Werk. Anna bat ihn, auch noch gleich das verschneite Dorf im Schlafzimmer aufzuhängen. Als er damit fertig war, meinte er: «Also, ich bin ja auf diesen Lieutenant Wyndham gespannt. Er scheint über einen ausgezeichneten Geschmack zu verfügen. Was ist mit Ihnen? Ein Mann, der Listen schreibt und mit so vielen Büchern reist, der müsste Ihnen doch gefallen.»

Sie warf ein Büschel Holzwolle nach ihm. Lachend eilte er davon. «Schon gut, ich verstehe, mein *esprit* ist hier nicht mehr länger gefragt. Dann werde ich mal nachsehen, was mein Ersatz in der Bar so alles angerichtet hat.»

Helen und Edith, die beiden für diese Etage zuständigen Zimmermädchen, erschienen, um das Bett zu beziehen und das Badezimmer herzurichten. Anna bemerkte, dass die Wasserkaraffe auf dem Nachttisch fehlte, und machte sich mit einem Seufzer auf den Weg in die Wäschekammer, wo auch kleinere Einrichtungsgegenstände gelagert wurden. Als sie zurückkam, konnte sie im Lesezimmer gerade noch das Ende von Helens Verdikt zur Einrichtung mithören.

«Furchtbar karg – fast wie ein Gefängnis. Keine Fussschemel; keine Teppiche. Wo wir doch so hübsche Sachen auf dem Dachboden haben. Und hier hat's nicht mal einen Bettvorleger.»

Anna betrat das Schlafzimmer und stellte die Karaffe mit etwas mehr Nachdruck, als dem Glas guttat, auf den Nachttisch.

«Wenn jemand nicht sicher auf den Beinen ist, mag er keine rutschigen Teppiche und Fussschemel, über die er stolpern kann.»

Helen murmelte eine Entschuldigung.

«Schon gut. Wenn ihr hier fertig seid, gebt Herrn Ganz Bescheid.»

Kurze Zeit später traf Herr Ganz ein, damit er die Räume inspizieren und vor allem die Arbeit des künftigen Valets überprüfen konnte. Während der Inspektion von Kleiderschrank und Kommode wagte Anna einen kurzen Blick auf die Garderobe des neuen Gastes: vernünftig, nicht übermässig elegant geschnittene *lounge suits* aus dunkelbraunem und grauem Tweed und schlichte Hemden mit niedrigen Kragen.

Anna konnte weder einen Frack noch andere Abendgarderobe entdecken. Es fehlten auch die für Sport und Wintervergnügen üblichen Kleidungsstücke. Der Gentleman hatte wirklich im Sinn, ein zurückgezogenes Leben zu führen. Nachdem Jost diverse Schubladen wieder aus- und umgeräumt hatte, fand Anna sich mit Herrn Ganz alleine im Salon.

«Sehr hübsch, Fräulein Staufer, das haben Sie hervorragend gemacht. Das ist wirklich ein prächtiges Lesezimmer geworden.»

Die Bücherschränke standen an den Innenwänden des Raums. Am Fenster links der Balkontür hatte Anna einen kleinen Esstisch mit zwei Stühlen platziert. Rechts der Balkontür stand das Stehpult und gleich daneben in der Zimmerecke der Lesesessel samt einem kleinen Beistelltisch. So platziert erhielt der Sessel tagsüber Licht von Süden und am Abend von Westen. Eine Lampe aus dem Lesesalon sorgte zudem an düsteren Wintertagen für Licht. Zwischen den beiden Fenstern an der Westwand standen hinter einem schmalen Salontisch ein kleines Sofa und daneben ein Fauteuil. Teppiche lagen nur unter dem Esstisch und dem Sofa. Das mochte «kahl» aussehen, aber es war so eingerichtet, dass der Lieutenant ohne Umwege und Hindernisse zu seinem Sessel, an sein Pult und an seine Bücher kam.

Herr Ganz betrachtete die Bücherschränke genauer, er beugte sich vor, um die Bücherrücken zu studieren. «Das sieht asiatisch aus. Was das wohl für eine Sprache ist?»

Anna trat neben ihn. «Chinesisch oder Japanisch – beide Sprachen benutzen diese Zeichen, aber sie werden nicht gleich ausgesprochen. Das hat mir ein Herr erklärt, der mit fernöstlicher Kunst handelt.»

«Faszinierend.» Er richtete sich wieder auf. «Unser Gast hat wohl seinen Dienst im Pazifik absolviert. Auf jeden Fall dürfte es sich um einen interessanten Charakter handeln.»

An diesem Tag hatte Anna keine Zeit mehr, sich mit Henning zu unterhalten. Sie versuchte es am nächsten Morgen in seinem Reich; in der Hoffnung, seinen Rat zu Fräulein Eberhardts eigenartigen Spaziergängen einzuholen.

Anna mochte die Bar. Die vielen Gläser, Flaschen und geheimnisvollen Gerätschaften liessen sie an ein alchemistisches Labor denken. Allein schon die Vielfalt an Gläsern war berauschend – es gab diverse Wein-, Champagner-, Portwein-, Cordial-, Bier- und Sherrygläser, Gläser für Punsch, Mineralwasser und Fruchtsäfte. An der verspiegelten Wand hinter der Bar entlang zogen sich Regale, auf denen fein säuberlich wie Soldaten unzählige Flaschen aufgereiht waren. Zuoberst die Whisky-, Brandy- und Ginflaschen, darunter die Cordials oder Liqueure mit ihren verführerischen Namen: Eau d'Amour, Crème d'Ananas, Huile de Fleurs Oranges, Eau Céleste, Bénédictine, Chartreuse.

Doch die prächtige Ordnung von Gläsern und Flaschen war anscheinend empfindlich gestört worden. Anna fand Henning in einem Zustand tiefster Verzweiflung über eine auf dem Tresen liegende Bestandsliste gebeugt.

«Ach, Stauffacherin», rief er bei ihrem Anblick aus und streckte ihr die Hände entgegen, «Ihr seid meine Rettung, ich bin kurz davor, das heiligste Gebot meines ehrwürdigen Standes zu brechen und mich zu betrinken. Was war das nur für ein Kretin, dem man meine Bar anvertraut hat?»

Die Vorräte der Bar waren anscheinend in einem erbärmlichen Zustand, nicht zu erwähnen die horrende Zahl von Gläsern, die zu Bruch gegangen waren, ohne dass Ersatz beschafft worden wäre. Und so ging es immer weiter, wobei Anna mitfühlend zuhörte, bis Henning von der eigenen Litanei erschöpft war.

«Also wirklich, wie konnte der sich hier nur Zugang verschaffen? Ist denn niemandem aufgefallen, dass er offensichtlich keine Ahnung hat, wie man eine Bar führt?»

Aus Erfahrung war Anna bekannt, dass in Hennings Augen höchstens ein halbes Dutzend Männer auf diesem Planeten das wirklich wussten, aber in diesem Falle musste sie ihm recht geben. «Es gab Beschwerden. Aber Jean war ja nicht Ihr eigentlicher Ersatz, das war Albert, und der beherrschte sein Handwerk. Doch er reiste bereits kurz nach Beginn der Saison wieder ab, ein Unglücksfall in der Familie. Jean war der Ersatz für den Ersatz – Sie wissen, dass man in der Hochsaison nicht viel Auswahl hat. Er war sehr beflissen, aber ich hatte nicht den Eindruck, dass er wirklich wusste, was er tat. Viele Gäste haben nach Ihnen gefragt.»

«Kein Wunder! Ich habe keine Ahnung, ob ich noch alle fehlenden Vorräte bis zu den Festtagen beschaffen kann. Wenn nicht Charles zwischendurch ausgeholfen hätte, ich weiss nicht, ob wir überhaupt noch eine Bar hätten.»

Die Lage musste ernster sein, als Anna gedacht hatte. Charles war ein Kellner, der unbedingt Bartender werden wollte und deshalb Henning manchmal aushelfen durfte – doch ein Wort des Lobes hatte Anna über ihn bisher nur selten gehört.

«Ja, Charles ist ziemlich häufig hier eingesprungen. Herr Ganz fand, dass Jean sich zu viel freie Abende nahm, aber Charles beklagte sich natürlich nie.»

«Das glaube ich gerne! Wie's aussieht, hat er immerhin keine Gäste vergiftet, aber um das Aufstocken der Vorräte hat er sich auch nicht richtig gekümmert. Ich weiss nicht, wie wir Weihnachten und Neujahr überstehen sollen – es fehlt an allen Ecken und Enden etwas.»

«Sie schaffen das schon – Sie sind doch ein wahrer Zauberer.»

Er schenkte ihr ein Lächeln und glättete seine zerzausten Haare. «Danke, nach allem, was ich gehört habe, mussten Sie im Sommer auch ein rechtes Zauberkunststückchen vollbringen. Mit der Baronin von Helmdorf in der Rolle der Jungfer, die entzweigesägt wird.»

«Ach, das war nicht ganz so schlimm.» Sie zögerte, doch Henning würde ihr Glauben schenken. «Nur ganz geheuer war mir die Sache schon nicht.»

Das erweckte seine Neugier. «Warum denn das?» Er schob die

kummervolle Bestandsliste zur Seite. «Erzählen Sie mir bloss nicht, dass da ein Poltergeist am Werk war. Ich habe Sie bisher für keine Spiritistin gehalten.»

«Natürlich nicht! Aber ich glaube auch nicht, dass das nur ein Streich oder ein dummer Schabernack war. Es scheint mir, als ob man die Zimmer durchsucht und nicht nur zerstört hätte.»

«Du liebe Zeit», entfuhr es ihm, «das erinnert mich an etwas. Das mit dem Durchsuchen meine ich – das wollte ich Ihnen gestern schon erzählen, aber dann waren Sie so beschäftigt. Und überhaupt ist es keine schöne Geschichte, die man sich beim ersten Wiedersehen erzählen sollte.»

Anna starrte ihn nur verwirrt an.

«Verzeihung, ich sollte ganz von vorn anfangen. Waren Professor Hatvany und seine Gattin diesen Sommer hier?»

«Ja, natürlich – wie immer.»

«Und war irgendetwas seltsam? Haben sie sich anders als sonst verhalten?»

«Der Professor schien etwas geistesabwesend. Aber Sie wissen ja, wie er ist – immer ein wenig zerstreut. Frau Professor Hatvany entschuldigte sich dafür. Sie sagte, dass er an einer grossen Schrift arbeite, die ihn sehr in Anspruch nehmen würde.»

«Und was war mit ihr?»

«Sie sah etwas müde aus. Sie machte sich wohl Sorgen um ihren Gatten. Sie sind dann auch frühzeitig abgereist. Aber was sollen all die Fragen nach den Hatvanys?»

Henning legte ihr eine Hand auf die Schulter. «Sie sind tot, alle beide.»

Anna hielt sich am Tresen fest. «Wie bitte? Aber wie ist das möglich? Was ist denn nur passiert?»

Er holte ein Glas hervor und schenkte ihr einen Cognac ein. «Den trinken Sie besser. Eines Tages habe ich in der Zeitung eine Kurzmeldung gesehen, dass es im Hermitage in Nizza zu einem tragischen Unglücksfall gekommen sei. Ein bekannter ungarischer Gelehrter, Professor H., und seine Gattin waren tot in ihrem Zimmer aufgefunden worden. Ein Freund von mir arbeitet im Hermitage. Er nannte mir die Namen der Hatvanys. Was er dann noch erzählte, war aber kaum zu glauben. So wie die Meldung abgefasst war, hatte ich schon vermutet, dass es sich um Mord und Selbstmord handelte. Aber dass man die Waffe in der Hand der Frau Professor gefunden hatte, damit hatte ich nicht gerechnet.»

Anna hätte sich beinahe am Cognac verschluckt. Henning klopfte ihr kräftig auf den Rücken. Als sie sich erholt hatte, schüttelte sie den Kopf. «Das mag ich einfach nicht glauben.»

Sie erinnerte sich, wie die Hatvanys nach jedem Mittagessen Arm in Arm zum Wäldchen neben der Dépendance spaziert waren, um die Vögel und Eichhörnchen mit Resten aus dem Speisesaal zu füttern. Und nun war ihr Leben in einem doppelten Akt der Gewalt ausgelöscht worden, dem sich Annas Verstand einfach verweigerte.

«Sie sind nicht die Einzige, die mit der Vorstellung einer solchen Tat Mühe hat. Die französischen Behörden waren wohl auch etwas misstrauisch. Mein Freund erzählte mir, dass innerhalb von vierundzwanzig Stunden nach Auffinden der Leichen die ‹Tigerbrigaden› aufgetaucht sind.»

«Die ‹Tigerbrigaden› – was ist denn das?»

«Sagen wir ein besonderer Zweig der französischen Polizei, mit dem man nicht unbedingt zu tun haben möchte. Sie werden hinzugezogen, wenn man die Untersuchungen nicht der örtlichen Gendarmerie überlassen will. Sie sollen die Zimmer der Hatvanys richtiggehend auf den Kopf gestellt haben – fast so, als ob sie nach etwas Bestimmtem gesucht hätten. Gefunden haben sie es wohl nicht, denn sie reisten ausgesprochen schlechter Laune wieder ab.»

Anna betrachtete das Glas in ihren Händen. Ihr wurde leicht schwindlig, und das rührte nicht vom Cognac her. «Henning, die Hatvanys hatten dieses Jahr nicht das Doppelzimmer mit Blick auf den Park, das sie sonst immer buchten. Sie feierten Goldene Hochzeit, und als der Patron davon hörte, offerierte er ihnen die Kleine Suite zum selben Preis. Natürlich nur, weil die Burckhardts in letzter Minute abgesagt hatten.»

«Wann genau war das?»

Anna musste nicht lange überlegen. «Während der ersten Junihälfte; danach bezog die Baronin die Kleine Suite.»

«Danach müssen die Hatvanys wohl direkt an die Riviera gefahren sein. Die Tragödie dort ereignete sich Ende Juni.»

«Und am 1. August wurde die Kleine Suite zerstört.» Anna hatte ihr Notizbuch gezückt und die Daten eingetragen. Es entstand eine beunruhigende Chronologie.

«Ich wollte damals dem Patron erklären, dass ich den Eindruck hatte, die Zimmer wären durchsucht worden. Aber er mochte mir nicht glauben.»

«Oh, vielleicht hat er Ihnen geglaubt, Stauffacherin, aber sich dazu entschlossen, lieber nicht genauer hinzusehen. Solche Dinge passieren manchmal in Hotels – das wissen wir doch beide.»

«Denken Sie, dass sie – wer auch immer das war – gefunden haben, wonach sie suchten? Und was kann das schon gewesen sein?»

«Nun, nach allem, was ich gehört habe, wurde sehr gründlich vorgegangen. Was immer es war, es ist wahrscheinlich schon lange fort – sofern es je hier war.»

Anna schauderte leicht. «Vielleicht haben wir einfach nur zu viel Einbildungskraft?»

«Vielleicht», meinte Henning mit einem etwas zweifelnden Gesichtsausdruck. «Machen Sie sich keine Sorgen. Wir werden diese Saison wahrscheinlich keine grösseren Mysterien zu lösen haben, als wer die Palmkübel im Vestibül auf unaussprechliche Art und Weise entweiht hat.»

«Wollen wir hoffen, dass Sie recht behalten, Henning.» Sie reichte ihm das leere Glas. «Vielen Dank für den Cognac. Eine Gouvernante sollte sich ja nicht der Trunksucht hingeben, aber den habe ich wirklich gebraucht.»

«Trunksucht? Oh, Stauffacherin, eines Tages sollten Sie sich wirklich einmal richtigen Ausschweifungen hingeben. So unschuldig darf man nicht durchs Leben gehen.»

Anna verabschiedete sich kopfschüttelnd von ihm. Es war Montag, und sie musste noch die Wäschekammern kontrollieren. Während sie Laken, Handtücher und Kissenbezüge abzählte, ging sie in Gedanken nochmals das Gespräch mit Henning durch. Sie konnte sich trotz seiner Versuche, sie zu beruhigen, eines unguten Gefühls nicht erwehren. Vielleicht lag es nur daran, dass das Schicksal der Hatvanys dunkle Erinnerungen in ihr aufrührte. Doch der Gedanke an die Geschehnisse in der Kleinen Suite hatte sie schon zuvor beunruhigt.

Immer wieder musste sie an die Hatvanys denken und wie glücklich sie miteinander gewesen waren. Der Professor – aus altem ungarischen Adel stammend – hatte unter Stand geheiratet: eine Näherin, die Tochter der Zimmerherrin seiner Studententage in Wien.

So zumindest war im Damensalon gerne getuschelt worden. Frau Professor Hatvany hatte erheblich bessere Manieren gehabt als die Damen, die glaubten, auf die «kleine Näherin» herabblicken zu können. Sie hatte sich stets die Namen der Zimmermädchen gemerkt und darauf geachtet, niemandem unnötig Arbeit zu machen. Auch der Herr Professor war beim Personal beliebt gewesen. Beim Plaudern mit Gärtnern und Hausknechten hatte er jeweils mit feinem Ohr hingehört und sich immer gefreut, wenn es ihm gelang, die Herkunft eines Pagen oder Portiers richtig zu raten. Bald hatte er sogar die Kunst beherrscht, zwischen verschiedenen Schweizer Dialekten unterscheiden zu können. Wegen dieses Steckenpferdes hatten alle angenommen, dass seine Studien sich irgendwie um Sprachen drehten. Anna stellte beschämt fest, dass sie nicht genau wusste, was wirklich das Fachgebiet des Professors gewesen war.

Nach dem Mittagessen ging Anna zur Réception, um sich von Herrn Ganz den neuesten Band von «Wer ist's» auszuleihen. Er hatte das gesellschaftliche Nachschlagewerk immer in Reichweite. Anna wollte die nachmittägliche Zimmerstunde dazu nutzen, mehr über den Professor zu erfahren.

Der Eintrag zu Professor Hatvany war kurz: «Janos Hatvany, 1840 in Budapest geboren, Studium der Sprachwissenschaften samt Doktortitel in Wien. Lehrtätigkeit an verschiedenen Universitäten; Spezialisierung auf das Gebiet der Kryptographie. Verfasser mehrerer bahnbrechender Studien und Grundprinzipien zu dieser militärischen Wissenschaft.»

Davon, was Kryptographie war, hatte Anna nur eine unklare Vorstellung. Sie machte sich auf in den Lesesalon, wo zwei Herren aus Schweden über irgendwelchen Plänen brüteten und sie nicht weiter beachteten. In einem der grossen Konversationslexika schlug sie unter «Kryptographie» nach und wurde zum Eintrag für «Geheimschrift» verwiesen, dort stand: «Eine Schrift aus Chiffren, d. h. aus Buchstaben, Zeichen oder Zahlen mit geheimer Bedeutung (eigentliche Chiffreschrift, auch kurz bloss ‹die Chiffre›), ferner eine Schrift aus solchen Wörtern, die einzeln für sich zwar einen offenkundigen Sinn, in Wirklichkeit aber eine verabredete Bedeutung haben (Codewörter, auch kurz bloss ‹der Code›).»

Es folgte ein langer Absatz zur Geschichte dieser Kunst seit der

Antike. Nachdenklich klappte Anna das Buch zu und kehrte in ihre Kammer zurück.

Vor zwei Jahren hatten die Pagen Herrn Ganz mit einer neuen «Unsitte» in Rage gebracht: kleine Zettelchen in einer Geheimsprache. Es war ihm nicht gelungen, das System hinter der Chiffre zu entdecken, denn die Pagen hatten nicht einfach nur Buchstaben vertauscht. Natürlich war ein solches Unterfangen suspekt, aber der Enthusiasmus der sonst so lernunwilligen Pagen hatte Herrn Ganz doch beeindruckt.

Anna hatte ihm geraten, nichts zu unternehmen. Die geheimnisvollen Botschaften verloren an Reiz, wenn niemand versuchte, sie zu entziffern. Sie hatte recht behalten, die Zettelchen verschwanden so plötzlich wieder, wie sie aufgetaucht waren.

Sie hatte die Episode schon fast vergessen, doch jetzt wurde ihr klar, dass die Geheimbotschaften damals kurz nach einem Aufenthalt der Hatvanys aufgetaucht waren. Der Professor musste wohl ein paar Vorlesungen aus dem Stegreif gehalten und dabei eine besonders enthusiastische Zuhörerschaft gefunden haben.

Doch das alles half ihr nicht dabei, eine Antwort auf die Frage zu finden, was mit den Hatvanys geschehen war. Sie machte ein paar Notizen und brachte das «Wer ist's» zurück.

Erst später fiel ihr ein, dass sie mit Henning noch gar nicht über Fräulein Eberhardt gesprochen hatte. Beunruhigt wartete sie am Nachmittag auf die Rückkehr der schlanken Gestalt. Fräulein Eberhardt tauchte erst nach Einbruch der Dunkelheit auf. Anna war bei ihrem Anblick nicht unbedingt erleichtert; sie hatte eher das Gefühl, dass das Unvermeidliche nur wieder um einen Tag hinausgezögert worden war.

Begegnung mit Folgen

«Was ans Herz rührt – Ein Gebirgsdorf im Schnee.»
Kopfkissenbuch der Dame Sei Shonagon, um 1000

Zu Christians Erleichterung liess Hastings das Thema «Sternenbach» bis zu seiner Heimreise ein paar Tage später ruhen. Stattdessen drehten sich ihre Gespräche um japanische Poesie und die Kunstwerke in Tante Elinors Sammlung. Hastings, der Christians Vorlieben kannte, stellte viele Fragen nach den Künstlern, Motiven und Techniken der prächtigen Farbholzschnitte, die alle Räume im Haus zierten.

Christian erhielt indes auf seine Fragen im Haus keine Antwort. Frau Haag, die Haushälterin, verstand nur sehr wenig Englisch und war kaum in die Geheimnisse ihrer Dienstherrin eingeweiht gewesen. Und die Gesellschafterin seiner Tante hatte vor ihrer Rückkehr nach England auf Anweisung hin alle privaten Papiere vernichtet. Die Kleider und persönlichen Gegenstände Tante Elinors waren ebenfalls gemäss den Wünschen der Verstorbenen verteilt worden. Nur die Schmuckschatulle stand noch auf dem Frisiertisch, versehen mit einer kurzen Notiz in der energischen Handschrift: «Für meine Tochter Georgiana, sollte sie mir je verzeihen.»

Als Christian von seinem Erbe erfahren hatte, war er sich nicht sicher gewesen, ob er es annehmen konnte. Er hatte das Thema gegenüber Georgiana vorsichtig zur Sprache gebracht, ihre Antwort fiel deutlich aus: «Sei kein Narr, du kannst es gerade jetzt besser gebrauchen als Freddy und ich. Keiner von uns beiden will jetzt noch etwas von ihr. Wir hätten sie gebraucht, als sie noch lebte.»

«Bist du mir böse, dass ich sie besucht habe?» Er hatte ihr diese Frage nie zuvor gestellt, noch je mit ihr über die Besuche gesprochen, über die sie allerdings Bescheid gewusst hatte.

«Gewiss nicht. Sie war deine Tante, und sie wollte dich sehen, was hättest du auch sonst tun sollen? Es ist nicht deine Schuld, dass sie von ihren eigenen Kindern nichts wissen wollte.»

Und als er ihr später mitteilte, dass er beabsichtigte, in die

Schweiz zu ziehen, hatte sie nur gesagt: «Du wirst in ihrem Haus leben, nicht wahr? Vielleicht komme ich dich trotzdem einmal besuchen.»

Seltsamerweise erwähnte nun auch Hastings bei seiner Abreise, dass Georgiana vielleicht in die Schweiz reisen würde, um ihren Cousin zu sehen.

«Das kann ich mir nicht vorstellen.» Christian war darüber erstaunt, dass Hastings Georgiana überhaupt erwähnte. Er hatte stets den Eindruck gehabt, dass Hastings zu den wenigen Männern gehörte, die Georgiana nicht beeindrucken konnte. «Sie mag weder den Winter noch die Berge besonders. Und da sie schon den ganzen Sommer über meinetwegen in London bleiben musste, hoffe ich doch, sie wird sich jetzt etwas Ruhe an der Riviera gönnen.»

«Nun, wir werden sehen. Alles Gute, Wyndham. Ich wünsche dir, dass du in den Bergen findest, was auch immer du suchst.»

Nach diesem unerwartet poetischen Abschied blieb Christian alleine im Haus zurück. Er trat auf den Balkon und sah der Droschke nach, die Hastings zum Bahnhof brachte. Mit leichtem Unwillen kehrte er in den Salon zurück. Die verspielte Atmosphäre in dem überfüllten Zimmer müsste Georgiana eigentlich gefallen – wenn denn jemand anderes als ihre Mutter den Raum eingerichtet hätte. Christian hingegen fühlte sich von den vielen Objekten eher bedrängt. Zum Glück würde er am nächsten Tag nach Sternenbach aufbrechen.

Er ging in sein Schlafzimmer und öffnete die von Frau Haag gepackte Tasche nochmals. Doktor Fuller hatte darauf bestanden, dass Christian das verhasste silberne Etui mitnahm. Er steckte es in eine Seitentasche. Seine Luger legte er in ihrem Holster unter das Waschzeug. Manche Kollegen hatten seine Waffenwahl mit Naserümpfen bedacht, doch er fand Zielgenauigkeit und Handlichkeit wichtiger als eine patriotische Herkunft.

Die Fahrt von Zürich nach Sternenbach war im Vergleich zu der langen Reise in die Schweiz nicht sonderlich mühsam. Christian musste nur darauf achten, dass er beim Umsteigen den Anschlusszug nicht verpasste. Schliesslich sass er in der kleinen Bahn, die sich mit erstaunlicher Zähigkeit gegenüber den Gesetzen der Schwerkraft einen steilen Berghang hinaufkämpfte.

Schon als kleiner Junge hatte er die Berge sehen wollen und sich vorgestellt, wie phantastisch es im Winter sein musste, wenn die ganze Welt sich in eine einzige Sinfonie aus Weiss verwandelte. Von der Sinfonie in Weiss war allerdings nicht viel zu sehen, es lag nur ein dünner Flaum, der auf den Strassen und Pfaden schon geschmolzen war. Aber, so hatte ihm ein Mitreisender erklärt, das würde sich schon bald ändern. Der Mann fügte hilfreich hinzu, dass es nach Schnee rieche. Christian war zu lange auf See gewesen, um über Leute zu lachen, die behaupteten, einen Wetterumschwung riechen zu können.

Am Bahnhof wartete bereits ein Gepäckträger, der ihn zu einer kleinen, eleganten Kutsche führte. Das Hotel war glücklicherweise nicht weit entfernt. Der Direktor begrüsste Christian persönlich und führte ihn zur Suite, wo bereits der Concierge und der zukünftige Valet warteten. Der sichtlich nervöse Bursche brachte nur mit einiger Mühe heraus, dass ein Bad eingelassen und Tee und Sandwichs geordert wären.

Christian bedankte sich für den freundlichen Empfang, und Direktor und Concierge verabschiedeten sich. Sein Valet half ihm – geschickter als erwartet – beim Ablegen des Mantels. Doch Christian hatte zu starke Schmerzen, um sich auf weitere Experimente einzulassen, und beschloss, fürs Erste lieber ohne Hilfe zurechtzukommen.

«Wunderbar – ich danke Ihnen vielmals, aber ich möchte mich gleich hinlegen und denke nicht, dass ich heute noch Ihrer Dienste bedarf. Und morgen hätte ich gerne Kaffee zum Frühstück, ich werde wahrscheinlich sehr lange schlafen und möchte nicht gestört werden. Ich werde nach Ihnen läuten.»

Sichtlich erleichtert verschwand der junge Bursche im Schlafzimmer, zog die Vorhänge zu und schlug das Bett auf. Er wollte auch noch die Reisetasche auspacken, doch Christian beharrte darauf, das selbst zu tun.

Das Auskleiden war mühselig, aber er hatte es in den vergangenen Tagen auch alleine erledigt. Bevor er müde ins Bett sank, bemerkte er noch, dass Hiroshiges «Abendschnee» seinen Wünschen entsprechend aufgehängt worden war. Er warf einen Blick auf das verschneite Dorf an der Wand und machte das Licht aus.

Anna hätte eigentlich bei der Begrüssung des wichtigen Gastes zugegen sein müssen, aber sie wurde kurz davor weggerufen: Louise Eberhardt hatte einen Unfall erlitten.

Das Fräulein hatte auf einer ihrer einsamen Wanderungen versucht, eine Abkürzung über die Stosshalde zu nehmen. Auf dem steilen Abhang wurden im Sommer Schafe und Ziegen geweidet, doch jetzt lag auf dem alten Gras eine dünne Schneeschicht – auf blossem Eis hatte man mehr Halt. Es kam, wie es kommen musste.

Zwei Bauern, die am Waldrand arbeiteten, eilten zu Hilfe und brachten die junge Frau mit ihrem Fuhrwerk zum Splendid. Dort bestand sie darauf, alleine durch einen Seiteneingang ins Hotel zu gehen. Die Männer liessen sie ziehen, doch dann kamen dem älteren doch Zweifel, und er wagte sich ins Vestibül vor. Herr Ganz, der eigentlich schon auf dem Weg in die Kleine Suite war, hatte umgehend nach Fräulein Staufer schicken lassen und auch nicht vergessen, dem Mann eine Belohnung anzubieten, die dieser empört abgelehnt hatte.

Anna fand Louise Eberhardt in ihrem Zimmer, bis zum Kinn zugedeckt im Bett und kaum noch ansprechbar. Als Anna das Laken anhob, sah sie, dass die junge Frau noch so viel Verstand besessen hatte, ein paar Handtücher dorthin zu pressen, wo sie gebraucht wurden. Anna eilte aus dem Zimmer, um Doktor Reber zu telefonieren.

Er brauchte keine grossen Erklärungen. Nach ein paar knappen Anweisungen beendete er das Gespräch, ohne sich zu verabschieden. Anna lief in die Bar und bat Henning um seinen ganzen Eisvorrat, verschwand damit nach oben und besorgte aus der Wäschekammer noch mehr Handtücher.

Inzwischen hatte sich auch Frau Eberhardt eingefunden. Sie war keine grosse Hilfe; sie stand am Fenster, schluchzte leise in ein Taschentüchlein und stiess immer wieder hervor: «Ach, Louise – es wird schon alles wieder gut.»

Anna beförderte sie schliesslich etwas unsanft aus dem Raum, rief eines der Zimmermädchen herbei und befahl ihm, bei Frau Eberhardt zu bleiben, bis der Doktor mit der Untersuchung fertig wäre.

Als Doktor Reber eintraf, hatte Anna bereits eine erste kalte Kompresse aufgelegt. Er arbeitete schnell und schweigsam, während sie ihm assistierte. Als er fertig war, verliess sie das Zimmer, damit er alleine mit seiner Patientin reden konnte.

Frau Eberhardt hatte sich inzwischen mit einer Bekannten auf ihr Zimmer zurückgezogen. Anna begleitete den Doktor zu dem unangenehmen Gespräch mit der Mutter, doch wie viel diese von dem verstand, was er knapp mit «Blutungen, hervorgerufen durch ein Übermass an körperlicher Aktivität» umschrieb, stand in den Sternen.

«Was soll ich denn nur ihrem Vater und ihrem Verlobten sagen?» Händeringend wiederholte Frau Eberhardt ständig diesen einen Satz, das war alles, was sie beschäftigte.

«Sie können den Herren mitteilen, dass Fräulein Eberhardt eine untadelige Braut abgeben wird, sollte sie das hier überstehen», antwortete der Doktor eisig.

Frau Eberhardt schien den verborgenen Sinn seiner Worte nicht zu bemerken. Die Dame, die sich um sie kümmerte, warf ihm hingegen einen entrüsteten Blick zu, bevor sie sich wohl still ermahnte, dass es hier gar keinen Grund zur Entrüstung geben durfte. Der Doktor kündigte an, in den nächsten Tagen regelmässig vorbeizukommen, und verabschiedete sich mit einem Minimum an Höflichkeit.

Danach gab er Anna letzte Anweisungen unter vier Augen. «Sie muss unbedingt im Bett bleiben. Sorgen Sie dafür, dass sie weiter kalte Umschläge erhält, und sie muss essen – leichte Kost, aber mehr als nur ein paar Bissen. Und ab morgen zu jeder Mahlzeit ein kleines Glas Rotwein. Achten Sie darauf, dass die richtige der beiden Damen Eberhardt das Glas austrinkt, und rufen Sie mich sofort, wenn die Blutungen wieder einsetzen sollten.»

Er wirkte aufgebracht, und für einen Moment sah es so aus, als würde er sich doch zu einer Indiskretion hinreissen lassen, doch schliesslich gewann sein Berufsethos die Oberhand. Er dankte Anna für ihre Hilfe und verabschiedete sich von ihr um einiges herzlicher als von Frau Eberhardt.

Beim Abendessen war die Episode das Hauptthema. Irgendein romantisches Gemüt hatte beschlossen, dass das Fräulein sich aus unglücklicher Liebe die Halde hinuntergestürzt hatte, und alle waren sehr gerührt. Das war, was Herrn Ganz und Anna betraf, eine gute Variante der Wahrheit, und so beliessen sie es nur bei ein, zwei kurzen Ermahnungen, nicht so viel zu tratschen.

Anna hatte den neuen Gast nicht vergessen. Sie erkundigte sich bei Herrn Ganz nach dem Wohlbefinden von Lieutenant Wyndham.

«Ich weiss nicht, er sah etwas angeschlagen aus.» Herr Ganz seufzte, wahrscheinlich sah er seine Bedenken bestätigt. «Aber ich nehme an, die Reise war nicht gerade gut für seinen Rücken.»

«Und wie hat sich Jost gehalten?»

Er holte tief Luft. «Sie werden es nicht glauben, Fräulein Staufer. Aber als ich ein paar Minuten vor Lieutenant Wyndhams Ankunft in der Kleinen Suite vorbeischaute, da war weder Tee noch Sandwichs geordert. Und von einem heissen Bad keine Spur. Der Bursche hatte lediglich die Zimmer gelüftet! Ich musste ihm ordentlich Beine machen. Nun, ich fürchte, es liegt jetzt in den Händen des Lieutenants. Manche Offiziere wissen ja genau, wie man nervöse Burschen in den Dienst einweist. Hoffen wir das Beste.»

Die nächsten Tage über war Anna so beschäftigt, dass sie kaum Zeit hatte, sich über Lieutenant Wyndham und Jost Gedanken zu machen. Sie kümmerte sich um Fräulein Eberhardt, die die Anweisungen des Doktors widerspruchslos befolgte, dabei aber immer mehr verstummte. Sie starrte die meiste Zeit mit leerem Blick aus dem Fenster. Ihr Körper erholte sich zwar, aber ihr Geist schien sich immer weiter zu entfernen von dem unsäglichen Geschwätz ihrer Mutter, die wie ausgewechselt war und von nichts anderem zu reden wusste als der bald anstehenden Hochzeit. Es war kaum auszuhalten.

Louise Eberhardt hatte wohl mit Wissen, vielleicht sogar auf Drängen der Mutter Gesundheit und Leben riskiert, um einen Skandal zu verhindern. In der Stadt taten Dienstmädchen und Arbeiterfrauen oft dasselbe, wenn sie einer jener dubiosen Kleinanzeigen vertrauten, welche eine «Wiederherstellung der Monatsblutung» anpriesen.

Fräulein Eberhardt erhielt immerhin medizinischen Beistand – doch selbst für eine Tochter aus gutem Hause galten dieselben grausamen Regeln. Für einen Fehler, den sie nicht alleine begangen hatte, musste sie alleine büssen.

Es war eine unsägliche Scharade, und Anna war auf sich selbst zornig, weil sie ihren Part wie alle anderen widerspruchslos spielte und so tat, als wäre Louise Eberhardt nur «unpässlich», statt sie in den Arm zu nehmen und ehrlich mit ihr zu reden.

Dazu kamen noch all die Vorbereitungen für die Festtage, die langsam zunehmende Gästeschar mit ihren vielen Wünschen und Kümmernissen und die üblichen kleinen und grossen Zänkereien zwischen dem Personal. Anna lief an manchen Tagen übernächtigt und fast wie im Traum durch das Haus, wobei sie sich mehr denn je auf ihr Notizbuch verließ, damit ja nichts vergessen ging.

Eines Morgens, sie hatte eben nach Fräulein Eberhardt gesehen, begegnete ihr Jost im Treppenhaus. Er war gerade bei Herrn Brehm gewesen, um Chrysanthemen zu besorgen – die Lieblingsblumen des Lieutenants, wie er Anna wissen liess.

«Und er nennt mich Ammann – das machen die englischen Herrschaften so mit ihren Valets und Zofen, sie rufen sie bei den Nachnamen, nicht den Taufnamen. Das ist nicht unhöflich, sondern eine Auszeichnung. Ich bin jetzt ein ‹Gentleman's Gentleman› – na ja, ich bin dabei, einer zu werden.»

Er eilte mit den Blumen die Treppe hinauf, und Anna blickte ihm erleichtert nach. Sie war dem Lieutenant dankbar; er schien den richtigen Ton gefunden zu haben. Ein wenig neugierig war sie schon auf den Herrn, zumal ihr auch das Getuschel der Zimmermädchen nicht entgangen war.

Christian vermisste zwar den Schnee, aber ansonsten gefiel ihm sein neues Zuhause. Er begann schon am ersten Tag nach seiner Ankunft mit den ersten Übersetzungsversuchen. Dass die Dame Ono no Komachi direkt über seinem Pult hing, betrachtete er als gutes Omen. Die Räume waren mit viel Umsicht eingerichtet worden, das hatte er bereits bei seiner Ankunft bemerkt. Sein Valet erwies sich zwar als geschickter als erwartet, trotzdem war Christian sich sicher, dass nicht Ammann für die Einrichtung der Suite verantwortlich war.

Als er schliesslich Ammann gegenüber die Einrichtung des Lesezimmers lobte, meinte dieser: «Das hat Fräulein Staufer so gemacht. Sie mag Bücher, und als die Schränke ausgepackt wurden, hat sie die keine Minute aus den Augen gelassen. Am liebsten hätte sie wohl alles gleich selber gelesen. Wenn sie nicht arbeitet, hat sie die Nase nämlich immer in einem Buch.»

Es war Christian nicht entgangen, dass ein «Fräulein Staufer» des Öfteren in hitzigen Diskussionen zwischen Ammann und den Zimmermädchen auftauchte. Christian sprach zwar Deutsch, aber die Schweizer Variante bereitete ihm noch Mühe. Der Inhalt dieser Gespräche war trotzdem zu erraten: Anscheinend nahmen die Mädchen nur ungern Anweisungen oder Kritik an ihrer Arbeit von Ammann entgegen, aber der schnippische Ton änderte sich jeweils, wenn die magischen Worte «Fräulein Staufer» fielen.

Nachdem Ammann seine anfängliche Scheu überwunden hatte, plauderte er ganz gerne und schilderte in holprigem Englisch das Leben hinter den Kulissen des Hotels. Christian brachte es nicht übers Herz, ihm zu erklären, dass das Personal und seine Leidenschaften und Eigenheiten kein angemessenes Gesprächsthema für einen Gentleman waren. Er war im Gegenteil dankbar, dass das Splendid ihm keinen perfekten Valet zur Seite gestellt hatte. Sein Rücken war über die letzten Tage schlimmer geworden. Ammanns Anekdoten und Episoden lenkten ihn mehr als seine Bücher von den Schmerzen ab, die sich immer tiefer in seine Gedanken bohrten, nach Erleichterung verlangend.

Doch endgültig neugierig auf das Fräulein Gouvernante wurde Christian, als Ammann eines Tages einen der vielen Zettel aus der Hosentasche zog, auf dem ihm diese rührige Dame Anweisungen erteilt hatte. Stirnrunzelnd las er und meinte dann: «Da hat Fräulein Staufer mir einen Zettel gegeben, auf den sie auf der Rückseite schon etwas notiert hat. Aber das klingt ziemlich unsinnig – ich möchte wissen, was sie sich dabei gedacht hat.»

Alte Gewohnheiten liessen sich nur schwer ablegen, und so bat Christian, das Blatt sehen zu dürfen. Unter der Titelzeile «Was einen innehalten lässt» befanden sich folgende Einträge: «Ein Königsmilan im Flug – Der Duft von Schnee, der bald fallen wird – Der aufgehende Mond – Ein Lachen in der Nacht – Das erste Donnergrollen eines noch fernen Sommergewitters.»

Er starrte diese erstaunliche Liste sprachlos an, dann fragte er Ammann, ob er den Zettel behalten dürfe.

«Aber natürlich, auf der Vorderseite steht, wie man richtig serviert, und das kann ich nun ja wirklich.»

Christian legte das Blatt in eine Ausgabe des Kopfkissenbuchs der Dame Sei Shonagon, einer anderen grossen Liebhaberin eigentümlicher Listen. Er fragte sich, wann er die Gouvernante wohl endlich zu Gesicht bekommen würde. Sie war bisher eine genauso flüchtige Erscheinung wie der Schnee.

Erst Mitte Dezember setzte schwerer Schneefall ein, der mehrere Tage lang anhielt. Für Anna bedeutete das zusätzliche Arbeit. Die Gäste ruinierten ihr unzureichendes Schuhwerk auf langen Ausflügen, trugen ständig Schnee ins Haus und beklagten sich dann bitter über aufziehende Erkältungen. Sie scheuchte Stubenmädchen mit Schaufel, Besen und Lappen durch das Haus, schickte Pagen zum Schuhmacher und orderte Wärmflaschen und Grog für die abenteuerlustigen Herrschaften, die nun den Preis für ihre Unerfahrenheit mit der weissen Pracht bezahlten. Sie kam nicht einmal dazu, den Winter und seine Stille auf einem kurzen Spaziergang während der Zimmerstunde willkommen zu heissen, wie sie es sonst gerne tat.

Endlich reisten die Eberhardts ab. Anna geleitete die beiden nach unten, und während die Mutter im Direktions-Bureau die Rechnung beglich, leistete Anna der Tochter Gesellschaft. Fräulein Eberhardt war aus dem Vestibül in den Windfang geflohen, wo sie nun reglos in der kalten Zugluft stand. Es schien, als wäre sie selbst zu Eis erstarrt.

Auf einmal hielt es Anna nicht mehr aus. Sie griff nach der Hand der jungen Frau und drückte sie fest. «Es tut mir ja so leid.»

Louise Eberhardt starrte sie nur an und entzog ihr dann mit leerem Blick die Hand. Frau Eberhardt kam aus dem Bureau und verabschiedete sich wortreich vom Direktor. Für Anna gab es nur ein paar gemurmelte Abschiedsworte und einen verstohlen überreichten Umschlag, den Anna erst zurück in der Wärme des Vestibüls öffnete; er enthielt ein unanständig hohes Trinkgeld.

Herr Ganz hatte sie von der Réception aus beobachtet. «Was für eine unglückselige Angelegenheit. Ich hoffe, man hat Sie für Ihre Mühen auch ausreichend entschädigt.»

«Nicht nur für meine Mühen», meinte sie bitter.

«Wir erfahren in unserem Beruf eben oft Dinge, die wir lieber nicht wissen möchten.» Er seufzte und begann, umständlich seine Brille zu putzen, immer ein Zeichen, dass er noch etwas auf dem

Herzen hatte. «Ich weiss, Henning hat Ihnen von den Hatvanys erzählt, und ich bin froh, dass Sie beide die Sache für sich behalten haben. Der Patron wollte es erst gar nicht glauben, aber heute kamen Weihnachtsgrüsse von Herrn Gubser, der das Royal in Menton führt, und er hat die traurige Geschichte bestätigt. Ich hoffe nur, wir können verhindern, dass die Sache unter dem Personal die Runde macht. Viele hier haben die Frau Professor in guter Erinnerung, das soll auch so bleiben. Und stellen Sie sich nur vor, was Hans dazu zu sagen hätte. Zum Glück befinden wir uns auf dem Weg in ein neues Zeitalter, in dem uns die Wissenschaft angesichts solcher Tragödien vielleicht die besseren Antworten als die traditionelle Theologie gibt.»

«Und was für bessere Antworten wären das denn?»

«Nun, das ist doch wohl offensichtlich. Wenn jemand Hand an sich legt, dann ist das ein Zeichen für einen degenerierten Geist, und natürlich muss man die zuvor begangenen Taten auch in diesem Licht sehen. Die arme Frau war krank, und im Nachhinein muss man wohl sagen, es ist ein Segen, dass die Ehe kinderlos blieb.»

Es wurde zu viel; Fräulein Eberhardts eisige Erstarrung, das beleidigende Trinkgeld, das unaussprechliche Ende der Hatvanys, die altbekannte, verhasste Erklärung für ein Leid, das niemand verstehen konnte – die Lügen, das Vertuschen, die Heuchelei.

Es gelang Anna irgendwie, sich nichts anmerken zu lassen. Sie murmelte etwas von ihrer Zimmerstunde und verliess die Réception. Als sie die Hintertreppe erreicht hatte, rannte sie nach oben in ihre Kammer. Die Wände des Zimmers, für das sie so gekämpft hatte, schienen auf sie einzustürzen. Zum ersten Mal seit Jahren war sie nicht stärker als die Tränen, sie warf sich auf ihr Bett.

Als sie sich nach einer Weile wieder aufsetzte, waren die Kopfschmerzen bereits da. Wann war sie überhaupt das letzte Mal draussen an der frischen Luft gewesen? Sie musste ins Freie. Sie suchte, ihren Atem zu beruhigen, und wischte sich mit dem Handrücken die salzigen Spuren aus dem Gesicht.

Sie holte Hut und Mantel hervor, doch sie verliess das Hotel nicht gleich. Stattdessen ging sie ins Untergeschoss zur Abwaschküche, einem grossen, der Küche vorgelagerten Raum mit riesigen Becken, Tischen, Schränken und Gestellen. Dort nahm sie aus einem der Kessel, in denen Speisereste für die Schweinemast gesammelt wurden, ein paar fleckig gewordene Äpfel und Gemüsereste und wickelte alles in eine alte Zeitung ein.

Christian betrachtete den verschneiten Park durch das Fenster des Lesezimmers. Endlich hatte es geschneit, und er konnte sich kaum mehr bewegen. Bisher war es ihm gelungen, seinen Zustand vor Ammann zu verbergen – aber lange würde er es nicht mehr aushalten. Er lehnte den Kopf gegen das kühle Glas und suchte einen Ausweg. Schliesslich raffte er sich auf, wenn es schon sein musste, dann wollte er es wenigstens im Freien erledigen – er hatte nicht die weite Reise mit all ihren Strapazen auf sich genommen, um jetzt aufzugeben, ohne je Schnee unter seinen Sohlen gespürt zu haben. Ammann war mit einer Liste von Besorgungen im Dorf beschäftigt, die Gelegenheit war also günstig. Mühsam zog Christian Mantel und Stiefel an, griff nach Hut und Stock und machte sich auf den Weg zur Hintertreppe. Er hatte keine Lust, von dem scharfäugigen Concierge bemerkt zu werden.

Die Luft im Freien war kalt und frisch, ein bleiernes Licht hing unter der dichten Wolkendecke, aus der immer noch vereinzelt Flocken fielen, und die eigentümliche Stille des Winters lag über der Landschaft.

Ein Teil des Parks wurde langsam in ein Eisfeld verwandelt. Ammann hatte Christian die dumpfen Geräusche erklärt, die manchmal in der Nacht zu hören waren: Männer aus dem Dorf beim «Eisfeldklopfen».

Die verbleibenden Spazierpfade waren vom Schnee freigeräumt, man konnte sogar das Wäldchen am anderen Ende der Anlage erkunden. Christian machte sich auf den Weg dorthin und gelangte schliesslich zu einer kleinen Lichtung mit einer Parkbank, die ebenfalls vom Schnee befreit worden war.

Vorsichtig setzte er sich hin und holte das schlanke metallene Etui hervor. Es lag schwer in seiner Hand, er schloss die Augen und holte tief Luft. Er wollte für einen Moment die Ruhe des Winters spüren, bevor er sich in das Unausweichliche fügte.

Anna brauchte nicht gross auf ihre Schritte zu achten. Sie studierte die um Obst und Gemüse gewickelte Zeitung, um sich abzulenken. Die Affäre in Zabern wollte kein Ende nehmen. Herrn Brennwalds Worte fielen ihr wieder ein. Es gab also doch Menschen, die sich dem Militarismus verweigerten, ja sogar dagegen protestierten; viel Erfolg war ihnen aber nicht beschieden. Sie war so vertieft in ihre Lektüre, dass sie den Mann erst bemerkte, als sie die Lichtung betrat und er sich bewegte. Er beugte sich nach vorne – anscheinend war ihm etwas heruntergefallen. Sie sah den an die Bank gelehnten Spazierstock und trat näher.

«Guten Tag, kann ich helfen?»

Alles, was sie im Schnee erkennen konnte, waren winzige Glassplitter. Er setzte sich langsam wieder aufrecht hin, die einfache Bewegung machte ihm sichtlich Mühe – der Spazierstock rutschte zu Boden.

«Entschuldigung, ich habe Sie nicht verstanden.» Er hatte Deutsch gesprochen, doch sie erkannte den leichten Akzent, der Stock war ein weiterer Hinweis.

«Lieutenant Wyndham?» Sie legte das Päckchen auf die Bank und bückte sich nach dem Spazierstock, auf Englisch fügte sie an: «Ist alles in Ordnung? Ich bin Anna Staufer, die Gouvernante des Splendid. Wo ist Ihr Valet?»

Christian versuchte, das schmale Gesicht in Einklang mit Ammanns Erzählungen zu bringen – es wollte ihm nicht recht gelingen. Sie sah aus, als hätte sie vor Kurzem geweint, auch das schien nicht zu passen. Aber dann dachte er an das kleine Blatt Papier, das Ammann ihm überlassen hatte. Er spürte ihren Blick, sie wusste, dass etwas nicht stimmte. Im Moment fiel ihm sogar das Sprechen schwer. Er versuchte, ruhig zu atmen.

«Ammann ist im Dorf, um Besorgungen zu erledigen. Könnten Sie bitte nachsehen, ob er schon wieder zurück ist, und ihn zu mir schicken?»

Anna sah, wie er seine Hände zu Fäusten ballte und wie er mit Bedacht atmete, um über den Schmerz Kontrolle zu erlangen. «Natürlich. Sollte er noch nicht zurück sein, werde ich Pagen nach ihm ausschicken.»

«Entschuldigen Sie, dass ich Sie damit belästige, wo Sie doch anderes zu tun haben.» Er zeigte auf das Päckchen, das Papier hatte sich etwas gelöst, und eine rote Apfelbacke war zu sehen.

Es war Anna nicht peinlich zu sagen, was sie vorgehabt hatte, trotzdem klang ihre Erklärung leicht unwillig. «Ich wollte hier nur die Vögel und Eichhörnchen füttern.»

Falls er ihren Ton bemerkte, liess er es sich nicht anmerken. Er meinte leichthin: «Das Mindeste, was ich jetzt wohl tun kann, ist, dafür zu sorgen, dass die Tiere zu ihrem Futter kommen. Das heisst, wenn es Ihnen recht ist?»

Die Frage überraschte Anna, sie nickte nur und machte sich auf den Weg zurück ins Splendid. Sie begann, das Tuscheln der Zimmermädchen zu verstehen. Und was genau fehlte ihm? Eine Rückenverletzung konnte viel bedeuten. Würde das je wieder besser?

Sie blickte nach oben in die grauen Wolken, es begann wieder heftiger zu schneien; sie musste Jost schnell finden.

Glücklicherweise war er schon zurück und hatte die Abwesenheit des Lieutenants bereits bemerkt. Anna traf ihn im Vestibül, wo er gerade dabei war, Herrn Ganz über den Verbleib des Lieutenants zu verhören. Sie trat hinzu und klärte die Lage. Jost eilte davon, bevor sie ihm auch nur eine einzige Weisung hatte erteilen können.

«Zum Glück sind Sie aufgetaucht, Fräulein Staufer», seufzte Herr Ganz. «Der Bursche hat mir doch tatsächlich die Leviten gelesen, weil ich nicht wusste, dass Lieutenant Wyndham ausgegangen ist.»

«Nun, er nimmt seinen Dienst eben ernst», meinte Anna. Trotz ihrer Anspannung hatte die kleine Szene sie amüsiert.

«Ja, ich will nicht klagen. Der Lieutenant muss sich regelrecht rausgeschlichen haben. Wer tut denn schon so etwas?»

Auf diese interessante Frage hatte Anna auch keine Antwort. Sie machte eine ratlose Handbewegung. «Ich sorge jetzt besser dafür, dass in der Suite alles bereit ist, damit der Lieutenant sich gleich hinlegen kann.»

Sie machte sich auf den Weg nach oben. Es war das erste Mal seit Lieutenant Wyndhams Ankunft, dass sie die Räume betrat. Jost hatte für tadellose Ordnung gesorgt, alles war an seinem Platz. Sie ging ins Schlafzimmer, schlug das Bett auf und blickte um sich. Irgendwo sollte der Lieutenant doch wohl Schmerzmittel zur Hand haben. Es war nichts zu sehen, aber Jost wusste das hoffentlich. Viel mehr konnte sie im Moment nicht tun – sie musste sich auf Jost verlassen.

Und trotzdem fiel es ihr schwer, die Suite zu verlassen, sie blieb im Lesezimmer stehen. Wenn Gäste länger blieben, dann veränderte sich die Atmosphäre in ihren Zimmern. Die Räume nahmen etwas von der Persönlichkeit ihrer vorübergehenden Besitzer an. Anna schaute um sich. Auf dem Beistelltisch neben dem Lesesessel stapelten sich ordentlich gefaltete englische, französische und deutsche Zeitungen. Daneben lag eine kleine Mappe mit Landschaftsaufnahmen von Sternenbach, wie sie der örtliche Photograph und Buchhändler den Gästen verkaufte. Die musste Jost besorgt haben, damit der Lieutenant einmal mehr vom Tal und den Bergen sehen konnte als nur die Aussicht, die ihm von der Kleinen Suite aus geboten wurde.

Ohne die dichtende Hofdame anzublicken, trat Anna an das Schreibpult. Zwei Bücher lagen neben einer blauen Mappe auf der Arbeitsfläche, eines davon war ein japanisch-englisches Wörterbuch. Damit war zumindest das Rätsel, in welcher Sprache all die fremden Bücher geschrieben waren, gelöst. Anna blätterte ein wenig darin. Sie hätte zu gerne gewusst, nach welcher Ordnung die Schriftzeichen eingereiht waren.

Sie wandte sich dem anderen Buch zu. Auch ohne viel davon zu verstehen, sah sie, dass es teuer sein musste. Es war nicht mit Leim gebunden, sondern zusammengenäht worden. Der Faden spannte sich gut sichtbar in Quer- und Längsstichen über den Buchrücken und die beiden Buchdeckel und bildete dabei ein hübsches Muster. Sie öffnete das Buch sorgfältig und war überrascht, wie dick und schwer das Papier war. Die vertikal angeordneten Schriftzeichen bildeten ein schönes Muster, hinter dem sich eine ferne, fremde Welt verbarg.

Schuldbewusst klappte Anna das Buch zu; es war schon sehr lange her, dass sie so etwas Ungehöriges getan hatte. Sie rückte die beiden Bücher zurecht und hastete aus der Suite.

Sie wollte gerade nach oben, um Mantel und Hut abzulegen, als die Lifttür aufging. Jost hatte den Lieutenant sicher ins Hotel zurückgeschafft und half ihm nun zur Suite. Anna trat in den Schatten des Eingangs zur Wäschekammer zurück.

Als sich die Tür zur Suite schloss, bemerkte sie, dass sie nicht alleine war. Auf der Treppe nach oben stand eine Frau in einem Nachmittagskleid aus weinroter Seide mit Silberstickereien an Schultern und Ärmeln, dazu trug sie eine lange zweireihige Perlenkette, die ihr fast bis zur Taille reichte. Sie kam ein paar Schritte näher, begleitet von einer Wolke schweren Parfums.

«Oh, ich hoffe, der gute Mann leidet an nichts Ansteckendem», hauchte sie mit russischem Akzent.

«Es besteht kein Anlass zur Beunruhigung, gnädige Frau. Es ist nur eine alte Verletzung, die ihm zu schaffen macht – das ist alles.»

Die Worte waren eine weitere Gratwanderung zwischen Wahrheit und Lüge, das fiel ihr inzwischen schon viel zu leicht. Die Dame spielte geziert mit ihren Perlen. «Und was für einen ausgesprochen robust gebauten Hausburschen Sie da haben. Kann man ihn für eine Bergtour anheuern?»

«Er ist kein Bergführer, und im Winter sollten nur geübte Alpinisten Touren unternehmen. Es ist sehr gefährlich – vor allem jetzt bei Neuschnee.»

Die Frau lachte. «Oh, ich glaube, ich würde mich in diesen Armen immer sicher fühlen.»

Anna hielt es für besser, darauf nichts zu erwidern. Die Dame rauschte an ihr vorbei nach unten, und Anna bedachte den eleganten Rücken mit einem zornigen Blick.

Sie ging in ihre Kammer, um Hut und Mantel abzulegen und sich einen Moment zu sammeln. Ihre Tränen waren getrocknet – aber ihren Kummer hatte sie nicht vergessen, und ihre Kopfschmerzen waren auch nicht verschwunden. Sie strich sich die Haare glatt und kehrte an ihre Arbeit zurück.

Gegen den späteren Nachmittag ging sie zur Kleinen Suite, um dort einmal nach dem Rechten zu sehen. Jost öffnete die Tür und wollte sich gleich für sein Pflichtversäumnis entschuldigen. Er machte sich Vorwürfe, dass er die Absicht des Lieutenants, alleine auszugehen, nicht erkannt hatte.

Anna unterbrach ihn. «Lass gut sein. Es war wirklich nicht deine Schuld. Du musst nicht die ganze Zeit auf ihn aufpassen. Wie geht es ihm? Soll ich nach Doktor Reber schicken?»

Jost trat zu ihr auf den Gang hinaus. «Ich weiss nicht, Fräulein Staufer. Er hat wohl Schmerzen, seit er hier angekommen ist, aber so schlimm war's noch nie. Trotzdem will er vom Doktor nichts wissen.»

«Hat er denn wenigstens seine Medikamente genommen? Wenn es so schlimm um ihn steht, muss er doch etwas bei sich haben.»

«Davon weiss ich nichts, Fräulein Staufer. Gesehen habe ich so etwas nicht. Soll ich ihn fragen?»

Sie schüttelte den Kopf. «Nein, schon gut. Aber hab ein Auge auf ihn und lass mich oder Herrn Ganz am Abend wissen, wie es um ihn steht.»

Jost nickte unglücklich und kehrte in die Suite zurück, trotz allem schien er sich verantwortlich zu fühlen. Es war zwar schön, dass er so in seinem Dienst aufging, aber dass er sich nun solche Vorwürfe machte, war nicht gut. Anna beschloss, sich mit Herrn Ganz zu beraten. Doch im Vestibül wurde sie aufgehalten.

«Stauffacherin, Stauffacherin», wisperte es aus der Ecke hinter einem der Tannenbäume hervor, die Herr Brehm im ganzen Hotel verteilt hatte.

Hennings Kopf tauchte zwischen den Ästen auf, er winkte sie zu sich. «Ich habe gehört, Sie wären zur guten Samariterin geworden. Und sieht Lieutenant Wyndham wirklich so gut aus, wie Helen und Edith behaupten?»

«Was spielt denn das für eine Rolle, wie er aussieht. Und überhaupt, ich werde mich mit den Mamsells einmal ernsthaft unterhalten müssen.»

«Ach, seien Sie nicht so streng. Die meisten Gäste im Haus sind momentan doch Tattergreise, da können Sie es den Mädchen wirklich nicht verübeln, wenn sie bei einem ansehnlicheren Exemplar etwas genauer hinsehen. Und im Übrigen sind nicht nur die Damen neugierig. Giovanni hat sich furchtbar aufgeregt, als er hörte, der Lieutenant hätte seine Zimmer verlassen. Anscheinend möchte er den Gentleman auch einmal in Augenschein nehmen.»

«Giovanni?» Anna hatte es noch nicht geschafft, sich die Namen aller Neuankömmlinge im Personal zu merken.

«Giovanni, der Patissier – er war früher als Seiltänzer oder so etwas beim Zirkus, behauptet er jedenfalls. Aber dann ist er gestürzt und musste sich einen neuen Broterwerb suchen. Allerdings bin ich mir nicht sicher, ob Zuckerbäcker wirklich seine Berufung ist. Ich habe gehört, dass man in der Küche nicht sehr mit ihm zufrieden ist.»

Es blieb Anna keine Zeit, den erstaunlichen Berufswechsel von Giovanni zu kommentieren, denn in dem Moment schneite eine neue Reisegesellschaft durch den Haupteingang. Eine fröhliche Gruppe junger deutscher Herren, deren Gepäck – zahlreiche Kofter und Ski – innerhalb kürzester Zeit das ganze Vestibül in Beschlag nahm.

Während Herr Ganz sich darum bemühte, Ordnung zu schaffen, musterten Anna und Henning die Neuankömmlinge. Anna erkannte die Mischung aus Eleganz und Schneidigkeit, die von Offiziersschule sprach. Henning beobachtete den Herrn, der anscheinend den Oberbefehl hatte: gross gewachsen mit dunkelbraunen Locken und einem Dichterblick, der so ganz und gar nicht zu der sonst so militärischen Attitüde passen wollte. Anna seufzte, als sie Hennings Faszination bemerkte, aber sie sagte nichts.

Er drehte sich mit einem Grinsen zu ihr um. «Nun, wie ich sehe, hat sich die Lage gewandelt. Da kommt doch ein hübsches Panorama für die Zimmermädchen und alle anderen, die so etwas zu schätzen wissen, zusammen.»

«Was ist heute nur mit den Menschen in diesem Hotel los? Man könnte wirklich meinen, man sei im alten Rom.»

«Nanu», meinte Henning und zog eine Augenbraue hoch, «das klingt aber so gar nicht nach Ihnen. Wer hat Sie denn so vergrätzt?»

Sie erzählte ihm von der Dame mit dem schweren Akzent und dem aufdringlichen Parfum. Er lachte leise.

«Das ist die Gräfin Tarnowska, mit Herrn Ganz hat sie es sich auch schon verdorben. Sie gehört zu jenen Gästen, die nicht nur zur Erholung bei uns weilen, sondern noch ganz andere Ziele verfolgen.»

«Aha, wenn ich raten müsste, würde ich sagen, sie wollte bereits einen Blick ins Gästebuch werfen?»

«Jawohl, richtig geraten. Angeblich hatte sie einen alten Bekannten im Vestibül gesehen, dessen Name ihr leider nicht mehr einfallen wollte – so peinlich und unangenehm.»

Die Gräfin war entweder auf der Suche nach einem vielversprechenden Heiratskandidaten oder gutbetuchten Geliebten – vermutlich eher Letzteres. Wahrscheinlich hatte sie den Fehler begangen, dem Concierge Geld anzubieten. Herr Ganz hatte zwar nichts gegen ein diskret verdientes Trinkgeld, aber plumpe Bestechungsversuche nahm er nicht an.

Anna war die letzten Tage über so beschäftigt gewesen, dass sie die Neuzugänge bei den Gästen kaum registriert hatte. «Haben wir denn Herren im Haus, die für die Dame interessant sein könnten?»

«Stauffacherin, Sie sind aber heute nicht bei der Sache. Habe ich nicht eben gesagt, dass es im Hotel nur Tattergreise gibt? Abgesehen von diversen militärischen Herrschaften natürlich. Da sind noch diese beiden langweiligen Ingenieure aus Schweden, die sich für die Streckenführung nach Sternenbach interessieren – nach Geld sehen die aber nicht aus. Und heute ist noch ein Mister Derringer aus Chicago eingetroffen. Er ist Journalist; da ist auch nicht viel zu holen. Die Dame wird sich noch etwas gedulden müssen, bis sie ihre Netze für einen grossen Fang auswerfen kann.»

«Tja, und in der Zwischenzeit begnügt sie sich mit kleinen Fischen.» Anna erzählte, was die Gräfin über Jost gesagt hatte.

Wie nicht anders zu erwarten, amüsierte das Henning ungemein. «Machen Sie sich um Jost keine Sorgen. In ein paar Tagen, wenn die gutbetuchten Herren eintreffen, ist seine Tugend sicher.»

Und mit dieser frivolen Bemerkung verschwand er wieder in sein Reich; wahrscheinlich, um alles perfekt für den Willkommenstrunk der Herren Offiziere vorzubereiten.

Anna trat zu Herrn Ganz, der die militärische Gesellschaft samt Gepäck inzwischen erfolgreich auf ihre Zimmer verfrachtet hatte. Sie erstattete ihm kurz Bericht und erwähnte auch Josts Kummer. Er hörte besorgt zu.

«Nun ja, es klingt, als hätte der Lieutenant seine Kräfte überschätzt. Selbstverständlich darf Jost nicht das Gefühl haben, wir würden ihn mit der Verantwortung allein lassen. Ich werde mit ihm sprechen. Und natürlich muss der Herr Direktor Bescheid wissen. Vielleicht sollten wir auch Doktor Reber um seine Meinung fragen, obwohl er natürlich nichts tun kann, solange der Gentleman nicht nach ihm verlangt. Sehen Sie, das ist die Art von Schwierigkeiten, die ich vorausgesehen habe, wenn man einen Rekonvaleszenten ins Haus nimmt. Er wäre in einem Sanatorium besser aufgehoben.»

Beim Nachtessen teilte Herr Ganz Anna mit, dass er mit Jost gesprochen habe. Es klang allerdings nicht so, als ob er sehr erfolgreich gewesen wäre. Er hatte Jost nur mit viel Müh und Not ausreden können, ein Feldbett in das Lesezimmer zu stellen und dort zu nächtigen.

«Ich habe auch kurz mit Lieutenant Wyndham geredet. Er sieht nicht gut aus, will aber vom Doktor nichts wissen. Aber er teilt unsere Bedenken, dass Jost sich zu viel auflädt. Er hat ihm für morgen Nachmittag freigegeben – er musste einen regelrechten Offizierston anschlagen, bis Jost sich endlich fügte. Wer hätte gedacht, dass uns der junge Ammann einmal wegen seines Übereifers zu schaffen machen wird?»

Christian hatte endlich einen Weg gefunden, Ammann von seinen Plänen für eine Krankenwache abzulenken; er liess ihn von zu Hause erzählen. Das Abendessen blieb weitgehend unberührt, während Christian weiteren Abenteuern des Bergführers Ammann lauschte. Es war deutlich zu hören, wie stolz der Junge auf seinen Vater war und wie sehr er ihn liebte.

Christian hatte die Augen geschlossen und liess sich von den Worten wegtragen. Er mochte nicht daran denken, wie er die Nacht überstehen sollte. Aber die verrückte Idee mit dem Feldbett hatte er trotzdem abgelehnt; er musste alleine mit seinen Dämonen fertigwerden.

«Es ist schön, wenn man ein gutes Zuhause hat», meinte Ammann eben. «Ich hab's ja nicht weit zum Vater, aber wer's weit hat, für den ist es schon hart. Vor allem wenn dann Weihnachten kommt. Herr Ganz und Fräulein Staufer können ja nicht allen freigeben, nur weil Festtage sind.»

Das Gesicht der Gouvernante tauchte vor Christian auf; sie hatte im Park allein sein wollen, so wie er. Und sie hatte geweint. Nach dem Grund dafür konnte er Ammann wohl nicht gut fragen. Aber eine harmlose Frage öffnete manchmal die Tür für mehr.

«Hat Fräulein Staufer Familie?»

«Ja, aber ich glaube nicht, dass sie die gross vermisst.»

«Was meinen Sie damit?» Es war das erste Mal, das Christian die Etikette brach und nachfragte, wenn Ammann Persönliches aus dem Leben des Personals enthüllte. Der bemerkte den Fauxpax seines Dienstherren nicht.

«Sie hat kein schönes Zuhause. Keines, wohin man gerne zurückkehrt.»

Anscheinend war da noch mehr, doch selbst Ammann schien zu merken, dass er bereits zu viel gesagt hatte. Er griff nach dem Tablett. «Aber so genau weiss ich das auch nicht, das ist nur Gerede.»

Damit zog er sich hastig zurück, sodass das Geschirr gefährlich klapperte. Christian starrte auf das Bild mit dem friedlichen Bergdorf im Schnee. Ob sich unter einem der strohgedeckten Dächer auch Dunkles zutrug, über das man im Dorf nicht sprach? Manche Dinge blieben sich überall gleich.

Hatte die Gouvernante wegen dieser Geheimnisse geweint? Sie sah so aus, als könnte sie die Vergangenheit ziemlich gut im Zaum halten. Doch das war eine Fähigkeit, die manchmal ganz unerwartet Tribut forderte.

Zufälle

«Morphium wirkt auf freiliegende Nervenendigungen etwas reizend. Innerlich erregt es in kleinen Gaben das Gehirn zu angenehmen phantastischen Vorstellungen von kurzer Dauer, betäubt und lähmt jedoch sehr bald, wenn größere Dosen genommen werden.»
Meyers Grosses Konversations-Lexikon, 1905

Anna erwachte gegen fünf Uhr früh; sie hatte schlecht geschlafen, doch es lohnte sich jetzt nicht mehr, nochmals die Augen zu schliessen. Sie erledigte ihre Morgentoilette und holte das Notizbuch hervor. Vielleicht schaffte sie es ja endlich wieder einmal, etwas anderes als nur Arbeitslisten zu schreiben. Doch es sollte nicht sein. Sie hatte bereits eine ganze Weile auf die leeren Seiten gestarrt, als es an der Tür klopfte. Draussen stand ein atemloser Jost.

«Guten Morgen, Fräulein Staufer. Könnten Sie vielleicht in die Kleine Suite kommen? Lieutenant Wyndham möchte Sie sprechen.»

«Ich komme sofort. Aber sag bloss, du hast ihn um diese Zeit schon aufgeweckt.»

«Natürlich nicht, aber weil es ihm gestern doch so schlecht ging, wollte ich heute früh kurz nachsehen. Ich habe mit den Küchenleuten gefrühstückt und bin dann in die Suite geschlichen, aber da war er schon wach. Ich glaube nicht, dass er überhaupt geschlafen hat. Und nun hat er auf einmal so komische Ideen.»

Anna packte das Notizbuch, schloss die Tür ab und folgte ihm über die schwach beleuchtete Hintertreppe nach unten. Die Winternacht lag noch still und dunkel über dem Park. Die Männer, die das Eisfeld präparierten, waren bereits nach Hause gegangen, um ihr Vieh zu bestellen.

Aus Jost war nichts weiter herauszubekommen, und so betrat Anna die Kleine Suite, ohne genau zu wissen, was für «komische Ideen» der Lieutenant denn nun hegte.

Es war dunkel; im Schlafzimmer brannte nur die kleine Nachttischlampe. Der Lieutenant hatte sich möglichst weit von der Lichtquelle zurückgezogen; sein Gesicht lag im Dunkeln. Anna blieb in der Tür stehen.

«Es tut mir leid, dass ich Sie so früh schon störe, Miss Staufer.»

«Wie kann ich helfen?»

«Indem Sie Ammann zur Vernunft bringen», lautete die erstaunliche Antwort.

Sie drehte sich zu Jost um, der mit trotzigem Gesichtsausdruck hinter ihr stand. Er hielt einen schmalen Metallbehälter umklammert. «Der Lieutenant wünscht, dass ich das im Badezimmer wegschütte, dabei könnte es ihm doch helfen.»

Anna streckte fordernd die Hand danach aus, und er leistete dem stummen Befehl Folge. Sie klappte den Deckel des Gefässes hoch und sah im schwachen Licht der Nachttischlampe Silber und Glas glitzern. Sie trat etwas näher und erkannte eine Spritze, ein Gerät zum Befüllen des Kolbens und eine schlanke Glasphiole. Es gab zwei Einbuchtungen für Phiolen, eine davon war leer.

«Das ist seine Medizin, sie würde helfen. Ich kann das doch nicht ins Klosett werfen», verteidigte sich Jost.

«Sei still», meinte sie nicht unfreundlich, da sie zu verstehen begann. Sie wandte sich dem Lieutenant zu. «Das ist Morphium, nicht wahr?»

Er entspannte sich etwas. «Die Ärzte sagen, es wäre ein Wunder, dass ich noch lebe und dass ich laufen kann; aber wie ein Wunder fühlt es sich nicht immer an. Im Hospital hat man mir Morphium verabreicht – mehr als genug davon. Als ich endlich begriff, was vorging, war es zu spät. Den Ärzten zufolge habe ich keine Wahl, als mit dem Morphium zu leben. Ich bin anderer Meinung …»

Im Lichtkegel der kleinen Lampe ballten sich seine Hände wieder zu Fäusten, während er tief Luft holte. «Mein Arzt hat darauf bestanden, dass ich das», er zeigte auf den Behälter, «mitnehme, für den Fall, dass es wieder schlimmer wird. Im Park war ich kurz davor nachzugeben, doch dann ist die Phiole hinuntergefallen. Ich glaube nicht an Zufälle. Das war ein Zeichen, nicht aufzugeben. Aber es ist nicht einfach durchzuhalten, wenn Erleichterung in Reichweite ist.»

Also war es die Phiole gewesen, die er bei ihrem Auftauchen hatte fallen lassen. Wäre es besser gewesen, er hätte sich die Injektion gegeben? Sie wusste es nicht.

Er fuhr fort. «Es geht nur darum, die Versuchung zu entfernen. Glauben Sie mir, wenn es unerträglich wird, dann hat der hiesige Arzt auch einen Vorrat. Er wurde von meinem Arzt informiert.»

Jost trat vor Anna. «Und was, wenn Doktor Rebers Vorrat unerwartet aufgebraucht ist? Oder wir ihn nicht erreichen können?» Anscheinend war er davon überzeugt, dass sie ihn in seiner Rebellion unterstützen würde. Er drehte sich zu seinem Dienstherrn um. «Ich kann doch darauf aufpassen!»

«Nein, Ammann, das können Sie nicht», entgegnete der Lieutenant mit einem Hauch von Ungeduld. «Beim ersten Zeichen von Schwäche meinerseits würden Sie nachgeben. Oder aber Sie verpassen mir eine Injektion im Schlaf.»

Anna hatte schon einmal einen Gast im Griff des Morphiums erlebt; es war keine Erfahrung, die sie Jost wünschte. Der schmale Behälter lag kühl in ihrer Rechten; sie sagte ruhig: «Ich werde darauf aufpassen. Dann ist es in der Nähe, wenn Sie es brauchen, aber nicht zu nahe. Ich weiss, wie gefährlich es ist, und werde gut darauf achtgeben.»

Sie wartete auf Widerspruch, die vielen Spielarten männlichen Stolzes waren ihr nur zu bekannt. Doch der Lieutenant überraschte sie ein weiteres Mal. Er schien zwar mit sich zu ringen, sagte schliesslich aber nur: «Ich danke Ihnen.»

Jost begann offenbar langsam zu dämmern, dass er sich – wenn auch mit den besten Absichten – unmöglich aufgeführt hatte. Er wollte den Bogen wohl nicht überspannen und nickte nur trotziges Einverständnis. Anna holte das Nähzeug, das sie eh nie brauchte, aus der Tasche an ihrem Gürtel und packte stattdessen das silberne Etui ein. Dann sagte sie zu Jost: «Lieutenant Wyndham braucht etwas zu essen; geh nach unten und sieh nach, ob du für ihn bereits ein Morgenessen bekommen kannst.»

Er nickte nur und murmelte leise: «Danke, Fräulein Staufer.»

Sie blickte ihm nach, wie er gehorsam aus der Suite trottete. Er wäre nicht so glimpflich davongekommen, hätte Lieutenant Wyndham nach dem Patron oder Herrn Ganz verlangt. Der Lieutenant hatte mehr Verständnis gezeigt, als man von einem Mann in seiner Lage erwarten durfte. Sie wollte ihm dafür danken und sich für Jost entschuldigen.

Doch da sagte er: «Ihre Eichhörnchen haben mich gestern ganz schön ausgezankt. Sie wollten nicht vor Publikum an ihr Futter. Sie werden wohl nicht regelmässig gefüttert?»

Die Frage war so unerwartet, dass Anna ohne gross zu überlegen antwortete. «Nein, eigentlich nicht – im Park hat es genug Tannenzapfen und anderes Futter.» Sie begriff, dass das eine Antwort war, die weiterer Erklärungen bedurfte. Doch wie sollte sie ihm irgendetwas von alledem, das sie gestern in den Park getrieben hatte, erklären?

Christian hatte ihre verweinten Augen nicht vergessen. Tieren Futter zu bringen, wenn es einem schlecht ging, war eine Geste der Einsamkeit. Eine neue Welle des Schmerzes zog herauf. Er wünschte sich, sie würde ihn allein lassen, und schloss die Augen. Es dauerte nicht lange, aber ihm schien es eine Ewigkeit.

Anna sah, wie er kämpfte, und ging ins Badezimmer. Als sie zurückkam, hatte sie ein nasses Handtuch dabei, schweigend fuhr sie ihm damit vorsichtig über Gesicht und Hände. Er liess sie gewähren.

Sie legte das Handtuch zur Seite und öffnete das Fenster. Frische, kalte Luft drang in den Raum. Sie überlegte sich, ob sie wirklich das Richtige getan hatte. Als sie das Fenster wieder schliessen wollte, fragte er unvermittelt: «Riecht es nach Schnee?»

Durch die seltsame Frage aus ihren Gedanken gerissen, wandte sie sich um. Er blickte zum Fenster. Sie schnupperte. «Ja, das tut es.»

Er lachte leise. «Eines Tages wird mir jemand erklären müssen, wie man das erkennen kann.»

Anna hätte gerne gewusst, wie er aussah, wenn er lachte.

«Es riecht klar und irgendwie scharf.» Sie schloss das Fenster. «Entschuldigung, ich kann es nicht besser erklären.»

Er hatte sich etwas aufgerichtet und betrachtete sie eingehend. «Das ist eine sehr einprägsame Umschreibung. Haben Sie vielen Dank, Miss Staufer.»

Klappernde Geräusche aus dem Lesezimmer kündigten Josts Rückkehr an. Anna wandte sich zum Gehen. «Ich hoffe, Sie fühlen sich bald besser, Sir.»

Zurück in ihrer Kammer holte sie ein medizinisches Nachschlagewerk für den Hausgebrauch hervor und schlug unter «Morphium» nach; wie sie erwartet hatte, war es keine sonderlich beruhigende Lektüre: «Es ist richtig, dass eine Einspritzung unter die Haut in verzweifelten Fällen Wunder wirkt und mitunter unser letztes Rettungsmittel bildet, wenn alles sonst versagt. Da uns das Morphium, wie der Alkohol, über Schmerzen und Schwäche für einige Stunden angenehm hinwegtäuscht, so greift der an Morphium Gewöhnte immer wieder nach der Spritze, bis er der Morphiumsucht ganz und gar verfällt und dann ein elendes Dasein führt. Wahnsinn oder Selbstmord ist das häufige Ende unglücklicher Morphinisten.»

Anna verstaute das Nähzeug in einer Schublade; das Spritzbesteck behielt sie bei sich. Morphium war eine zu gefährliche Substanz, um in die Hände eines neugierigen Stubenmädchens zu gelangen, das «nur» ausprobieren wollte, ob das Schloss an der Kammertür der Gouvernante mit einer Haarnadel zu besiegen war.

Es war höchste Zeit für ihren morgendlichen Rundgang. Im Treppenhaus wartete bereits Herr Ganz. «Guten Morgen, Fräulein Staufer. Wie ich hörte, hatten Sie eine frühe Tagwacht.»

«Der Lieutenant hatte leider keine gute Nacht. Er wollte wissen, wie lange der Lärm im Park noch andauern wird.»

Der Lieutenant würde ihr die Notlüge hoffentlich verzeihen, sollte er je davon erfahren. Anna war sich ziemlich sicher, er wollte nicht, dass seine wirklichen Probleme bekannt wurden.

«Ach ja, andere Gäste haben sich auch schon beschwert. Alle fragen sie bei der Ankunft, ob man schon Eislaufen kann, aber dass das Eisfeld nicht wie Klee aus dem Boden wächst, das wollen sie nicht begreifen. Ich habe Herrn Bachmann gestern gesagt, er müsse jetzt wirklich vorwärtsmachen, und er hat mir zugesichert, dass es nur noch ein oder zwei Nächte braucht.»

Der Eismeister war ein behäbiger Mann, dessen Aufgabe es war, das Eisfeld anzulegen und dann die Saison über in Schuss zu halten. Er liess sich durch nichts – weder Föhneinbrüche noch unleidliche Gäste – aus der Fassung bringen.

Anna fand, dass der Lieutenant es nicht verdiente, mit jenen uneinsichtigen Herrschaften in einen Topf geschmissen zu werden, behielt das aber für sich.

Herr Ganz räusperte sich. «Ich sollte an der Réception nach dem Rechten sehen.» Er warf Anna einen vielsagenden Blick zu. «Anscheinend versuchte letzte Nacht ein Gast des Palace die Zimmernummer der Gräfin Tarnowska in Erfahrung zu bringen. Der Herr soll sehr hartnäckig gewesen sein. Besser, ich kümmere mich um die Angelegenheit, bevor aus dem Palace eine Beschwerde eintrifft, man wäre hier zu rüde mit dem Herrn verfahren.» Mit einem resignierten Kopfschütteln machte er sich auf den Weg.

Anna setzte ihren Rundgang fort. Herr Ganz hatte recht, es war wirklich höchste Zeit, dass das Eisfeld fertig wurde, die Gästeschar wurde immer grösser und bunter und wie es schien ungebärdiger. Normalerweise kam der grosse Andrang erst nach den Weihnachtstagen, doch dieses Jahr war das anders – aus was für Gründen auch immer.

An diesem Tag tauchte ein weiterer Gast auf – unwillkommen, aber nicht unerwartet: Die ersten Influenza-Fälle wurden gemeldet. Über die nächsten Tage legte Anna eigenhändig Essigwickel an, schenkte Hustensirup aus und liess Grog und Tee Rum zu jenen Patienten bringen, die sich dem viel hilfreicheren Lindenblütentee mit Honig verweigerten. Es galt, die Herrschaften möglichst auf ihren Zimmern zu behalten, um zu verhindern, dass sie die anderen Gäste ansteckten.

Nebst den unleidigen Grippekranken kam es jetzt auch zu den ersten Opfern des Schnees. Manchmal war die Waghalsigkeit der Gäste eben grösser als das sportliche Geschick. Das endlich fertig präparierte Eisfeld forderte seinen Tribut in Form verstauchter Knöchel und Prellungen an peinlichen Stellen. Ein schottischer Gentleman brach sich das Bein beim Skifahren auf dem Übungshang. Anna hatte noch selten erlebt, dass sich ein Gast einen Unfall dermassen zu Herzen nahm. Mister McGarrett verbrachte die Tage der ärztlich verordneten Bettruhe mit sehr viel Whisky und gönnte sich danach keine Rekonvaleszenz, um den Umgang mit seinen Krücken zu erlernen, sondern reiste sofort ab.

Manche Gäste suchten das Abenteuer nicht auf dem Eisfeld oder den verschneiten Hängen. Anna behielt – genauso wie der misstrauische Herr Ganz – die Gräfin Tarnowska genau im Auge. Unzweifelhaft genoss die Dame das Spiel mit dem Feuer, doch sie war klug genug, es nicht zu weit zu treiben. Nicht alle verfügten über so viel Erfahrung. So etwa die beiden juwelenbehängten Töchter von Madame Gérard. Maman zog als Gesprächs- und Tanzpartner für ihren Nachwuchs die älteren Herren vor, deren Bankkonten noch mehr Juwelen versprachen. Die Mesdemoiselles hatten anderes im Sinn. Es gelang ihnen regelmässig, vor der mütterlichen Obhut in die Bar zu fliehen, wo sie sich mit den Herren Offizieren vergnügten. Dass der Herr Papa, der es vorzog, die Abende im Herrensalon zu verbringen, ganz und gar nichts von den *Boches* hielt, machte die Sache auch nicht besser. Herr Ganz murmelte ständig, dass es nur eine Frage der Zeit sei, bis es zum Eklat kommen würde.

Anna indes fürchtete einen anderen Eklat mehr. Sie bekam von Henning kaum mehr etwas zu sehen. Bis zum späten Nachmittag überliess er die Bar oft Charles, während er mit Gästen auf Skitouren ging. Er unternahm keine gefährlichen Touren, sondern führte die mit Lunchpaketen ausgerüsteten Herrschaften auf einfach zu erreichende Alpen und schaffte es trotzdem, ihnen das Gefühl zu vermitteln, ein regelrechtes Abenteuer bestanden zu haben. Der Patron hatte natürlich nichts dagegen; so etwas war gut fürs Geschäft.

Henning verbrachte ausgesprochen viel Zeit mit den deutschen Offizieren. Die jungen Herren waren alle wild entschlossen, sich bei jedem Wetter zu ertüchtigen und am Abend ihre Abhärtung in der Bar fortzusetzen. Ihr Anführer, Oberleutnant Ranke, genoss Hennings spezielle Aufmerksamkeit.

Anna machten Hennings besondere Freundschaften jeweils Angst; nicht weil sie um sein Seelenheil fürchtete, sondern weil sie wusste, dass er – sollte es zu einem Skandal kommen – alleine den Preis dafür zahlen musste. Der Patron und Herr Ganz sowie das ältere Personal mit etwas mehr Lebenserfahrung wussten alle Bescheid. Und alle sahen sie weg, denn was die Gäste wünschten, das sollten sie auch erhalten.

Doch selbst wenn es erlaubt gewesen wäre, über diese Dinge zu sprechen, hätte Anna ihre Bedenken in diesen Tagen kaum Herrn Ganz gegenüber erwähnt. Er hatte ebenfalls alle Hände voll zu tun und sich um grosse und kleine Sorgen der Gäste zu kümmern. Und dann trug sich kurz vor Weihnachten ein Exemplar jener Spezies ins Gästebuch ein, die Herr Ganz am meisten fürchtete, weil sie stets Unruhe unter die Gäste und Kummer für das Personal brachte.

Herr Ganz war ein vorbildlicher Concierge: Anspruchsvolle Schauspielerinnen, Heiratsschwindler, trinkfeste Studenten, Damen von zweifelhaftem Ruf – mit ihnen allen wurde er fertig. Aber die meist etwas älteren Damen, die Tische rückten, angeblich Präsenzen fühlen konnten und ständig auf der Suche nach Spuren der «anderen Seite» waren, brachten ihn zur Verzweiflung. Und jede Saison tauchte mindestens eines dieser düsteren Geschöpfe auf.

Frau Kommerzialrat Göweil aus Salzburg erkundigte sich bei ihrer Anreise als Erstes nach der Vorgeschichte ihres Zimmers. Man musste ihr versichern, dass dort noch nie ein Gast das Zeitliche gesegnet hatte. Dessen Aura würde sie nämlich bei Gesprächen mit ihrem verstorbenen Gatten empfindlich stören.

In Chiffon und schwarze Seide gehüllt, Besätze und Aufschläge mit klimpernden Jettperlen verziert, huschte die Frau Kommerzialrat stets in halblautem Zwiegespräch mit dem verstorbenen Herrn Kommerzialrat durch die Gänge des Splendid. Es war nicht verwunderlich, dass manche der Zimmermädchen bei ihrem Anblick verstohlen ein Kreuz schlugen.

Die Dame war auch bei Herrn Schmied, dem Maître d'hôtel, nicht sonderlich beliebt. Er hatte seine liebe Mühe, sie an der Tafel zu platzieren, denn die meisten Gäste wollten die hervorragende Küche des Hauses möglichst ohne morbide Konversation geniessen. Bereits am ersten Abend kam es zu einem unerfreulichen Zwischenfall mit Madame Gérard, die ihre Bemühungen, an der Tafel romantische Konversation zu pflegen, durch Botschaften aus der anderen Welt nicht eben gefördert sah.

Trotz all des Wirbels vergass Anna den Lieutenant nicht; wie hätte sie das auch gekonnt, trug sie für ihn doch die grösste Verantwortung. Trotzdem oder gerade deswegen blieb sie der Kleinen Suite fern. Sie war sich sicher, ihr Anblick war für ihn nicht erfreulich, gemahnten sie und das, was sie bei sich trug, ihn doch immer an seine vermeintliche Schwäche.

Sie liess sich aber regelmässig von Jost Bericht erstatten. Anscheinend war die Krise vorbei, und der Lieutenant widmete sich wieder seinen Schreibarbeiten. Kurz vor Weihnachten beklagte sich Jost allerdings über seinen Dienstherren. Dieser hatte ihn angewiesen, Heiligabend zu seinem Vater zu fahren und sich bis zum nächsten Tag nicht mehr im Splendid blicken zu lassen. Es hörte sich an, als hätten Dienstherr und Valet über diese Frage einen regelrechten Strauss ausgefochten. Jost wollte den Lieutenant nicht eine ganze Nacht alleine lassen, und dieser wiederum verwahrte sich gegen die

Vorstellung, nicht einmal für etwas länger ohne seinen Valet auskommen zu können.

Anna, der der Dienstplan für die Festtage bereits einiges Kopfzerbrechen bereitete, erklärte Jost, er wäre undankbar, und schickte ihn seiner Wege. Der Gedanke, dass der Lieutenant ausgerechnet zu Weihnachten ganz alleine sein sollte, gefiel ihr auch nicht. Herr Ganz sicherte ihr zu, dass nötigenfalls einer der Etagenportiers für Jost einspringen würde. Mehr konnte man nicht tun.

Heiligabend kam, und wie üblich gab es bei der Feier für das Personal Tränen und bedrückte Gesichter. Für manche der Mädchen und der Pagen war es die erste Weihnacht weg von zu Hause. Anna, die für die Feier verantwortlich war, tröstete, so gut sie konnte. Norbert, ein Page, der seine erste Saison im Hoteldienst leistete, brachte vor Kummer kaum einen Bissen herunter. Schliesslich überredete Anna Herrn Ganz, den Dienstplan so zu ändern, dass der Junge am Stephanstag seine Familie besuchen konnte.

Herr Bircher, der mit den Gästen feierte, tauchte ebenfalls kurz auf und verteilte Geschenke. Der Patron zog es vor, an Feiertagen nicht alleine in seiner Villa zu sitzen. Er würde diese Nacht in dem kleinen, extra für solche Gelegenheiten eingerichteten Zimmer neben seinem Bureau zubringen.

Anna erhielt von ihm eine Schachtel Briefpapier, von den Zimmermädchen bestickte Nadelbüchlein, von Herrn Ganz ein neues Notizbuch und von Henning ein hübsches kleines Taschenmesser mit einem Perlmuttgriff, für das er der alten Tradition entsprechend, dass man Messer nicht verschenken darf, einen Kuss verlangte, den Anna ihm unter allgemeinem Gelächter auch gab.

Es waren schöne Geschenke, und doch hatte Anna das Gefühl, sie alle galten der Gouvernante und nicht Anna Staufer; das war undankbar und sie schämte sich. Lediglich Madame Dubois tanzte mit ihrem Geschenk aus der Reihe: ein wunderschön geschnitzter Hornkamm, geschmückt mit einem fächerförmigen Gitter, über das sich Blumen rankten.

Herr Bircher drang keineswegs darauf, dass seine Angestellten ihren religiösen Pflichten nachkamen – sehr zum Verdruss von Hans. Doch es war Weihnachten, wer zur Christmette wollte, sollte das auch tun können. Anna entliess die Mädchen, die ihr beim Aufräumen des Speisesaals halfen, und machte alleine weiter.

Sie war froh, dass die Feier zu Ende war. Weihnachten war niemals eine einfache Zeit; doch dieses Jahr war alles noch schlimmer. Sie war müde, und das Gefühl, eingesperrt zu sein, wollte nicht nachlassen. Die Rolle der untadeligen Gouvernante schien auf einmal weniger ein Ausweg als vielmehr eine Sackgasse zu sein. Die Verwandlung hatte mehr gekostet, als sie gedacht hatte – das zumindest begann sie jetzt zu sehen.

Am schlimmsten aber war die Erkenntnis, dass man sie widerspruchslos in dieser Rolle annahm. Niemand schien damit zu rechnen, dass sie Wünsche und Träume und Sehnsüchte haben könnte, die über eine aufgeräumte Wäschekammer hinausgingen. Das Lachen, als sie Henning geküsst hatte, war nicht nur gutmütig gewesen.

Endlich war sie fertig, sie legte ein paar vergessene Schokoladentaler für die Pagen in eine Blechdose und machte nochmals eine langsame Runde um den Christbaum, um zu prüfen, ob alle Kerzen ausgelöscht waren, dann ging sie mit ihren Geschenken nach oben.

Als sie endlich im Bett lag, schien sie das Gelächter wieder zu hören. Entschlossen schob sie die Erinnerung zur Seite und ging im Kopf nochmals die für den kommenden Tag anstehenden Arbeiten durch.

Sie musste noch dafür sorgen, dass am Morgen ein Früchtekorb für die Kleine Suite zusammengestellt wurde. Der Patron würde den Korb dann persönlich samt seinen Weihnachtswünschen abliefern. Ob sie bei Herrn Brehm ein paar Chrysanthemen zum Dekorieren der Früchte besorgen sollte?

Ihre Gedanken wanderten zu Lieutenant Wyndham, der Weihnachten allein mit seinen Büchern verbrachte. Es war keine gute Zeit für einsame und kranke Gäste. Aber was konnte sie da schon tun?

Der Schlaf wollte nicht kommen, sie machte das Licht an und holte nochmals den Kamm von Madame Dubois hervor. Sie würde das Stück nie tragen können, und doch war es ihr liebstes Geschenk. Sie strich mit den Fingerspitzen über die zarten Blüten und spürte wieder Tränen aufsteigen.

Ärgerlich wollte sie sich zuerst dagegen wehren, sie verstand nicht, woher diese Backfisch-Allüren auf einmal kamen. Doch es sah sie ja niemand, und vielleicht konnte sie danach schlafen. Sie löschte das Licht und überliess sich ihrem Kummer.

Ein scharfer Knall hallte durch das Gebäude. Anna war sofort wach, machte das Licht an und warf sich hastig ihren Morgenrock über. Auf dem Gang scheuchte sie ein paar Mädchen, die verschlafen wissen wollten, was denn passiert sei, zurück in ihre Zimmer und eilte die Treppe hinunter.

Im Haus summte es leise wie in einem Bienenstock. Gäste mit leichtem Schlaf verlangten eine Erklärung, die Nachtportiers huschten durch die Gänge und murmelten etwas von jungen Herren, die sich einen Spass erlaubt hätten. Das hatte – so die Anweisung des Patrons – immer die Erklärung für nächtliche Störungen zu sein.

In Anna zog sich alles zusammen, sie hatte das Geräusch erkannt. Im ganzen Haus fiel ihr nur ein Gast ein, der verzweifelt genug für eine solche Tat sein mochte und wohl auch eine Ordonnanzwaffe besass. Sie lief zur Kleinen Suite, wo tatsächlich die Tür offen stand und von wo laute und aufgeregte Stimmen zu vernehmen waren – das war so weit gut, leise und gedämpfte Stimmen waren zu fürchten.

In der Suite traf sie auf einen verwirrt blickenden Nachtportier, den Patron, kurzatmig und rot im Gesicht, und Henning, der wohl noch in der Bar aufgeräumt hatte. Er war eben dabei, dem Lieutenant in seinen Schlafrock zu helfen. Anna stellte erleichtert fest, dass niemand verletzt war.

«Ich habe mir nichts eingebildet», sagte der Lieutenant zu Direktor Bircher. «Es war jemand hier, jemand, der meine Räume durchsucht hat.» Er setzte sich in seinen Lesesessel. Annas Blick fiel auf seine Hände. Sie waren ruhig.

«Aber ich sehe hier keine Spuren eines Einbruchs», meinte der Patron ungnädig. Das war nicht ganz richtig, die Balkontür stand offen. Er schloss sie. «Das war nur der Wind, manchmal sind die Riegel etwas locker.»

Tatsächlich schneite es, aber von einem Sturm hatte Anna nichts bemerkt. Direktor Bircher blickte seufzend zu der Stelle rechts des Türrahmens, wo die Kugel eingeschlagen war. Der Anblick einer weiteren ruinierten Tapete in diesen Räumen machte ihm sichtlich zu schaffen. «Es ist sehr gefährlich, im Dunkeln mit Waffen zu hantieren. Zum Glück ist niemand verletzt worden.»

«Das hat mit Glück nichts zu tun», war die kühle Antwort, «ich habe mit Absicht vorbeigeschossen. Ich wollte den Eindringling nur verjagen. Wäre es hell gewesen, hätte ich ihn aufhalten können, ohne ihm grösseren Schaden zuzufügen, und Sie könnten ihn jetzt verhören.»

Diese doch einigermassen arrogante Behauptung wurde vom Patron kopfschüttelnd aufgenommen. In diesem Moment traf Herr Ganz ein, atemlos und ohne Krawatte. Es war doch ein hübsches Stück Weg von seiner kleinen Wohnung in der Dépendance zum Hotel.

Während der Direktor den Concierge über das Geschehene aufklärte, unterzog Anna den Raum einer eingehenden Prüfung. Wer immer sich hier zu schaffen gemacht hatte, war diskreter vorgegangen als sein sommerlicher Vorgänger. Sie trat etwas näher an die Balkontür und warf einen Blick hinaus. Es hatte die letzten Tage über nicht geschneit, und so lag nur noch unter dem Geländer ein wenig Schnee; es gab keine Spuren eines Einbrechers. Sie wandte sich dem Tisch zu, auf dem Lieutenant Wyndhams Mahlzeiten serviert wurden. Dort stand ein einzelner Teller mit einem Stück Streuselkuchen; Streuselkuchen hatte nicht zum Weihnachtsdinner gehört.

«Was ist das?»

Die belanglose Frage schien alle bis auf den Lieutenant zu überraschen; er hatte sie die ganze Zeit über beobachtet und antwortete nun: «Das Dessert des gestrigen Dinners; mit Mohnsamen gefüllter Kuchen. Ich mag keinen Mohn, und der Etagenkellner hat vergessen, den Teller abzuräumen.»

Natürlich mochte er keinen Mohn. Anna fragte Herrn Ganz: «Wer hatte denn hier Dienst?»

Der Patron winkte ungeduldig ab. «Fräulein Staufer, das spielt doch nun wirklich keine Rolle. Wir haben hier Wichtigeres zu besprechen.»

Herr Ganz hatte sich inzwischen daran gemacht, mit einem Bleistift die Tiefe des Einschussloches zu sondieren. Stirnrunzelnd betrachtete er das niederschmetternde Ergebnis. Die Handwerker würden wieder ordentlich zu tun haben.

Anna griff nach dem Teller und gab Henning ein Zeichen, ihr

zu folgen. Während sie wortlos durch den Gang stapfte, eilte er neben ihr her. Als sie ausser Hörweite waren, sagte er: «Stauffacherin, langsam aber sicher glaube ich wirklich, diese Suite ist verhext. Schon wieder ein Einbruch – da soll noch jemand von ‹Zufall› sprechen!»

«Es gibt keine Zufälle», meinte Anna grimmig, lief eilig die Treppen hinunter und bog dann Richtung Bar ab.

«Also gut, was tun wir hier mit diesem Stück Kuchen? Wollen wir es zusammen mit einem Gläschen Portwein als ausgesprochen dekadentes Frühstück geniessen?»

«Ich brauche eine Gabel», gab Anna knapp zur Antwort. Henning verschwand hinter der Theke und reichte ihr das Gewünschte. Anna brach damit eine Ecke des Kuchens ab.

«Auf keiner Speisekarte im Haus war Streuselkuchen mit Mohnfüllung aufgelistet», meinte sie ruhig.

«Oho – das ist ja interessant. Ein Mohnkuchen im Zimmer eines Gastes, dessen Zimmer man durchstöbern wollte. Lassen Sie mich einmal Sherlock Holmes spielen.»

Er nahm ihr die Gabel ab und balancierte das Stück auf Augenhöhe. Die Mohnfüllung schimmerte dunkel und feucht. Bevor Anna ihn davon abhalten konnte, hatte er davon gekostet. «Hmm, ja – viel zu viel Gewürz drin und trotzdem ist es noch bitter. Nun, was schmeckt bitter, ist einfach zu beschaffen und kommt jemandem gelegen, der gerne ungestört ein Zimmer durchstöbern möchte, während dessen Bewohner schlafen sollte?»

Anna betrachtete ihn ratlos; er seufzte. «Das kommt von Ihrem tugendhaften Leben, Stauffacherin. Der Tröster der Damen und Dichter natürlich: Laudanum.»

Ein Schauer überlief Anna. Wie viel Laudanum war in der Füllung? Sie wusste nicht, was eine angeblich harmlose Menge für den Lieutenant bedeutet hätte. Aber zu viel von dem Zeug konnte jemanden umbringen; im Apothekerschrank des Splendid gab es deshalb keine Mohntinktur, obwohl immer wieder Gäste danach verlangten.

Henning legte die Gabel auf den Teller zurück. «Tja, aus unserem Frühstück wird wohl nichts. Was sollen wir damit tun?»

«Ich will wissen, wer diesen Kuchen zubereitet hat und wieso der Etagenkellner ihn dort hat stehen lassen.»

«Ein Glück, dass der gute Lieutenant keine Naschkatze ist. Obwohl er etwas von einer Katze an sich hat, nicht wahr? So eine angespannte Ruhe, dass man nie weiss, was als Nächstes kommt. Ich bin wirklich froh, dass die Kugel in der Tapete und nicht in seinem Schädel steckt, wie ich dachte, als ich den Schuss hörte. Um Weihnachten geschehen ja gerne Unfälle mit Waffen. Um so eine Fassade wäre es schade gewesen.»

«Henning!»

Er hob die Hände. «Schon gut, schon gut. Wir sollten uns auf das Wesentliche konzentrieren. Und das bedeutet, wir müssen uns in die Unterwelt begeben.» Er warf einen Blick auf seine Uhr. «Um diese Zeit müssten wir eigentlich schon jemanden antreffen. Vielleicht kriegen wir sogar eine Tasse Kaffee, wenn wir höflich anfragen.»

Henning nahm den Teller, und gemeinsam gingen sie in das Untergeschoss. Gleich neben der Abwaschküche lag die Kaffeeküche, in der die Kaffeeköchin herrschte, die für die Zubereitung aller heissen Getränke zuständig war. Vorratsräume und Magazine folgten entlang einem schmalen Gang hinter der Kaffeeküche. Auf der anderen Seite des Ganges befand sich das Herzstück des Splendid, die riesige Küche. Für alle, die nicht dem Küchenpersonal angehörten, war dies ein verbotenes Reich. Hier wurde gebrüllt und getobt, in keinem Bereich des Hotels ging es heftiger zu und her. Während der *Coups de Feu* zur Lunch- und Dinnerzeit flogen schon mal Messer und Töpfe durch die Luft, und die Küchenjungen konnten einem leidtun. Die Küchenmannschaft war in *Parties* eingeteilt, in denen die verschiedenen Speisen unter der Aufsicht eines *Chef de Partie* von den *Commis* zubereitet wurden. Für den Kuchen war die *Partie* der *Pâtissiers* zuständig, die in der *Pâtisserie* hinter der Küche arbeiteten.

So früh am Morgen, es war kurz vor halb sechs, konnte man sich noch hineinwagen, ohne von wütenden Köchen gleich wieder verjagt zu werden. Es herrschte gespenstische Ruhe, nur ein paar der Küchenjungen taumelten verschlafen durch die Räume.

Frau Lanz, die Kaffeeköchin, tauchte auf und liess sich von Henning überreden, ihm und Anna einen frühen Kaffee zuzubereiten. Dann erschien Herr Hoffmann, der *Chef Gardemanger*, der für Einkauf, Lagerung und Zuteilung der Lebensmittel zuständig war und seinen morgendlichen Kontrollgang durch die weiss gekachelten Lagerräume machte.

Auf Annas Frage, wer den Streuselkuchen gebacken hatte, zuckte er mit den Schultern: «Hat einer der Gäste sich beschwert? Dann war es wahrscheinlich Giovanni. Der wird eh nicht mehr lange hier sein, nach allem, was man so hört.»

Anna dankte ihm für die Auskunft, und er verschwand in die Lagerräume. «Natürlich», meinte sie zu Henning.

«Natürlich was?» Henning betrachtete sie verwirrt.

Anna verbiss sich eine ungeduldige Bemerkung. Henning war die ganze Nacht wach gewesen. «Sie sagten doch, Giovanni wäre beim Zirkus gewesen – ein Akrobat. Von einem Balkon zum anderen zu klettern, ist für ihn kein Kunststück. Die Balkontür ist einfacher als die Zimmertür aufzubrechen, und es besteht weniger Gefahr, dass man dabei des Nachts gesehen wird.»

«Aber warum sollte Giovanni so was tun? Stauffacherin, das klingt schon ein bisschen verrückt.»

«Genauso wie ein mit Laudanum gefüllter Streuselkuchen. Jede Wette, Giovanni ist nicht mehr im Haus aufzufinden. Wenn er unschuldig im Bett liegt, dann habe ich mich eben geirrt.»

Henning anerbot sich, den untalentierten Zuckerbäcker aus den Federn zu holen. Anna brachte die Tassen in die Abwaschküche zurück und bedankte sich bei Frau Lanz, die im Personal-Speisesaal dabei war, den Tisch für das Morgenessen zu decken.

Während Anna Henning nach oben folgte, versuchte sie, ihre Gedanken zu ordnen. Jemand hatte sich die Mühe gemacht, erneut in die Kleine Suite einzubrechen. Das ergab doch überhaupt keinen Sinn, die Räume waren während der Zwischensaison mehrere Wochen lang leer und so gut wie unbewacht gewesen. Damals wäre es viel einfacher gewesen, die Räume zu durchsuchen.

Anna ging in ihre Kammer, um sich ordentlich anzukleiden. Sie verrichtete ihre Morgentoilette und räumte das Zimmer auf, doch immer wieder wanderte ihr Blick zu dem Teller mit dem Kuchenstück auf der Waschkommode. Gerade als sie dabei war, den Bettüberwurf glatt zu streichen, klopfte es an der Tür. Es war Henning, der etwas ausser Atem schien.

«Giovanni ist fort, sein Bett ist nicht angerührt worden und seinen Zimmergenossen habe ich beinahe nicht wach gekriegt. Sieht so aus, als ob der gute Zuckerbäcker wenigstens eines seiner Kunstwerke an den Mann gebracht hat. Die Etagenkellner habe ich auch gleich noch aus dem Bett geholt. Mit anderen Worten, ich habe mich heute bereits bei etlichen Leuten sehr beliebt gemacht. Wie auch immer, Peter hatte gestern in der Kleinen Suite Dienst. Giovanni sagte ihm, er solle den Kuchen im Zimmer des Lieutenants lassen. Das sei nämlich eine englische Weihnachtstradition, deshalb auch die Abweichung von der Speisekarte.»

«Was für eine verrückte Geschichte. Das ist doch kein Plumpudding, und auch der wird erst am 25. serviert.» Anna griff nach dem Teller mit dem Kuchenstück.

«Der gute Peter ist nun mal nicht mit besonders viel Verstand gesegnet. Deshalb kann man ihm so eine Fabel auftischen.» Henning fuhr sich durch die eh schon arg zerzausten Haare. «Was nun?»

«Wenn ich das wüsste», meinte Anna und schloss die Tür zu ihrer Kammer ab. «Ich versuche noch mal, mit dem Patron zu sprechen. Er mag zwar nichts von einem Einbruch hören, aber das sind doch Beweise, die man nicht einfach ignorieren kann. Sie gehen besser zu Bett, Henning. Es ist nicht nötig, dass er auf uns beide wütend wird.»

«Mich deucht, dabei sollten Sie etwas Unterstützung haben. Wir beide wissen doch, dass unser verehrter Patron der Gruppe der Choleriker angehört. Ich komme mit und stehe Ihnen zur Seite.»

Anna legte ihm sachte eine Hand auf die Brust. «Ganz bestimmt nicht. Wahrscheinlich wird der Patron es nicht mögen, dass ich diese Sache nicht ruhen lassen will. Es reicht, wenn er auf einen von uns beiden nicht gut zu sprechen ist.»

«Sind Sie ganz sicher? Geteiltes Leid ist halbes Leid.»

Als Anna nur den Kopf schüttelte, gab er nach. «Also gut, aber ich gehe jetzt bestimmt nicht zu Bett. Die Bar ist noch nicht fertig aufgeräumt. Lassen Sie mich wenigstens das Corpus Delicti tragen.»

Damit nahm er ihr den Teller ab, und gemeinsam machten sie sich auf den Weg nach unten. Das Vestibül war menschenleer, noch war keiner der eifrigen Geister wach, die hier schon bald Blumen wässern, Teppiche bürsten und Polster ausschütteln würden. Henning überreichte Anna den Kuchen mit einer feierlichen Verbeugung und verschwand in sein Reich.

Hinter dem mit den Lilien geschmückten Glaspaneel der Tür zum Direktions-Bureau war Murmeln zu vernehmen, anscheinend hielt der Direktor Kriegsrat. Wahrscheinlich war es klüger, nicht zu stören – Anna wartete, bis Herr Ganz und Herr Neumeyer, der inzwischen auch aus den Federn geholt worden war, das Bureau verliessen. Danach klopfte sie und trat ein.

Der Direktor sass, immer noch in seinen burgunderfarbenen Schlafrock gehüllt, hinter dem Schreibtisch. Weder Croissants noch Kaffee hatten bisher den Weg ins Direktions-Bureau gefunden. Er machte bei Annas Anblick eine missmutige Handbewegung.

«Um Himmels willen, Fräulein Staufer, warum tragen Sie diesen Kuchen noch immer durch das Hotel? Wie sieht das denn aus.»

Anna stellte den Teller vor ihn hin. «Es tut mir leid, Herr Bircher. Aber ich denke, wir sollten über diese Sache nochmals sprechen. Wie es scheint, hat man dieses Kuchenstück mit Laudanum getränkt, damit Lieutenant Wyndham nicht hört, wie seine Räume durchsucht werden. Doch er mag keinen Mohn und hat nichts davon angerührt. Deshalb konnte er den Einbrecher überraschen.»

Der Patron starrte sie an, als hätte sie den Verstand verloren. «Wollen Sie jetzt wieder mit so einer Räuberpistole kommen wie im Sommer mit der Frau Baronin von Helmdorf?»

«Giovanni, der diesen Kuchen gestern gebacken hat, ist inzwischen verschwunden. Finden Sie das nicht auch seltsam?»

«Und nun unterstützen Sie Lieutenant Wyndham noch in seinen Hirngespinsten. Es kommt immer wieder vor, dass Personal Hals über Kopf abreist. Dafür gibt es ganz harmlose Erklärungen: Herzensangelegenheiten, Heimweh – an Weihnachten besonders schlimm – oder einfach nur Faulheit.» Er holte tief Luft und hob den Zeigefinger wie ein Schulmeister. «Nun hören Sie mir gut zu, Fräulein Staufer. Ich habe eben mit Herrn Doktor Reber telefoniert. Der Lieutenant leidet immer noch starke Schmerzen und muss Morphium nehmen; das führt bei manchen Menschen zu Halluzinationen. Der Doktor ist mit mir einer Meinung, dass es keinen Einbrecher gegeben hat. Ich verständige jetzt Wachtmeister Wirz; es muss natürlich ein Protokoll von dem Vorfall aufgenommen werden. Aber damit ist die Sache dann auch erledigt.»

«Giovanni kann nicht weit sein – man könnte ihn noch abfangen und befragen.»

«Wozu das denn? Er ist davongelaufen, ohne seinen Lohn – das ist alles. Auf Neujahr sollte ihm eh gekündigt werden. Zum letzten Mal: Es hat keinen Einbruch gegeben, und deshalb muss ich auch keine Diebesjagd in Gang setzen. Die medizinischen Probleme des Lieutenants reichen als Erklärung für den Vorfall aus.»

Das wollte der Patron also aller Welt verkünden. Ein paar diskrete Andeutungen würden genügen. «Der arme Mann wollte sich etwas Linderung von seinen Schmerzen verschaffen und hat es wohl übertrieben.» Den Rest würde man sich dann zusammenreimen. Die Reputation des Hauses blieb gewahrt.

So leicht sollte es sich der Patron nicht machen. Anna schob ihm den Teller zu. «Wenn Sie das wirklich glauben, Herr Direktor, dann essen Sie doch etwas Streuselkuchen.»

Das cholerische Gemüt des Patrons begann sich nun bemerkbar zu machen. Sein Gesicht lief in einem tiefen Rot an, das sich gar nicht schlecht mit der Farbe seines Schlafrocks vertrug.

«Sie nehmen sich zu viel heraus, Fräulein Staufer», meinte er, und kaum unterdrückter Zorn machte sich in seinem schweren Atem bemerkbar. «Mir hat eine Gouvernante gereicht, die sich wilden Hirngespinsten hingegeben hat. Fräulein Hartlaub war in einem Alter, in dem gewisse unerfreuliche Phänomene auftreten können. Diese Entschuldigung haben Sie nicht. Ich weiss aber, dass es in Ihrer Familie auch schon Vorfälle gegeben hat, die von geistiger und moralischer Instabilität zeugen. Es täte mir sehr leid, wenn sich nun herausstellen würde, dass Sie auch betroffen sind.» Und damit nahm er den Teller, kippte den Inhalt in den Papierkorb und lehnte sich dann mit zufriedenem Gesichtsausdruck in seinen gepolsterten Stuhl zurück.

Anna brachte kein Wort heraus, sie strich ihren Rock glatt, damit er nicht sah, dass sie zitterte, und wie im Traum verliess sie das Bureau. Sie war bereits im Vestibül, wo sich Herr Ganz mit Herrn Neumeyer unterhielt, als sich die Tür hinter ihr nochmals öffnete und der Patron ihren Namen rief; sie wandte sich um.

«Noch etwas: Hören Sie damit auf, ein solches Interesse an Lieutenant Wyndham zu zeigen. Ich weiss sehr wohl, dass Sie letzthin in aller Herrgottsfrühe schon in der Kleinen Suite waren, und auch, dass Sie Ammann ständig nach dem Herrn ausfragen. Es könnte ein falscher Eindruck entstehen, und das ist für jemanden in Ihrer Position gar nicht gut. Ich will Sie nicht mal mehr in der Nähe der Kleinen Suite sehen.»

Er schloss die Tür so heftig, dass das Glaspaneel klirrte, ohne auf eine Erwiderung zu warten.

Anna verharrte für einen Moment regungslos. Das Gespräch zwischen Herrn Neumeyer und Herrn Ganz war verstummt. Ein verschlafener Kellner, der eben mit Kaffee und Croissants aus der Küche hereilte, war ebenso Zeuge dieser Szene geworden wie der Hausknecht, der gerade mit einer Schaufel die Eingangstreppe hatte frei räumen wollen. Der Patron hatte sie mit Absicht so öffentlich abgekanzelt, um sicherzugehen, dass sie sich an seine Anweisungen hielt. Das Personal würde heute wahrlich ausreichend Gesprächsstoff haben.

Mit gesenktem Kopf hastete Anna durch das Vestibül. Sie war froh, als sie den Gang zur Bar erreichte, in dem kein Licht brannte. Henning konnte ihr hoffentlich dabei helfen, sich zu beruhigen. In dem Moment sah sie Oberleutnant Ranke aus der Bar kommen. Einen fröhlichen Marsch vor sich hinsummend verschwand er auf der Hintertreppe nach oben, ohne Anna zu bemerken.

In der Bar war Henning dabei, zwei letzte Gläser zu spülen. «Stauffacherin, man hat mich gerade gebeten, den Herren Offizieren beim Organisieren eines Weihnachts-Skirennens für alle Gäste zu helfen. Mit etwas Glück kann ich mich noch für eine Stunde oder so hinlegen.» Er reinigte die Theke, indem er zwei, drei Mal mit einem Geschirrtuch darüberschnippte. Sonst machte er das gewissenhafter.

Anna beobachtete ihn schweigend. Dass Oberleutnant Ranke wusste, wo man Henning zu dieser Stunde finden konnte und dass er persönlich mit seiner Bitte hier aufgetaucht war, statt einen Pagen oder einen Portier damit zu beauftragen, bestätigte nur, was sie schon seit Längerem vermutet hatte.

Henning machte sich daran, die Bar zu lüften. Schneidend kalte Luft drang in den Raum. Er wandte sich Anna zu. «Nun, hat Herr Bircher ein Einsehen gehabt?»

Sie erzählte ihm nur das Nötigste, den Rest würde er noch früh genug erfahren.

Er schloss die Fenster und meinte dabei kopfschüttelnd: «Hmm, das war wohl zu erwarten, aber trotzdem ist das eine sehr undurchsichtige Geschichte. Oberleutnant Ranke hat sich auch schon gewundert und wollte Genaueres von mir wissen. Er meinte, der Lieutenant hätte wohl Heiligabend mit etwas zu viel Whisky begangen. Was wohl Jost dazu sagen wird?»

«Daran habe ich noch gar nicht gedacht. Er wird ausser sich sein. Bestimmt wird er jetzt wieder von dem Feldbett anfangen.»

«Vielleicht wollte Giovanni einfach ein bisschen Geld oder Wertsachen stehlen, bevor er das Haus verlassen muss. Er dachte wohl, der Lieutenant wäre ein einfaches Opfer.»

Konnte die Erklärung wirklich so einfach sein? War der Einbrecher hinter den Besitztümern von Lieutenant Wyndham her gewesen, der nur durch Zufall die Kleine Suite bewohnte? Vielleicht gab es doch Zufälle? Es gab im Haus aber mehrere Gäste, bei denen sich ein Einbruch eher gelohnt hätte. Nein, je länger sie darüber nachdachte, desto überzeugter war Anna, dass dies hier eine Fortsetzung der Episode vom Sommer war.

Henning nahm seine Schürze ab und warf sie zusammen mit dem Geschirrtuch in den Wäschekorb unter der Bar. «Aber natürlich kann der Patron nicht zugeben, dass er einen Dieb eingestellt hat. Also gibt er einfach dem Lieutenant die Schuld. Der bleibt ja immer in seiner Suite, also braucht ihn das Gerede der anderen Gäste nicht weiter zu stören. Alles in allem eine ziemlich elegante Lösung.» Er unterdrückte ein Gähnen.

Es hatte im Moment wohl keinen Sinn, ihm ihre Gedanken anzuvertrauen. «Giovanni ist wahrscheinlich schon über alle Berge», sagte Anna. «Ich kümmere mich besser um meine Arbeit. Vielleicht können wir uns später nochmals über diese Sache unterhalten?»

«Natürlich, Stauffacherin. Aber jetzt sollten Sie wirklich auch einmal versuchen, ein bisschen Feiertagsstimmung aufkommen zu lassen. Sorgen können Sie sich später immer noch. Und dann helfe ich Ihnen dabei sogar, versprochen.» Und damit eilte er fröhlich aus der Bar.

Anna fühlte sich trotz seiner Worte im Stich gelassen. Ärger stieg in ihr hoch, sie war wütend auf den Direktor, aber auch auf Henning, der sich auf den kommenden Tag so freute. Was hielt dieser Tag denn für sie bereit? Getuschel und verstohlen mitleidige oder hämische Blicke im Personal-Speisesaal. Sie blickte zu den ordentlich aufgereihten Reihen von Flaschen und Gläsern hinter der Bar. Zum ersten Mal empfand sie bei dem Anblick der im Spiegel verdoppelten, glitzernden Ordnung keine Freude; liebend gerne hätte sie einen Stuhl hineingeschmettert.

Der Lockvogel

«Lasst's euch, o Diplomaten, recht angelegen sein, und eure Potentaten beratet rein und fein! Geheimer Chiffern Sendung beschäftige die Welt, bis endlich jede Wendung sich selbst in's Gleiche stellt!»
West-östlicher Divan – Johann Wolfgang von Goethe, 1819

Anna tat so, als würde sie das leise Kichern und die verstohlenen Blicke im Speisesaal nicht bemerken. Aber es war nicht einfach, sogar Herr Ganz schien in ihrer Gegenwart peinlich berührt.

Sie brachte es nicht über sich, den Früchtekorb für die Kleine Suite persönlich in der Küche zu ordern, und schickte stattdessen einen Pagen mit schriftlichen Anweisungen. Wohin auch immer sie bei ihrer Arbeit ging, eine Mischung aus Schadenfreude und Mitleid begleitete sie.

Schliesslich hielt sie es nicht mehr aus, sie musste aus dem Haus, oder sie würde irgendetwas Unbedachtes tun. Sie liess das Mittagessen aus und flüchtete stattdessen in den Park. Es war dem Personal nicht verboten, sich dort aufzuhalten, solange die Gäste sich nicht belästigt fühlten, aber während Sonn- und Feiertagen sah es der Patron nicht gern. Doch seine Wünsche waren Anna im Moment herzlich egal. Sie ging zu der kleinen Lichtung und setzte sich auf die Parkbank.

Sie musste sie selbst sein, bevor sie wusste, was sie tun sollte. Nicht die Gouvernante, die den Ruf des Hauses über alles stellte; nicht die junge Frau auf dem Weg zum alten Mädchen, die verqueren Hirngespinsten nachjagte, weil ihrem Leben etwas fehlte; nicht das Objekt von Spott und Mitleid – nur sie selbst. Es galt, die Zerrbilder zu verjagen, die sie quälten: die verlogene Gouvernante, die dabei half, den Skandal im Leben einer jungen Braut ohne Aufheben verschwinden zu lassen und keine Spur von Herz dabei zeigte. Die prüde Gouvernante, die sich höchstens an einem Feiertag aus Jux dazu überreden liess, einem Mann einen Kuss auf die Wange zu hauchen. Die beschämte Gouvernante, die sich wie ein Backfisch in einen Gast vergafft hatte und dafür vom Patron abgekanzelt wurde.

Sie holte ihr Notizbuch hervor, suchte jene Seiten, die nie jemand sehen sollte, und versank in den Zeilen, bis jene Zerrbilder ihrer selbst sich zwischen ihren eigenen Worten verflüchtigten. Sie hatten keine Macht, solange sie ihnen nicht nachgab. Solange sie nicht vergass, wer sie sein wollte und wer sie sein konnte.

Die mittägliche Ruhe im Park wurde auf einmal durch heftiges Zetern gestört. Anna blickte hoch, über ihr klammerte sich ein Eichhörnchen an der Spitze eines tief hängenden Astes fest und zankte sie aus. Der buschige Schwanz zitterte empört über den spitzen Ohren, während der kleine Kerl dermassen schimpfte, dass der ganze Ast schwankte. Sie störte sein Revier, und schlimmer noch, sie hatte nicht einmal Futter mitgebracht.

Anna lachte. Auf einmal war es gar nicht mehr so schwer zu erkennen, was zu tun war. Es war offensichtlich – und wie so oft gerade deshalb nur schwer zu erkennen gewesen. Sie klappte das Notizbuch zu und kehrte ins Splendid zurück.

Der Lieutenant war am Schreiben, vor sich eines seiner japanischen Bücher. Schatten lagen unter seinen Augen, was angesichts der letzten Nacht nicht weiter verwunderlich war. Auf dem Esstisch bemerkte Anna einen Früchtekorb, dekoriert mit einer rot-weiss-schwarzen Schleife. Sie zuckte innerlich zusammen, Flaggenkunde war nicht die Stärke des Küchenpersonals.

Sie wünschte dem Lieutenant frohe Weihnachten und hielt ein Metermass hoch, das sie als Vorwand mitgebracht hatte, falls sie jemand nach dem Grund ihres Besuchs fragen sollte. «Ich bin gekommen, um die Reparatur der Wand zu besprechen.»

Er betrachtete sie mit seltsam abwartendem Blick und sagte dann: «Natürlich werde ich für den Schaden vollumfänglich aufkommen.»

Anna drehte das Metermass verlegen in den Händen. Die herrische Hofdame schien sie mit einer beunruhigenden Mischung aus Ungeduld und Selbstbewusstsein zu mustern.

«Ich glaube Ihnen», meinte sie schliesslich schlicht. «Jemand war heute frühmorgens hier und hat die Räume durchsucht.»

Er legte ein Blatt in das Buch, dann setzte er sich vorsichtig in den Lesesessel. «Ich gehe davon aus, dass Sie mir dies nicht nur aus Höflichkeit sagen, sondern für diese erstaunliche Aussage auch gute

Gründe haben. Erfahre ich nun, warum ein vergessenes Stück Kuchen Sie dermassen beschäftigt hat?»

Anna musste sich von dieser unvermittelten Frage erst einmal etwas erholen. Sie legte das Metermass zur Seite und holte ihr Notizbuch hervor. «Zu dem Kuchen komme ich noch, wenn Sie mir bitte etwas Ihrer Zeit schenken wollen.»

Er bedeutete ihr mit einer Handbewegung fortzufahren. Es war ihm nicht anzumerken, ob er amüsiert oder verärgert war.

Anna öffnete ihr Notizbuch. «Verzeihen Sie, wenn ich etwas umständlich beginne, aber es ist wichtig, dass Sie diese Geschichte von Anfang an hören. Im Juni dieses Jahres weilte ein Herr Professor Hatvany aus Wien mit seiner Gattin in dieser Suite.»

«Professor Janos Hatvany, der Sprachwissenschaftler?» Zum ersten Mal, seit sie ihn kannte, wirkte er überrascht.

«Ja, ich habe versucht, etwas mehr über ihn herauszufinden. Der Professor hat sich mit Geheimschriften und solchen Dingen befasst. Ich glaube, das ist wichtig.»

Er sagte leise etwas, das Anna nicht verstehen konnte, und starrte dabei zu Boden. Er schien sie vergessen zu haben. Sie wartete unsicher, schliesslich blickte er hoch. «Verzeihung, bitte setzen Sie sich und fahren Sie fort.»

Er musste die Aufforderung wiederholen, bis Anna sich zögernd in den Fauteuil setzte. Sie war froh um ihre Notizen, so musste sie ihn nicht ansehen, während sie von der Zerstörung der Suite im Sommer, ihren Zweifeln und der ablehnenden Haltung des Patrons berichtete.

Als sie zu den Neuigkeiten kam, die Henning aus Frankreich mitgebracht hatte, meinte der Lieutenant ausdruckslos: «Der Professor und seine Frau sind also tot.»

Anna nickte. «Ich mag es kaum glauben, dass die Frau Professor ihren Mann getötet haben soll. Sie liebte ihn sehr, und sie war in Sorge um ihn, daran kann ich mich noch gut erinnern. Ich verstehe auch nicht, warum sie frühzeitig abreisten. Es hat ihnen hier sonst immer so gut gefallen.»

«Sie sind direkt an die Riviera aufgebrochen?»

Anna prüfte die Chronologie in ihrem Notizbuch. «Sie sind hier am 15. abgereist, eine Woche früher als geplant. Das exakte Datum ihrer Ankunft in Nizza weiß ich nicht, aber ich glaube nicht, dass sie irgendwo einen Zwischenhalt gemacht haben oder in der kurzen Zeit gar nochmals nach Wien zurückgekehrt sind.»

«Was war das offizielle Verdikt der französischen Untersuchungsbehörden?»

«Mord und Selbstmord.»

«Und der Barkeeper ist sich sicher, dass die Tigerbrigaden den Fall untersucht haben?»

«Zumindest wurde ihm das so berichtet.»

Der Lieutenant nickte und bedeutete ihr fortzufahren. Es gab nicht mehr viel zu erzählen, nur, wie sie sich von Henning hatte überzeugen lassen, dass der Spuk nun vorbei sei. «Ich hoffte, dass er recht hatte.»

«Aber?» Er betrachtete sie aufmerksam.

Sie wunderte sich, woher er wusste, dass es ein «Aber» gab. «Da war dieses seltsame Gefühl. Ich habe es für ein Hirngespinst gehalten, zumindest bis heute Morgen.»

«Und deshalb machte Sie der vergessene Kuchen so misstrauisch?»

«Ein Etagenkellner darf nie etwas zurücklassen. Warum also gerade an diesem Abend? Das war zu viel Zufall.»

Falls ihm auffiel, dass sie seine Maxime übernommen hatte, liess er es sich nicht anmerken. Sie erzählte von dem bitteren Geschmack des Kuchens und Hennings Schlussfolgerungen, von Giovanni, seiner Laufbahn im Zirkus und seinem wenig beeindruckenden Ruf als Zuckerbäcker. Von ihrem Gespräch mit Direktor Bircher gab sie nur eine gekürzte Fassung wieder. «Wie im Sommer will der Herr Patron mir nicht glauben. Es ist für ihn wichtig, jeglichen Skandal zu vermeiden», beendete sie ihre Erzählung. Der Lieutenant musste nicht wissen, was sonst noch gesagt worden war.

Er hatte Anna nie unterbrochen, nie angedeutet, sie sei ein überspanntes Frauenzimmer mit zu viel Vorstellungskraft. Gerade das machte sie unsicher; auf einmal fragte sie sich, was sie hier tat. Sie war dabei, ihren Ruf und ihre Stellung aus dem Fenster zu werfen.

«Das war es also!», sagte er da zu ihrer Überraschung. Er hielt einen Moment inne, so als würde er stumme Zwiesprache mit sich selbst halten, dann fuhr er fort: «Der Herr Direktor war heute Vormittag hier, um seine Weihnachtsgrüsse zu überbringen. Dabei teilte er mir mit, dass die Sache erledigt sei. Man habe Verständnis für meine schwierige Lage. Er war sehr diplomatisch, aber ich nehme an, er hat sich mit Herrn Doktor Reber unterhalten.»

Anna machte keine Anstalten, die Situation zu beschönigen. «Ja, es tut mir leid. Der Herr Direktor ist gewillt, den Vorfall dem Morphium zuzuschreiben. Ich habe nichts dazu gesagt.»

Sie hatte dem Direktor nicht widersprochen, weil sie damit einen Vertrauensbruch begangen hätte. Der Lieutenant hatte nicht gewollt, dass sein Kampf gegen das Morphium im Hotel bekannt wurde. Das Gerücht, das der Direktor nun in Umlauf brachte, war allerdings schlimmer als die Wahrheit. Sie warf dem Lieutenant einen unsicheren Blick zu.

Er schüttelte den Kopf. «Das hätte nichts geholfen. Jemand, der sich vom Morphium entwöhnt, kann auch halluzinieren. So oder so, der Direktor hätte seine Erklärung gehabt. Aber das war es nicht, was ich meinte. Der Herr Direktor hatte noch ein weiteres Anliegen. Er legte mir ans Herz, Ihnen kein Gehör zu schenken, sollten Sie das Gespräch mit mir suchen. Er liess mich auch wissen, dass Sie Weisung hätten, mich nicht zu behelligen.»

Anna spürte, wie sie rot wurde. «Es tut mir leid», murmelte sie. «Es war sehr grosszügig von Ihnen, mir dennoch zuzuhören.»

«Ich glaube wirklich nicht, dass Sie sich zu entschuldigen brauchen. Ich erspare uns beiden, was er sonst noch zu sagen hatte.»

Sein distanzierter Ton half ihr über ihre Verlegenheit hinweg, und sie war ihm dafür dankbar. Trotzdem hielt sie ihren Blick starr auf das Notizbuch gerichtet.

«Es ist gut, dass Sie gekommen sind. Was Sie zu erzählen hatten, ist sehr aufschlussreich.»

Anna wusste nicht genau, was an ihrer Darstellung der Ereignisse aufschlussreich sein sollte. Sie klappte das Notizbuch zu und wagte es, ihm wieder ins Gesicht zu sehen. «Ich verstehe nicht, was hier geschieht. Es scheint, als ob in diesen Räumen immer wieder nach etwas gesucht wird. Nur weiss ich nicht, nach was, und vor allem verstehe ich nicht, warum ausgerechnet jetzt wieder ein Einbruch passiert ist. Während der Schliessung wäre doch so viel Zeit gewesen, nochmals ungestört zu suchen.»

Er neigte den Kopf etwas zur Seite und betrachtete sie nachdenklich. «Sie haben einen erstaunlich klaren Verstand, Miss Staufer. Die Antwort auf Ihre letzte Frage ist ganz einfach. Wenn Sie nur etwas nachdenken, kommen Sie von selbst darauf. Was hat sich mit Beginn der Wintersaison hier verändert?»

«Nun, die Schäden sind repariert worden, ein paar Möbel und Einrichtungsgegenstände sind neu. Und da sind noch Ihre Bücherschränke.»

«Und was hat sich noch verändert?»

Sie hatte das Gefühl, sie würde einer Prüfung unterzogen; doch sosehr sie auch nachdachte, sie kam der Lösung des Rätsels nicht näher. Oder vielleicht doch: Es gab noch eine wesentliche Veränderung. Zum zweiten Mal an diesem Tag vertraute sie auf das Offensichtliche. «Sie sind hier.»

Nun sah sie ihn endlich einmal lächeln.

«Genau, ich bin eingezogen.»

«Aber Sie haben mit der ganzen Sache doch nichts zu tun.»

Das Lächeln verschwand. «Da bin ich mir leider nicht so sicher.»

In diesem Moment klopfte es; es war Norbert, mit einem silbernen Tablett, auf dem ein kleines Billet lag. Anna liess ihn eintreten und das Billet überbringen, damit er nicht um sein Trinkgeld kam.

«Eine Dame ist eben eingetroffen und lässt fragen, ob Sie sie empfangen.»

Lieutenant Wyndham betrachtete das Billet eingehend, schliesslich gab er dem Pagen, der geduldig gewartet hatte, eine Münze. «Richte Lady Georgiana aus, dass ich sie gerne empfange. Aber beeil dich nicht zu sehr mit der Antwort.»

Der Junge grinste. «Wird erledigt, Sir.»

Der Lieutenant wandte sich, das Billet immer noch in der Hand, an Anna. «Ich müsste mich sehr täuschen, wenn hier nicht eine Menge Antworten kommen.»

In dem Moment steckte Norbert nochmals seinen Kopf zur Tür herein. «Tut mir leid, aber sie ist schon auf dem Weg, Sir», wisperte er, und mit einem verschwörerischen Blick auf Anna fügte er hinzu: «Und der Patron begleitet sie.»

Anna griff nach dem Massband, ihr stand wohl eine weitere unangenehme Unterhaltung im Direktions-Bureau bevor. Der Lieutenant hingegen zeigte stumm auf die Tür zum angrenzenden Raum. Bevor sie gross darüber nachsinnen konnte, fand Anna sich in seinem Schlafzimmer wieder. Sie stellte sich hinter die nur angelehnte Tür und war sich sicher, dass man ihr Herz noch im Gang draussen schlagen hören konnte. Sie versuchte, leise zu atmen und nicht daran zu denken, wie unglaublich kompromittierend ihre Situation eben geworden war.

Direktor Bircher war inzwischen mit der Besucherin eingetroffen, die er mit «Mylady» anredete und die anscheinend eine Cousine des Lieutenants war. Der Patron wiederholte mehrmals, was für eine Ehre Myladys Besuch für das Splendid darstellte. Anna erinnerte sich daran, wie Direktor Bircher die adlige Verwandtschaft des Lieutenants damals als Argument für seine Aufnahme ins Feld geführt hatte. Adlige Gäste waren im Splendid allerdings nichts Ungewöhnliches. Für die besondere Aufmerksamkeit, die der Patron der Lady schenkte, musste es noch andere Gründe geben.

Vorsichtig spähte Anna durch die Spalte zwischen Tür und Türrahmen; der schmale Streifen gab ihr den Blick auf das Sofa und den Eingang des Lesezimmers frei.

Der Lieutenant war aufgestanden, um seine Cousine an der Tür zu begrüssen: eine grosse, schlanke Frau in einem exquisit geschnittenen grauen Woll-Kostüm mit schwarzen Samtbesätzen und einer passenden schwarzen Samtkappe, auf der als einziger Schmuck eine kleine Agraffe mit einer Feder platziert war. Der Schnitt des Kostüms war streng und gemahnte an Herrenmode, aber es dürfte nicht weniger gekostet haben als eine der Schöpfungen aus Samt und Seide, welche die Mesdemoiselles Gérard so gerne vorführten. Doch es war nicht die erlesene Schneiderkunst, die Herrn Bircher so schwadronieren liess. Die Lady konnte einen Mann in ihren Bann ziehen, ohne sich gross anzustrengen. Sie brauchte dazu weder die Schminktöpfe, in die Gräfin Tarnowska eifrig greifen musste, noch die Juwelen, mit denen Madame Gérard ihre durchaus ansehnlichen Töchter behängte. Anna kam der Gedanke, dass die Flucht ins Schlafzimmer unnötig gewesen war. In seinem gegenwärtigen Zustand hätte der Patron sie wahrscheinlich komplett übersehen.

Der Lieutenant schien sich der Wirkung seiner Cousine bewusst. Er beobachtete mit leicht hochgezogener Augenbraue und sichtlich amüsiert, wie Herr Bircher sein Rad schlug.

Gerade versicherte Herr Bircher der Dame, dass das Splendid wirklich alles täte, damit ihr Cousin sich hier wohlfühlen und in seinem Genesungsprozess vorankommen würde.

«Und natürlich hoffen wir sehr, dass Sie Ihren Aufenthalt in unserem Haus auch geniessen.»

Wahrscheinlich zerbrach sich Herr Ganz just in diesem Moment den Kopf über die standesgemässe Unterbringung der Dame in einem vollen Haus.

Die Lady meinte indes entschlossen: «Ich werde zufrieden sein, wenn meinetwegen niemandem Unannehmlichkeiten entstehen.»

Anscheinend war ihr bekannt, dass manche Hotels Reservationen schamlos über den Haufen warfen, wenn noble Gäste unangemeldet auftauchten.

Herr Bircher verbeugte sich ein weiteres Mal. «Wie Mylady wünschen. Ich werde mich höchstpersönlich darum kümmern, dass Mylady angemessen untergebracht werden.»

Anna seufzte unmerklich auf. In solchen Angelegenheiten konnte man den Patron beim Wort nehmen. Er würde also nicht nach seiner Gouvernante Ausschau halten und das ganze Personal nach ihrem Verbleiben befragen.

«Ich danke Ihnen sehr.» Lady Georgiana schenkte Herrn Bircher ein bezauberndes Lächeln. «Ich bin sicher, ich werde alles zu meiner vollsten Zufriedenheit vorfinden, wenn Sie selbst darüber wachen. Hoffentlich geht mit meinem Gepäck alles in Ordnung – es sind ja so viele Koffer.»

Der Patron verstand die charmant verpackte Aufforderung, sie mit ihrem Cousin allein zu lassen. Er versicherte ihr, sich sofort darum zu kümmern, verbeugte sich nochmals und verschwand nach weiteren Versicherungen, dass das Splendid durch ihren Besuch geehrt sei.

Als die Tür hinter ihm ins Schloss gefallen war, wandte sich der Lieutenant seinem Gast zu. «Georgiana, was für eine wunderbare Überraschung!»

Es gelang ihm, die Worte so auszusprechen, dass sie nach dem Gegenteil klangen. Seine Cousine bemerkte das auch.

«Oh Christian, ich hätte etwas mehr Begeisterung erwartet. Immerhin habe ich mich in diese Wildnis begeben, damit du nicht alleine Weihnachten feiern musst.»

«Das ist sehr freundlich von dir, meine Liebe. Aber verzeih, wenn ich vermute, dass du nicht nur deswegen hier bist.»

«Ich weiss nicht, wovon du sprichst.» Lady Georgiana zuckte mit den Schultern und schritt zur Balkontür. «Was für eine herrliche Aussicht. Kein Wunder behaupten die Schweizer, man würde hier von allen möglichen Leiden geheilt. Also, sag, wie geht es dir?»

Überrascht stellte Anna fest, dass der Lieutenant anscheinend nicht im Sinn hatte, sie aus ihrer Lage zu befreien. Vielleicht wollte er vor seiner Cousine nichts so Skandalöses wie eine Frau im Schlafzimmer enthüllen? Es blieb ihr wohl nichts anderes übrig, als in der Position des unfreiwilligen Lauschers zu verbleiben.

«Es geht mir gut», meinte er knapp. «Nimm bitte Platz. Und dann lass uns ehrlich sein, ich bin für Spielereien zu müde. Ich zweifle nicht an deiner Zuneigung, Georgiana, aber ich weiss auch, dass du um diese Jahreszeit die Riviera vorziehst. Also, auf wessen Befehl bist du hier? Normalerweise arbeitest du doch nicht für die Abteilung, die sich mit dem Kontinent abmüht. Dein Auftauchen hier scheint ein wundersames Zeichen von Kooperation zu sein.» Er klang immer noch verärgert.

Lady Georgiana zeigte sich davon nicht besonders beeindruckt. Anna hörte sie seufzen, gefolgt von Schritten auf dem Parkett. Lady Georgiana liess sich elegant auf dem Sofa nieder und streifte ihre Handschuhe ab.

«Ich kann sehen, dass es dir nicht gut geht. Sonst hast du bessere Manieren. Ich bringe dir Grüsse und Genesungswünsche mit, viele Leute sorgen sich um dich.»

«Georgiana, wenn du nicht zur Sache kommen willst, dann werde ich das für dich tun. Die Leute, die sich angeblich so um mich sorgen, dürfte es bestimmt interessieren, dass vergangene Nacht hier eingebrochen wurde.»

«Bist du in Ordnung? Ist dir etwas geschehen?» Ihr leicht verspielter Tonfall war echter Sorge gewichen.

«Keine Angst. Niemand hat ernstlich Schaden genommen, ausser der Tapete.»

Er musste ihr die Stelle gezeigt haben, die sie vorhin nicht bemerkt hatte. Jetzt sprang sie wieder auf und lief zur Balkontür. «Wie furchtbar! Und dieser Herr Bircher hat es nicht für nötig befunden, mich darüber in Kenntnis zu setzen.»

«Er wollte wohl dein zartes Gemüt nicht zu sehr schockieren. Herr Bircher glaubt, ich hätte mir im Morphiumrausch einen Einbrecher eingebildet. Aber wir beide wissen es besser, nicht wahr?»

«Christian, bitte …»

«Also gut, tun wir einfach so, als wärst du wirklich die unschuldige, zerbrechliche Lady, für die der Direktor dich hält. Lass mich dir eine Geschichte erzählen: Letzten Sommer weilte ein Professor aus Wien in diesen Räumen. Sein Fachgebiet war die Kryptographie, er hat dazu mehrere bedeutende Studien verfasst. Dieser Professor und seine Frau kamen kurz nach ihrem Aufenthalt im Splendid gewaltsam zu Tode. Sie starben in einem Hotel an der Riviera, nach ihrem Tod wurden ihre Zimmer sehr gründlich durchsucht; etwas später geschah dasselbe mit dieser Suite. Kommt dir diese Geschichte vielleicht bekannt vor?»

Lady Georgiana kehrte an ihren Platz aufs Sofa zurück. Sie nahm mit einem Seufzer ihre Kappe ab und enthüllte einen Schopf erstaunlich fülliger rotbrauner Haare. «Ich habe sie alle gewarnt, dass man dich nicht so einfach hinters Licht führen kann.»

«Danke für das Kompliment, aber es ist nicht angebracht. Es ist nicht mein Verdienst, dass ich über all diese Geschehnisse Bescheid weiss.»

Diese Worte weckten Lady Georgianas Interesse, sie legte die Kappe zur Seite. «Und woher stammt dann dieses erstaunliche Wissen?»

Der Lieutenant ignorierte die Frage. «Also, wo waren wir? Ah ja, es scheint offensichtlich, dass man etwas aus dem Besitz des Professors suchte. Und ich würde einmal behaupten, dass sich mehr als eine Partei an dieser Suche beteiligt hat. Was war das Resultat all dieser Bemühungen? Die Geschehnisse der letzten Nacht deuten darauf hin, dass zumindest eine Partei davon ausgeht, dass die Suche noch nicht abgeschlossen ist. Was mag wohl der Grund dafür sein? Alles war hier ruhig, niemand kam auf die Idee, die Zimmer ungestört während der Schliessung des Hotels im Herbst nochmals zu durchstöbern. Anscheinend war man überzeugt, dass hier nichts mehr zu finden wäre. Ich fürchte, es klingt etwas arrogant, aber wahrscheinlich wurde diese Gewissheit durch meine Ankunft arg erschüttert.»

«In der Tat. Und mit Arroganz hat das nichts zu tun. Du hast einen gewissen Ruf, mein Lieber», sagte Lady Georgiana liebenswürdig.

«Einen Ruf, der einigen Leuten wohl sehr gelegen kam. Also, wenn ich das so theatralisch ausdrücken darf: Bei der Nachricht, dass ich in den ehemaligen Räumen Professor Hatvanys logiere, dürften die Alarmglocken aller Nachrichtendienste zwischen Paris und St. Petersburg geschlagen haben. Was tut der Kryptographie-Spezialist des NID ausgerechnet im Splendid? Eigentlich ja der ehemalige Kryptographie-Spezialist des NID, aber dass ich den Dienst quittiert habe, hat man bestimmt als Finte abgetan. Nur allzu verständlich, denn es ist doch ein bisschen arg viel Zufall, dass ich hier einfach so auftauche. Aber es ist ja auch kein Zufall, nicht wahr? All die freundlichen Ermunterungen, doch endlich meinem alten Wunsch nachzukommen, die Berge zu sehen. Und immer wieder wurde mir das Hotel Splendid in Sternenbach empfohlen. Das hätte mich eigentlich stutzig machen müssen. Doch war ich – wie du dich vielleicht entsinnen kannst – in den vergangenen Monaten manchmal etwas abgelenkt. Nein, dass ich hier bin, ist kein Zufall, sondern das Resultat sorgfältiger Planung. Liege ich mit dieser Interpretation der Ereignisse richtig, liebste Cousine?»

Einen Moment lang war es in der Suite ganz still. Man konnte Kinderstimmen und Gelächter vom Eisfeld her hören. Schliesslich strich sich Lady Georgiana über ihre Haare. «Ich hoffe nur, es war nicht Hastings, der geredet hat. Ich mag ihn und möchte wirklich nicht, dass er in Schwierigkeiten gerät.»

Diesen Hastings ins Spiel zu bringen, war wohl ein Ablenkungsversuch der Lady. Anna hatte allerdings nicht den Eindruck, dass sie damit sehr erfolgreich war.

«Hastings tat sein Bestes, um mir den Aufenthalt hier auszureden. Aber er verriet mit keinem Wort den wahren Grund für seine Sorge. Ich hätte allerdings misstrauisch werden müssen, als er mich drängte, meine Waffe mitzunehmen.»

Auch wenn sie beileibe nicht alle Details verstand, so war Anna doch erleichtert, endlich einen guten Grund dafür zu hören, warum der Lieutenant letzte Nacht eine geladene Waffe zur Hand gehabt hatte. Die in dieser erstaunlichen Konversation gelieferte Erklärung wollte ihr zwar auch nicht recht gefallen, aber sie war besser als jene, vor der sie sich bisher gefürchtet hatte.

«Du gedenkst also nicht, mir zu verraten, woher dein Wissen stammt? Wenn es nicht Hastings war, dann vielleicht irgendeine geheimnisvolle Dame im Dienst einer fremden Macht, die dich verpflichten möchte?» Lady Georgiana war wieder aufgestanden. Sie wanderte langsam die Wände entlang und studierte scheinbar beiläufig die Bücherschränke.

«Du bist wirklich unverbesserlich, Georgiana. Angriff mag die beste Verteidigung sein, aber ich spiele dieses Spiel schon ein wenig länger als du. Du kannst von mir keine Antworten erwarten, ohne selbst welche zu liefern.»

«Ach, zum Teufel damit, wenn du schon über alles Bescheid weisst, kann ich mir die Mühe wirklich sparen», war die ziemlich undamenhafte Erwiderung. «Aber sag mir zuerst noch, wer denn letzte Nacht hier eingedrungen ist. Und ob sie Erfolg hatten.»

«Die Italiener vielleicht, obwohl man meinen könnte, sie hätten jetzt mit Nordafrika genug zu tun. Und Erfolg hatte der Mann nur, wenn du damit meinst, dass er entkommen ist. Und jetzt sag mir, was ist so wichtig, dass man sich all die Mühe machte, mich hier als Lockvogel zu platzieren? Wollte man sehen, wer alles nervös wird und irgendeine Dummheit begeht?»

«Also gut, die Katze ist ja eh schon zur Hälfte aus dem Sack.» Lady Georgiana stand nun direkt neben der Schlafzimmertür. Anna konnte ihr Parfum riechen, es duftete nach Rosen und Sommer. Einmal mehr fragte sie sich, warum der Lieutenant zuliess, dass sie das alles zu hören bekam. Vielleicht hatte er nicht damit gerechnet, dass seine Cousine so unumwunden Auskunft geben würde. Oder er war von dem, was Lady Georgiana zu sagen hatte, so in Anspruch genommen, dass er die Bedienstete in seinem Schlafzimmer darüber komplett vergessen hatte.

«Georgiana, du machst mich mit diesem ständigen Hin und Her nervös. Komm, setz dich bitte wieder und dann erzähl mir den Part der Geschichte, den ich noch nicht kenne.»

Lady Georgiana kam der Aufforderung nach. Anna lehnte sich sachte an die Wand und holte tief Luft, während die Lady zu erzählen begann: «Letzten Frühling erhielten Militärattachés, Botschafter und einige Minister aller grossen Mächte von Professor Hatvany einen Brief. Er teilte ihnen mit, dass er ein neues System zum Verschlüsseln von Texten entwickelt habe, das sämtliche Forderungen dieses Professors mit dem komischen Namen erfüllt.»

«Kerckhoffs' Prinzipien», meinte der Lieutenant.

«Hastings hatte seine Zweifel an diesem Schreiben, aber immerhin war das ja nicht die Behauptung irgendeines Wirrkopfes, sondern eines der führenden Experten auf dem Gebiet. Und Hastings ist nicht erfahren genug, zumindest hiess es das. Überhaupt hört man inzwischen auch kaum noch auf den NID. Wie auch immer, der Professor schrieb, er hätte eine solche Chiffre entwickelt und er würde sie der europäischen Macht überlassen, die am ehesten den Frieden auf dem Kontinent garantieren könne. Er lud Vertreter aller interessierten Mächte zu Verhandlungen an einen neutralen Ort ein.»

«Lass mich raten? Dieses Treffen sollte hier in Sternenbach stattfinden?»

«Ja, genau. Aber dann reisten der Professor und seine Gattin vor dem verabredeten Zeitpunkt wieder ab.»

«Wahrscheinlich, weil bereits bei ihrer Ankunft irgendwelche zwielichtigen Gestalten den Professor zu überreden versuchten, sein Werk ihrer geliebten Nation zu überlassen.»

«Mir ist nicht bekannt, was die Hatvanys zu ihrer Abreise bewogen hat. Ich weiss nur, dass sie von hier nach Südfrankreich aufbrachen, und dort kam es dann zur Tragödie. Ich weiss, du hast die Hatvanys gekannt – es tut mir sehr leid.»

Anna versuchte, sich an die Gäste des vergangenen Sommers zu erinnern. Die Vorstellung, dass direkt unter ihrer Nase eine solche Konferenz – oder wohl eher ein Basar – hatte ablaufen sollen, ohne dass sie etwas davon bemerkt hatte, wollte ihr gar nicht gefallen. Wenn der Lieutenant richtiglag, so hatte jemand die Hatvanys eingeschüchtert oder gar so verschreckt, dass sie das Hotel verliessen. Dieser Jemand war vielleicht auch für ihren Tod verantwortlich. Und ihr war nichts, aber auch gar nichts aufgefallen – zumindest nicht bis zu dem unheilvollen Stelldichein der Baronin vom Helmdorf. Diese Episode erschien nun auf einmal in einem noch viel unheimlicheren Licht als zuvor.

Es klopfte; wohl auf Anweisung des Patrons brachte ein Zimmerkellner Tee. Lady Georgiana wies ihn an, das Tablett auf den Salontisch zu stellen, und übernahm das Servieren.

«Der Direktor scheint nicht zu wissen, dass du Kaffee vorziehst», meinte sie leichthin, als sie ihrem Cousin die Tasse reichte.

«Der Direktor weiss vieles nicht. Und es hat den Anschein, dass er das genau so haben will.»

Sie warf ihm einen fragenden Blick zu, doch als er nichts weiter sagte, fuhr sie mit ihrer Erzählung fort. «Was genau in Nizza geschehen ist, weiss niemand. Es ist aber bekannt, dass ein Mitglied des Deuxième Bureau im selben Hotel wie die Hatvanys logierte. Vielleicht hat er die Hatvanys umgebracht und es dann wie Mord und Selbstmord aussehen lassen.»

«Nein, das glaube ich nicht. Der Mann war wohl eher zu Verhandlungen dort. Wären die Franzosen für die Geschichte verantwortlich, hätten sie keine Untersuchung durch die Tigerbrigaden angeordnet.»

«Ich möchte wirklich wissen, woher du das alles weißt!»

Er ging wieder nicht auf diese Frage ein und fuhr in seinem Gedankengang fort. «Die Franzosen haben anscheinend an der Riviera nichts gefunden, oder zumindest tun sie so. Warum aber wird nun wieder hier gesucht?»

«Hier in diesen Räumen wurde das Manuskript des Professors zum letzten Mal gesehen, darüber gibt es verlässliche Berichte.»

«Aha. Nun sag mir noch eines, Georgiana: Wenn von Anfang an geplant war, mich hier als ahnungslosen Lockvogel einzusetzen, wer bitte sollte dann den Jäger spielen? Wer auch immer es ist, er hat letzte Nacht nicht gerade gute Arbeit geleistet.»

«Nun ja, es war nicht vorauszusehen, dass du ausgerechnet in den Räumen des Professors untergebracht wirst. Der Plan war einfach, dich vor Ort zu platzieren und dann zu sehen, was geschieht.»

Der Lieutenant lachte leise, aber es klang nicht besonders froh. «Mit anderen Worten, der Plan – wenn man es denn so nennen will – hat zu gut funktioniert? Das muss ja wirklich alle masslos verwirrt haben.»

«Es scheint, dass dieser Umstand tatsächlich einiges durcheinandergebracht hat», sagte Lady Georgiana, seinen Sarkasmus nicht beachtend. «Mehr Leute als geplant mussten eingesetzt werden. Es hat sich als unerwartet schwierig erwiesen, jemanden in dieses Hotel einzuschleusen. Es sollten sich ein paar Männer als Portiers bewerben, aber sie wurden nicht eingestellt, angeblich waren ihre Referenzen nicht gut genug. Also wurde ein Agent als Gast geschickt, doch der hat sich beim Skifahren das Bein gebrochen. Und damit waren bereits die Gesichter aller im Moment freien Agenten im Hotel bekannt.»

Nun verstand Anna, warum sich Mister McGarrett seinen Unfall so furchtbar zu Herzen genommen hatte.

Der Lieutenant seufzte. «Grundgütiger, und nun hat man dich geschickt? Ich will dir nicht zu nahe treten, Georgiana. Aber soviel ich weiss, hast du bisher nur harmlose, kleine Aufträge ausgeführt. Du bist für diese Sache hier nicht gerüstet. Sie hätten dich niemals damit beauftragen dürfen.»

«Ach, glaubst du etwa, ich hätte ihnen eine Wahl gelassen? Ich habe sie gewarnt, dass ich dir beim geringsten Anzeichen von Schwierigkeiten hinterherreisen würde. Cecil hat natürlich versucht, mir zu verheimlichen, dass es hier nicht wie geplant läuft. Aber du kennst mich ja. Allerdings soll ich nur die Lage sondieren und Bericht erstatten.»

«Du allein? Ohne Verstärkung?»

«Nun, die ist unterwegs. Ich bin sozusagen die Vorhut. Du solltest etwas dankbarer sein, dass ich hier bin.»

Das Klirren von Porzellan war zu hören. Der Lieutenant hatte wohl seine Tasse mit Nachdruck abgesetzt.

«Georgiana, ich weiss, dass du denkst, dies alles wäre ein fabelhafter Zeitvertreib. Und dass dein Titel und deine Verbindungen dich schon aus allen Kalamitäten herausholen werden. Aber es gibt Situationen, in denen dir das alles nicht helfen wird. Es mag hier nicht um Angriffspläne, geheime Verträge oder kompromittierende Dokumente gehen, doch wenn es Professor Hatvany wirklich gelungen ist, sämtliche Prinzipien Kerckhoffs' zu erfüllen, dann wäre das System genauso wertvoll wie eine neue Waffe. Das hier ist kein Dinner, bei dem du dem langweiligen Gefasel eines Militärattachés lauschst, um danach fein säuberlich sämtliche Indiskretionen, die er dabei begangen haben mag, in einem Bericht abzuliefern.»

«So viel habe ich schon begriffen, keine Angst. Sag mir lieber, was du jetzt tun willst.»

«Am liebsten würde ich dieser Sache den Rücken kehren, abreisen und dich mitnehmen. Ich schätze es gar nicht, dass man mich hier wie einen ausgestopften Lockvogel platziert hat. Aber das geht natürlich nicht. Wer weiss, auf was für verrückte Ideen deine Dienstherren und ihre kontinentalen Pendants sonst noch kommen. Meiner Erfahrung nach geraten in diesen Spielchen früher oder später immer Unschuldige zwischen die Fronten. Der Professor und seine Frau sind bereits tot, und wie auch immer die offizielle Version lautet, ich bin mir sicher, sie sind wegen dieser Geschichte gestor ben. Tut mir leid, aber ich mag nicht auf deine nebulöse Verstärkung warten. Ich möchte gerne wissen, wer alles den Köder geschluckt hat. Und dann sollten wir der Frage nachgehen, was mit diesem geheimnisvollen Manuskript passiert ist.»

«Also gut, lass uns einen Schlachtplan entwerfen. Soll ich das Gästebuch aus der Réception stibitzen?»

«Nein», meinte er bestimmt. «Du nimmst jetzt dein Zimmer in Augenschein, sonst wird Herr Bircher schon bald wieder hier auftauchen. Und am Abend dinieren wir gemeinsam. Währenddessen werde ich versuchen, Hilfe zu erhalten.»

«Woher bitte soll die kommen? Ich dachte, wir würden noch etwas plaudern. Wir haben uns lange nicht gesehen, und ich möchte wissen, wie es dir hier so ergangen ist. Hast du schon viele Gedichte übersetzt? Ich habe Vater und Frederick versprochen, ihnen genau Bericht zu erstatten.»

Anna konnte hören, wie er aus seinem Sessel aufstand. «Ein anderes Mal, Georgiana. Es tut mir leid, aber ich möchte mich vor dem Essen noch etwas hinlegen.»

«Natürlich. Verzeih, mein Lieber.» Lady Georgiana griff nach ihrer Kappe und den Handschuhen. «Am besten sehe ich mich schon mal etwas im Damensalon und der Bar um.»

Der Lieutenant war immer noch nicht in Annas Blickfeld, doch sie konnte sich sein Gesicht bei dieser Ankündigung gut vorstellen.

Lady Georgiana warf den Kopf in den Nacken. «Du liebe Zeit, Christian. Das tun doch alle nach der Ankunft in einem Hotel. Es nicht zu tun, wäre bei Weitem auffälliger.»

Er schien ihr recht zu geben, denn er geleitete sie wortlos zur Tür. «Ist Paget bei dir?», fragte er noch.

«Natürlich. Was für eine Frage!»

Doch falls Lady Georgiana gehofft hatte, er würde sich erklären, sah sie sich getäuscht. Er küsste sie stattdessen auf die Wange. «Ich freue mich trotz allem sehr, dass du hier bist, Georgiana. Herzlich willkommen und frohe Weihnachten.»

Sie ging, und er schloss mit einem Seufzer die Tür. Anna legte die Hand auf die Türfalle und zögerte. Als sie weder Schritte in Richtung Schlafzimmer noch seine Stimme hörte, öffnete sie die Tür und trat ins Lesezimmer. Er stand neben seinem Pult.

«Wie viel von all dem haben Sie verstanden?», fragte er und setzte sich wieder in seinen Sessel.

«Mehr als Ihnen lieb sein dürfte.»

«Das bezweifle ich. Ich sagte Ihnen ja, dass nun Antworten kommen würden, und ich wollte, dass Sie sie hören. Mir ist sehr daran gelegen, dass Sie verstehen, worauf Sie sich einlassen.»

«Warum soll ich all das überhaupt wissen? Es geht hier doch wohl um Dinge, die geheim bleiben sollten.» Anna war verärgert, sie schätzte es genauso wenig wie er, manipuliert zu werden. Der Gedanke, dass er seine Cousine so dirigiert hatte, dass eine Fremde im Schlafzimmer Dinge hören konnte, die sie ihr bestimmt nicht freiwillig erzählt hätte, gefiel Anna gar nicht. Es mochte ein Vertrauensbeweis ihr gegenüber sein, aber es war auch ein Vertrauensbruch gegenüber seiner Cousine.

Er betrachtete sie ernst, war aber durch ihre Worte nicht aus der Fassung gebracht. «Sie glauben, ich hätte mich Lady Georgiana gegenüber nicht korrekt verhalten? Das ist richtig, und doch war es notwendig. Wie ich Lady Georgiana eben gerade erläutert habe, brauchen wir Hilfe, und zwar Ihre Hilfe. Und ich kann Sie nicht um Hilfe bitten und Sie dabei im Dunkeln lassen, um was es geht.»

Anna gefiel nicht, mit welcher Schnelligkeit er eine Situation erfassen und nach seinem Willen beeinflussen konnte. Aber nach dem, was den Hatvanys widerfahren war, schien ihr sein Wunsch, die Geschichte ohne weitere Opfer zu einem baldigen Ende zu bringen, nur zu verständlich. Das bedeutete aber nicht, dass sie nicht zuerst auch ein paar Antworten haben wollte. Sie hatte eben genug gehört, um zu begreifen, dass Antworten in diesem Spiel die Währung des Vertrauens waren. Zwar stand sie wie eine gute Bedienstete vor ihm, die Hände brav gefaltet – doch statt Anweisungen entgegenzunehmen, gedachte sie jetzt zuerst einmal ein paar Fragen zu stellen. «Wofür steht NID?»

«*Naval Intelligence Division*, der Nachrichtendienst der Admiralität», kam die Antwort ohne Zögern oder Anzeichen von Verärgerung.

«Und Lady Georgiana arbeitet für eine andere Behörde?»

«Eine Lady arbeitet natürlich nicht. Zudem habe ich meine Cousine nie direkt gefragt, wer sich ihrer Dienste versichert hat. Wenn

Sie mich allerdings fragen, wer das sein könnte, würde ich sagen, eine Abteilung des SSB.»

«Und wer ist das?»

«Das *Secret Service Bureau*, eine neu geschaffene Behörde, die Informationen über andere Mächte und ihre Bewaffnung, vor allem ihre Flotten, sammelt. Und gleichzeitig versucht, andere Mächte daran zu hindern, das Gleiche bei der Royal Navy zu tun.»

Eine Erklärung, die mehr Fragen aufwarf, als sie beantwortete. «Aber wäre das denn nicht die Aufgabe dieses NID?»

Er lachte leise. «Eine logische Annahme, aber in diesem Geschäft ist nichts logisch. Neben dem NID und dem SSB gibt es noch das DMI, das *Directorate of Military Intelligence*, das dem Kriegsministerium untersteht und auch wieder in Unterabteilungen aufgeteilt ist. Und bevor Sie fragen, ja, es gibt ständig Kompetenzüberschneidungen. Die Linke weiss bei Weitem nicht immer, was die Rechte tut.»

Sie versuchte, all das richtig einzuordnen. Die wenigen lesefreudigen Pagen ergötzten sich zuweilen, sehr zum Entsetzen von Herrn Ganz, an Abenteuerromanen, in denen Detektive Agenten feindlicher Mächte jagten und dabei allerlei haarsträubende Bedrängnisse und Eskapaden erlebten. Anna hatte ein oder zwei der konfiszierten Exemplare gelesen, aber nie gross darüber nachgedacht, wie viel diese Werke wohl mit der Realität zu tun haben mochten. Die Wirklichkeit war wahrscheinlich anders. Da wurde einem am Schluss nicht von einem dankbaren Monarchen ein Orden verliehen, sondern man landete im Hospital und kriegte zu viel Morphium verabreicht. Und wurde, selbst wenn man den Dienst quittiert hatte, noch weiter benutzt. Sie fragte sich, ob sie je seine Geschichte zu hören bekommen würde. Jetzt war wohl nicht der Zeitpunkt, danach zu fragen.

«Vielen Dank, dass Sie meine Fragen so ehrlich beantworten», meinte sie schlicht.

«Nun ja, das waren mehr Antworten, als ich Ihnen hätte geben dürfen. Aber ich habe meinen Abschied genommen und mag es nicht besonders, immer noch wie eine Schachfigur behandelt zu werden. Aber ich möchte Sie bitten, nichts von dem, was Sie eben gehört haben, weiterzuerzählen. Und wenn Sie mit dieser Sache lieber nichts zu tun haben, so kann ich das gut verstehen.»

«Keine Sorge – man würde mir eh nicht glauben. Ich stehe ja bereits im Ruf, Hirngespinsten nachzuhängen.»

«Es könnte durchaus Leute geben, die Ihren Worten Glauben schenken. Und das sind gefährliche Leute.»

«Leute wie Sie?»

«Touché», meinte der Lieutenant leise und offensichtlich beeindruckt von ihrer Fähigkeit, schnelle Schlüsse zu ziehen. «Als ich anfing, da war ich wie Lady Georgiana. Ich hielt es für ein aufregendes Spiel voller Abenteuer. Es ist ein Spiel, aber die wahren Spieler sitzen weit weg von der Gefahr, von den Lügen und dem Betrug in ihren Bureaus, wo sie auf Berichte warten und unmögliche Pläne entwickeln, die andere ausführen müssen. Es ist ein Spiel, in dem Menschenleben für ein Stück Papier geopfert werden. Wo auf einmal das Allgemeinwohl Dinge rechtfertigt, die im Alltag nicht zu rechtfertigen wären. Die Bauern in diesem Spiel können nur hoffen, dass die Spieler wissen, was sie tun.»

«Und Sie sind ein Bauer, der diese Hoffnung verloren hat?» Das war eine unerwartet kühne Frage, doch er verlangte auch ziemlich viel von ihr.

«In der Tat. Sie haben ja eben gesehen, was passiert, wenn man sich auf das Spiel einlässt. Ich habe Lady Georgianas Vertrauen missbraucht, selbst wenn ich behaupten darf, dafür gute Gründe gehabt zu haben.» Er strich sich mit der Hand übers Gesicht. «Werden Sie uns helfen? Nicht für Ruhm und Ehre des Empire oder für Seine Majestät, beides dürfte Ihnen herzlich egal sein. Sie haben gehört, was ich zu Lady Georgiana gesagt habe. Ich will versuchen, diese Angelegenheit zu Ende zu bringen, ohne dass noch mehr Menschen zu Schaden kommen. Aber ohne die Hilfe von jemandem, der dieses Haus und die Gäste kennt, dürfte das sehr schwierig werden.»

«Sie scheinen sich ziemlich sicher zu sein, dass ich Ja sagen werde.»

Christian wusste, dass von seiner Antwort auf diese Frage sehr viel abhing, und er wählte deshalb seine Worte vorsichtig: «Seit letztem Sommer, als Sie bemerkten, dass hier etwas nicht stimmt, haben Sie nach Antworten gesucht, weil Sie wohl wussten, dass die Antworten des Herrn Direktors nicht befriedigend waren; Sie haben sich Notizen gemacht und Chronologien erstellt, und Sie haben versucht, mehr über Herrn Professor Hatvany zu erfahren. Sie wollen die Wahrheit wissen. Uns zu helfen, dürfte Ihre beste Chance sein, dieses Ziel zu erreichen.»

Das war die richtige Antwort; ob es die einzige Antwort war, stand auf einem anderen Blatt. Darüber wollte er nicht zu sehr nachdenken, denn es würde ihn unweigerlich zu Orten führen, von denen er sich seit dem Aufwachen im Hospital tunlichst ferngehalten hatte.

Sie schien seine Worte genau zu bedenken, bevor sie sagte: «Die Hatvanys haben hier kein Manuskript zurückgelassen, das wäre beim Aufräumen bemerkt worden. Es kann natürlich sein, dass der Professor das Manuskript irgendwo im Haus versteckt hat.»

«Sie haben die Hatvanys sehr gemocht, nicht wahr?»

Anna wunderte sich, ob man sich jemals an diese Fragen aus dem Nichts gewöhnen konnte. «Ja, sie waren liebenswerte Gäste. Sie haben immer die Tiere im Park gefüttert.»

«So wie Sie das tun wollten, als wir uns dort zum ersten Mal begegnet sind und ich Sie davon abgehalten habe.»

«Sie haben es ja für mich erledigt. Die Eichhörnchen bekamen ihr Futter, es ist ihnen egal, wer es bringt.»

Er lachte leise, und Anna musterte ihn nachdenklich. «Was wollen Sie nun tun?», fragte sie.

«Als Erstes müssen wir wohl einen Weg finden, uns auszutauschen, ohne dass Sie deshalb in Schwierigkeiten mit dem Direktor geraten. Ich werde das mit Lady Georgiana besprechen.»

Anna konnte sich nicht vorstellen, dass die Lady davon begeistert war, eine ihr unbekannte Gouvernante als Verbündete zu haben. Sie behielt ihre Bedenken aber für sich.

«Machen Sie sich keine Sorgen.» Er schien ihre Gedanken lesen zu können. «Meine Cousine wird einsehen, dass es gut ist, Hilfe zu haben. Was ist mit dem Pagen, der uns gewarnt hat? Wird er dem Direktor berichten, dass Sie hier waren?»

«Er wird nichts sagen, wenn ich ihn darum bitte. Er ist sehr aufgeweckt und verständig.»

Der Lieutenant nickte. «Gut. Und es wäre auch hilfreich, wenn Sie so tun würden, als würden Sie Herrn Birchers Interpretation der nächtlichen Geschehnisse beipflichten. Es ist besser so. Die an dieser Sache beteiligten Herrschaften sind scheue Geschöpfe. Geschichten von Einbrüchen und misstrauisches Personal machen sie nervös.»

In diesem Moment stürmte Jost, in Überrock und schweren Stiefeln, in die Suite.

«Sind Sie in Ordnung, Sir? Wie geht es Ihnen? Fräulein Staufer, guten Tag. Sir, was ist passiert?»

Vom Besuch bei seinem Vater zurück, musste er wohl bereits erfahren haben, was sich am frühen Morgen zugetragen hatte; zumindest die offizielle Version. Dass seine Begrüssung gegen sämtliche Regeln in Herrn Ganz' Handbüchern verstiess, schien ihm langsam zu dämmern. Er riss sich die Mütze vom Kopf und meinte atemlos: «Sie hätten mich nicht fortschicken sollen, Sir! Mein Vater hätte sich auch über einen kurzen Besuch gefreut. Das wäre alles nicht passiert, wenn Herr Ganz mir das mit dem Feldbett erlaubt hätte. Ich hätte den Kerl erwischt!»

Der Lieutenant holte tief Luft. «Ammann, Sie strapazieren meine Geduld mit diesem Gerede von Feldbetten. Ich brauche kein Kindermädchen, das nachts auf mich aufpasst.»

Anna hatte den Eindruck, dass Jost kein Wort davon gehört hatte. Er fuhr einfach empört fort: «Und wissen Sie, was für Lügen der Patron über Sie verbreiten lässt, Sir? Dass Sie zu viel von Ihrer Medizin genommen und sich den Einbrecher nur eingebildet hätten. Statt sich darum zu kümmern, den Gauner zu fassen.»

Die Tatsache, dass Jost an der Existenz eines Einbrechers keine Zweifel hatte, war rührend, aber in diesem Moment sehr unpraktisch. Der Lieutenant warf Anna einen warnenden Blick zu, der aber nicht nötig gewesen wäre. «Es hat in der Tat keinen Einbrecher gegeben, Ammann.»

Stirnrunzelnd knetete Jost die Mütze in seinen Händen. Es dauerte einen Moment, bis er verstand. Dann warf er einen nicht allzu freundlichen Blick auf Anna. «Sie haben also ihm von der Medizin gegeben und dann nicht auf ihn aufgepasst!»

«Nein, es war nicht Fräulein Staufers Schuld.» Das war das erste Mal, dass Anna den Offizierston des Lieutenants zu hören bekam. «Ich habe mich lediglich betrunken, wenn Sie es denn genau wissen müssen. Und da ich seit Monaten keinen Alkohol mehr zu mir genommen hatte, habe ich mich verschätzt. Und damit ist die Sache erledigt. So einen Aufstand will ich nicht noch einmal erleben.»

«Es tut mir leid, Sir. Es wird nicht wieder vorkommen.»

Jost tat Anna leid, weshalb sie darauf verzichtete, ihn wegen der Wasserlachen auf dem Parkett auszuschimpfen. Das war auch nicht nötig. Er hatte während seiner Entschuldigung zu Boden gestarrt und dabei das Schmelzwasser bemerkt, das aus seinen Stiefeln tropfte. «Herrje, keine Sorge, Fräulein Staufer, ich kümmere mich gleich um einen Lappen.» Er drehte sich um und machte möglichst grosse Schritte in Richtung Tür, um nicht noch mehr Schaden anzurichten.

Als sie wieder alleine waren, sagte der Lieutenant: «Es ist besser so – glauben Sie mir.»

Er klang müde, Anna konnte es ihm nicht verdenken. Wahrscheinlich hatte er letzte Nacht überhaupt nicht geschlafen. Und vielleicht hatte er sogar mit dem Gedanken gespielt, Weihnachten so zu begehen, wie er Jost eben weisgemacht hatte. Nun, jetzt war Lady Georgiana da – aus was für Gründen auch immer. Vielleicht würde ihm das ein wenig helfen.

Jost kam mit einem Lappen zurück und begann, das Wasser aufzuwischen. «Fräulein Staufer, irgendetwas Komisches geht vor sich. Ich konnte nirgends ein Zimmermädchen finden. Zum Glück war die Tür zur Besenkammer nicht abgeschlossen.»

«Danke, Jost. Ich kümmere mich gleich darum.»

Wenn bisher noch niemand Annas Abwesenheit bemerkt hatte, so würde es nun bald geschehen. Sie wandte sich dem Lieutenant zu. «Ich werde wegen der Tapete jemanden schicken. Der Schaden soll so schnell wie möglich behoben werden. Und ich kümmere mich darum, dass der Aufenthalt Ihrer Cousine hier im Haus so angenehm wie möglich verläuft.»

Mehr konnte sie in Josts Anwesenheit nicht sagen. Zu ihrer Überraschung erhob sich der Lieutenant aus seinem Sessel und geleitete sie zur Tür.

«Ich danke Ihnen für Ihre Hilfe, Miss Staufer. Und frohe Weihnachten.»

Anna hastete durch den verlassenen Gang. Die Gäste vergnügten sich wohl im Freien. Sie war zwar froh darüber, dass niemand gesehen hatte, wie sie aus der Suite kam, aber das Verschwinden des Personals um diese Tageszeit verhiess nichts Gutes. Der Etagenportier war nicht auf seinem Posten, weder ein Page noch ein Zimmermädchen war zu sehen.

Sie hörte aufgeregte Stimmen aus dem Vestibül und ging zur Haupttreppe. Auf dem untersten Treppenabsatz waren Zimmermädchen, Portiers und Pagen versammelt und beobachteten das Geschehen an der Réception, wo sich ein kleiner Menschenauflauf gebildet hatte. Unter den Köpfen, die sich eifrig über das Treppengeländer beugten, war auch Norberts Rotschopf zu erkennen.

Anna brauchte nicht viele Worte, und das Publikum im Treppenhaus löste sich auf. Sie hielt Norbert zurück. «Auf ein Wort, junger Mann. Du hast vielleicht gehört, was der Direktor heute Morgen sagte, und denkst nun, ich hätte etwas Falsches gemacht, weil du mich vorhin gesehen hast.»

Er riss seine blauen Augen auf, ein Sinnbild kindlicher Unschuld. «Ich weiss nicht, was Sie meinen, Fräulein Staufer. Ich habe Sie heute Nachmittag bis gerade eben noch nie gesehen.»

Anna widerstand der Versuchung, ihm spasshaft seine Haare zu zerzausen, wie es die anderen Pagen gerne taten. «Sehr gut, du kannst es im Hoteldienst noch weit bringen. Vielleicht wirst du mal Concierge.»

«Ich weiss nicht, Fräulein Staufer – da hat man manchmal doch ganz schön Ärger.» Er zeigte grinsend nach unten.

Anna trat neben ihn und studierte den kleinen Auflauf genauer. Ein halbes Dutzend dunkel gekleideter Herren drängte sich an die Réception, einige redeten auf Herrn Ganz ein, andere unterhielten sich heftig gestikulierend miteinander.

«Das sind die Musiker, die Herr Bircher für den Neujahrsball angeworben hat. Sie sind eine Woche zu früh hier.»

«Was du nicht alles weisst. Du hast wirklich das Talent zum Concierge. Aber jetzt solltest du wieder an die Arbeit wie die anderen.»

Anna machte sich auf den Weg nach unten, um zu sehen, ob sie Herrn Ganz helfen konnte. Direktor Bircher hatte sich nicht lumpen lassen und ein Orchester aus Wien angeheuert. Die Musiker klangen verärgert und beschwerten sich in sämtlichen Sprachen Österreich-Ungarns. Es herrschte ein heilloses Durcheinander, denn die Herren hatten nicht nur ihre zum Teil recht schäbigen Koffer im Vestibül verteilt, sondern auch noch gleich ihre Instrumente mitgebracht.

Anna stieg über einen phantastisch zusammengezimmerten Holzkasten, dessen Form ein Cello erahnen liess, und drängte sich an einem dürren Mann mit mausgrauem Schnauzer vorbei, der einen Violinkoffer umklammerte und in drängendem Ton auf einen Portier einredete, der kein Wort verstand, das Spektakel aber sichtlich genoss. Ein untersetzter Herr mit zerzaustem Haar gebärdete sich besonders empört. Er stand vor Herrn Ganz und fuchtelte dermassen herum, das es nicht schwierig war, seine Funktion im Orchester zu erahnen.

Herr Ganz liess sich nicht aus der Ruhe bringen. Als er Anna bemerkte, wandte er sich von dem schimpfenden Herrn mit einer Entschuldigung ab und trat zu ihr. «Die Musiker wollen partout nicht in der Dépendance logieren. Warum das so schlimm sein soll, weiss ich auch nicht. Es ist vor allem der Kapellmeister, der sich so echauffiert. Dabei hatte man ihnen nie Zimmer im Haus zugesichert.»

Er warf einen Blick zu dem Herrn an der Réception, der inzwischen seine Arme verschränkt hatte und wütend zu Anna und Herrn Ganz herüberstarrte.

«Warum sind sie denn schon hier?»

«Sie behaupten, es wäre ein Missverständnis. Aber ich vermute, sie wollen einfach nicht zwischen zwei Engagements Kost und Logis zahlen.»

Das war keine sehr nette Unterstellung, aber auch nicht ganz von der Hand zu weisen.

«Nun, sie müssen sich mit der Dépendance zufriedengeben», sagte Anna. «Die Mädchen sind für die Festtage eh schon zusammengerückt, um für Zofen und Kindermädchen der Gäste Platz zu machen. Ich kann unmöglich von ihnen verlangen, jetzt auch noch für ein paar Tage ihre Zimmer zu räumen und in die Dépendance zu ziehen. Und die Saal- und Küchenleute sind eh schon über die Massen gereizt. Lieber stochere ich in einem Wespennest herum.»

«Ich stimme Ihnen zu, das geht einfach nicht. Die Herren Musici müssen mit der Dépendance vorliebnehmen, und damit basta.» Er kehrte mit entschlossenem Gesichtsausdruck in das Getümmel zurück.

An diesem Abend zog Anna sich früh zurück, holte ihr Notizbuch hervor und legte es vor sich auf den Schreibtisch. Sie hätte gerne alles aufgeschrieben, was sie heute erfahren hatte, doch sie wusste, das war keine gute Idee.

Ob sie das Richtige tat? Sie konnte ihre Stellung verlieren und vielleicht sogar Schwierigkeiten mit der Polizei bekommen; so genau wusste sie das gar nicht. Sie dachte an das Kichern und die verstohlenen Blicke. Und an das Eichhörnchen im Park, das sein Futter wollte. Mit einer energischen Geste klappte sie das Notizbuch zu und ging zu Bett.

Fauxpas

«Die ganze Welt ist eine Bühne und alle Frauen und Männer blosse Spieler.»
Wie es euch gefällt – William Shakespeare, 1600 bzw. 1623

Während Anna am nächsten Morgen ihre Haare hochsteckte, wunderte sie sich, wie Lieutenant Wyndham seine Cousine zu überzeugen gedachte, einer Fremden zu vertrauen. Auf ihrem Rundgang erhielt sie die Weisung, sich noch vor dem Frühstück bei Lady Georgiana Darby zu melden. Der Lieutenant hatte also keine Zeit verschwendet.

Lady Georgiana öffnete die Tür. Sie trug ein Tageskleid aus schilfgrüner Seide mit hübschen, ein wenig militärisch anmutenden Goldlitzen und Knöpfen auf der Brust und an den Manschetten. Ihr Haar war noch nicht gemacht und hing in einem lockeren Zopf über die Schulter. «Miss Staufer, kommen Sie bitte herein.»

Anna murmelte kaum hörbar: «Sehr wohl, Mylady.» Sie wusste nicht, was sie hier erwartete, und hielt es deshalb für besser, nicht mehr als nötig zu sagen.

Die Lady hatte sich durchgesetzt, sie hatte eines der schlichteren Zimmer erhalten. Doch der einfache Raum hatte sich inzwischen verändert. Neben der Balkontür stand ein Strauss Rosen in einer chinesischen Bodenvase, ein Stück aus Herrn Birchers Villa. Ein Schrankkoffer, dessen Fassungsvermögen den Hotelschrank daneben beschämte, stand halb offen im Zimmer und liess eine Garderobe erahnen, welche die Mesdemoiselles Gérard erblassen lassen würde. Den Frisiertisch zierten Flakons, versilberte Bürsten und eine Schmuckschatulle. Auf dem Bett lag eine rosa gefütterte Schreibmappe mit einem angefangenen Brief.

Lady Georgiana lehnte sich an die Marmorplatte des Frisiertischs und musterte Anna eingehend. «Mein Cousin vertraut Menschen nicht so schnell», meinte sie. «Er wird seine Gründe haben, warum er Sie eingeweiht hat. Wahrscheinlich werde ich eine Menge Ärger bekommen, aber den nehme ich gerne auf mich, wenn diese Angelegenheit dafür rasch aus der Welt geschafft werden kann. Und zwar möglichst so, dass Lieutenant Wyndham nicht schon wieder ein paar Monate in einem Hospital verbringt.» Sie hatte wohl nicht ganz so viel sagen wollen. Nun griff sie nach einer der Haarbürsten und drehte sie in ihren Händen. Anscheinend war Lady Georgiana nicht wütend. Anna entspannte sich etwas, auch wenn sie inzwischen eine Ahnung hatte, dass man bei der Lady immer mit Überraschungen rechnen musste. Ein Charakterzug, den sie wohl mit ihrem Cousin teilte.

Lady Georgiana legte die Haarbürste auf den Frisiertisch zurück. «Wie auch immer, Lieutenant Wyndham und ich haben uns bereits so einige Gedanken gemacht, wie es weitergehen soll.» Sie öffnete die Tür zum angrenzenden Zimmer. Anna konnte weitere Koffer und einen ganzen Stapel Hutschachteln erspähen.

Eine ältere Frau trat ein, ihre tadellose Kleidung und die Art und Weise, wie sie durch Anna hindurchblickte, zeugten von vielen Jahren Erfahrung. Sie wusste genau, was von ihr erwartet wurde, ohne dass ihre Herrschaft wortreiche Anweisungen erteilen musste.

Lady Georgiana liess sich vor dem Frisiertisch nieder. «Paget, das ist Miss Staufer, von der ich Ihnen erzählt habe. Miss Staufer, das ist Paget, meine Zofe.»

Die Zofe bedachte Anna mit einem knappen Nicken, und Anna tat es ihr gleich.

Lady Georgiana warf ihren Zopf über die Schulter. «Ich werde heute beim Frühstück furchtbar darüber klagen, dass meine Zofe das Klima hier nicht verträgt und ihr die Gicht in ihren Händen wieder übel mitspielt.»

Paget hatte den Zopf bereits flink gelöst und war nun dabei, Strähne für Strähne zu kämmen, ohne dass Lady Georgiana auch nur einmal zuckte.

«Ich brauche also jemanden, der mir morgens und abends die Haare richtet und Paget zur Hand geht. Den Zimmermädchen traue ich das nicht zu. Es muss schon die Gouvernante sein.» Sie zwinkerte Anna kurz zu. «Machen Sie sich keine Sorgen. Sie müssen nur so tun als ob – Paget würde es nie zulassen, dass jemand anderer mein Lockenhaupt berührt. Aber damit haben wir Gelegenheit, ungestört miteinander zu sprechen.»

Nun steckte Paget die Haare ihrer Herrin zu einem kunstvollen

Gebilde auf. Lady Georgiana reichte ihr geistesabwesend die Haarnadeln. «Ich werde auch dafür sorgen, dass Sie mit meinem Cousin sprechen können, ohne dass der Direktor Ihnen gleich wieder Ärger macht.»

Anna wusste nicht, ob von ihr erwartet wurde, diesen Plan zu kommentieren. Sie hatte natürlich schon an seltsamen Scharaden im Hotel teilgenommen. Aber das war alles immer im Hintergrund geschehen, um die Gäste nicht mit lästigen Wahrheiten zu behelligen – selbst wenn sie diese Wahrheiten, wie im Falle von Frau Eberhardt, natürlich nur allzu gut kannten. Dass ihr ein Gast aber derart unverblümt Anweisungen erteilte und sich am Ränkeschmieden beteiligte, hatte Anna noch nicht erlebt. Sie beschloss, sich an Paget ein Beispiel zu nehmen, und nickte Lady Georgiana nur stumm im Spiegel zu. Diese bedeutete Paget, mit dem Frisieren innezuhalten, dann drehte sie vorsichtig den Kopf zu Anna. «Und irgendwann, Miss Staufer, werde ich auch noch Ihre Stimme zu hören bekommen. Bisher weiss ich nur von Lieutenant Wyndham, dass Sie reden können – und denken, was ihn erheblich mehr beeindruckt hat.»

Pagets Mundwinkel zuckten bei diesen Worten verräterisch. Lady Georgiana drehte den Kopf hin und her, um Pagets Werk zu begutachten. «Ich denke, das ist im Moment alles, Miss Staufer.»

Anna brachte gerade noch ein weiteres «Sehr wohl, Mylady» heraus, bevor sie sich auf dem Gang wiederfand. Sie ging nach unten, leicht beunruhigt beim Gedanken, was Lady Georgiana wohl vorhaben mochte.

Das Frühstück der Gäste war noch im Gange, als Anna sich daran machte, die Salons zu kontrollieren. Sie war eben im Lesesalon, wo sie einen nicht geleerten Papierkorb bemerkte, als auf einmal die Stimme Lady Georgianas zu vernehmen war. Anna spähte aus der Tür des Salons und sah die Lady an der Réception stehen.

«Einfach unerhört – mein Cousin ist der Neffe eines Marquess! Ihr Haus sollte die Ehre, ihn als Gast zu haben, wirklich höher schätzen.»

Lady Georgiana sprach sehr gut Deutsch, zum Leidwesen von Herrn Ganz, der diese Tirade in einer Sprache, die weniger Gäste verstanden, wohl vorgezogen hätte.

Anna hörte ihn eine begütigende Antwort murmeln, die sie nicht verstehen konnte.

«Nein, es ist nicht gut genug, dass ein junger Bursche die Arbeit der Zimmermädchen überwacht», erwiderte Lady Georgiana in voller Lautstärke. «Was dabei herauskommt, kann man sich doch vorstellen. Die Mädchen kichern und kokettieren, und der Bursche vergisst darob glatt seine Pflichten. Und der Staub bleibt, wo er ist. Ich erwarte, dass die Gouvernante von nun an jeden Morgen die Zimmer meines Cousins inspiziert und sich selbst davon überzeugt, dass alles in einem Zustand ist, der eines Gentlemans würdig ist.» Nach dieser erstaunlichen Rede warf sie den Kopf in den Nacken, so als wollte sie Herrn Ganz herausfordern, ihr zu widersprechen.

Der Concierge wusste es besser, er entschuldigte sich wortreich und versicherte ihr, Fräulein Staufer würde noch diese Stunde ihren Pflichten nachkommen.

«Das will ich auch hoffen», meinte Lady Georgiana hochnäsig und rauschte unter den bewundernden Blicken aller Anwesenden die Treppe hoch.

Anna wartete ein wenig, bis sie an der Réception auftauchte, wo sie von Herrn Ganz die Weisung erhielt, von nun an täglich in der Kleinen Suite nach dem Rechten zu sehen. Was er von der Sache hielt, war ihm wie üblich nicht anzumerken. Er fügte lediglich mit steinerner Miene hinzu: «Ich werde den Herrn Direktor über Lady Georgianas Wünsche in Kenntnis setzen.»

Sie war erleichtert, dass er ihr diese heikle diplomatische Mission abnahm. Sie beide hatten die unerfreuliche Szene zwischen Anna und dem Direktor vom Vortag bisher nicht angesprochen, und so sollte es auch bleiben. Sie hielt deshalb ihre Dankesworte knapp und machte sich auf den Weg nach oben.

Jost kam gerade fröhlich strahlend aus der Kleinen Suite. «Guten Morgen, Fräulein Staufer. Haben Sie Lady Georgiana Darby schon kennengelernt? Das ist seine Cousine, eine sehr nette Dame. Sie ist gerade bei ihm. Vielleicht sorgt sie ja dafür, dass er ein bisschen besser auf sich aufpasst. Und sie hat mich für meine Arbeit gelobt.»

Wahrscheinlich hatte Lady Georgiana wegen der Dinge, die sie an der Réception verkündet hatte, ein schlechtes Gewissen. Anna hoffte, dass diese charmante Art der Wiedergutmachung Jost nicht zu Kopf steigen würde. Sie klopfte an und betrat die Suite.

Der Lieutenant sass mit einer Zeitung in der Hand im Lesesessel. Lady Georgiana, die eben die japanische Dichterin bewundert hatte, wandte sich sofort Anna zu: «Nun, Miss Staufer. Wie war ich?»

«Mylady waren sehr überzeugend.»

«Kein Wunder. Ich habe einfach an Tante Mildred in ihren besten Tagen gedacht. Das war sehr hilfreich.»

«Grundgütiger», war alles, was ihr Cousin dazu zu sagen hatte.

Lady Georgiana kicherte und setzte sich auf das Sofa.

Der Lieutenant wandte sich Anna zu. «Miss Staufer, wir haben uns überlegt, welche Schritte nun zu unternehmen sind. Ich halte es für das Beste, zuerst einmal die Lage zu klären und herauszufinden, wer alles noch an dieser absurden Jagd beteiligt ist. Also sollten wir die Gäste und das Personal genauer betrachten. Wie wir wissen, ist es nicht ganz einfach, hier jemanden ins Personal einzuschleusen. Warum, glauben Sie, ist es Giovanni trotz seiner wenig überzeugenden Fähigkeiten als Patissier gelungen, eine Anstellung zu finden?»

Darüber hatte Anna bereits nachgedacht und auch eine Antwort gefunden. «Ich vermute, weil er seine Zeugnisse nicht Herrn Ganz vorlegen musste. Herr Ganz ist sehr genau und hätte vielleicht ein paar Referenzen überprüft. Bei der Küchenmannschaft hält man das für übertrieben.»

Sie wusste, was er als Nächstes fragen wollte, und kam ihm zuvor. «Ich habe mich inzwischen ein wenig umgehört. Außer Giovanni gibt niemand zu grossen Klagen Anlass, aber das will natürlich nichts heissen. Worauf soll ich noch achten?»

«Auf Leute, die zum ersten Mal im Splendid arbeiten», meinte er nachdenklich. «Wenn Herr Ganz so gründlich ist, dürften zumindest die ihm unterstellten Männer wegfallen. Und ich nehme an, dasselbe gilt für die Ihnen unterstellten Zimmer- und Stubenmädchen. Zudem glaube ich nicht, dass Sie Ihre Landsleute zu verdächtigen brauchen; man kann zwar nie wissen, aber im Moment scheint mir das wenig wahrscheinlich.»

Anna ging in Gedanken das Personal durch. «Dann bleiben gar nicht mehr so viele übrig.»

«Gut, führen Sie im Kopf eine Liste – schreiben Sie nichts auf. Wenn etwas Verdächtiges geschieht, werden wir abklären, ob einer der Herren dafür verantwortlich sein könnte. Ich habe allerdings das Gefühl, dass wir bei den Gästen eher fündig werden.»

«Genau», warf Lady Georgiana ein. «Und da mein Cousin etwas dagegen hat, dass ich das Gästebuch stehle, dachte ich, Sie könnten mir vielleicht einige Gäste nennen, die meiner besonderen Beachtung wert sind.»

«Ich bin mir nicht sicher, worauf ich achten soll», sagte Anna etwas ratlos. Bisher hatte sie geglaubt, stets zu wissen, was im Hotel vor sich ging und wer etwas zu verbergen hatte. Aber nun war sie sich da nicht mehr so sicher.

Der Lieutenant seufzte. «Es tut mir leid, natürlich kommt das der Suche nach der Nadel im Heuhaufen gleich. Die Art von Gast, die wir suchen, wird sich bemühen, möglichst nicht aufzufallen. Vertrauen Sie auf Ihr Gefühl – manchmal ist das der beste Ratgeber. Wenn Menschen sich verstellen, dann machen sie oft kleine Fehler, die fast unbemerkt bleiben – aber nur fast. Es gibt im menschlichen Geist eine Instanz, die solche Abweichungen registriert, doch spricht sie nicht klar und deutlich. Seien Sie achtsam, manchmal ist es nur ein unbehagliches Gefühl.»

«Du liebe Zeit, das ist aber sehr philosophisch», meinte Lady Georgiana. «Muss ich mich auch daran halten? Sollte meine Tischnachbarin also nach dem Fischmesser greifen, um ihren Salat zu attackieren, so ist sie bereits verdächtig?»

«Oh, zur Hölle damit!» Die Zeitung flog zu Boden. «Ich wünschte, ich könnte mehr tun, als hier zu sitzen und nebulös klingende Anweisungen zu erteilen!»

Lady Georgiana blickte kurz zu Anna und wandte sich dann dem Lieutenant zu. Sie legte ihm eine Hand auf den Arm. «Ich habe es nicht so gemeint, mein Lieber. Wir verstehen schon, worauf du hinauswillst.»

Anna machte sich daran, die Zeitung aufzusammeln.

«Miss Staufer kann mir bis zum Abend bestimmt ein paar Namen nennen», sagte Lady Georgiana, «und ich werde dann die Herrschaften etwas genauer unter die Lupe nehmen. Bis dahin denke ich, es wäre besser, auch einmal von etwas anderem zu sprechen.» Sie erhob sich und trat an das Schreibpult. «Wie kommst du denn mit deinen Übersetzungen voran? Lies mir doch ein paar Gedichte dieser Damen vor. Was für ein Leben diese Frauen im alten Nippon geführt haben müssen. Sind auch ein paar frivole Werke dabei? Du wirst die doch nicht unterschlagen wollen.»

«Bring mir bloss nichts durcheinander und reich mir die blaue Mappe», brummte er und streckte seine Hand aus. Lady Georgiana reichte ihm das Gewünschte und zwinkerte Anna dabei verstohlen zu, erfreut über das erfolgreiche Ablenkungsmanöver.

Anna hätte auch gerne eines oder zwei dieser geheimnisvollen Gedichte gehört, aber das ging natürlich nicht. Sie wollte sich diskret zurückziehen, da blickte der Lieutenant von seinen Gedichten hoch. Er zeigte auf die ordentlich gefaltete Zeitung, die Anna auf den Salontisch gelegt hatte. «Vielen Dank, Miss Staufer. Und verzeihen Sie die Mühe.»

Den ganzen Tag dachte Anna über die Liste jener Gäste nach, die vielleicht Lady Georgianas Aufmerksamkeit bedurften. Was war mit der Gräfin Tarnowska? Aber würde eine Agentin des Zaren nicht versuchen, weniger Aufmerksamkeit auf sich zu ziehen? Die jungen Herren Offiziere konnten wohl kaum Agenten sein, oder vielleicht doch? Was war mit den Herren Schindler und Helm, österreichische Alpinisten, die jeden Tag zu ausgedehnten Touren aufbrachen? Und die schwedischen Ingenieure, die das Hotel nie verliessen, tagein, tagaus über Plänen brüteten und die hauptsächlich dafür verantwortlich waren, dass der Papierkorb im Lesesalon jeden Tag überquoll? Hatten sie überhaupt schon einmal das Trassee der Bahn nach Sternenbach vor Ort studiert?

In ihrem Kopf drehten sich die Gedanken wie ein Mühlrad. Reichlich viele Gäste schienen einen jener Fehler begangen zu haben, von denen Lieutenant Wyndham gesprochen hatte. Sogar die beiden Mesdemoiselles Gérard, obwohl die kaum etwas Schlimmeres ausheckten, als die Heiratspläne der Frau Mama zu unterlaufen. Aber das Fraternisieren mit dem «Erbfeind» in der Bar war doch irgendwie verdächtig.

Mister Derringer, der Journalist, der lieber Schweizer Schnäpsen zusprach, als sich um seine Recherchen zu kümmern, war ihr auf einmal auch nicht mehr geheuer. Und warum trug Madame Gérard, die sonst eine sehr elegante Erscheinung war, immer noch riesige Hüte mit auffälligen Hutnadeln, wo doch andere Damen wie Lady Georgiana oder die Gräfin Tarnowska der Mode folgten und elegante Kappen oder Hüte mit schmaleren Krempen bevorzugten?

Die Sonne war bereits verschwunden, und das graue Winterzwielicht setzte ein, als Anna einen Kontrollgang machte, um zu sehen, ob die Stubenmädchen in den Salons das Licht angemacht hatten. Sie war im Billardraum, als Marie auf einmal vor ihr auftauchte.

«Bitte, Fräulein Staufer, es ist etwas mit Agnes», meinte sie heftig in Richtung Treppenhaus gestikulierend. «Sie will mir nicht sagen, was los ist, und hört gar nicht mehr auf zu flennen!»

«Wo ist sie denn?»

«Im Ost-Treppenhaus. Ich dachte, ich schicke sie auf die Kammer, bis sie sich beruhigt. Aber das will sie nicht, und jetzt hockt sie mitten auf der Treppe und ist nicht von der Stelle zu bewegen.»

Anna machte sich auf den Weg. «Was ist passiert?»

«Wenn ich das nur wüsste.» Marie lief atemlos neben ihr her. «Wir haben wie immer morgens die Salons gelüftet, aufgeräumt und abgestaubt. Und jetzt ist ihr auf einmal eingefallen, dass sie den Papierkorb im Lesesalon nicht geleert hat. ‹Also›, habe ich zu ihr gesagt, ‹dann mach schnell, bevor Fräulein Staufer es merkt. Die geht jetzt bald den Lampen nach.› Und da ist sie losgelaufen und dann nicht mehr gekommen. Ich bin sie suchen gegangen und hab sie im Untergeschoss gefunden, da war sie schon am Heulen, und ich kann kein vernünftiges Wort aus ihr herausbringen.»

Inzwischen waren sie im Treppenhaus angelangt, wo bereits andere Mädchen auf Agnes einredeten. Anna schickte sie alle zurück an ihre Arbeit.

Dies war die erste Saison für Agnes. Das Mädchen war sehr schüchtern und ausnehmend hübsch. Es gab gute Gründe, warum Anna sie als Stuben- und nicht als Zimmermädchen eingeteilt hatte. Doch sie aus den Gästezimmern zu halten, hatte anscheinend nicht gereicht.

Sie führte die schluchzende Agnes in den Personal-Speisesaal, hiess das Mädchen, sich hinzusetzen, und bat Frau Lanz um eine heisse Schokolade.

Die Kaffeeköchin blickte kurz in den Saal und meinte trocken: «Sind Sie sicher, dass ein Schnaps nicht mehr helfen würde, Fräulein Staufer?»

«Na ja, ein Schuss Cognac dürfte nicht schaden. Aber mehr nicht.»

Das dampfend heiss servierte Gebräu erfüllte schon bald seinen Zweck. Die Schluchzer wurden leiser. Agnes beruhigte sich schliesslich so weit, dass sie Annas Fragen beantworten konnte. Sie war mit dem Papierkorb in das Untergeschoss gegangen, wo in einem Lagerraum Abfälle gesammelt wurden, die man der Heizung des Splendid zuführen konnte. Auf dem Weg nach oben war sie am «Ski-Room» vorbeigekommen, der ebenerdig zwischen Untergeschoss und Hochparterre lag. Die sportbegeisterten Herrschaften konnten dort ihre Skier lagern. Ein separater Eingang sorgte dafür, dass niemand sich mit der Sportausrüstung durchs Vestibül quälen musste und dass nicht unnötig viel Schnee ins Haus getragen wurde.

«Und da kam auf einmal dieser Herr heraus, hat mich gepackt und in den Ski-Room gezogen, wo er mich küssen wollte.» Agnes begann wieder zu schluchzen. «Wir waren ganz alleine dort, und ich habe ihm gesagt, er soll mich doch bitte gehen lassen. Aber das wollte er nicht, und da habe ich mich gewehrt und bin davongelaufen. Und jetzt wird er sich sicher beschweren, und ich werde entlassen.»

«Was hast du denn gemacht, damit er dich loslässt?»

«Mein Bruder hat mir gesagt, dass ich das tun soll, wenn mir ein Gast frech kommt.» Sie wischte sich die Nase mit ihrem Ärmel ab. Anna unterliess es, sie deswegen zu tadeln, sondern wartete geduldig. Schliesslich sagte Agnes leise: «Sie wissen schon – mit dem Knie. Was wird jetzt nur mit mir passieren?»

Der robuste Rat eines besorgten Bruders, gar nicht so schlecht. Anna hätte es Agnes allerdings nicht zugetraut, den Rat auch zu befolgen. «Mach dir keine Sorgen», meinte sie. «Herren, denen das passiert, behalten das schön für sich.»

Das war nur die halbe Wahrheit, für manche dieser Herren erhöhte es den Reiz, wenn ein Mädchen sich zur Wehr setzte, ob aus Wut oder aus Lust, das wollte Anna gar nicht wissen. Doch sie mochte Agnes nicht noch mehr ängstigen. Es bedurfte auch so schon einiger Überredungskunst, bis Anna den Namen des unbeherrschten Herrn erfuhr.

«Es war einer der Offiziere – ich glaube, er heisst Ranke.»

Anna mochte ihren Ohren nicht trauen. Von allen Männern in dieser Gruppe war Oberleutnant Ranke der Letzte, dem sie so etwas zugetraut hätte. Hatte er vielleicht bei seinen Kameraden Eindruck schinden wollen? «War noch jemand in der Nähe, der das alles gesehen hat?»

«Nein, wir waren ganz alleine.» Agnes malte mit ihren Fingern nervöse Muster auf die Tischplatte. «Wenn er nun sagt, ich hätte das grundlos getan, so gibt's niemanden, der was anderes sagt.»

Hatte der schneidige Oberleutnant einen jener Fehler begangen, von denen Lieutenant Wyndham gesprochen hatte? Allerdings würde Anna das nicht unbedingt einen kleinen Fehler nennen. Oder lag sie etwa ganz falsch, was den Oberleutnant betraf?

«Fräulein Staufer?» Agnes' ängstliche Stimme riss sie aus ihren Gedanken. «Bin ich jetzt in Schwierigkeiten?»

«Nein, das bist du nicht – auf keinen Fall. Die nächsten Tage über bleibst du einfach immer bei Marie. Ich werde mit ihr reden.»

Anna winkte Marie heran, die sich in der Tür zum Speisesaal leise mit Frau Lanz unterhalten hatte. Marie arbeitete bereits seit Längerem im Splendid, und Anna musste ihr nicht gross erklären, was sie zu tun hatte. «Ich pass schon auf sie auf, keine Angst, Fräulein Staufer. Ich lasse sie nicht mehr aus den Augen, bis dieser Herr Offizier abgereist ist.»

Anna wollte sich nicht nur auf Marie verlassen, an der Réception sprach sie auch noch mit Herrn Ganz, der dazu nur meinte: «Sieh einer an, das hätte ich jetzt nicht gedacht. Ich werde ein Auge auf den Herrn haben, wenn die Mädchen in der Nähe sind. Zum Glück ist er ja meist ausser Haus beim Sport.»

Ratlos machte sich Anna daran, ihren nachmittäglichen Kontrollgang abzuschliessen. Das Verhalten von Oberleutnant Ranke verwirrte sie. Und sie war sich nicht sicher, ob sie ihn deshalb auf ihre Liste setzen sollte. Es wäre sehr peinlich, Lieutenant Wyndham die Gründe dafür genauer erklären zu müssen.

Sie warf einen kurzen Blick in die Bar, aber Henning war nicht dort. Charles sagte ihr, er sei mit den Herren Offizieren auf Tour gewesen und habe sich jetzt noch etwas hingelegt.

Hatte sie sich vielleicht doch komplett getäuscht, was den Oberleutnant anbetraf? Oder war er grundsätzlich kein Kostverächter? Das sollte es ja auch geben. Dann hätte die ganze Angelegenheit nicht mehr zu bedeuten, als dass er keine Selbstbeherrschung hatte. Kein schöner Charakterzug, aber es machte ihn nicht zu einem

Agenten des Kaiserreiches. Doch selbst wenn er das wäre, was sollte er dann von Henning wollen? Henning war im Sommer nicht im Splendid gewesen, noch hatte er mit der Suite oder den Hatvanys je viel zu tun gehabt.

Anna ging in den Lesesalon, um zu prüfen, dass in all der Aufregung der Papierkorb nicht vergessen gegangen war. Die schwedischen Ingenieure sassen wie üblich über ihre Pläne gebeugt. Marie musste sich um den Papierkorb gekümmert haben, denn er stand an seinem Platz, und die beiden Herren hatten ihn schon wieder in Gebrauch genommen. Sie nahmen keine Notiz von Anna, die ihnen das Licht anmachte und sie ihren Studien überliess.

Im Vestibül fand Anna Herrn Ganz ins Gespräch mit dem Musiker vertieft, der am Vortag seine Violine so ängstlich gehütet hatte. Bei Annas Anblick liess der Mann Herrn Ganz stehen und eilte auf sie zu.

«Gestatten, Bedrich Hrdlicka.» Er verbeugte sich leicht. «Bin ich die erste Geige. Wertes Fräulein Gouvernante, können Sie mir zeigen den Konzertsaal, bitte?»

Inzwischen war Herr Ganz dazugetreten, seine Mundwinkel zuckten verdächtig, aber er wahrte Contenance. «Wie ich schon sagte, Herr Hrdlicka, Fräulein Staufer kann Ihnen bestimmt zur Hand gehen.» Und zu Anna gewandt fuhr er fort: «Herr Bircher findet, dass das Orchester heute schon sein erstes Konzert geben soll. Herr Hrdlicka wurde vom Kapellmeister angewiesen, den Ballsaal vorzubereiten.»

Weder der Patron noch Herr Ganz schienen eine Ahnung davon zu haben, wie viel Arbeit das bedeutete. Anna liess sich nichts anmerken. «Selbstverständlich, folgen Sie mir bitte, Herr Hrdlicka.»

Sie führte den Musiker zum Ballsaal, in dem die Weihnachtsfeier für die Gäste abgehalten worden war. Zu Herrn Hrdlickas Entsetzen standen auf der Bühne noch Weihnachtsbäume, und das Klavier war völlig falsch platziert, und das Orchester brauchte auch noch andere Stühle als die im Raum vorhandenen Exemplare.

Anna schickte nach Herrn Brehm, damit er mit seinen Gehilfen die Bäume entfernte und durch Blumenschmuck ersetzte. Hans übernahm die Leitung über das diffizile Verrücken des Klaviers und achtete streng darauf, dass sich keiner der Hausknechte dabei versündigte.

Herr Hrdlicka versuchte, bei all diesen Arbeiten zu helfen, stellte sich dabei aber so ungeschickt an, dass Anna ihn schliesslich auf die Suche nach geeigneten Stühlen mitnahm. Sie verwickelte ihn in ein langes Gespräch über das Repertoire seines Orchesters, und Herr Hrdlicka klärte sie in seinem wunderbaren Akzent über die Stärken und Schwächen seiner Kollegen auf.

Im Personal-Speisesaal wurden sie schliesslich fündig, und während Anna ein paar Pagen für den Transport der Stühle rekrutierte, schoss ihr der Gedanke durch den Kopf, dass einer der Herren Musikanten vielleicht auch auf ihre Liste gehörte. Herr Hrdlickas Akzent und sein liebenswürdig nachlässiger Umgang mit der deutschen Sprache waren vielleicht nur gute Tarnung.

Schliesslich räumten Gärtner und Hausknechte das Feld. Die richtigen Stühle waren auf der Bühne platziert worden, und auch das Klavier stand im gewünschten Winkel zum Publikum. Herr Hrdlicka bedankte sich und eilte mit der frohen Kunde zur Dépendance, damit endlich die erste Probe vor Ort stattfinden konnte. Viel Zeit blieb den Musikern nicht mehr.

Anna war allerdings noch nicht zufrieden. Im ganzen Raum lagen Tannennadeln am Boden verteilt. Zudem hatten die Gärtner mit ihren schweren Stiefeln Schnee hereingebracht. Sie schickte nach Marie und Agnes, damit sie den Raum auskehrten und das Wasser aufwischten.

Nun war es schon bald Zeit für den Gong, der die Gäste zum Dinner rufen würde. Doch als Anna sich auf den Weg nach oben machte, hatte sie immer noch keine Ahnung, ob sie Lady Georgiana von Oberleutnant Ranke erzählen sollte oder nicht. Nicht nur, dass sie selbst nicht wusste, was sie von der Sache halten sollte. Sie wusste auch nicht, ob Lady Georgiana verstehen würde, was am Verhalten des Oberleutnants verdächtig sein sollte. Und die Vorstellung, das genauer erklären zu müssen, war nicht gerade angenehm.

Anna beschloss, dass sie zuerst mit Henning über die Angelegenheit reden wollte.

Dieses Mal öffnete Paget Anna die Tür. Lady Georgiana war eben dabei, ihre *robe de chambre* abzulegen. «Guten Abend, Miss Staufer. Ich wollte meinen Cousin zu einem Spaziergang überreden, hatte aber keinen Erfolg. Also habe ich den Park und das Dorf alleine erkundet. Was für ein wunderschöner Tag, und dieses Licht! Gott ist das schön, wenn der Schnee so glitzert – man hat das Gefühl, man stehe in einer riesigen Schatztruhe voller Juwelen.» Sie warf die *robe de chambre* auf das Bett und legte sich theatralisch eine Hand auf die Stirn. «Und dann kriegt man von dem grellen Licht Kopfschmerzen. Ich musste mich unbedingt in der Hotelbar mit einem Gin Tonic kurieren, obwohl ich fürchte, einige der anwesenden Herren haben den Schock jetzt noch nicht verwunden.»

Paget schüttelte leicht tadelnd den Kopf, während sie damit beschäftigt war, die Abendgarderobe ihrer Herrin vorzubereiten. Lady Georgiana bedachte ihre Zofe mit einem Lächeln. Dann trat sie vor den Spiegel, mit dem die Front des Hotelschranks verkleidet war. Sie prüfte mit gerunzelter Stirn den Sitz ihres Korsetts, das der neuesten Mode entsprechend eine lange, schlanke Silhouette formte. «Nun, was haben Sie für mich, Miss Staufer?»

«Nicht besonders viel, um ehrlich zu sein.» Anna bückte sich nach der *robe de chambre*, die vom Bett geglitten war. Sie liess die schwere Seide durch ihre Finger gleiten. «Mir kommt auf einmal jeder verdächtig vor. Es scheint, als würden alle eine Rolle spielen und dass man niemandem trauen kann.»

Lady Georgiana drehte sich zu ihr um. «Ja, nicht wahr? Es ist nicht schön, wenn man auf einmal allen misstrauen muss. Ich würde niemals an Lieutenant Wyndhams Theorien zweifeln, aber ich fürchte, sie sind für mich zu subtil. Vielleicht arbeiten wir etwas einfacher. Wir schliessen zuerst einmal alle aus, die sich zu auffallend benehmen, um Agenten sein zu können. Nun, wer fällt Ihnen dazu ein?»

Anna hängte die *robe de chambre* an einen Kleiderbügel, was von Paget mit einem beifälligen Nicken verdankt wurde. Dann begann sie von der Gräfin Tarnowska und der Frau Kommerzialrat Göweil zu erzählen.

«Ja, Frau Göweil ist mir auch schon aufgefallen, und die Gräfin ist wirklich kaum zu übersehen.» Lady Georgiana hielt kurz inne, während ihr Paget in ein rosa Abendkleid half. «Ich werde versuchen, heute mit beiden ins Gespräch zu kommen; nur für den Fall, dass sie besonders raffiniert sind. Das ist allerdings nicht mein üblicher Part in dem Spiel. Ich habe etwas mehr Talent für Konversation mit den Herren.»

Paget, die dabei war, die Knöpfe im Rücken des Kleides zu schliessen, schnaufte leicht, sagte aber nichts.

Anna beschloss, einmal zu versuchen, wie weit sie hier mit direkten Fragen gehen konnte. «Darf ich mich erkundigen, wie Mylady überhaupt zu diesem Spiel gekommen sind?»

Lady Georgiana liess sich vor dem Frisiertisch nieder. «Oh, ein wenig Langeweile und die richtigen Verbindungen. Ein Bekannter, der in einem dieser Ämter in Whitehall arbeitet, von denen niemand so richtig weiss, was dort so getrieben wird, fragte mich eines Tages, ob ich bei einem Dinner den Militärattaché einer befreundeten Nation unterhalten würde. Ich musste keine Fragen stellen oder irgendetwas herauszufinden suchen, sondern den guten Mann nur reden lassen und später einen Bericht darüber verfassen.»

«Und hat er geredet?»

«Das tun Männer doch immer.» Lady Georgiana strich sich mit dem kleinen Finger über die Augenbrauen. «Danach wurde ich öfters gebeten, meine Talente bei Diplomaten, Prinzen und anderen Herrschaften einzusetzen. Es ist eigentlich ziemlich langweilig, aber es erschien mir als gute Gelegenheit, einmal einen Blick auf die Welt meines Cousins zu erhaschen.»

Anna hatte nicht damit gerechnet, eine so klare Antwort zu bekommen. Sie versuchte ihr Glück gleich nochmals. «Ich habe immer noch nicht ganz begriffen, wer dafür gesorgt hat, dass Lieutenant Wyndham ausgerechnet ins Splendid kam, um sich zu erholen.»

Lady Georgiana zuckte mit den Schultern. «Das weiss ich auch nicht so genau. Aber ich vermute, das war eine der seltenen Gelegenheiten, wo man zusammenarbeitete. Das einzufädeln, ohne dass Lieutenant Wyndham misstrauisch wurde, war bestimmt nicht einfach.»

Paget platzierte einen juwelenbesetzten Kamm in den kunstvollen Chignon. Lady Georgiana drehte ihren Kopf hin und her, um den Effekt zu prüfen. Dann beugte sie sich über ihre Schmuckschatulle und suchte passende Perlohrringe hervor.

«Es erschien mir zu Beginn wirklich wie ein Spiel, da hat mein Cousin recht. Aber inzwischen habe ich schon begriffen, dass es sehr schnell bitterer Ernst werden kann. Die letzten Monate haben mich diese harte Lektion gelehrt, aber das kann ich ihm natürlich nicht sagen.»

Sie verstummte abrupt, stand auf und trat vor den Spiegel. Chiffon und Spitzen verhüllten Schultern, Oberarme und Brust, und ein breites, mit silbernen Kornblumen besticktes Satinband betonte die hoch angesetzte Taille. Sie hob die Arme, um ihre Frisur zurechtzurücken, und blieb für einen Moment so stehen, das Kinn etwas angehoben, der Blick leicht hochmütig. Sie wusste um ihre Macht. Dass sie alleine reiste, verstärkte den Effekt noch, doch was bei der Gräfin Tarnowska leicht verrucht wirkte, schien bei Lady Georgiana eher Ausdruck einer gewissen charmanten Eigenwilligkeit.

Sie senkte die Arme und lächelte Anna im Spiegel zu und erschien auf einmal wieder viel jünger und auch ein wenig ängstlich. «Selbstverständlich hätte ich Ihnen nichts von alledem erzählen dürfen. Aber Sie sind bereit, uns zu helfen, und ich will, dass Sie verstehen, womit Sie es zu tun haben. Wenn Sie Angst bekommen, dann sagen Sie es, und Lieutenant Wyndham und ich machen alleine weiter.»

Anna hatte tatsächlich Angst, aber sie hatte die Hatvanys nicht vergessen. «Mylady, es gehört zu meinen Pflichten, zu wissen, was in diesem Haus vor sich geht, und dafür zu sorgen, dass den Gästen nichts zustösst. Ich kann gar nicht anders, als Ihnen und Lieutenant Wyndham zur Seite zu stehen.»

«Ich weiss nicht, ob Herr Bircher mit Ihrem Pflichtverständnis einverstanden wäre, aber ich bin darüber sehr froh.» Lady Georgiana drehte sich nochmals vor dem Spiegel und meinte dann mit einem Augenzwinkern: «Nun werde ich mich aufmachen, die verschiedenen Herrschaften ein bisschen genauer zu studieren.»

Anna konnte sich gut vorstellen, wie man im Speisesaal auf ihre Erscheinung reagieren würde: die Herren mit sprachloser Bewunderung; die Damen eher sprachgewandt, aber erst nachdem Lady Georgiana den Raum verlassen hatte.

Bevor sie an diesem Abend zu Bett ging, holte Anna nochmals Madame Dubois' Geschenk hervor. Sie versuchte, sich einen Chignon zu frisieren, doch sie hatte nicht Lady Georgianas Haar oder Pagets geschickte Hände. Der Kamm wollte nicht sitzen, und der Knoten löste sich bei der geringsten Bewegung. Sie flocht sich ihren üblichen Zopf für die Nacht und legte den Kamm zur Seite. Er würde ein schönes Hochzeitsgeschenk für eines der Mädchen abgeben.

Liebesreigen

«Spiritismus (nlt. von lat. spiritus = Hauch) nennt sich der Glaube an den Verkehr des lebenden Menschen mit der Geisterwelt der Verstorbenen, welcher sich seit 1848 von Amerika über England nach Europa verbreitet hat und viele Anhänger (fünf Millionen) zählt. Er will Philosophie, Weltreligion, ja Transscendentalphysik sein, ist aber nur Aberglaube.»

Wörterbuch der Philosophischen Grundbegriffe – Leipzig 1907

Am nächsten Morgen erschien Henning nicht zum Frühstück, aber das war nichts Ungewöhnliches. Anna musste das unangenehme Gespräch wohl oder übel auf später verschieben. Immerhin würde er heute nicht ausser Haus sein. Einer der Portiers erzählte ihr, dass die Herren Offiziere die Bobbahn beglücken wollten; und Henning hasste den Bobsport von ganzem Herzen.

Auf dem Weg zu Lady Georgiana wurde Anna aufgehalten. Angeblich gab es einen unerquicklichen Zwischenfall mit Frau Kommerzialrat Göweil. Anna liess sich bei Lady Georgiana entschuldigen und eilte zum Zimmer der exzentrischen Dame. Bereits von Weitem hörte sie aufgeregte Stimmen.

Die Frau Kommerzialrat stand vor ihrem Zimmer in heftigem Streit mit ihren Hotelnachbarn, einem Paar auf Hochzeitsreise. Herr Gürtler, der wahrscheinlich jünger als Anna war, versuchte, seine Jugend mit Kleidung und altväterischem Gebaren zu verbergen. Er hatte sich einen Zwirbelbart zugelegt, der aber niemals in nasses Wetter geraten durfte. Und er trug stets Hemden mit altmodisch hohen Kragen, die sein rundes Gesicht höchst unvorteilhaft einrahmten. Der Effekt war zumeist eher komisch als ehrfurchtgebietend. Seine Braut war wohl die Einzige, bei der er mit seiner Strategie erfolgreich war, denn sie schien ihren Gatten wirklich zu vergöttern. Nun stand sie neben ihm und umklammerte in einer schutzsuchenden Geste seinen Arm. Da sie etwas grösser als ihr Mann war, sah es aber eher so aus, als wolle sie ihn wie ein ungezogenes Kind von Frau Göweil wegziehen.

Wie es aussah, bekam die junge Braut beim Gedanken, dass im

Raum nebenan Séancen abgehalten wurden, das Grausen, was das junge Eheglück natürlich empfindlich störte.

Helen und Edith waren auch für diese Etage zuständig, sie standen neben den Herrschaften und lauschten gebannt. Als Helen die Gouvernante bemerkte, verschwendete sie keine Zeit. Sie eilte auf Anna zu und raunte: «Fräulein Staufer, endlich sind Sie da. Haben Sie das gehört? Ich will nicht in ein Zimmer, wo irgendwelches Hexenwerk stattgefunden hat. Das kann niemand von mir verlangen.»

Edith bekundete mit weit aufgerissenen Augen Zustimmung.

«Was für ein Unsinn», ereiferte sich Frau Göweil, die Ohren wie eine Fledermaus haben musste. «Die Kommunikation mit der anderen Seite lässt sich rational erklären. Führende Köpfe der Wissenschaft wie Herr und Frau Curie haben schon Séancen der grossen Eusapia Palladino beigewohnt. Es handelt sich um einen schlichten Energieaustausch, den Personen mit entsprechender Sensibilität unter den richtigen Bedingungen herbeiführen können.»

Anna konnte sehen, dass die Erklärung, wenn man es denn als eine solche betrachten wollte, weder die Gürtlers noch die Zimmermädchen besonders beruhigte.

Herr Gürtler knurrte: «Mit Verlaub, gnädige Frau, das sind verrückte Spinnereien. Die Toten geistern nicht auf irgendeiner Seite – sie sind dort, wo sie ihrer Lebensführung entsprechend hingehören, wie es uns die Kirche lehrt.»

«Das ist eine kleingeistige Sichtweise. Es gibt viele hervorragend dokumentierte Fälle von Kommunikation mit dem Jenseits. Sie wissen ja nicht, wie oft die Verstorbenen versuchen, uns zu erreichen. Nur weil wir uns weigern, einen offenen Geist zu haben, bleiben ihre Botschaften ungehört und werden als Spuk abgetan. Wir sind jeden Tag umgeben von solchen Phänomenen. Ich kann auch hier im Haus Präsenzen spüren.»

Edith quiekste leise, und die Frau Kommerzialrat tätschelte ihr beruhigend die Schulter. «Sie brauchen sich nicht zu fürchten, mein Kind. Die Geister wollen uns nichts Böses.» Sie wandte sich wieder zu Herrn Gürtler um. «Sie sind noch jung, mein Herr. Aber wenn Sie erst mal so viel wie ich vom Leben gesehen haben, werden Sie sich dem Übernatürlichen nicht mehr einfach so verweigern können.»

Bei der Erwähnung seiner mangelnden Lebenserfahrung holte Herr Gürtler tief Luft.

Anna musste diesem Unsinn schnell ein Ende bereiten. Sie trat zu Frau Göweil. «Es tut mir leid, gnädige Frau, doch es sind nun mal nicht viele Menschen für diese Dinge so empfänglich wie Sie. Und was die Menschen nicht kennen, davor fürchten sie sich. Deshalb möchte ich Sie bitten, Ihr Wissen für sich zu behalten und jene, deren Geist nicht so klar sieht, nicht zu beunruhigen. Eine Gabe wie Ihre kann eine grosse Last sein, dessen bin ich mir bewusst, aber ich muss Sie um Nachsicht bitten.»

«Natürlich, ich verstehe vollkommen. Es ist nicht einfach, Aberglaube und Unwissenheit, die Jahrhunderte überdauerten, beizukommen. Ich will niemanden erschrecken.» Frau Göweil wandte sich der jungen Frau zu. «Glauben Sie mir, meine Liebe, was ich tue, ist vollkommen harmlos. Ich tausche mich nur mit meinem geliebten Gatten aus, den ich sehr vermisse. Sie stehen noch am Anfang Ihrer Ehe, doch finden Sie den Gedanken nicht auch tröstlich, dass das Band, das Sie mit Ihrem Gatten verbindet, über die Jahre so stark wird, dass der Tod es nicht durchtrennen kann? Geniessen Sie diese unbeschwerten Tage Ihres jungen Glücks! Lassen Sie zu, dass sie zu einem Fundament für etwas werden, das unendlich viel tiefer ist und ihr ganzes Wesen erfüllen wird.»

Die Augen von Frau Gürtler begannen verdächtig zu schimmern. Herr Gürtler hingegen gab ein verächtliches Geräusch von sich, doch als er den Blick bemerkte, mit dem ihn seine Gattin bedachte, obsiegten andere Gefühle. Sie hauchte ihm etwas ins Ohr, und tiefe Röte überzog sein Vollmondgesicht.

Anna nutzte die Gunst des Augenblicks. «Falls Sie lieber ein anderes Zimmer haben möchten», sagte sie zu den Gürtlers, «dann spreche ich jetzt gleich mit Herrn Ganz. Wir können einen Wechsel sofort in die Wege leiten.»

«Nein, schon gut», murmelte Herr Gürtler, während er in seiner Westentasche nach dem Zimmerschlüssel suchte. «Wir fühlen uns hier ganz wohl. Was denkst du, meine Liebe?»

«Aber ja doch», antwortete seine junge Braut leise, mit gesenkten Augen. Die beiden verabschiedeten sich hastig und verschwanden in ihrem Zimmer.

Frau Göweil hatte ihr Taschentuch gezückt, anscheinend von ihren eigenen Worten überwältigt. «Ach, die Liebe – eine Kraft, die auch der Tod nicht besiegen kann. Wie wunderschön zu sehen, wenn sie so jung erblüht.»

Darauf schien sie glücklicherweise keine Antwort zu erwarten und machte sich unter dem leisen Klimpern ihrer Jettperlen auf den Weg nach unten zur Frühstückstafel.

Anna wartete, bis die Frau Kommerzialrat ausser Hörweite war, dann kümmerte sie sich um die Zimmermädchen. In Hotels wurde gestorben, und das war im Splendid auch schon vorgekommen und würde wieder passieren. Das Letzte, was man da brauchen konnte, war abergläubisches Personal. Anna tat ihr Bestes, aber sie zweifelte an ihrem Erfolg. Helen und Edith begaben sich zwar wieder an ihre Arbeit, doch es war offensichtlich, dass sie es kaum erwarten konnten, ihr neu gewonnenes spiritistisches Wissen mit dem gesamten Personal-Speisesaal zu teilen. Mit einem Seufzen machte sich Anna auf den Weg zu Lady Georgianas Zimmer. Doch unterwegs lief ihr ein Page über den Weg, der ihr mitteilte, Lady Georgiana bedürfe ihrer Dienste nicht mehr, wünsche sie aber zur üblichen Zeit in der Kleinen Suite zu sehen.

Zu Annas Erstaunen öffnete der Lieutenant ihr die Tür. «Gut, dass Sie da sind, Miss Staufer.»

Lady Georgiana, die auf dem Sofa sass, schenkte Anna ein entschuldigendes Lächeln. «Ich wollte Lieutenant Wyndham eben die Ergebnisse unserer gestrigen Aussprache präsentieren und habe ganz nebenbei erwähnt, dass Sie heute Morgen Ihren ‹Zofenpflichten› nicht nachgekommen sind. Anscheinend hätte ich mich sofort nach dem Grund für Ihr Ausbleiben erkundigen müssen.»

Lady Georgiana hatte wohl noch Sportliches vor. Sie trug einen weit geschnittenen Tweedrock und eine adrette Bluse mit Krawatte. Ein hellblauer Sport-Cardigan, Mütze und Handschuhe lagen neben ihr auf dem Sofa.

Der Lieutenant wies auf den Fauteuil. «Bitte setzen Sie sich, Miss Staufer. Es tut mir leid, neugierig zu erscheinen, aber im Moment könnte alles wichtig sein.»

Er wartete, bis sie seiner Bitte nachgekommen war, und setzte sich dann in seinen Lesesessel. Auf dem kleinen Salontisch bemerkte Anna eine Schale mit Christrosen. Herr Brehm gab Christrosen normalerweise nicht für Zimmerschmuck her. Jost musste ihm ein guter Gehilfe gewesen sein.

Anna erzählte kurz, was zwischen den Gürtlers und Frau Kommerzialrat Göweil vorgefallen war.

Lady Georgiana kicherte. «Himmel! Die Frau ist tatsächlich verrückt genug, um mit ihren Geistergeschichten eine romantische Episode heraufzubeschwören. Und was sie gestern beim Dinner alles von sich gegeben hat. Ich hoffe nur, der ‹gute Gustav› ist in glücklicheren Gefilden, wo er sie nicht mehr hören kann. Und dann diese Kleidung, als würde die alte Königin noch unter uns weilen. Wenn das Evidenzbüro diese Dame schickt, dann steht es um Österreich-Ungarn um einiges schlimmer, als sie in Whitehall denken.»

Anna fragte den Lieutenant leise: «Das Evidenzbüro?»

«Der österreichische Geheimdienst», antwortete er, dann meinte er: «Viele angesehene Persönlichkeiten befassen sich mit Spiritismus. Frau Göweils Neigungen sprechen nicht unbedingt dagegen, dass sie im Dienst von Kaiser und Vaterland steht.»

«Na, ich weiss nicht. Ich kann mir nicht vorstellen, warum Menschen mit den Toten reden wollen.» Lady Georgiana klang zornig. «Man soll sagen, was man zu sagen hat, solange man lebt.»

Der Lieutenant wusste wohl, was die rätselhafte Bemerkung bedeutete. Er betrachtete seine Cousine nachdenklich.

Anna rückte die Schale mit den Christrosen ein wenig zurecht und sagte: «Falls Frau Göweil wirklich nach dem Manuskript sucht, so hat sie sich heute die Möglichkeit verschafft, ohne grosse Umstände in jedes Zimmer im Haus zu kommen. Die Zimmermädchen werden es nicht seltsam finden, sollten sie eines Tages darum gebeten werden, der Frau Kommerzialrat ein fremdes Zimmer aufzuschliessen. Sie muss nur sagen, dass ein ehemaliger Gast keine Ruhe findet und sie gerufen hat, um ihm zu helfen.»

«Ganz schön raffiniert», stimmte der Lieutenant zu. «Sie braucht also nur ein abergläubisches Zimmermädchen, das am besten bereits Gerüchte über den Tod der Hatvanys gehört hat, um hier in die Kleine Suite hereinzukommen.»

Lady Georgiana hatte sich wieder gefasst. «Nun ja, da du die Räume nicht verlässt, dürfte dieser Plan kaum aufgehen. Aber ich kann mir beim besten Willen nicht vorstellen, dass das Evidenzbüro eine Frau ganz alleine mit so einem Auftrag losschickt.»

Der Lieutenant erkundigte sich bei Anna: «Halten sich noch weitere Herrschaften aus Österreich-Ungarn im Haus auf?»

«Es gibt in der Küchenmannschaft und beim Servier-Personal Österreicher. Und dann ist da natürlich das Orchester. Unter den Gästen fallen mir im Moment nur Herr Schindler und Herr Helm ein, aber die sind fast ständig ausser Haus auf Bergtouren.»

«Ist das zu dieser Jahreszeit nicht sehr gefährlich?»

«Eigentlich schon, aber ich habe gehört, dass sie bereits einige recht anspruchsvolle Touren gemacht haben. Sie sind wohl auch zu Hause viel in den Bergen unterwegs und entsprechend erfahren.»

«Nun, im Speisesaal sind sie jedenfalls kurz angebunden und danach in den Salons nicht anzutreffen», sagte Lady Georgiana. Sie stand auf und begann im Zimmer auf- und abzugehen, die Arme wie ein junges Mädchen in die Seite gestemmt. Der fürs Eislaufen weit geschnittene Rock flatterte bei jedem Schritt. «Ich habe mich auch noch mit den beiden Schweden unterhalten, unglaublich langweilige Zeitgenossen. Sie können von nichts anderem als Spurbreiten und Antriebssystemen reden – wenn ich sie denn richtig verstanden habe.»

Lieutenant Wyndham schien Mühe zu haben, ernst zu bleiben. Anna konnte es ihm nicht verdenken. Die Vorstellung, wie Lady Georgiana vergeblich versuchte, diese beiden Herren mit ihrem Charme von den Wundern der Ingenieurswissenschaft abzulenken, war zu komisch.

«Von der Gräfin Tarnowska habe ich nicht viel gesehen.» Lady Georgiana war stehen geblieben, um ihre Krawatte zurechtzurücken. Vom Amüsement ihres Publikums hatte sie nichts bemerkt. «Sie zog sich nach dem Dinner angeblich mit Kopfschmerzen zurück, aber angesichts der Blicke, die ein paar der älteren Damen austauschten, würde ich wetten, die ‹Kopfschmerzen› haben einen Namen.»

«Gibt es Hinweise, wer der Glückliche ist?» Der Lieutenant warf einen fragenden Blick zu Anna, die den Kopf schüttelte.

Lady Georgiana nahm ihren ruhelosen Gang wieder auf. «Das habe ich versucht herauszufinden, aber ich fürchte, ich habe die Damen mit meinen Fragen schockiert. Anscheinend muss man sich das Recht, über andere Bosheiten zu verbreiten, durch Krähenfüsse und graue Haare verdienen. Das ist wie eine Geheimgesellschaft.»

Der Lieutenant legte die Fingerspitzen aufeinander und meinte: «Keine Angst, meine Liebe – eines Tages wirst du ein prächtiges Mitglied abgeben.»

«Charmant, wirklich charmant!» Lady Georgiana wandte sich Anna zu. «Wer ist übrigens der gut beleibte Herr mit der prächtigen Seidenweste? Er klingt wie ein Amerikaner.»

«Das ist Mister Derringer aus Chicago. Er ist Journalist und recherchiert für einen Artikel. Im letzten Frühjahr stieg hier ein junger Herr aus Boston ab und verschwand ein paar Tage später spurlos. Er war alleine ohne Bergführer unterwegs, der Alpenclub hat lange nach ihm gesucht, aber da war nichts zu machen. So etwas kommt vor, im Frühling gehen viele Lawinen nieder. Aber dann setzte sich irgendein Schreiberling in Amerika in den Kopf, dass der junge Mann von Bergführern absichtlich in die Irre geführt, ausgeraubt und ermordet wurde. Und dass viele in den Bergen verschwundene Fremde auf das Konto dieser Bande gehen sollen. Mister Derringers Zeitung hat ihn geschickt, um die Geschichte zu überprüfen.»

Lady Georgiana schüttelte den Kopf. «Nur Amerikanern können solche Schauergeschichten einfallen. Und dieser Mister Derringer geht der Sache allen Ernstes nach?»

«Das würde ich nicht gerade sagen. Seine Recherchen finden zumeist in den Wirtshäusern und hier in der Bar statt. Ich weiss nicht, was seine Vorgesetzten sagen werden, wenn sie die Spesenrechnung sehen. Das scheint ihm aber ziemlich egal zu sein. Ihm wurde gesagt, das wäre sein letzter Auftrag, er wäre zu alt. Also will er noch mal richtig Spass haben; das sind seine Worte. Ich glaube nicht, dass der Artikel je fertig wird.»

Der Lieutenant lachte. «Aha, nun, ich denke, diesen Mister Derringer können wir ausschliessen. Die Amerikaner beteiligen sich kaum an diesem Spiel. Zumindest nicht hier – im Pazifik sieht es schon anders aus. Wissen Sie, für welche Zeitung er schreibt, Miss Staufer?»

«Nein, leider nicht. Soviel ich weiss, ist es aber keines der Blätter, die wir im Haus führen; das sind nur New Yorker Zeitungen. Er machte einmal eine scherzhafte Bemerkung darüber, dass Chicago im Lesesalon nicht vertreten sei.»

«Wir sollten das herausfinden», meinte der Lieutenant zu Lady

Georgiana. «Könntest du dich einmal ein wenig mit ihm unterhalten?»

«Das sollte kein Problem sein. Er scheint wohl jede Gelegenheit zu ergreifen, sich nicht mit seinen Recherchen befassen zu müssen. Gestern Abend unterhielt er sich sehr angeregt mit einem Herrn von ähnlicher Konstitution, der aber kaum noch ein Haar auf dem Haupt hatte.»

Anna musste nicht lange überlegen. «Das ist Monsieur van Ryssel, ihm gehört eine Maschinenfabrik in Belgien.»

«Er sieht aus, als würde er sich im Casino in Monte Carlo wohler fühlen.»

«Er vielleicht schon, aber vor einem Jahr hat er zum zweiten Mal geheiratet. Madame van Ryssel ist voller *esprit* und will unbedingt alle Wintersportarten auskosten. Ich habe gehört, dass sie heute von den deutschen Offizieren lernen will, einen Bobschlitten zu lenken.»

«Lassen Sie mich raten», meinte der Lieutenant. «Sie ist mindestens fünfundzwanzig Jahre jünger als er, und was Madame will, bekommt sie auch.»

«Monsieur van Ryssel ist ein grosszügiger Gatte», antwortete Anna diplomatisch. Jedes Mal, wenn sie Madame van Ryssel sah, fragte sie sich, ob die Kleider und der Schmuck den Preis wohl wert waren.

Lady Georgiana liess sich seufzend auf das Sofa fallen. «Das ist alles schön und gut, aber irgendwie habe ich nicht den Eindruck, dass wir Fortschritte machen.»

Der Lieutenant starrte vor sich hin. Schliesslich meinte er: «Wir müssen geduldig sein, und wir dürfen nichts übersehen.»

«Das ist ziemlich schwierig, wenn wir nicht wissen, wonach genau wir Ausschau halten.» Lady Georgiana klang ein wenig ungeduldig.

Er beachtete sie nicht. «Was ist mit Ihnen, Miss Staufer? Haben Sie vielleicht noch etwas bemerkt? Irgendetwas, das ungewöhnlich erscheint?»

Sie zögerte nicht mit ihrer Antwort. «Das Orchester für den Neujahrsball ist zu früh aus Wien angereist. Angeblich ein Missverständnis mit ihrer Agentur.»

«Es wird kaum die Verstärkung für Frau Göweil sein», warf Lady

Georgiana ein. «Die Musiker scheinen aus allen Ecken und Enden des Habsburgerreichs zu kommen, und der Kapellmeister ist Russe. Aber sie spielen himmlisch. Die beiden Gérard-Töchter haben gestern Abend mit den deutschen Offizieren getanzt, während die Frau Maman mit einem Gesicht danebensass, das Milch hätte sauer werden lassen. Ich kann es den Mädchen nicht verdenken, die Deutschen sind unverschämt gute Tänzer, vor allem dieser Oberleutnant Ranke.»

Anna hoffte unbehaglich, dass diese Besprechung nun bald vorbei sein würde.

Lady Georgiana begann, die Ergebnisse ihrer Bemühungen aufzulisten. Sie zählte an den Fingern auf. «Also, wir wissen jetzt, dass Frau Göweil entweder verrückt oder sehr raffiniert oder beides ist. Dass die Gräfin Tarnowska einen heimlichen Liebhaber hat. Dass Mister Derringer wohl nie die Wahrheit über die mörderischen Bergführer herausfinden wird. Und dass Musik tatsächlich völkerverbindend ist.»

«Vergiss bitte nicht, dass schwedische Ingenieure sich durch nichts von ihrer Berufung abhalten lassen.»

Lady Georgiana warf ihrem Cousin einen nicht gerade freundlichen Blick zu. «Wie es scheint, bleibt uns tatsächlich nichts anderes übrig, als abzuwarten, was als Nächstes geschieht. Nun, immerhin bist du nicht mehr der einzige Lockvogel. Nachdem nun alle Welt weiss, dass ich deine Cousine bin, werde ich vielleicht bald einen Verehrer haben, der sich allerdings mehr für dein als mein Schlafzimmer interessieren dürfte.» Nach dieser schockierenden Äusserung erhob sie sich und schlüpfte in ihren Cardigan. «Aber dazu muss ich mich der Welt schon zeigen. Ich habe beschlossen, Eislauf-Lektionen zu nehmen. Das wird bestimmt spassig.»

«Oder du holst dir ein paar blaue Flecken. Sei vorsichtig – und damit meine ich nicht nur das Eis.»

«Ich weiss, mein Lieber, mach dir keine Sorgen.» Sie küsste ihn auf die Wange, nickte Anna zum Abschied zu und drehte beim Hinausgehen auf dem Parkett eine Pirouette.

Christian blickte Georgiana kopfschüttelnd nach. Miss Staufer hatte sich ebenfalls erhoben. Sie wirkte, so plötzlich mit ihm allein gelassen, verlegen, und sie sah bedrückt aus. Aber das war wohl angesichts all der Unruhe, die Georgiana und er in ihr Leben brachten, nicht weiter verwunderlich. Er dachte an ihre verweinten Augen im Park und an Ammanns unbedachte Worte. Es hatte in ihrem Leben schon zuvor Unruhe gegeben.

«Ammann hat mir erzählt, dass Sie gerne lesen», sagte er vorsichtig.

Sie nickte nur. Hoffentlich hatte er seinen Valet nicht gerade in Schwierigkeiten gebracht. Er fuhr fort: «Aber so wie Sie das Lesezimmer eingerichtet haben, hätte ich auch von alleine darauf kommen können. Ich habe Ihnen noch gar nicht dafür gedankt.»

«Das ist meine Aufgabe.»

Er konnte sehen, wie widerstreitende Gefühle in ihr kämpften: die Pflicht zur Distanz und die Neugier auf seine Bücher. Ob sie eigentlich wusste, wie faszinierend ihr Gesicht war, wenn sich diese Risse in der Maske zeigten?

«Ich wollte hier eigentlich Gedichte aus dem Japanischen übersetzen, deshalb die vielen Bücher. Es ist eine schwierige Sprache; ein Zeichen kann viele verschiedene Bedeutungen haben, mit denen die Dichter auch spielten, weil sie wussten, dass die gebildeten Leser diesem Spiel folgen konnten.» Er zeigte auf das Bild der Dame Ono no Komachi. Die meisten Betrachter bewunderten die Komposition der prächtigen Gewänder, doch das war nicht der Grund, warum der Holzschnitt in seinem Besitz war. «Diese Dame und ihre Gefährtinnen haben die Kunst der Vieldeutigkeit besonders gut beherrscht. Man kann ihre Gedichte in vielen Variationen übersetzen, und jede wird ihre eigene Schönheit und Berechtigung haben.»

Miss Staufer schien noch immer mit sich zu kämpfen. Sie spielte mit dem Verschluss des kleinen Lederbeutels an ihrem Gürtel. «Dann ist das ein bisschen, wie chiffrierte Texte zu entschlüsseln?»

Sogar wenn sie in Bedrängnis war, schaffte sie es noch, ihn zu überraschen. «Ja, das könnte man so sagen.» Er stand auf und griff nach der blauen Mappe auf dem Pult. Ihr sehnsüchtiger Blick am Vortag war ihm nicht entgangen. «Möchten Sie vielleicht einmal ein paar meiner Übersetzungen mitnehmen und lesen?»

Sie trat einen Schritt zurück. «Vielen Dank, aber das geht nicht.» Die Gouvernante hatte wieder die Oberhand.

«Doch, das geht.» Er zeigte auf ihren Gürtel, wo sie immer noch das silberne Etui für ihn verwahrte, und trat auf sie zu. «Betrachten Sie es als meine Art, Ihnen dafür zu danken.»

Sie streckte zögernd die Hand aus, doch er zog die Mappe spielerisch zurück. «Es sei denn, Gedichte zu lesen, wäre für Sie eine Strafe.»

Das brachte ihm endlich ein kopfschüttelndes Lächeln. Sie griff nach der Mappe.

Es klopfte an der Tür, und Ammann betrat die Suite, um das Frühstück abzuräumen.

Christian setzte sich wieder in seinen Sessel. «Also gut, Miss Staufer, ich wäre froh, wenn Sie mir die Bücher auf dieser Liste so schnell wie möglich besorgen könnten.»

«Selbstverständlich, ich werde mich gleich darum kümmern.» Sie presste die Mappe an sich, bedachte Ammann, der das Geschirr klappernd zusammenstellte und dabei ein fröhliches Liedchen pfiff, mit einem tadelnden Blick und verabschiedete sich.

Anna brachte die Mappe in ihre Kammer. Endlich würde sie die Stimme der hochmütigen Dame zu hören bekommen. Es fiel ihr schwer, nicht gleich mit Lesen anzufangen, aber das ging natürlich nicht. Während sie sich wieder an die Arbeit machte, gingen ihr allerlei unzusammenhängende Gedanken durch den Kopf. Was würde wohl der Patron sagen, wenn er wüsste, dass sie Gedichte aus der Hand des Lieutenants in ihrer Kammer aufbewahrte? Dass es nur Übersetzungen waren, würde ihn kaum interessieren. Jost machte ihr etwas Sorgen. Sie hoffte sehr, dass Lady Georgiana nichts mit seiner guten Laune zu tun hatte. Und hatte Lieutenant Wyndham ihr Unbehagen bemerkt, als Lady Georgiana von Oberleutnant Ranke sprach? Ihm schien ja nicht viel zu entgehen. Sie musste endlich mit Henning sprechen.

Als sie ins Vestibül kam, fand sie Herrn Ganz wiederum in ein lebhaftes Gespräch mit dem Herrn Kapellmeister verwickelt. Sie wartete geduldig, bis die Krise gelöst war.

«Also so was», meinte Herr Ganz, während der kleine Mann mit energischen Schritten davonstapfte. «Können Sie sich das vorstellen? Herr Mamonov ist immer noch über die Unterbringung in der Dépendance aufgebracht. Jetzt eben hat er sich heftig beklagt, dass all die feuchte Luft aus der Lingerie die Instrumente beschädigen würde! Ich habe ihm angeboten, die Instrumente hier im Haus zu lagern, aber davon wollte er nichts hören.»

«Musiker sind halt manchmal etwas eigen.»

«Nicht nur Musiker. Nach allem, was ich gehört habe, hatten Sie heute bereits alle Hände voll zu tun mit der Frau Kommerzialrat. Nun, wie es scheint, haben Sie die Wogen in Ihrer üblich dezenten Art und Weise geglättet.»

«Wir wollen es hoffen. Frau Göweil macht die Mädchen mit all diesem Gerede von Geistern und Präsenzen ganz zappelig.»

«Ach du je! Nun, ich hoffe, sie hält sich an ihre Pläne und reist nach Neujahr wieder ab.»

Anna wollte ihm zustimmen, als die Eingangstür aufschwang und ein Herr in einem eleganten sandfarbenen Ulster-Mantel das Vestibül betrat. Er hatte einen buschigen Schnurrbart und rauchte eine würzig duftende Zigarre. Sein umfangreiches Gepäck wurde von mehreren Portiers hereingebracht.

Herr Ganz eilte hinter der Réception hervor. «Herr Konsul, Sie sind früher eingetroffen als erwartet!»

Der Mann klopfte ihm zur Begrüssung auf den Rücken. «Mein guter Ganz, wie oft habe ich Ihnen schon gesagt, dass Mister Deveraux völlig ausreicht, wenn ich nicht im Dienst bin. Wann war ich denn das letzte Mal hier? Vor vier oder fünf Jahren. Ich sollte öfters kommen, dann würden Sie es sich vielleicht merken.»

Anna hatte den Herrn noch nie gesehen, doch er war ihr aus zahlreichen Schilderungen bekannt. Es handelte sich um den amerikanischen Konsul in Zürich. Warum er wohl gerade jetzt wieder einmal das Splendid aufsuchte? War das einer jener Zufälle, an die der Lieutenant nicht glauben mochte?

«Und wo steckt Derringer, dieser Tagedieb?», liess sich der Gentleman laut vernehmen. «Eigentlich wollte ich meine alten Knochen ja an der Riviera wärmen, aber als ich hörte, dass Matthew Derringer hier die Bar leer trinkt, musste ich einfach kommen.»

Kein Zufall also, sondern alte Bekannte. Anna kehrte an ihre Arbeit zurück.

Am frühen Nachmittag traf Anna endlich Henning in der Bar an. Er war am Inventarisieren, um vor unliebsamen Überraschungen in der Neujahrsnacht gefeit zu sein. Sie beobachtete eine Weile, wie er stirnrunzelnd die Regale hinter der Bar studierte. Schliesslich bemerkte er sie im Spiegel.

«Stauffacherin, was verschlägt Sie in diesen Sündenpfuhl? Ich habe gehört, wie der Patron mit Ihnen umgesprungen ist. Und dann diese lächerliche Unterstellung.» Er kam hinter der Bar hervor und legte ihr eine Hand auf die Schulter. «Das ist es doch, nicht war? Denn wenn es das nicht ist, dann tut es mir wirklich leid, vor allem jetzt, wo diese Lady Georgiana aufgetaucht ist. Cousin und Cousine sind ja ein bisschen arg verwandt, aber in Adelskreisen wird das etwas anders gehandhabt.»

Zuerst begriff Anna nicht, was er meinte. Und als ihr die Bedeutung seiner Worte dämmerte, wurde sie rot. «Bitte, können wir über etwas anderes reden?», brachte sie schliesslich hervor.

«Natürlich.» Er kehrte hinter die Bar zurück und schenkte ihr ein Glas Selters ein. «Was würde Ihr Herz denn erfreuen? Der neueste Klatsch über die beiden Mesdemoiselles Gérard? Oder ob Mister Derringer seine Bergführer-Bande endlich gefunden hat?»

«Nein, ich wollte eigentlich mit Ihnen über Oberleutnant Ranke sprechen.»

Er wischte ein paar unsichtbare Tropfen von der blauen Siphonflasche und fragte, ohne dabei hochzublicken: «Was ist mit ihm?»

Sie konnte sehen, dass ihm das Thema nicht behagte. Sie hatten noch nie über diese Dinge gesprochen, wie denn auch? «Ich glaube, er ist nicht ganz ehrlich mit Ihnen.»

«Stauffacherin, wir sind bis jetzt so gut miteinander ausgekommen, weil Sie sich nie zu meinen Bekanntschaften äussern. Ich glaube, wir sollten es dabei belassen.» Er griff wieder nach seiner Liste.

«Henning, ich fälle doch kein Urteil. Ich will nur nicht, dass Sie von ihm einen falschen Eindruck haben.»

Er seufzte leise. «Glauben Sie mir, Sie wissen nicht, wovon Sie sprechen. Was auch immer Sie gesehen oder gehört haben, es besagt nichts. Unsereiner muss ständig eine Fassade aufrechterhalten, den Schein wahren – wissen Sie, was es einen Mann wie den Oberleutnant kosten kann, wenn auch nur der Hauch eines Zweifels aufkommt? Nein, was immer er auch gesagt oder getan hat, selbst wenn er sich in der letzten Nacht mit der Gräfin Tarnowska verlobt hätte – es hat nichts zu bedeuten. Gar nichts.»

Anna war ratlos. Henning war der Wahrheit bereits sehr nahe gekommen und doch nicht bereit zuzuhören. Und was hatte sie auch zu bieten ausser einer wilden Geschichte, über die er vielleicht nur lachen würde? Sie wollte es trotzdem nochmals versuchen, aber er hob abwehrend die Hand. «Lassen Sie es gut sein, Stauffacherin – ich bitte Sie!»

Eben betraten Mister Derringer und Mister Deveraux lachend die Bar. Es blieb Anna nichts übrig, als zu gehen. Sie kontrollierte die Salons, doch Hennings mitleidige Worte wollten ihr nicht aus dem Kopf. Dass er die Unterstellungen des Patrons glauben mochte, machte ihr zu schaffen. War es vielleicht wirklich das, was sie zu all den rebellischen Verrücktheiten der vergangenen Tage angetrieben hatte? In einem unbeobachteten Moment holte sie ihr Notizbuch hervor und suchte jene Einträge, die von Unruhe und dem Gefühl des Gefangenseins sprachen, lange bevor sie Lieutenant Wyndham zum ersten Mal begegnet war. Aber sie war keine Närrin – der Lieutenant war für ihre ursprüngliche Unruhe vielleicht nicht verantwortlich, aber es mochte durchaus sein, dass seine Gegenwart diese Gefühle wie Licht in einem Brennglas bündelte und verstärkte.

«Puh, ich hatte mir Eislaufen einfacher vorgestellt.» Lady Georgiana sass am Frisiertisch und wühlte in ihrer Schmuckschatulle. «Wahrscheinlich fehlt mir dazu einfach das Talent. Mein armer Instruktor hielt sich tapfer, aber ich konnte sehen, wie er von stummer Verzweiflung übermannt wurde. Deshalb habe ich mich schon bald vom Eis verabschiedet. Ich habe mich umgezogen und mein sittsamstes Kleid ausgewählt, in der Hoffnung, damit im Damensalon mehr Erfolg als gestern Abend zu haben. Aber ich scheiterte genauso kläglich wie zuvor auf dem Eis.»

Sie schloss die Schatulle und hielt den Kopf gerade, damit Paget sich ihren Haaren widmen konnte. «Die alten Drachen haben nur über das Wetter geredet, solange ich im Salon war. Ich bin mir sicher, kaum war ich draussen, sind sie über mich hergezogen.»

«Das tut mir leid, Mylady.» Anna konnte gut verstehen, warum Lady Georgiana so gar kein Erfolg beschieden war, aber sie hielt es nicht für angebracht, mehr dazu zu sagen. Lady Georgiana schien das auch nicht zu erwarten. Schweigend liess sie Paget ihr Werk vollenden. Dann drehte sie prüfend den Kopf hin und her. Auf einmal blickte sie im Spiegel zu Anna hoch und meinte unvermittelt: «Christian hat mir von dem Morphium erzählt, Miss Staufer.»

Die Neigung zu abrupten Themenwechseln musste wohl in der Familie liegen. Anna wünschte sich, Lady Georgiana würde von etwas anderem sprechen. Doch Lady Georgiana fuhr bedrückt fort: «Ich würde gerne anbieten, Ihnen das abzunehmen – aber auf mich ist kein Verlass. Als sie ihm das Zeug im Hospital gegeben haben, war ich einfach nur froh. Es war furchtbar, ihn so zu sehen und ihm nicht helfen zu können. Der Preis, den er schliesslich zahlen musste, war mir damals egal.»

«Das muss sehr schlimm gewesen sein.» Anna wusste nicht, was sie sonst sagen sollte.

Lady Georgiana stand auf und legte ihr eine Hand leicht auf den Arm. «Ach, schon gut. Ich weiss wirklich nicht, warum ich Ihnen das erzähle. Es scheint in der Familie zu liegen, Ihnen unsere Bürden aufzuhalsen. Ein schlechter Charakterzug – ich entschuldige mich dafür.»

Sie trat vor den Ankleidespiegel und machte sich daran, die Perlen in ihren Ohrläppchen gegen tropfenförmige Smaragde auszutauschen. «Ich sollte besser versuchen, irgendetwas Nützliches herauszufinden. Da die Damen nicht mit mir sprechen wollen, werde ich mich heute nochmals skandalös benehmen und die Bar sogar abends aufsuchen. Paget – wo ist mein Zigarettenhalter?»

Anna betrachtete Lady Georgiana im Spiegel, wie sie so dastand in einem grünen Samtkleid mit goldbedruckten Seidenpaneelen, den schimmernden Smaragden und einem Gesicht, das alle Blicke auf sich zog, den Kopf immer leicht erhoben, sodass sie noch grösser erschien. Und Anna sah sich selbst hinter Lady Georgiana stehen, in ihrer zweitbesten Bluse mit dem Stehkragen, eine Reihe von Biesen über der Brust und eine winzige Picot-Spitze an Kragen und Manschetten. Der Anblick war eine mehr als machtvolle Mahnung, sich nicht zum Narren zu machen.

Als Anna am Abend spät endlich in ihre Kammer kam, öffnete sie das Fenster. Mit Einbruch der Dunkelheit hatte es zu schneien begonnen, grosse Flocken wirbelten im spärlichen Licht der Lampe durch die Dunkelheit. Sie nahm die Mappe zur Hand und strich über das marmorierte Papier, ein kalter Windstoss wirbelte ein paar Flocken in die Kammer. Sie schloss das Fenster und legte die Mappe auf ihr Büchergestell. Sie würde sie am Morgen mit ein paar belanglosen Dankesworten zurückgeben.

Unaussprechliches

«Die Beweggründe zum Selbstmord sind vielfach unsittlicher Art. Sehr viele Selbstmorde sind insofern schon lange vorbereitet, als das ganze Vorleben mit ihnen einen Abschluss findet. Insbesondere sind es geschlechtliche Unsittlichkeit und Trunksucht, die oft zu einem gewaltsamen Lebensende führen. (...) Dazu kommt der Einfluss von körperlichen und Geisteskrankheiten, die übermächtig auf den Menschen einwirken und ihn zur Selbsttötung veranlassen.»

Meyers Konversationslexikon – 1905

Es hatte die ganze Nacht über geschneit, und auch am Morgen liess es nicht nach, die Flocken fielen in einem schweren Vorhang zur Erde, der alles Licht verschluckte.

Anna erwachte mit Kopfschmerzen und brachte beim Morgenessen kaum einen Bissen herunter. Hauptgesprächsthema bei Tisch war die Geburtstagsfeier eines der Herren Offiziere, die in der Bar bis in die frühen Morgenstunden angedauert hatte. Anna hätte gerne nochmals mit Henning gesprochen, doch nun war wohl kaum damit zu rechnen, dass sie ihn vor dem späten Nachmittag zu sehen bekam.

Nach dem Morgenessen musste sie sich um Edith kümmern, die unbedingt in eine andere Kammer wollte, weil es angeblich im Dachstuhl über ihrem Bett spuken würde. Frau Göweils Geschichten begannen bereits Früchte zu tragen.

Annas Kopfschmerzen wollten nicht nachlassen. Auf dem Weg zu Lady Georgiana blieb sie auf der Treppe kurz stehen, schloss die Augen und rieb sich die Schläfen. Sie schreckte hoch; Herr Ganz stand mit einem Mal neben ihr, er hatte sie etwas gefragt.

«Ich wollte wissen, ob Sie Jost heute schon gesehen haben», wiederholte er. «Er war nicht beim Frühstück.»

«Nein, er ist mir noch nicht begegnet.» Ein ungutes Gefühl beschlich sie. Das war bestimmt dumm, Jost hatte wohl nur verschlafen.

Herr Ganz machte sich mit grimmiger Miene auf nach oben.

«Ich habe den Etagenkellner angewiesen, Lieutenant Wyndham

sein Frühstück zu bringen und ihm zu sagen, dass Jost unpässlich sei. Eine weitere Predigt von Lady Georgiana Darby über die Zustände in diesem Haus möchte ich mir lieber ersparen.»

Anna begleitete ihn in den Ostflügel. Herr Ganz erzählte ihr, dass Josts Zimmergenosse, ein junger Portier namens Karl, behauptete, Jost würde mit Zahnschmerzen im Bett liegen.

«Davon will ich mich nun selbst überzeugen», brummte Herr Ganz und öffnete die Tür zur Kammer. Beide Betten waren leer und ordentlich gemacht. Er trat näher und steckte seine Hand zuerst unter die eine und dann die andere Decke.

«Hier hat diese Nacht niemand geschlafen.» Er zeigte auf das Bett zu seiner Rechten. «Unerhört! Karl wollte ihn wohl decken, während er wie ein Kater von Gott weiss woher nach Hause schleicht. So geht das nun wirklich nicht.»

Sein Ton verhiess weder für Jost noch für Karl Gutes. Er eilte davon, um sich des Problems anzunehmen. Anna folgte ihm nach unten, während ihr beunruhigende Gedanken durch den Kopf gingen. Jost war in letzter Zeit so in seiner Aufgabe aufgegangen, dass dieses plötzliche Ausbleiben ihr unheimlich war. Anna konnte sich nicht vorstellen, dass er sich einer der Ausschweifungen hingegeben hatte, welche junge Männer normalerweise davon abhielten, in ihrem eigenen Bett zu schlafen.

Lady Georgiana hatte ausgerechnet an diesem Morgen beschlossen, zur Frühaufsteherin zu werden. Paget teilte Anna mit, dass Mylady Frühstück aufs Zimmer geordert habe und bereits bei ihrem Cousin weilte.

Eigentlich war es noch zu früh, um in der Kleinen Suite für die angebliche Zimmerinspektion zu erscheinen. Anna machte sich trotzdem auf den Weg dorthin. In der Kleinen Suite leistete Lady Georgiana ihrem Cousin beim Frühstück Gesellschaft. Sie war eben dabei, ihm den Kaffee wegzutrinken.

«Miss Staufer! Was bringt Sie zu so früher Stunde hierher?» Lady Georgiana unterdrückte ein heftiges Gähnen. «Verzeihung. Ich war noch gar nicht zu Bett; als ich endlich aus der Bar kam, lohnte sich das nicht mehr. Wer hätte gedacht, dass diese Deutschen so feiern können! Oberleutnant Ranke hatte Geburtstag, und aus der ‹kleinen Feier› in der Bar wurde ein richtiges Gelage!»

Der Lieutenant, der Anna beim Eintreten genau gemustert hatte, legte eine Hand auf Lady Georgianas Arm. «Ich glaube, Miss Staufer hat Neuigkeiten.»

Vielleicht gab es für Josts Ausbleiben ja doch eine ganz harmlose Erklärung, und Anna war gerade dabei, sich lächerlich zu machen. Sie vertraute trotzdem ihrem Gefühl. «Es geht um Jost. Er ist nicht unpässlich, wie man Ihnen gesagt hat; er ist verschwunden. Er war nicht in seinem Bett, und niemand hat ihn seit gestern Abend gesehen.»

«Es mag – wie soll ich sagen – harmlose Gründe für sein Wegbleiben geben», meinte Lady Georgiana taktvoll. «Er wirkte recht fröhlich auf mich, fast ein bisschen verliebt.»

Lieutenant Wyndham warf ihr einen verstohlenen Blick zu. Anscheinend hatte er wie Anna Josts gute Laune seiner Cousine zugeschrieben. Er fragte Anna: «Kann es sein, dass Ammann in einem Wirtshaus in schlechte Gesellschaft geraten ist?»

Sie schüttelte den Kopf. «Nein, das glaube ich nicht. Jost ist wie sein Vater Anhänger der Abstinenzlerbewegung, er hat noch nie einen Tropfen Alkohol angerührt. Und was andere, harmlose Gründe betrifft», sie spürte, wie sie errötete, «das kann ich mir auch nicht vorstellen. Selbst wenn er ein Mädchen im Dorf hätte, er würde deshalb seine Arbeit nicht vernachlässigen.»

Lieutenant Wyndham stand langsam auf und trat an die Balkontür. Der Schnee fiel immer noch unablässig. «Das gefällt mir nicht. Es mag wohl eine ganz und gar unverfängliche Erklärung für sein Verschwinden geben, und er taucht demnächst wieder auf.» Er drehte sich um. «Aber wenn Ammann bis Mittag nicht da ist, müssen wir ihn suchen. Lady Georgiana und ich werden Ihnen dabei helfen. Ich will nicht, dass Sie alleine durch Keller, Vorratsräume und Abstellkammern streifen.»

«Dann hättest du ihr vielleicht besser nicht gesagt, wo sie suchen soll», meinte Lady Georgiana.

Er blickte beunruhigt zu Anna. «Versprechen Sie mir, Ammann nicht alleine suchen zu gehen, Miss Staufer.»

Es blieb ihr nicht viel anderes übrig, als seiner Bitte nachzukommen. Sie verliess die Kleine Suite keineswegs beruhigt, wie sie gehofft hatte. Es wäre ihr lieber gewesen, ausgelacht zu werden. Sie ging nach unten, in der Hoffnung, Jost sei inzwischen aufgetaucht. Doch der Gesichtsausdruck, mit dem Herr Ganz sie begrüsste, sprach Bände.

«Keine Spur von ihm, und von den anderen will niemand etwas gewusst haben. Der Patron ist ausser sich.»

Das konnte Anna dem Direktor nicht verdenken. Sie ging ihrer morgendlichen Arbeit nach und versuchte, nicht zu sehr an Lieutenant Wyndhams düstere Andeutungen von Kellern und Abstellräumen zu denken. Ihre Kopfschmerzen wurden schlimmer, und da war der nagende Gedanke, dass sie irgendetwas übersah.

Sie war gerade dabei, ein nach der Abreise eines Gastes frisch gereinigtes Zimmer zu kontrollieren, als die Erinnerung sie wie ein Schlag traf. Sie liess das ängstlich auf ihr Urteil wartende Zimmermädchen einfach stehen und rannte fast zur Kleinen Suite. Sie klopfte und trat ohne auf eine Antwort zu warten ein. Lady Georgiana hatte auf dem Sofa gedöst und rieb sich verschlafen die Augen. Der Lieutenant war mit Schreiben beschäftigt, er wandte sich, den Stift immer noch in der Hand, Anna zu.

Anna schenkte sich die Höflichkeiten. «Eines der Mädchen hat heute Morgen geklagt, dass es im Haus spuke. Sie hätte in der Nacht Schritte und Stimmen auf dem Dachboden gehört. Ich dachte, sie hätte sich von Frau Göweils Geschichten über Geister und Zeichen aus dem Jenseits anstecken lassen.»

Lady Georgiana setzte sich auf und blickte beunruhigt von Anna zu ihrem Cousin. Der Lieutenant legte das Schreibzeug weg. «Ist der Dachboden abgeschlossen?»

«Nein, es müssen ständig Sachen hinaufgebracht oder heruntergeholt werden. Die Tür hat nur oben einen Riegel, damit sich keine Kinder hinaufschleichen können.»

«Dann müssen wir jetzt dort nachsehen.»

Lady Georgiana meinte stirnrunzelnd: «Du vergisst, dass wir beide gar nichts von Ammanns Verschwinden wissen dürften. Wie willst du Herrn Bircher eine plötzliche Expedition auf den Dachboden erklären?»

«Die Gefühle des Direktors sind im Moment nicht von Belang. Aber falls wir eine Erklärung brauchen – ich bin Offizier und bemerke es, wenn man mir Lügen auftischt. Also habe ich von Miss Staufer die Wahrheit übers Ammanns Ausbleiben verlangt. Und nun werde ich mich selbst darum kümmern, einen nachlässigen Untergebenen zu suchen und gegebenenfalls zu massregeln.»

Er griff nach seinem Spazierstock, und gemeinsam machten sie sich auf den Weg nach oben. Der Liftboy blickte zwar etwas erstaunt, aber die Ausbildung von Herrn Ganz zeitigte Erfolg. Er zuckte mit keiner Wimper, als Lieutenant Wyndham verlangte, bis ganz nach oben in den Dienstbotentrakt gebracht zu werden.

Während der Lift leise sirrend nach oben stieg, musterte Christian verstohlen Miss Staufer. Sie sah besorgt und nervös aus. Mit einem sanften Ruck hielt der Lift und sie sagte: «Gleich beginnt das Mittagessen für das Hauspersonal. Das Servier- und Küchenpersonal hat bereits gegessen und ist mit den Vorbereitungen für das Mittagessen der Gäste beschäftigt. Es werden nicht viele Leute hier oben sein.»

In diesem Stock hatte das Splendid seinen Schmuck abgelegt. Der Gang war niedrig, und das spärliche Licht kam von einfachen Milchglas-Lampen. Ein grobfaseriger Kokosläufer lag auf dem Boden.

Gleich neben dem Lift befand sich eine schlichte Tür. Miss Staufer löste den Riegel, der auf Augenhöhe angebracht war und öffnete die Tür. Sie drehte den Schalter neben dem Türrahmen, und spärliches Licht fiel auf eine kurze, steile Treppe, die nach oben führte.

Christian legte ihr seine Hand auf die Schulter. «Ich gehe besser voran. Georgiana, du bleibst bei Miss Staufer.»

Er hoffte, das würde ausreichen, sie beide davon abzuhalten, ihm zu folgen. Miss Staufer rief hinter ihm her: «Es gibt oben noch mehr Lichtschalter.»

Christian brauchte nicht mehr Licht. Er blickte nach oben. Über ihm wölbte sich die Kuppel des Splendid, und zu beiden Seiten erstreckte sich in der Dunkelheit der Dachstuhl. Rechts neben dem Treppenaufgang schwebte im schwachen Dämmerlicht ein gespenstischer Schatten über dem Dachboden. Als sich Christians Augen an das schwache Licht gewöhnt hatten, sah er auch den Strick, der über einen der gewaltigen Dachbalken geworfen und an einem schräg angesetzten Stützbalken verankert worden war.

Er erklomm mühsam die letzten Stufen und verschaffte sich die traurige Gewissheit; es war Ammann. Christian griff nach einer schlaffen Hand und fand keinen Puls. Aber er sah aufgeschrammte Knöchel. Dann blickte er um sich und versuchte zu erfassen, was hier geschehen war.

«Christian, hast du ihn gefunden?», erklang Georgianas Stimme ängstlich von unten.

Er wusste, es hatte keinen Sinn, sie zu bitten, nicht heraufzukommen. Trotzdem sagte er: «Ja. Bitte bleib bei Miss Staufer.»

Schon konnte er ihre Schritte auf der Treppe hören, und dann ein unterdrücktes Geräusch. Er wandte sich um und sah, wie Georgiana versuchte, Miss Staufer die Sicht zu versperren. Doch sie kam zu spät. Die Gouvernante erstarrte nur für einen kurzen Augenblick, dann stieg sie langsam die letzten Stufen hoch, schob zuerst Georgiana und dann Christian zur Seite und blieb schließlich einfach vor dem Toten stehen. Auf einmal reckte sie sich, hob ihre Rechte und legte sie auf Ammanns Brust. Christian dachte zuerst, sie suche einen Herzschlag, aber dann begriff er, dass es eine Abschiedsgeste war. Sie verharrte so; ihre Ruhe war beängstigend. Georgiana warf Christian einen besorgten Blick zu, er schüttelte nur stumm den Kopf.

Es dauerte eine kleine Ewigkeit, bis der Bann endlich gebrochen wurde. Sie senkte die Hand und sah zu Christian.

«Es muss letzte Nacht geschehen sein, als das Mädchen die angeblichen Gespenster hörte», sagte er. «Es hätte ihm nicht geholfen, selbst wenn Sie heute früh hier nachgesehen hätten.»

«Sagen Sie mir nur, dass es nicht wahr ist.» Ihre Stimme hatte einen harten und unbeugsamen Klang.

Georgiana trat zu ihr, wohl in der Absicht, Trost zu spenden. «Es ist furchtbar, wenn jemand so etwas tut.»

Miss Staufer schüttelte ihre tröstende Hand ab. «Zu viel Zufall. Es ist nicht wahr.»

Georgianas Lippen formten eine lautlose Frage.

«Miss Staufer hat recht», meinte Christian. «Wir sollen denken, dass Ammann sich umgebracht hat. Aber er wurde ermordet.»

Georgiana brauchte einen Moment, um das aufzunehmen. Dann blickte sie um sich und suchte nach den Spuren, die ihn zu seiner Schlussfolgerung geführt hatten.

Er zeigte auf den Überseekoffer unter Ammanns Leiche. «Das Ding ist zu alt und morsch, um das Gewicht eines Mannes zu tragen. Der Koffer wurde nachträglich an diese Stelle geschoben. Dann sind Ammanns Knöchel aufgeschürft, und er riecht nach Alkohol. Ich vermute, er ist in einen Kampf geraten. Man hat ihn bewusstlos geschlagen oder ihm gewaltsam Schnaps eingeflösst und ihn dann getötet. Der Schnaps wurde auch über seine Kleider gegossen, um den Eindruck zu erwecken, er hätte sich betrunken und dann erhängt.»

Georgiana trat langsam näher und schnupperte leicht. «Was ist das?»

«Enzianschnaps», antwortete Miss Staufer tonlos.

«Da ist noch etwas …» Georgiana schloss die Augen. «Ich kenne diesen Geruch, das ist das Parfum der Gräfin Tarnowska.» Verwirrt wandte sie sich zu Christian. «Aber das hätte sie doch niemals alleine bewerkstelligen können.»

«Nein, dazu brauchte es mindestens zwei Männer. Sie haben nicht viele Spuren hinterlassen. Die Treppe und der Boden hier sind viel zu sauber; sie müssen gekehrt haben, damit man keine Fuss- und Schleifspuren erkennen kann. Ich bezweifle sehr, dass Sternenbachs Dorfpolizist an diesem Tod etwas Verdächtiges bemerken wird. Sollten ihm die aufgeschürften Knöchel auffallen, so wird es heissen, dass Ammann sich betrunken hat, in eine Prügelei geriet und dann etwas ‹Unbedachtes› tat. Das wird auch die Version sein, die Herr Bircher vorziehen wird, nicht wahr?»

Er hatte die Frage an Miss Staufer gerichtet, die stumm nickte. Ein Selbstmord war schlimm genug, aber ein Mord? Herr Bircher würde alles daransetzen, dass nicht einmal der Hauch eines Zweifels aufkam. Ammann hatte sich hier im Suff erhängt; es gab keine offenen Fragen.

«Was sollen wir jetzt tun?», fragte Georgiana.

Christian antwortete bedrückt: «Wir werden das melden müssen. Es tut mir leid, aber am besten sollte das Miss Staufer tun. Ich werde hierbleiben und Wache halten. Und du solltest dich zurückziehen, wie es sich für eine Lady nach einem Nervenschock gehört.»

Georgiana wollte protestieren, aber er schüttelte den Kopf. «Es macht mir nichts aus, hier bei ihm zu bleiben. Vor den Toten muss man sich nicht fürchten. Es sind die Lebenden, von denen Leid und Gewalt ausgeht.»

«Und wie soll Miss Staufer erklären, dass wir hier oben nach Ammann gesucht haben?»

«Es ist immer gut, möglichst nahe bei der Wahrheit zu bleiben.

Ihr fiel wieder ein, was das Mädchen am Morgen erzählt hatte, und sie dachte sich, dass Ammann vielleicht betrunken auf den Dachboden getaumelt war, weil er dachte, dort wäre seine Kammer. Ich habe darauf bestanden, sie zu begleiten, um ihm an Ort und Stelle die Leviten zu lesen. Und da du dich um meinen Gesundheitszustand sorgtest, bist du ebenfalls mitgekommen.»

Georgiana verlor jetzt langsam doch ihre Fassung; sie blickte immer wieder nach oben, um die Tränen zurückzuhalten. Die eisige Selbstbeherrschung von Miss Staufer machte Christian mehr Sorgen. Doch er wusste nicht, wie er diese Mauer aus Disziplin und Distanz hätte durchbrechen können. Schlimmer noch, er wollte es nicht – es war im Moment wichtig, dass sie ihre Rolle spielte.

Und das tat sie auch. Sie kümmerte sich um Georgiana und führte sie mit sanfter Gewalt die Treppe hinunter. Christian blieb alleine mit Ammann zurück.

Anna geleitete Lady Georgiana auf ihr Zimmer und überliess sie der Obhut Pagets. Sie ging nach unten in den Personal-Speisesaal und bat Herrn Ganz nach draussen, wo sie ihm ihre Entdeckung mitteilte. Während sie ihre Worte sorgsam wählte, schien der Lärm aus der Hotelküche nebenan immer leiser zu werden.

Er starrte sie an. «Sind Sie auch ganz sicher?»

«Ja, leider. Glauben Sie mir, Herr Ganz, da ist nichts mehr zu machen.»

Küchengehilfen und Köche hasteten vorbei. Manche gaben kurze Geräusche des Missfallens von sich, weil der Concierge und die Gouvernante es wirklich besser wissen sollten, als zur Mittagszeit hier den Betrieb aufzuhalten.

«Oh mein Gott!» Herr Ganz setzte sich auf einen Stapel leerer Gemüsekisten. Er strich sich mit der Hand über die kahle Stelle auf seinem Kopf und wiederholte immer wieder: «Oh mein Gott!»

Er konnte dieses Mal nicht mit derselben ruhigen Gefasstheit vorgehen, die er sonst bei Todesfällen an den Tag legte. Dieses Mal war es kein Gast, nicht nur ein Gesicht mit einem Namen, über das man sonst nichts wusste. Dieses Mal hatte es jemanden getroffen, dessen Leben und Lachen sie alle kannten. Doch schliesslich fasste er sich und stand mit einem Ruck auf. «Der Patron muss informiert werden.»

Als Anna ihn begleiten wollte, schüttelte er den Kopf.

«Sie haben ihn gefunden, das muss schlimm genug gewesen sein. Lassen Sie mich das jetzt übernehmen. Ruhen Sie sich etwas aus, wenn Sie können. Ich fürchte, sobald die Nachricht die Runde macht, werden Sie wieder alle Hände voll zu tun haben.»

Da Anna es beim besten Willen nicht über sich brachte, etwas zu essen, ging sie in ihre Kammer, setzte sich hin und wartete einfach. Sie hörte Stimmen und Schritte im Gang und dann auf dem Dachboden, zuerst nur vereinzelt, dann immer mehr und immer lauter, und dann wurde es wieder still.

Irgendwann wurde Anna ins Direktions-Bureau gerufen, wo Herr Bircher, Herr Ganz, Lieutenant Wyndham, Herr Doktor Reber und Wachtmeister Wirz versammelt waren. Für das Protokoll musste sie nochmals alles erzählen. Sie hielt sich an die besprochene Version, ohne den Lieutenant auch nur einmal anzusehen.

Als Anna geendet hatte, sah der Direktor wütend aus. Ein Toter kurz vor dem grossen Neujahrsball! Und da er sonst niemanden hatte, dem er die Schuld geben konnte, blaffte er seine Gouvernante an: «Warum haben Sie nicht gleich nachgeschaut, als Edith sagte, dass sie etwas auf dem Dachboden gehört hatte? Vielleicht hätten wir ihn dann noch rechtzeitig gefunden!»

«Nein, das hätten Sie nicht», warf Doktor Reber ein, bevor Anna etwas sagen konnte. «Der arme Junge war bereits seit letzter Nacht tot, das kann ich anhand des *rigor mortis* sagen. Aber was mir zu denken gibt, ist, dass das Mädchen mehrere Stimmen gehört haben will. Wenn der Junge nicht allein war, sollte man der Sache aber schon genauer nachgehen, Herr Bircher.»

«Er war doch betrunken – er hat wahrscheinlich mit sich selbst geredet. Im Übrigen», fügte der Patron hinzu, «gab es ja wohl absolut keine Spuren, dass sonst noch jemand dort oben war, nicht wahr, Herr Wachtmeister?»

Der Wachtmeister, an verschwundene Hühner und ab und zu eine Wirtshausprügelei gewöhnt, blickte verschreckt hoch. «Nein, Herr Direktor. Ich bin ganz Ihrer Meinung, dass der Junge wohl selbst Hand an sich gelegt hat. Gott sei seiner armen Seele gnädig!»

Der Doktor sah nicht unbedingt überzeugt aus. Er warf Lieutenant Wyndham einen fragenden Blick zu.

Der meinte nachdenklich: «Es würde sich aber doch lohnen, Erkundigungen einzuholen, mit wem Ammann sich geprügelt hat und ob es Zeugen für seinen Gemütszustand gestern Abend gibt.»

Wachtmeister Wirz kritzelte langsam in sein abgegriffenes Notizheft. «Ich werde mich darum kümmern, aber ich glaube nicht, dass dabei viel herauskommt. Inzwischen wird sich schon herumgesprochen haben, was passiert ist. Und falls der junge Ammann mit ein paar Nachtbuben aneinandergeraten ist, werden die Burschen sich hüten, jetzt etwas zu sagen. Mit einem Selbstmord will niemand etwas zu tun haben.»

Auf diese Bemerkung folgte ein beredtes Schweigen. Schliesslich räusperte sich Herr Bircher. «Nun, ich hoffe, der Untersuchungsrichter hat ein Einsehen. Jetzt mitten in der Saison ist niemandem geholfen, wenn er daraus eine grosse Sache macht. Herr Wachtmeister, kümmern Sie sich bitte um alles und lassen Sie mich wissen, wann der Richter eintrifft. Er ist selbstverständlich im Splendid eingeladen.»

«Sehr wohl, Herr Bircher.» Der Wachtmeister packte seine Unterlagen zusammen, erhob sich mit einem Ächzen und verabschiedete sich von den Anwesenden.

Als er aus der Tür war, wandte der Patron sich Doktor Reber zu: «Dann danke ich Ihnen für Ihre Hilfe, Herr Doktor. Vielleicht können Sie noch bei Lady Georgiana Darby vorbeisehen. Die arme Dame muss von dem Anblick sehr erschüttert sein und bedarf vielleicht medizinischer Hilfe.»

Anna entliess er mit einem ungnädigen Nicken. Von ihr und Herrn Ganz wurde nun erwartet, dafür zu sorgen, dass die Gäste nicht unnötig behelligt wurden.

Herr Ganz hatte es übernommen, dem Personal die traurige Nachricht mitzuteilen. Josts Leiche war über eine der Hintertreppen aus dem Haus geschafft worden. Nun mussten alle dafür Sorge tragen, dass der Hotelbetrieb reibungslos weiterging. Anna nahm sich die Zeit, mit jedem Zimmer- und Stubenmädchen zu reden. Zur Trauer kam auch noch Kummer über das angebliche Verbrechen wider Gott und die Natur, das Jost begangen haben sollte. Man erwartete von Anna angemessene Worte des Trostes, und sie wiederholte die leeren, nur allzu bekannten Floskeln.

Danach harrte eine weitere Aufgabe: Josts Habseligkeiten mussten zusammengeräumt und seinem Vater zugeschickt werden. Anna betrat die kleine Kammer, holte Josts alten, abgegriffenen Koffer unter dem Bett hervor und begann, die wenigen Kleidungsstücke aus dem Wandschrank zusammenzufalten. Als sie die Schublade des Nachttischs öffnete, fand sie darin eine silbern gerahmte Fotografie – Vater und Sohn Ammann bei der Rast auf einem Berggipfel. Das Bild zeigte Jost im Übergang vom Knaben zum Mann, jenem schlaksigen Alter, in dem Hände und Füsse schneller zu wachsen schienen als der Rest. Sie betrachtete sein stolzes Grinsen und den ruhigen, bedächtigen Blick des Vaters. Tränen stiegen ihr in die Augen.

«Stauffacherin!» Henning stand in der Zimmertür. «Oh – Stauffacherin, hat man Ihnen das auch noch aufgehalst!»

Er eilte an ihre Seite und nahm sie in die Arme. «Schon gut, schon gut», murmelte er begütigend in ihr Haar.

Sie hatte die Fotografie auf das Bett fallen lassen und hielt sich an ihm fest. Für einen Moment genoss sie das ungewohnte Gefühl, dass da jemand war, der sich einfach um sie kümmerte. Doch dann schämte sie sich für ihre Schwäche. «Es tut mir leid», meinte sie leise und liess ihn los.

«Das muss Ihnen nicht leidtun. Ich bin eben erst aufgewacht und habe alles gehört. Wie furchtbar. Wenn ich mir vorstelle, wie fröhlich es gestern in der Bar zu- und herging, während Jost hier oben so verzweifelt war.» Er fragte bedrückt: «Wieso nur hat er das getan?»

«Ich weiss es nicht», sagte Anna tonlos. Ihre Kopfschmerzen, die etwas nachgelassen hatten, waren durch das Weinen wieder zurückgekehrt. Sie legte die Fotografie in den Koffer und blickte in der Kammer um sich.

Auf der Waschkommode stand eine kleine Geschenkschachtel. Anna hob den Deckel an, zwischen Seidenpapier lagen ein paar gut gearbeitete Lederhandschuhe und ein Beutel Tabak. Henning trat hinzu und griff nach der Weihnachtskarte, die im Spiegelrahmen steckte. «Das Boxing-Day-Geschenk von Lieutenant Wyndham. Der Tabak ist für Vater Ammann.»

Schweigend machten sie sich gemeinsam daran, die Waschkommode auszuräumen. Als sie fertig waren und Anna den Koffer nehmen wollte, sagte Henning leise: «Lassen Sie's gut sein. Darum kümmere ich mich schon.» Er nahm ihr den Koffer ab und verliess damit die Kammer.

Anna öffnete das kleine Fenster und liess frische Luft herein. Hennings Worte hatten neue beunruhigende Gedanken ausgelöst. Was, wenn Josts Tod irgendwie mit den Offizieren zu tun hatte? Was, wenn er durch ihr Schweigen umgekommen war? Was sollte sie nur tun? Entschlossen wehrte sie sich gegen neue Tränen, es war sinnlos, vor dieser Frage davonlaufen zu wollen.

Sie holte sich vom Dach eine Handvoll Schnee, die sie sich auf das Gesicht presste. Die scharfe, kühle Nässe half ihr, ruhig zu werden und ihre Gedanken zu ordnen.

Sie musste mit Lady Georgiana sprechen. Von Paget erfuhr sie, dass es Mylady inzwischen wieder besser ging und sie bei ihrem Cousin war.

Lady Georgiana war alleine im Lesezimmer, sie sah blass und verweint aus. «Christian geht es gar nicht gut. Haben Sie es dabei?»

Anna brauchte nicht zu fragen, was Lady Georgiana meinte. Sie nickte und blickte dann zur geschlossenen Schlafzimmertür. Lady Georgiana schüttelte den Kopf und liess sich in den Fauteuil fallen.

«Er will davon nichts wissen. Ich bin mir nicht sicher, ob das klug ist. Aber ich muss ihm wohl vertrauen.»

«Mylady, ich muss Sie wegen gestern Abend etwas fragen.»

«Natürlich – Sie wollen wissen, wer alles in der Bar war, nicht wahr?» Lady Georgiana strich sich eine Strähne aus dem Gesicht. «Darüber habe ich die ganze Zeit nachgedacht. Christian hat mir gesagt, Herr Doktor Reber hätte sich beim genauen Todeszeitpunkt nicht festlegen wollen, vermute aber, dass es in den Stunden nach Mitternacht geschah. Zu dem Zeitpunkt war die Feier in vollem Gange.»

«Hätten Sie bemerkt, wenn jemand längere Zeit gefehlt hätte?» Die Frage war nicht sehr taktvoll formuliert. Anna hatte nicht andeuten wollen, dass sie die Lady der Trunkenheit verdächtigte.

Doch Lady Georgiana war nicht beleidigt. «Nein, ich kann unmöglich für alle Anwesenden bürgen, dazu war die Feier zu lebhaft. Nur für die Herren Offiziere – die hatten sich nämlich bereits früh am Abend ein unmögliches Zeremoniell ausgedacht, um ihre ‹unzertrennliche Brüderschaft› zu beschwören. Sie haben sich mit einer Girlande von einem der Weihnachtsbäume in ‹unverbrüchlicher Freundschaft› aneinandergekettet. Das Band durfte nicht brechen, deshalb konnten sie auch nicht tanzen, was die beiden Mesdemoiselles Gérard sehr verärgerte. Aber es wurde noch schlimmer. Ein gemeinsames Austreten war den Herren zu peinlich, weswegen sie jeweils ein Fenster öffneten und eine ‹kameradschaftliche Mauer› bildeten.»

Anna seufzte leise, und Lady Georgiana zuckte mit den Schultern. «Wenn Männer erst einmal betrunken genug sind, entwickeln sie einen ganz eigenen Sinn für Logik. Ich wäre nicht geblieben, hätte ich nicht gehofft, dass der Alkohol die Zungen löst und irgendjemand redselig wird. Deshalb habe ich auch kaum getrunken. Ich fürchte aber, der Zimmerpalme hinter meinem Stuhl ist das nicht sehr bekommen.»

«Und die Herren haben es geschafft, das Band nicht zu zerreissen?»

Lady Georgiana nickte. «Unglaublich, aber wahr. Bevor sie am Morgen auf ihre Zimmer stolperten, haben sie mich gebeten, die Girlande zu lösen. Denn, so meinte einer von ihnen in einem fehlgeleiteten Anfall von Poesie, das Band, das Männer verbindet, kann nur von einer Frauenhand gelöst werden. Danach wurden sie ganz rührselig.»

«Du liebe Zeit!» Mehr brachte Anna nicht heraus; das lächerliche Verhalten der Offiziere nahm eine grosse Last von ihr.

«Christian hat sich weniger diplomatisch ausgedrückt, aber auch er kann nicht in Abrede stellen, dass nur sehr wenige Menschen im Hotel ein besseres Alibi als die Herren Offiziere haben dürften.»

«In der Tat», liess sich Lieutenant Wyndhams Stimme von der Tür her vernehmen. Er war bleich und hatte dunkle Schatten unter den Augen.

Lady Georgiana musterte ihn besorgt. «Warum bist du nicht im Bett geblieben?»

«Weil das auch nicht viel hilft.» Er bewegte sich langsamer als sonst durch den Raum und liess sich vorsichtig in seinen Sessel sinken.

«Vielleicht solltest du …» Sie beendete den Satz nicht.

Er schüttelte den Kopf. «Etwas Morphium nehmen? Und mir

das Hirn vernebeln, gerade dann, wenn ich einen klaren Kopf brauche?»

«Ich bin immer noch der Meinung, du hättest darauf beharren sollen, dass Ammanns Tod als Mord untersucht wird.» Lady Georgiana klang trotzig, so als ob die beiden zuvor gestritten hätten.

«Georgiana», sagte er geduldig, «ich habe dir bereits erklärt, dass das nichts gebracht hätte. Der Patron hätte meine Theorie als weitere Folge der Morphiumsucht betrachtet. Und der Dorfpolizist wäre dieser Ansicht gefolgt. Aber es hätte eine Menge unangenehmer Fragen gegeben, auf die wir keine Antworten haben. Ich konnte nicht viel mehr tun, als dem Wachtmeister die Fragen zu diktieren, um die er sich kümmern sollte. Vielleicht wird er ja herausfinden, wo Ammann gestern Abend war. Aber wenn wir wissen wollen, wer ihn getötet hat, müssen wir schon selbst nach Antworten suchen.»

«Und wo sollen wir beginnen?»

«Die einzige Spur, die wir haben, ist die Gräfin. Wir können sie nicht einfach befragen, aber es würde sich wohl lohnen, das Zimmer der Dame einmal gründlich zu durchsuchen.»

«Aber wie sollen wir denn in ihr Zimmer kommen?»

«Um Himmels willen, Georgiana!», meinte er scharf, «reiss dich zusammen. Dem armen Jungen ist nicht damit geholfen, dass du dich nun auf einmal in ein hirnloses Geschöpf verwandelst. Du wolltest das Spiel spielen, und hier sind wir nun. Neben dir steht die Gouvernante des Hauses, die einen Passepartout am Gürtel trägt!»

Das war nun das zweite Mal, dass Anna sah, wie die sonst so selbstbeherrschte Haltung von Ungeduld durchbrochen wurde. Der Gegensatz zwischen der Heftigkeit seiner Worte und seinen stets so verhaltenen Bewegungen liess sie erahnen, wie sehr ihm seine körperliche Eingeschränktheit zu schaffen machte.

«Du hast ja recht.» Lady Georgiana rieb sich müde die Stirn. «Müssen wir das noch heute tun?»

«Nein», sagte er mit einem Blick auf Anna, «ich habe gehört, dass der viele Schnee die Bahnstrecke lahmgelegt hat. Momentan ist Sternenbach von der Außenwelt abgeschnitten, und das soll noch eine Weile so bleiben. Die Gräfin wird uns nicht davonfliegen.»

«Also gut.» Lady Georgiana wandte sich an Anna. «Können Sie

sich irgendeinen Vorwand ausdenken, dass ich Sie begleiten kann? Und wann wäre es am besten?»

Anna überlegte eine Weile. Sie hielt ihren Blick auf den Salontisch gesenkt. Die Christrosen brauchten dringend Wasser.

«Ich werde mir etwas überlegen. Die Gräfin schläft morgens recht lange, da wird es nicht gehen. Am besten machen wir das über die Mittagszeit.»

Lady Georgiana seufzte. «Also gut. Ich brauche jetzt ein Bad und muss mich umziehen.» Sie stand auf und legte ihrem Cousin eine Hand auf die Schulter. «Es bleibt dabei, wir essen heute gemeinsam hier? Ich habe das Dinner eine Stunde früher geordert.»

Anscheinend wollte sie ihn nicht aus den Augen lassen. Er schenkte ihr ein müdes Lächeln und nickte.

Christian war müde, aber er konnte sehen, dass Miss Staufer noch etwas auf dem Herzen hatte. Sie wartete, bis sich die Tür hinter Georgiana geschlossen hatte, dann wandte sie sich ihm zu. «Es gibt noch etwas, worüber ich mit Ihnen reden möchte, wenn Sie etwas Zeit haben.»

«Natürlich, aber wollen Sie sich nicht hinsetzen?»

Sie schüttelte den Kopf, obwohl sie müde aussah. Und er war sich sicher, dass sie geweint hatte. Und doch hatte er das Gefühl, dass ein Teil von ihr immer noch erstarrt war. Auf dem Dachboden war etwas mit ihr geschehen.

«Ich weiss nicht, wie viel Jost Ihnen von seinem Vater erzählt hat.»

«Er hat viel von ihm gesprochen. Ich weiss, dass sich Vater und Sohn sehr nahestanden.»

«Die Mutter starb bei Josts Geburt, und der Vater hat nicht wieder geheiratet.» Sie blickte ihn direkt an. «Wir schicken Vater Ammann den einzigen Sohn in einem Sarg als Selbstmörder zurück.»

«Ich weiss, das ist grausam …»

Sie unterbrach ihn mit einer brüsken Handbewegung. «Ich will, dass er die Wahrheit erfährt! Dass sein Sohn nichts Furchtbares getan hat, sondern dass ihm Furchtbares angetan wurde.»

Er wollte etwas erwidern, aber sie liess ihn nicht zu Wort kommen. «Vor zwei Tagen noch haben Sie mir gesagt, wie Sie es leid sind, als Bauer in einem Spiel behandelt zu werden. Und wie dabei Unschuldige in Gefahr geraten werden. Und jetzt ist Jost tot, das mache ich Ihnen nicht zum Vorwurf. Aber was Sie jetzt seinem Vater antun wollen, das ist nicht richtig!»

«Ich weiss, und glauben Sie mir, ich habe in den letzten Stunden viel darüber nachgedacht.

«Das ist nicht gut genug!»

Er ignorierte ihre Heftigkeit. Vielleicht würde sie durch diesen Ausbruch endlich wieder zu sich finden. «Nein, das ist es nicht. Aber ich war noch nicht fertig. Wenn das alles vorbei ist, werde ich Herrn Ammann die Wahrheit sagen. Darauf gebe ich Ihnen mein Wort.»

Sie kehrte langsam von dem dunklen Ort, an den Ammanns Anblick sie gebracht hatte, zurück. Die Härte, die Christian in der grausamen Mittagsstunde bemerkt hatte, begann zu schwinden.

«Ich danke Ihnen.» Sie atmete immer noch heftig und strich sich eine Strähne aus dem Gesicht. Nun schien ihr auch zu Bewusstsein zu kommen, dass sie eben einige Grenzen überschritten hatte. «Es tut mir leid, ich wollte nicht –»

Er unterbrach sie. «Sie müssen sich für nichts entschuldigen. Aber ich hätte gerne etwas von Ihnen gewusst.» Er hatte viel nachgedacht, seit er beobachtet hatte, wie sie auf dem Dachboden in jene eisige Stille verfallen war – und er hatte seine Schlüsse gezogen. Jetzt war der verwundbare Moment, wo er die Frage stellen konnte, die sonst niemals erlaubt wäre. «Wer war es? Wer hat sich umgebracht und Ihnen so viel Kummer bereitet, Miss Staufer?»

Die Härte kehrte für einen Augenblick zurück. «Ich weiss nicht, was Sie meinen.»

«Doch, das wissen Sie.»

Sie trat an das Fenster neben dem Sofa. Geduldig wartete er darauf, dass sie die so sorgfältig gehütete Maske endlich senkte. Es war ein langer Kampf, den er schweigend beobachtete – und sich des Ausgangs keinesfalls sicher war. Schliesslich sanken ihre Schultern nach vorn, und sie beugte den Kopf, bis ihre Stirn fast das Fenster berührte.

«Mein Onkel – er war eigentlich mehr ein grosser Bruder für mich und meine Geschwister. Meine Grosseltern starben jung, und als meine Mutter heiratete, brachte sie ihren kleinen Bruder mit in die Ehe. So sind wir zusammen aufgewachsen. Es war nicht leicht für Mathis, denn mein Vater war ein schwieriger Mann.» Sie hielt inne und begann, die Falten des Vorhanges zu ordnen. Christian wartete geduldig, er hatte eine gute Vorstellung von dem, was kommen musste.

«Wir waren nur drei Kinder, die Leute sagten, den Herrgott hätte es erbarmt, noch mehr Seelen in dieses Haus zu schicken. Mathis hat dafür gesorgt, dass es nicht allzu schlimm wurde, wenn der Vater …», sie brach ab, unfähig, das schmachvolle Geheimnis, das doch keines war, in Worte zu kleiden.

«Schon gut», meinte er leise. «Ich kann mir denken, was er getan hat. Er hat sich dazwischengestellt und die Schläge eingesteckt.»

Falls sie überrascht war, dass er den Satz hatte vollenden können, liess sie es sich nicht anmerken. Es war keine erstaunliche Leistung. Solch unglückliche Familien existierten überall auf der Welt.

«Irgendwann war Mathis einen Kopf grösser als der Vater. Er hätte sich wehren können, aber das hat er nie getan. Und es wurde immer schlimmer. Er hatte keine Lehre machen dürfen, und mein Vater hielt ihn wie einen Knecht. Das Einzige, was Mathis Freude machte, war Musik – wenn irgendwo aufgespielt wurde, so ist er dorthin gegangen und hat zugehört. Er hat nicht getanzt und nicht getrunken, er wollte nur die Musik hören. Im Dorf haben sie zwar gesagt, er wäre ein armer Teufel, aber geholfen hat ihm niemand. Selbst als der Vater ihm verbot, den Hof zu verlassen, hat niemand eingegriffen. Mathis durfte nicht zu den Nachbarn, ins Wirtshaus oder an ein Fest – nicht mal, wenn jemand ihn einlud, liess der Vater ihn gehen.»

Christian wartete, bis sie so weit war. Sie versenkte ihre Finger in den Falten des Vorhangs und holte tief Luft.

«Eines Tages war Frühlingsmarkt im Dorf. Unsere Nachbarin, Frau Hoffmann, lud mich ein mitzugehen. Ich nahm all mein Erspartes mit und kaufte dort eine Mundharmonika für Mathis. Ich dachte, so könnte er sich selbst Musik machen, und es wäre für ihn nicht so schlimm.» Ihre Schultern zuckten leicht in einer Geste zwischen Lachen und Weinen. «Ich weiss noch genau, wie ich mit dem Päckchen in der Hand den ganzen Weg von Frau Hoffmann nach Hause rannte, so aufgeregt war ich.» Sie machte eine Geste, als ob sie das kleine Instrument in ihrer Hand halten würde. «Es war bereits Abend, und ich dachte, Mathis würde am Hoftor auf mich warten, wie er das immer tat. Aber er war nicht dort, und so habe ich ihn überall gesucht. Ich fand ihn schliesslich im Stall …», sie brach ab und betrachtete ihre leere Hand. Dann neigte sie den Kopf gegen das Fenster, bis ihre Stirn das Glas berührte.

Christian brauchte nicht zu fragen, was genau sie im Stall vorgefunden hatte. Er würde nicht so schnell vergessen, wie sie vor Ammanns leblosem Körper gestanden war. Das war es also, eine Geschichte voller Härte und Grausamkeit. Wie kam man aus einem solchen Zuhause fort? Und wie konnte man den Erinnerungen entfliehen?

«Es tut mir sehr leid», sagte er leise.

«Meine Mutter war damals bereits krank, sie starb kurz darauf. Wir durften Mathis' Namen nicht mehr in den Mund nehmen. Meinen Geschwistern fiel das nicht schwer. Mein Bruder sagte, Mathis hätte Schande über uns gebracht, und meine Schwester war wütend, weil damit ihre Aussichten auf eine gute Heirat dahin wären.» Sie richtete sich mit einem Ruck auf und drehte sich zu ihm um. «Das ist das Blut, das in meinen Adern fliesst.»

«In Ihnen fliesst auch das Blut Ihres Onkels und Ihrer Mutter.»

«Eine Frau, die zu schwach war, sich selbst und ihre Familie zu beschützen. Und ein Mann mit einem degenerierten Geist.» Sie blickte ihn herausfordernd an. «So sagt man jetzt doch von jenen, die sich umbringen, nicht wahr?»

«Das sind nur Worte, um die eigene Hilflosigkeit zu verbergen.»

«Und die eigene Schuld», brach es aus ihr hervor. «Sie haben es doch alle gewusst, und niemand hat geholfen! Das ist die grösste Sünde, der wir uns alle schuldig machen: die Gleichgültigkeit.»

«Eine sehr harte Sicht», meinte Christian.

«Es ist eine harte Welt. Wissen Sie, was der Pfarrer zu meiner Mutter sagte, kurz bevor sie starb? Dass Gott niemandem mehr auferlegt, als er tragen kann. Das war sein Trost: noch einmal mehr Schuld auf Mathis zu laden.»

«Es tut mir leid», sagte er nochmals und wusste, es war nicht genug.

Sie schien ihn nicht gehört zu haben. «Danach habe ich Frau Hoffmann erzählt, dass ich alles abbrenne, wenn ich noch länger zu Hause bleiben muss. Ich wusste, wenn man so etwas Schreckliches sagt, dann stecken sie einen gleich in die Besserungsanstalt. Das war mir ganz recht, ich wollte einfach nur fort.»

Sie wäre jetzt wohl kaum hier, wenn dieser verzweifelte Plan aufgegangen wäre. Herr Bircher würde eine ehemalige Insassin einer Besserungsanstalt nicht mal als Küchenmädchen anstellen. Es musste irgendwo in dieser dunklen Geschichte auch einen Funken Licht geben.

«Ich weiss nicht, was Frau Hoffmann dem Gemeinderat und dem Pfarrer erzählt hat, aber man hat mich weggeholt und dafür gesorgt, dass ich in einem Hotel Arbeit erhielt.» Sie hielt inne, vielleicht selbst darüber erstaunt, wie viel sie eben preisgegeben hatte.

Als er Ammanns Tod als Selbstmord durchgehen liess, hatte Christian nicht geahnt, wie viel er von ihr verlangte. Sie war seinen Anweisungen gefolgt, hatte die Scharade mitgespielt und dafür gesorgt, dass alles seinen gewohnten Gang nahm. Wie viel sie das gekostet haben mochte, wollte er sich gar nicht vorstellen. Aber er verstand nun, dass er ihr mehr geben musste, als einfache Versprechen, dass niemand mehr zu Schaden kommen würde – Versprechen, die er nicht halten konnte.

Inzwischen hatte die Winterdämmerung eingesetzt. Christian beugte sich zu seiner Leselampe und machte das Licht an.

«Anna, setzen Sie sich bitte.»

Sie schien die ungewohnte Anrede nicht bemerkt zu haben und kam seiner Bitte nach.

«Ich weiss, es ist furchtbar, dass Ammann wegen ein paar Seiten Papier sterben musste und dass wir seinem Vater deswegen nun auch noch unnötigen Schmerz zufügen. Amman fiel einem Kampf zum Opfer, der sich im Moment noch in den Schatten abspielt – dort, wo niemand richtig hinsieht, obwohl es gar nicht so schwierig wäre, die Zeichen zu erkennen. Die europäischen Mächte sind geradezu in einem Fieberwahn. Sie rüsten auf, und sie beäugen sich misstrauisch. Sie schliessen Bündnisse, und jeder versucht, sich in eine gute Position zu bringen. Es wird Krieg geben – schon bald. Und es wird kein kurzer, schneller Krieg werden. Er wird lange dauern und mehr Menschenleben fordern, als ich mir auszumalen wage. Viele junge Männer werden Ammann folgen. Aber davon wollen jene, die an der Macht sitzen, nichts wissen. Sie glauben, man könne den Krieg beherrschen – ihn wie einen wütenden Hund loslassen und dann wieder an die Kette nehmen. Dieses Mal wird es ihnen nicht gelingen. Aber um sich selbst davon zu überzeugen, müssen sie sich jeden nur erdenklichen Vorteil sichern. Und glauben Sie mir, eine Chiffre, wie sie Professor Hatvany entwickelt haben will, wäre ein grosser Vorteil. Wissen und Information selbst sind im Krieg zu Waffen geworden, die unbedingt geschützt werden müssen. Eine Chiffre, die das kann, ist in den Augen von Kriegsministerien, Generalstäben und Geheimdienst-Bureaus schon einiges wert; auch ein Menschenleben. Irgendjemand hier im Haus ist bereits so weit gegangen, und der Himmel allein weiss, was als Nächstes geschieht, wenn diese Leute nicht aufgehalten werden. Dafür müssen wir leider auch Dinge tun, die uns zuwider sind.»

«Das klingt aber so, als würde auf lange Dauer nichts, was wir hier tun, einen Unterschied machen», meinte sie. Ihr Blick war starr auf die Schale mit den weissen Blumen gerichtet, deren Blütenblätter sich am Rande leicht zu verfärben begonnen hatten.

«Anna, denken Sie an Ihre eigenen Worte. Gleichgültigkeit ist etwas Schreckliches. Es ist wahr, nichts, was wir hier tun können, wird diese Maschinerie, die bereits vor langer Zeit in Gang gesetzt wurde, noch aufhalten. Das habe ich bereits vor einiger Zeit erkannt. Aber hier und jetzt muss ich doch versuchen, das Unheil im Kleinen zu bekämpfen, zumal ich auch dafür verantwortlich bin.»

Sie blickte von den Blumen hoch. «Sie können doch nicht die Verantwortung für etwas übernehmen, das hinter Ihrem Rücken geplant wurde.»

Christian schüttelte den Kopf. «Doch, denn als ich mich für dieses Leben entschied, war das der erste Schritt eines langen Weges, der mich schliesslich heute auf den Dachboden des Splendid führte. Und ich habe auf diesem Weg nicht nur Dinge getan, auf die ich stolz bin.»

Er konnte sehen, wie sie sich seine Worte durch den Kopf gehen liess und sich vorzustellen suchte, was er alles getan hatte.

Zu seiner Überraschung wanderte ihre Hand zu ihrem Gürtel. «Versagen Sie sich darum das Morphium? Ist das eine Strafe?»

Die Frage traf ihn unerwartet, und er musste einen Moment darüber nachdenken. «Nein, ich fürchte, das ist nur Sturheit und dummer Stolz. Meine Strafe ist wohl eher, dass ich hier nichts selbst ausrichten kann und ständig auf Hilfe angewiesen bin.»

«Das ist jetzt dummer Stolz», erwiderte sie, und er musste gegen seinen Willen lächeln.

In dem Moment klopfte es an der Tür, sie ging öffnen. Es war der Concierge, der um eine kurze Unterredung mit Christian bat. Obwohl er nichts gegen die Anwesenheit der Gouvernante zu haben schien, verabschiedete sich Miss Staufer. Beim Hinausgehen griff sie nach der Schale mit den Blumen und nahm sie mit. Christian erhaschte noch einen kurzen Blick auf ihr Gesicht, sie hatte Tränen in den Augen.

Herr Ganz war gekommen, um die heikle Frage eines neuen Valets zu besprechen. Christian wusste, dass der Mann nur seine Pflicht tat, aber das kam natürlich nicht in Frage. Er tat sein Bestes, ihn davon zu überzeugen, dass er eigentlich keiner Hilfe mehr bedurfte. Es war deutlich zu sehen, dass Herr Ganz ihm nicht glaubte. Er bot Christian an, einen der Etagenportiers namens Friedrich zumindest für die nötigsten Arbeiten abzustellen. Christian, der des Redens müde war, gab schliesslich nach, entschlossen, die Dienste dieses Friedrichs so wenig wie möglich in Anspruch zu nehmen.

Als er wieder alleine war, trat er an sein Schreibpult und holte das Lesezeichen aus dem Gedichtband, der dort lag. Es war die kurze Liste, die Miss Staufer Ammann vor langer Zeit versehentlich übergeben hatte. Ein Versuch, sich den Sinn für das Schöne nicht rauben zu lassen, und ein erstaunlicher Akt des Aufbäumens.

Er fragte sich, wogegen sie sich damit aufbäumte. Ihre Vergangenheit, von der sie sich mit viel Willen und Disziplin getrennt hatte? Oder ihre Gegenwart?

Als Georgiana später zum Dinner kam, meinte sie zu ihm: «Was hast du noch mit Miss Staufer besprochen? Sie kam wie üblich für ihre Zofenpflichten vorbei, aber ich glaube, heute hätte sie nicht einmal die Knöpfe an meinem Kleid schliessen können; sie wirkte so aufgewühlt. Aber sie hatte natürlich einen schlimmen Tag.»

«Schlimmer, als du ahnst», war seine Antwort.

Sie betrachtete ihn eindringlich. «Sei vorsichtig, Christian. Und das sage ich nicht nur deinetwegen.»

Nächtliches Treiben

«Wohltätig ist des Feuers Macht, wenn sie der Mensch bezähmt, bewacht.»
Das Lied von der Glocke – Friedrich Schiller, 1799

Im Personal-Speisesaal herrschte am Morgen eine bedrückte Stimmung. Während die einen einfach traurig und aufgewühlt waren, gab es andere, denen der Gedanke zu schaffen machte, dass sie nicht bemerkt hatten, wie unglücklich einer aus ihrer Mitte gewesen war.

Von Frau Lanz erfuhr Anna, dass es am Abend spät noch Streit unter den Männern gegeben hatte. Herr Ganz und Herr Brehm hatten Handgreiflichkeiten verhindern müssen, nachdem Hans seine Ansichten zum Seelenheil von Selbstmördern etwas zu laut verkündet hatte.

Nun sass Herr Brehm mit düsterer Miene am Tisch. Er sprach die ganze Zeit über kein Wort und starrte nur vor sich hin. Es war überhaupt ungewöhnlich still im Saal. Die meiste Zeit über waren nur Agnes' leise Schluchzer und das begütigende Flüstern von Marie und Helen, die neben ihr sassen, zu vernehmen.

Lady Georgiana erzählte Anna während ihrer Morgentoilette, dass der Lieutenant sich Vorwürfe machte. «Anscheinend glaubt er, für Ammanns Tod verantwortlich zu sein. Ich weiss aber beim besten Willen nicht, wie er den Jungen hätte schützen können. Christian meint, er hätte ihn entlassen müssen, gleich nachdem er erfahren hatte, was hier gespielt wird. Das ist natürlich lächerlich. Wenn diese Leute glaubten, Ammann wüsste vielleicht etwas, das ihnen helfen könnte, dann hätten sie ihn sich so oder so gegriffen.»

Anna hatte in der vergangenen Nacht lange wach gelegen und über das, was Lieutenant Wyndham ihr gesagt hatte, nachgedacht. Ob er seiner Cousine gegenüber diese Dinge auch je erwähnt hatte?

«Nun, wie auch immer, wir müssen versuchen, diese Geschichte so schnell wie möglich zu Ende zu bringen.» Lady Georgiana wartete geduldig, während Paget die Knöpfe ihres schlichten Tageskleides schloss. «Sie tut Christian ganz und gar nicht gut. Und dann kann er sich endlich in seinem Häuschen in Zürich niederlassen, Gedichte übersetzen und der Welt den Rücken kehren, wie Leute das so tun, wenn sie sich in die Schweiz flüchten.» Sie hatte die Worte kaum ausgesprochen, als sie sich schon auf die Lippen biss. Hastig setzte sie sich an den Frisiertisch.

Paget trat zu ihrer Herrin und griff nach einer Haarbürste; sie verzog keine Miene, aber Anna konnte den unausgesprochenen Tadel deutlich spüren. Lady Georgiana meinte leise: «Verzeihung, natürlich hat Christian etwas Ruhe mehr als verdient. Ich bin einfach unleidlicher Laune. Aber ich verspreche, ich werde mich heute Mittag tadellos aufführen. Wann soll ich zum Zimmer der Gräfin kommen?»

«Sie sollten am besten hier auf mich warten. Ich habe mir etwas überlegt, um die Sache leichter zu bewerkstelligen.»

«Wie geheimnisvoll – also gut, ich begebe mich ganz in Ihre Hände.» Bei diesen Worten lächelte Lady Georgiana, doch sie wurde sogleich wieder ernst. «Weiss man schon, wann die Beerdigung sein wird?»

«In ein oder zwei Tagen, das ist noch nicht ganz sicher. Die Bahnlinie ist wegen des vielen Schnees unterbrochen, und die Strasse zu Ammanns Heimatdorf ist ebenfalls nicht passierbar. Im Übrigen muss der kantonale Untersuchungsrichter noch das Protokoll und den Totenschein prüfen, und der Richter kommt jetzt auch nicht nach Sternenbach.»

«Lassen Sie mich wissen, wann es sein wird. Ich werde an Christians Stelle teilnehmen. Werden Sie auch dort sein?»

«Das wird von den Weisungen des Direktors abhängen. Es ist mitten in der Hochsaison, es werden nicht alle zur Beerdigung gehen können, die das möchten.»

Lady Georgiana hiess Paget mit einer Handbewegung innezuhalten. Sie drehte sich zu Anna um. «Dann bitte ich ausdrücklich um Ihre Begleitung, Miss Staufer.»

«Sehr wohl, Mylady.»

Auf ihrer Runde durch das Haus warf Anna einen kurzen Blick in die verlassene Bar. Wahrscheinlich war Henning noch am Schlafen; die Gäste kümmerten sich nicht um einen Todesfall unter dem Personal und erwarteten, dass alles seinen gewohnten Gang nahm, Barbetrieb bis in die frühen Morgenstunden eingeschlossen.

Nun war Annas Gang zur Kleinen Suite keine Farce mehr. Jost war nicht mehr da, um die Arbeit der Zimmermädchen zu kontrollieren. Bevor sie sich auf den Weg machte, schickte sie einen der Pagen zu Herrn Brehm.

Der Lieutenant und Lady Georgiana waren dabei, nochmals die Geschehnisse der vorletzten Nacht durchzugehen. Er stand neben seinem Schreibpult und sah fahl und übernächtigt aus, seine Hände waren wieder in den alten Rhythmus verfallen; als er Annas Blick bemerkte, verschränkte er sie im Rücken. Anna stellte die Vase voller Chrysanthemen, die sie mitgebracht hatte, auf den Salontisch und folgte dann seiner stummen Aufforderung, sich zu setzen.

Lady Georgiana sass auf dem Sofa, sie war darauf konzentriert, ihre Erinnerungen an die Geburtstagsfeier wieder aufleben zu lassen. «Tut mir leid, aber das war ein solches Kommen und Gehen, dass ich nicht sagen kann, wer gegen Mitternacht da war und wer nicht. Ich weiss, dass Mister Derringer mir gegenübersass. Er und Konsul Deveraux haben irgendwelche alten Kriegsgeschichten ausgetauscht, zumindest nehme ich das an, weil sie sich ständig mit ‹Colonel› und ‹Sergeant› angeredet haben. Die van Ryssels haben auch lange mitgefeiert, obwohl ich glaube, Monsieur wäre gerne früher zu Bett gegangen. Es wurde gesungen und gelärmt, wir waren wohl zwischendurch recht laut, denn auf einmal erschien diese unerträgliche Frau Kommerzialrat. Angeblich war die Feier im ganzen Haus zu hören, und sie hatte deshalb nicht mit ihrem geliebten Gustav sprechen können. Dann hatte sie auch noch die Frechheit, mich und die beiden Mesdemoiselles Gérard unserer losen Sitten wegen zu schelten! Die Herren Offiziere haben sich köstlich amüsiert. Was die beiden Mädchen anbelangt, hatte sie allerdings nicht ganz unrecht – ich möchte wissen, was der Mutter einfällt. Legt sich mit Migräne ins Bett und kümmert sich nicht darum, was ihre Töchter so treiben! Ich habe gewartet, bis der Drache verschwunden war, und ihnen dann ins Gewissen geredet. Das hat allerdings nicht viel gefruchtet. Ich musste sie schliesslich wie eine brave Chaperone aus der Bar scheuchen.»

«Bist du mit ihnen nach oben gegangen?»

«Ja, ich habe sie bis zu ihrer Zimmertür begleitet. Die beiden sind nicht halb so unschuldig, wie sie alle Welt glauben machen wollen. Ich war recht ungehalten und kurz angebunden, deshalb dauerte das nicht lange.»

Er rieb sich müde die Stirn. «Tja, wie es scheint, bleibt die Gräfin Tarnowska im Moment also unsere einzige Spur.»

«Ich verstehe einfach nicht, warum jemand Ammann umbringen sollte. Er wusste doch rein gar nichts. Oder denkst du, man hat versucht, ihn zu befragen, und dann getötet?»

«Nein», sagte der Lieutenant zögernd, «sein Körper trug nicht die Male einer eingehenden Befragung – nur ein paar oberflächliche Abschürfungen.» Er blickte zum Fenster hinaus. «Wäre er gefoltert worden, hätte man deutlichere Spuren gefunden.»

Anna starrte auf die Chrysanthemen und versuchte, sich nicht vorzustellen, woher er über solche Dinge so gut Bescheid wusste.

Er drehte sich wieder um und setzte sich. «Nein, ich denke eher, man hat ihn getötet, weil er irgendetwas beobachtete, was er nicht hätte sehen sollen. Die Tat trägt alle Spuren einer schnellen und improvisierten Aktion. Wir müssen wissen, wo er sich vorgestern Abend aufgehalten hat. Ich hoffe sehr, im Zimmer der Gräfin findet sich irgendein Hinweis. Am besten beginnt ihr die Suche –»

Lady Georgiana liess ihn nicht ausreden. «Mein Lieber, du magst die Unterschiede zwischen Kampf- und Folterspuren kennen, aber ich denke doch, dass Miss Staufer und ich besser wissen, wo die Geheimnisse im Zimmer einer Dame zu finden sind. Zumindest hoffe ich das sehr.»

Er schenkte ihr ein schwaches Lächeln. «Natürlich, es ist nur nicht gerade einfach, so zur Untätigkeit verurteilt zu sein und nichts selbst erledigen zu können.»

«Betrachte dich einfach als General, der seine Truppen über das Schlachtfeld beordert. Generäle müssen doch auch hinter der Linie bleiben, nicht wahr?»

Anna sah, dass die Worte ihre Wirkung verfehlten. Generäle hatten wohl allzu viel mit Schachspielern gemein. Lady Georgiana fuhr aufgeräumt fort: «Sollten wir wider Erwarten nicht fündig werden, so werde ich die Dame einem diskreten Verhör unterziehen – am besten in der Bar. Wir können uns gegenseitig trösten, dass man uns im Damensalon nicht unbedingt zu schätzen weiss.»

Der Lieutenant schien von dieser Idee nicht sonderlich begeistert. Anna konnte es ihm nicht verdenken, sie war sich ziemlich sicher, dass die Gräfin in der Bar schneller an Lady Georgianas Geheimnisse herankommen würde als umgekehrt. Sie erhob sich und meinte hastig: «Wenn die Gräfin etwas zu verbergen hat, dann werden wir es finden. Ihr Zimmer zu durchsuchen, wird nicht ganz einfach. Sie gehört zu jenen Gästen, die die Arbeit des gewissenhaftesten Zimmermädchens innert wenigen Minuten zunichtemachen.»

«Sehr gut. Dann können wir richtig herumwühlen.» Lady Georgiana schien sich geradezu zu freuen.

Anna verabschiedete sich und kehrte an ihre Arbeit zurück. Sie war allerdings nicht wirklich bei der Sache. Was der Lieutenant über Josts Verletzungen gesagt hatte, liess sie nicht los. Was für ein Leben musste er geführt haben, um über diese Dinge so gut Bescheid zu wissen?

Eine Viertelstunde bevor der Gong zur Mittagstafel erklang, ging Anna nach oben und holte ein Bündel aus ihrer Kammer. Etwas später starrte Lady Georgiana verblüfft auf die Kleidungsstücke in Annas Hand. «Das soll ich anziehen? Damit sehe ich aber nicht aus wie eines der Zimmermädchen.»

Anna reichte die graue Bluse mit dem vom vielen Waschen etwas formlos gewordenen weissen Kragen, den dunklen Rock und die schlichte Schürze an Paget weiter. «Sie sollen auch nicht wie ein Zimmermädchen aussehen, Mylady. Die Zimmermädchen kennen sich ja – ein fremdes Mädchen würde sofort auffallen. Aber die Frauen, die in der Lingerie arbeiten, kommen aus dem Dorf und arbeiten nicht hier im Haus. Sie wechseln sich oft ab, die meisten von ihnen kennen die Mädchen kaum. Mit diesen Sachen sehen Sie aus wie eine von ihnen – genauer gesagt, wie eine, die absolut nicht zu meiner Zufriedenheit gearbeitet hat und der ich ihre schlampige Arbeit jetzt im Zimmer der Gräfin vorführen werde.»

Paget hatte die Kleidungsstücke auf dem Bett ausgebreitet und betrachtete nun ihre Herrin mit nachdenklich geneigtem Kopf. «Mylady wird eine andere Frisur brauchen.»

Lady Georgiana liess sich in Annas alte Sachen stecken und band sich sogar die Schürze selbst um. Paget frisierte ihr die Haare in einen höchst unvorteilhaften, strengen Dutt, der wie eine Zwiebel auf ihrem Scheitel thronte und ausgesprochen unbeholfen wirkte. Es war nicht einfach, Lady Georgiana unscheinbar erscheinen zu lassen, aber Paget hatte ihr Bestes getan.

Nachdem Lady Georgiana unaufgefordert allen Schmuck abgelegt hatte, betrachtete sie sich neugierig im Spiegel. «Du liebe Zeit», entfuhr es ihr. «Wird das so gehen?»

Anna nickte zustimmend. Die Verwandlung war beeindruckend, wenngleich sie Lady Georgianas Eifer störte. «Mylady sollten daran denken, hinter mir zu bleiben, den Blick zu senken und möglichst nicht zu reden.»

Paget hatte sich inzwischen unaufgefordert an die Tür gestellt, um zu sehen, ob niemand im Gang war. Im geeigneten Moment ließ sie Anna und Lady Georgiana hinaus.

Anna ging zielstrebig zur Hintertreppe. Die Zimmer der Gräfin lagen einen Stock tiefer. Ganz Gouvernante mit einer eingeschüchtert wirkenden Lingère im Schlepptau marschierte sie darauf zu und öffnete die Tür mit ihrem Passepartout.

Gräfin Tarnowskas Parfum beherrschte den Raum. Die schwülstige Mischung aus Herb und Süss beschwor Bilder des grausigen Funds auf dem Dachboden. Anna hätte nur allzu gern ein Fenster aufgerissen.

Lady Georgiana blickte sich im Zimmer um. «Du liebe Zeit. Ich möchte nicht wissen, was Paget dazu sagen würde.»

Die Zofe der Gräfin war eine ältere, tatsächlich von der Gicht gebeugte Frau, von der man nicht erwarten konnte, mit einer solchen Unordnung fertigzuwerden. Sie trug stets ein schwarzes Kopftuch und sprach nur Russisch und einige Brocken Französisch. Im Personal-Speisesaal fiel sie durch ihre langen, inbrünstigen Tischgebete auf. Anna vermutete, dass die Gräfin ihrem alten Kindermädchen das Gnadenbrot gewährte, und der Gedanke stimmte sie gegenüber der Dame etwas milder.

Lady Georgiana trat an den Frisiertisch und griff nach einem wie eine Medizinflasche geformten Flakon. «Jicky – dacht ich's mir doch.» Sie hob den Stöpsel kurz zum Schnuppern an, rümpfte die Nase und stellte den Flakon zurück. «Das ist eigentlich ein Duft für die Herren, aber seit einiger Zeit ist er sehr beliebt bei Damen, die sich und der Welt etwas beweisen wollen.»

Dann begann sie, mit mehr Geschick, als Anna ihr zugetraut hätte, den Raum zu durchsuchen, und beschäftigte sich vor allem mit der Garderobe der Gräfin. Dabei gab sie des Öfteren leise, missbilligende Geräusche von sich.

Auf Annas fragenden Blick hin meinte sie: «Die Kleider sind alles Kopien von Poirets letzter Winterkollektion. Ihre Dessous sind zwar teuer, wurden aber schon mehrmals ausgebessert. Sie will mit einer Garderobe beeindrucken, für die sie eigentlich nicht das Geld hat. Die Frau ist eher Hochstaplerin als Agentin. Aber ich weiss nicht, wie uns das weiterhelfen soll. Haben Sie vielleicht etwas gefunden, das von Interesse ist?»

«Ich denke schon.» Anna hielt eine Fotografie und ein Bündel Briefe hoch, die sie hinter dem Spiegel des Frisiertisches hervorgezogen hatte; die Jahre als Zimmermädchen hatten sie einiges gelehrt. Das Bild zeigte ein Mädchen, fast schon ein Backfisch. Die Briefe kamen alle aus einer französischen Töchterschule, und sie waren an verschiedene Damen mit adligen Titeln in Hotels auf dem ganzen Kontinent adressiert, begannen aber immer mit *«Chère Maman»*.

Lady Georgiana schüttelte den Kopf. «Das sieht mir alles danach aus, als ob die Dame zwar viel zu verbergen hat, aber nicht in dem Metier tätig ist, das uns interessiert.»

Von der Tür her war das Geräusch eines Schlüssels zu vernehmen, der sich vergeblich im Schloss drehte. Anna wollte nach den Briefen greifen, um sie zu verstecken, aber es war zu spät. Die Gräfin stand bereits in der offenen Zimmertür, in der einen Hand ihren Zimmerschlüssel, in der anderen einen Muff haltend. Sie trug ein Winterkostüm mit Pelzkragen und eine dazu passende pelzverbrämte Kappe. Vereinzelte Schneeflocken glitzerten auf den Pelzbesätzen. Offensichtlich kehrte sie verspätet von einem Ausflug zurück.

«Was geht denn hier vor sich?» Sie warf den Muff auf das Bett. Als sie sah, was Lady Georgiana in der Hand hielt, durchquerte sie den Raum in wenigen Schritten und herrschte sie an: «Du dummes Ding, gib das sofort her!»

Aber sie hatte es nicht mit einem eingeschüchterten Zimmermädchen zu tun. Lady Georgiana hielt die Briefe hoch in die Luft.

«Zuerst sagen Sie uns, was sie mit Jost gemacht haben.» Anna begriff sofort, dass es an ihr lag, das Verhör zu übernehmen. Die Gräfin hatte Lady Georgiana nicht erkannt, und es sollte besser so bleiben.

Die Gräfin starrte sie verblüfft an. «Jost? Wer ist das? Und was soll ich mit ihm zu schaffen haben?»

«Wir wissen, dass Sie vorgestern Abend mit ihm zusammen waren. Versuchen Sie erst gar nicht, das zu leugnen.» Vielleicht war es nicht klug, ihre Karten so offenzulegen, aber Anna hatte den Eindruck, dass die Gräfin im Moment nur ihre Briefe zurückwollte, und das liess sich ausnutzen.

«Oh, der hübsche Valet? Warum sollte ich leugnen, mit ihm zusammen gewesen zu sein? Geht es darum? Fürchten Sie vielleicht um seine Tugend? Wie lächerlich!» Sie reckte sich nach den Briefen, doch Lady Georgiana war einen Kopf grösser.

Die Tatsache, dass die Gräfin nicht schon lange Hilfe herbeigerufen hatte, überzeugte Anna, dass sie und Lady Georgiana die Oberhand hatten.

«Er wurde gestern tot aufgefunden», sagte sie ruhig.

Die Gräfin wurde bleich, sie machte einen Schritt zurück. «Tot? Aber wieso denn tot? Ich habe von einem Todesfall beim Personal gehört, aber doch nicht dieser Junge!» Sie liess sich in einen Stuhl fallen, sie sah auf einmal fahl und wesentlich älter aus.

«Bitte, damit habe ich nichts zu tun. Als ich ihn zuletzt gesehen habe, ging es ihm gut. Er sah nicht krank aus. Was ist geschehen? Ist ihm ein Unglück zugestossen? Ist er gestürzt?»

Anna fand es besser, sie über die genauen Umstände im Unklaren zu lassen. «Er ist tot, und wir wissen nicht genau, was passiert ist. Deshalb wollen wir von Ihnen wissen, wann Sie ihn zum letzten Mal gesehen haben.»

Die Gräfin war so aus der Fassung, dass sie ein Verhör durch die Gouvernante und eine Wäschemagd nicht seltsam fand. Sie blickte auf ihre Hände, die sie in einer unerwartet sittsamen Geste im Schoss gefaltet hatte. «Wir haben uns in der Remise getroffen. Es ist nichts Schlimmes geschehen. Wir haben uns in einen der Schlitten gesetzt. Zu mehr als ein paar Küssen ist es nicht gekommen. Er war zu unschuldig.»

Und dann fügte sie mit entwaffnender Offenheit hinzu: «Ich wollte eigentlich nur herausfinden, ob bei seinem Herrn etwas zu holen ist. Ich hatte gehört, dass es einen Einbruch gegeben hatte, und war einfach neugierig. Aber aus dem Jungen war nichts her auszubekommen. Also beschloss ich, es gut sein zu lassen. Dann hat er mich zurück zum Hotel begleitet. Beim Eingang habe ich bemerkt, dass ich meinen Schal vergessen hatte. Er wollte ihn mir holen. Ich habe eine Weile draussen auf ihn gewartet, aber er kam nicht zurück, und es war kalt. Ich dachte, er hätte vielleicht jemanden getroffen und würde mir den Schal später bei einer günstigen Gelegenheit bringen. Also bin ich ins Hotel und gleich auf mein Zimmer gegangen. In der Bar wurde zwar laut gefeiert, doch wenn ich dort um diese Zeit aufgetaucht wäre, hätte das allerlei Gerede gegeben. Und ich weiss, dass über mein Tun und Lassen bereits mehr als genug getuschelt wird.»

«Wie spät war es, als Sie ins Hotel zurückkamen?»

«Ich habe nicht auf die Uhr geblickt, aber wohl kurz vor Mitternacht.»

Für Anna klang die Geschichte glaubhaft; was immer Jost zugestossen war, musste sich später ereignet haben. Sie blickte zu Lady Georgiana, die ihr zur Antwort die Briefe reichte.

Anna nahm das Bündel und übergab es der Gräfin. «Hier sind die Briefe Ihrer Tochter. Ich glaube allerdings, es ist besser, Sie bereiten Ihre Abreise vor, sobald die Bahnlinie wieder offen ist.»

Damit wollte sie das Zimmer verlassen, doch die Gräfin berührte leicht ihren Arm. «Bitte, Sie haben mir immer noch nicht gesagt, was dem Jungen zugestossen ist.»

Anna konnte es nicht über sich bringen, die Lüge zu wiederholen. «Ich sagte bereits, wir wissen nicht genau, was geschehen ist. Lassen Sie es gut sein, gnädige Frau.»

«Es tut mir leid», sagte die Gräfin und hielt die Briefe fest umklammert. «Er war ein guter Junge, was immer auch passiert ist, er hat es nicht verdient.»

Auf dem Gang sagte Lady Georgiana: «Wir müssen Christian Bericht erstatten.»

«Mylady sollten sich zuerst umkleiden», erwiderte Anna. «Das Sportkostüm wäre angebracht.»

Lady Georgiana nickte nur. Sie hatte auch begriffen, was der nächste Schritt sein würde. Als sie im Zimmer zurück waren, gab sie Paget entsprechende Anweisungen.

Der Lieutenant war eben mit seinem Mittagessen fertig geworden. Er registrierte die Aufmachung seiner Cousine mit Interesse, sagte aber nichts und hörte aufmerksam zu. Als Lady Georgiana mit ihrem Bericht fertig war, meinte er: «Nun, wie es scheint, versucht die Gräfin einfach mit etwas zweifelhaften amourösen Mitteln, sich und vor allem ihrer Tochter ein gutes Leben zu sichern. Würde sie für die *Ochrana* arbeiten, hätte sie sich nicht so einfach überreden lassen, das Feld zu räumen.»

«Na ja, ich bin froh, dass sie abreist.» Lady Georgiana musterte mit Bedauern die leeren Teller. «Sie hat dich ins Visier genommen und mit dem armen Jost gespielt.»

«Sie hat nicht viele Skrupel, doch vielleicht hat ihr das Schicksal auch keine grosse Wahl gelassen. Ich vermute, sie gehört zu jenen Russen, die im Gefolge des Petersburger Blutsonntags geflohen sind. Ich habe die Berichte über die Aufstände und Massaker gelesen. Ihr Mann war möglicherweise ein reicher Gutsbesitzer, der von aufständischen Bauern getötet wurde. Oder er erregte das Missfallen der Armee und verschwand in einem Gefängnis. Glaub mir, wer dem Zarenreich den Rücken kehrt, hat dazu meistens einen guten Grund.»

Lady Georgiana schauderte leicht. «Schon gut, schon gut – sie tut mir auch ein wenig leid. Im Tageslicht kann man sehen, dass ihr nicht mehr viel Zeit bleibt. Ihre Waffen werden bald stumpf sein.»

Der Lieutenant quittierte diese poetische Umschreibung der Vergänglichkeit aller Schönheit mit einem skeptischen Blick auf seine schöne Cousine, sagte aber nichts dazu. Er stand auf und trat an das Fenster rechts des Sofas. Zu Anna gewandt fragte er: «Die Remise ist gleich hier, nicht wahr?»

Er zeigte nach unten, zur Nordwestecke des Hauses. Die Remise, ein lang gezogener weiss gestrichener Holzbau, war zum Splendid passend errichtet worden. Graue Pilaster und Kapitelle verliehen ihr das Aussehen eines etwas zu streng geratenen Pavillons. Dahinter floss im Sommer ein Bach, der den Ententeich und Herrn Brehms Beete bewässerte. Nun war die ausgetrocknete Rinne zum Lagerplatz für all den Schnee geworden, der im Park und ums Splendid weggeschaufelt wurde. Wenn das Wetter wärmer wurde, konnte das Schmelzwasser im Bachbett abfliessen. Jetzt aber türmten sich die Schneemassen wie eine Palisade auf.

«Früher hatte das Splendid auch eigene Stallungen, aber heute übernimmt ein Fuhrwerker aus dem Dorf den Kutschenbetrieb für das Hotel», erklärte Anna. «Die Kutschen und Schlitten sind aber immer noch in der Remise untergestellt. Im Winter ist es ein beliebter Platz um – nun ja, sich abends ungestört zu treffen. Man ist drinnen, und in den Schlitten hat es warme Felle und Decken.»

«Und ich nehme an, das wissen alle im Hotel, die es wissen müssen. Ist die Remise denn nachts nicht abgesperrt?»

«Doch, aber es gibt einen Seiteneingang, und wenn man Herrn Muff, dem Kutscher, genügend Trinkgeld gibt, so lässt er den Schlüssel auf einem der Balken unter dem Vordach liegen.»

«Wie überaus praktisch.» Der Lieutenant blickte nachdenklich auf die verschneite Remise hinunter, dann drehte er sich zu Lady Georgiana um.

«Die Remise muss durchsucht werden.» Schwerfällig kehrte er zu seinem Sessel zurück. «Wie ich deiner Aufmachung entnehme, bist du auch schon zu diesem Schluss gekommen. Ich glaube, Ammann hat dort etwas gehört oder gesehen, dass es nötig machte, ihn zum Schweigen zu bringen. Ich vermute Letzteres. Und vielleicht finden sich davon noch Spuren.»

«Es scheint naheliegend, dass er seinen Mördern in der Remise begegnet ist.» Lady Georgiana erhob sich und ging ebenfalls zum Fenster. «Aber wie kommst du darauf, dass sie irgendetwas Verdächtiges dort zurückgelassen haben? Oder ist das nur ein Schuss ins Dunkle?»

«Sowohl als auch. Es wäre viel einfacher gewesen, den Selbstmord in der Remise zu inszenieren. Einen bewusstlosen Mann durch das Hotel und auf den Dachboden zu schleusen, bedurfte eines grossen Aufwands. Und es war gefährlich, man hätte sie dabei jederzeit entdecken können. Das lässt sich nur damit rechtfertigen, dass sie die Aufmerksamkeit unbedingt von der Remise ablenken wollten.»

Lady Georgianas Gesicht hellte sich auf. «Denkst du, jemand vermutet, der Professor hätte seine Unterlagen in der Remise versteckt?»

«Ich weiss nicht. Ich weiss nicht einmal, ob ich wirklich an die Existenz dieser Chiffre glauben mag. Vielleicht verbirgt sich in der Remise etwas anderes, oder es wurde schon lange beiseitegeschafft. Das sind alles nur Hypothesen. Einer Suche bedarf es allemal.»

«Natürlich», meinte Lady Georgiana und wandte sich Anna zu. «Können wir das gleich erledigen?»

Anna gefiel das nicht, sie beobachtete Lady Georgianas Eifer mit wachsendem Unmut. Es war derselbe Eifer, den sie schon bei ihrer Verkleidung zur Lingère an den Tag gelegt hatte.

Als Lady Georgiana Annas Zögern bemerkte, fügte sie drängend hinzu: «Was ist bloss mit Ihnen, Miss Staufer? Haben Sie vielleicht Angst?»

«Nein, das denke ich nicht», liess sich der Lieutenant vernehmen, der Anna nicht aus den Augen gelassen hatte. «Es ist wohl vielmehr so, dass Miss Staufer eben begriffen hat, dass für dich die Suche nach der Chiffre wichtiger ist als die Suche nach Ammanns Mördern.»

Immerhin hatte die Lady jetzt so viel Anstand zu erröten. «Es tut mir leid, ich habe Ammann nicht vergessen. Aber das ist die erste Spur dieses verflixten Manuskriptes. Es ist ja nicht so, dass die Suche nach der Chiffre die Suche nach dem Mörder ausschliesst.»

«Es ist schon gut», sagte Anna tonlos, «Mylady hat Jost ja nur knapp zwei Tage gekannt. Und Mylady hat einen Auftrag, den sie nicht vernachlässigen darf. Ich werde natürlich helfen.»

Lady Georgiana blickte ratsuchend zu ihrem Cousin. Der schüttelte nur den Kopf. «Auch das gehört zum Spiel, Georgiana. Es ist tatsächlich so, dass von dir erwartet wird, die Suche nach der Chiffre über eine etwaige Mörderjagd zu stellen.»

Sie machte eine unwillige Bewegung, aber widersprach ihm nicht.

Er wandte sich an Anna. «Ich habe Ammann länger als nur zwei Tage gekannt, und ich bin nicht durch dieselben Loyalitäten wie Lady Georgiana gebunden – nicht mehr. Vergessen Sie das nicht. Doch es besteht die Möglichkeit, dass wir die Wahrheit nie herausfinden. Oder aber nicht genügend Beweise erbringen können für das, was wirklich vorgefallen ist. Und selbst wenn, werden die Täter vielleicht von ihrer Regierung geschützt, und wir werden für Ammann keine Gerechtigkeit erhalten.»

Lady Georgiana sah über diese Worte nicht sehr glücklich aus. Vielleicht hatte sie sogar mit dem Gedanken gespielt, sich Annas Unterstützung mit Halbwahrheiten zu sichern und ihr wider besseres Wissen zu versprechen, dass Jost und seinem Vater auf jeden

Fall Gerechtigkeit widerfahren würde. Um so mehr schätzte Anna die Offenheit des Lieutenants.

«Danke, dass Sie so ehrlich sind und mich nicht anlügen, damit ich weiterhin meine Rolle spiele und Ihnen helfe.»

Er nickte nur. «Georgiana, wenn du dich zum Ausgehen bereit machst, denk daran, dass dein Sportkostüm nicht alles ist, was du brauchen wirst.»

«Natürlich, ich werde mich gleich darum kümmern.» Als sich Lady Georgiana an Anna wandte, spielten ihre Finger mit der goldfarbenen Tassel der Vorhangkordel. «Was glauben Sie, wann Sie Zeit haben, um mit mir die Remise zu durchsuchen, Fräulein Staufer?»

«Wir können uns in einer Viertelstunde bei der Remise treffen.» Damit überliess Anna die beiden sich selbst. Sie brachte Lady Georgianas Kostümierung in ihr Zimmer zurück und rüstete sich zum Ausgehen. Sie zog ihren Mantel und warme Handschuhe an, auf einen Hut verzichtete sie. Sie fragte sich, ob sie an diesem Tag auch noch einmal ihrer eigentlichen Arbeit nachgehen würde. Doch da alle immer noch mit Josts Tod beschäftigt waren, bemerkte niemand, dass die Gouvernante sich nicht an ihre Routine hielt.

Als sie die Treppe von ihrer Kammer nach unten kam, begegnete sie Herrn Ganz, der ihr berichtete, dass die Bahnlinie wieder offen war. «Ich muss mich jetzt um die Gräfin Tarnowska kümmern, sie will unbedingt noch heute abreisen. Gegen sechs Uhr sollte der erste Zug eintreffen, dann kann sie mit dem Achtuhrzug abreisen, obwohl ich nicht einsehe, wozu diese Hetze gut sein soll. Sie wird sich dann gegen Mitternacht eine Unterkunft in der Stadt suchen müssen. Sehr unvernünftig! Wahrscheinlich erwartet sie von mir, dass ich das auch noch für sie übernehme.»

Resigniert machte er sich auf den Weg zur Gräfin; vom exzentrischen Verhalten dieser Dame so in Anspruch genommen, dass er Annas Mantel nicht bemerkt hatte.

Anna setzte ihren Weg nach unten fort und trat ins Freie. Die Bahnstrecke mochte wieder frei sein, doch der dichte Schneefall zeigte kein Anzeichen von Nachlassen. Schwere Flocken – manche so gross wie eine Kinderhand – fielen vom Himmel, und man sah kaum zwei Meter weit.

Das Schneetreiben kam überaus gelegen. Anna eilte zur Remise. Lady Georgiana erwartete sie bereits vor dem grossen Tor, eine klobige Taschenlampe in der Hand. Vielleicht war es das, was der Lieutenant mit seiner rätselhaften Bemerkung gemeint hatte. Anna schüttelte sich den Schnee aus den Haaren.

«Das Tor ist nicht verschlossen», sagte sie.

Gemeinsam zwängten sie sich durch einen schmalen Spalt, da sie den Torflügel wegen des vielen Schnees nicht richtig öffnen konnten. Im Innern der Remise herrschte Dämmerlicht. Lady Georgiana machte ihre Taschenlampe an. Die Kutschen standen an der hinteren Wand, im Winter wurden nur die Schlitten genutzt. Im Moment war nur ein Schlitten auf Ausfahrt, der andere stand vor ihnen. Fast alle Pferde im Tal waren mit Schneeräumung beschäftigt, und Fuhrhalter Meier hatte nur eines seiner Tiere für das Splendid freistellen können. Die meisten Gäste zogen es bei diesem Wetter eh vor, in der Wärme des Hotels zu bleiben.

In einem Regal an der Wand stapelten sich Decken und Planen. Der Strahl der Taschenlampe fiel auf etwas leuchtend Rotes, sie traten näher: Ein Samtschal mit goldenen Quasten lag fein säuberlich gefaltet neben alten Wolldecken. Herr Muff musste ihn am Morgen entdeckt und hierhingelegt haben, bevor er ausfuhr. Anna faltete ihn auseinander, eine Wolke von Parfum entstieg dem Gewebe.

«Der Teil ihrer Geschichte stimmt also.» Lady Georgiana liess den Strahl der Lampe weiter herumwandern, während sie sich die Wände entlang vorwagte. Die Remise war mit allerlei Gerätschaften vollgestellt: Auf einem Zwischenboden waren Schlitten für Tailing-Partys gelagert; ein Tretschlitten, den die Pagen für Botengänge ins Dorf nutzten, lehnte an einer Wand. Blechbüchsen mit Lederfett und Flaschen mit Holzpolitur, fein säuberlich in langen Reihen geordnet, Bürsten in Körben und allerlei Werkzeug tauchten im Strahl der Taschenlampe auf.

Anna fragte sich, wonach sie Ausschau halten sollten. Selbst wenn Professor Hatvanys Manuskript einmal hier gewesen war, so würden Josts Mörder es inzwischen mitgenommen haben. Und sie würden kaum so zuvorkommend gewesen sein, ein einzelnes Blatt liegen zu lassen. Das Licht glitt über eine Wolldecke, die achtlos in ein Regal gestopft worden war. Anna griff nach Lady Georgianas Hand und brachte den Strahl zurück zu der Stelle.

Herr Muff mochte zwar gegen etwas Entgelt grosszügig mit dem Schlüssel umgehen, aber er war sehr ordentlich.

Anna musste sich auf die Zehenspitzen stellen, um die Decke zu erreichen. Sie zog sie fort und enthüllte etwas silbern Glänzendes.

«Was denn? Das sind nur ein paar Benzinkanister», sagte Lady Georgiana leise.

Sie hatte recht, es waren drei Stahlbehälter in der eigenartigen dreieckigen Form, die an eine Damentasche erinnerte, mit einem Einfüllstutzen in einer Ecke und einem Henkel oben. Anna zog einen der Behälter zu sich heran. Er war schwer, ein leises schwappendes Geräusch war zu hören. Der Kanister war bis oben voll.

«Niemand im Splendid braucht so viel Benzin», sagte sie verwundert, während ihr Lady Georgiana dabei half, einen der Behälter herunterzuholen. Anna schraubte den Deckel ab und schnupperte.

«Benzin wird in der Lingerie und auch im Haus zum Flecken-Entfernen benutzt. Doch immer nur in kleinen Glasflaschen aus der Apotheke. Der Obergärtner, Herr Brehm, hat vielleicht etwas mehr in seinen Schuppen, weil er es zum Ungeziefer-Vernichten braucht. Aber das hier ist viel zu viel, sicher an die fünf Liter – ausser man hat ein Automobil, und Herr Bircher hat keines. In ganz Sternenbach gibt es nur drei Stück, und im Winter sind sie alle eingestellt.»

Eines der Automobile gehörte Herrn Lenz, dem verhassten Konkurrenten des Grand Palace. Anna konnte sich noch gut an die Schadenfreude des Patrons erinnern, als das Gefährt beim ersten leichten Schneefall von der Strecke abgekommen und hilflos in einem Erdwall stecken geblieben war.

Lady Georgiana beugte sich vor und zog an einer Holzkiste unter dem Regal, aus der etwas Weisses hervorblitzte. Es war eine jener Kisten, in denen Champagner angeliefert wurde. Doch sie enthielt nicht nur die Holzwolle, mit der die Flaschen geschützt wurden. Die Kiste war bis oben mit Lappen vollgestopft. Lady Georgiana blickte zu Anna und fragte: «Braucht der Kutscher das etwa zum Reinigen der Kutschen?»

Anna hob einen der Stofffetzen hoch und meinte empört. «Das sind keine Putzlappen! Das sind Handtücher und Kissenbezüge aus dem Splendid – und zwar noch gute Stücke, die einfach in Fetzen geschnitten wurden! Das gefällt mir gar nicht.»

«Mir auch nicht.» Lady Georgiana hockte sich auf die Fersen und legte die Lampe auf ein Regalbrett. «Das Benzin wurde wahrscheinlich gestohlen. Sie sagten ja, es gäbe hier im Dorf ein paar Automobile. Da werden die Besitzer auch Benzin vorrätig haben.»

«Und die Kissen und Handtücher stammen aus einer der Wäschekammern», sagte Anna.

Staubkörner wirbelten im Lichtstrahl, den die Lampe in die Remise warf. Anna starrte auf den seltsamen Tanz, während sie langsam zu einer ungeheuerlichen Schlussfolgerung kam. Wenn man das Benzin nicht für ein Automobil benutzen wollte, dann kam es noch für einen anderen Verwendungszweck in Frage.

Lady Georgiana schien ähnliche Gedanken zu hegen. Sie liess das Stück Stoff, das sie in den Händen hielt, fallen und blickte zu Anna. «Ein Feuer? Aber wozu?»

Anna war ihr einen Schritt voraus. «Die Remise steht nahe am Hotel. Wenn sie brennt, müssten die Gäste ihre Zimmer räumen, bis die Feuerwehr den Brand gelöscht hat – zumindest die Gäste des Westflügels, wo die Kleine Suite liegt. Nachdem Lieutenant Wyndham kaum das Zimmer verlässt und auf Eindringlinge schiesst, klang das wohl nach einem guten Plan.»

Lady Georgiana erhob sich abrupt. «Aber das ist doch gefährlich. Was, wenn es nicht gelingt, ein Ausbreiten des Feuers zu verhindern? Das ganze Hotel könnte abbrennen.»

Anna nickte grimmig. «Wenn ein Gebäude wie das Splendid erst einmal Feuer gefangen hat, ist die Aussicht auf Rettung gering. Und im Winter ist es viel schwieriger, Wasser herbeizuschaffen. Der Bach neben dem Park führt jetzt kein Wasser. Löschwasser müsste aus dem Grundwasserspeicher gepumpt werden, und bei diesem Wetter frieren Leitungen und Pumpen schnell ein.»

«Oh mein Gott, wer tut so etwas?»

«Jemand, der auch unbesehen einen jungen Mann umbringt, der ihn bei den Vorbereitungen zur Brandstiftung ertappt.»

Lady Georgiana blickte um sich. «Sie haben alles hiergelassen, so als hätten sie den Plan nicht aufgegeben.»

«Nun», meinte Anna bitter, «vorletzte Nacht brachte Jost wohl ihre Pläne durcheinander. Und in der letzten Nacht fürchteten sie vielleicht, der starke Schneefall würde verhindern, dass das Feuer allzu heftig brennt.»

Lady Georgiana reckte sich nach einem der beiden anderen Kanister. «Also gut, den Feuerteufeln legen wir das Handwerk.» Sie stemmte den schweren Behälter zu Boden. «Wir können die Kanister wohl nicht gut ins Splendid schleppen. Wo können wir das Zeug am besten ausschütten?»

Anna kümmerte sich um den letzten Kanister. «In den vielen Schnee, der im Bach liegt. Es wird in den Massen versickern.»

Sie trugen die drei Kanister nach draussen, schraubten sie auf und schütteten den Inhalt in den Schnee. Das Benzin frass sich in die weissen Massen und verschwand, nur sein beissender Geruch blieb zurück. Als alles abgeflossen war, schob Lady Georgiana Schnee über die Stelle, wo das Benzin tiefe Trichter hinterlassen hatte.

«Wenn es so weiterschneit, wird man in ein, zwei Stunden keine Spuren mehr sehen.» Befriedigt wollte sie die leeren Kanister zurück in die Remise tragen.

Doch Anna hielt sie auf. «Warum sollten wir sie darauf aufmerksam machen, dass ihr Plan entdeckt wurde, bevor sie ihn in die Tat umsetzen wollen? Wenn wir Schnee in die Kanister füllen, wird er schmelzen, und dann werden die Feuerteufel versuchen, mit Wasser einen Brand zu legen.»

«Oh, das ist zu gut!»

Begeistert liess sich Lady Georgiana auf die Knie sinken und schaufelte Schnee in den Einfüllstutzen des Kanisters. Anna zeigte ihr, wie es schneller ging. Man brauchte den Stutzen nur in einen Schneewall zu schieben, und er füllte sich von selbst. Danach musste man den Pfropfen nur noch mit dem Finger nach unten drücken und die Prozedur wiederholen. Fast war es, als wären sie Kinder beim unbeschwerten Spiel, nur dass es bitterer Ernst war. Als alle Kanister wieder gefüllt waren, brachten sie sie in die Remise zurück. Lady Georgiana breitete die Decke darüber aus und achtete sorgfältig darauf, dass alles so aussah, wie sie es vorgefunden hatten. Als sie bemerkte, dass Anna den Schal der Gräfin in der Hand hielt, sagte sie: «Warum machen Sie sich die Mühe? Die Dame hat das kaum verdient.»

Anna zuckte mit den Schultern. «Sie versucht nur, sich und ihre Tochter durchzubringen. Der Schal ist wertvoll. So ein Stück würde mich mindestens zwei Wochenlöhne kosten. Die Gräfin reist heute noch ab, da sollte ich ihn jetzt lieber gleich zurückbringen.» Sie strich gedankenverloren über das seidige Gewebe.

Lady Georgiana beobachtete sie einen Moment und knipste dann die Taschenlampe aus. «Wie kann die Gräfin denn abreisen? Ist die Bahnlinie wieder offen?»

«Ja, gegen sechs Uhr wird der erste Zug eintreffen.»

Es schien Anna, als sei Lady Georgiana über diese Nachricht nicht sehr erfreut, doch vielleicht hatte sie sich im Dämmerlicht der Remise getäuscht.

Sie kehrten, wie es sich gehörte, auf verschiedenen Wegen ins Hotel zurück: die Lady durch den Haupteingang, die Gouvernante durch einen der Hintereingänge.

Bevor Anna den Schal zur Gräfin brachte, schaute sie noch kurz in der Bar vorbei. Von Henning war immer noch nichts zu sehen. Dann ging sie zum Zimmer der Gräfin. Die Zofe nahm den Schal mit einem Schwall russischer Dankesworte in Empfang. Anna sah, dass die Frau den Tränen nahe war – sie dankte ihr wohl nicht nur für den Schal, sondern auch dafür, dass sie ihre Herrin ohne Skandal abreisen liess.

Anna ging auf ihre Kammer, um abzulegen, und drehte danach ihre nachmittägliche Runde. Sie prüfte auch die Wäschekammern. An der Innenseite der Schranktüren hingen Listen, in denen der Inhalt jeweils genau nachgeführt wurde. Die Blätter wurden jeden Montag kontrolliert; es war jetzt also genau eine Woche her, dass das zum letzten Mal geschehen war. Sie seufzte – der Wäschediebstahl hatte also irgendwann in der vergangenen Woche stattgefunden, aber sie hatte keine Möglichkeit herauszufinden, an welchem Tag. Zudem fehlten nicht aus einer, sondern aus mehreren Kammern Stücke. Während die Mädchen die Zimmer machten, waren die sonst abgeschlossenen Kammern natürlich offen, und jedermann konnte sich hier bedienen, was auch oft genug geschah.

Anna verbrachte den Rest des Nachmittages damit, Versäumtes nachzuholen und sich um die Abreise verschiedener Gäste zu kümmern. Während die Gräfin Tarnowska nicht ganz freiwillig abreiste, hatten etliche Gäste wegen des Schnees ihre Abreise verschieben müssen, und diese Herrschaften waren jetzt sehr darauf erpicht, mit dem ersten Zug, der Sternenbach wieder erreichte, abzureisen.

Beim Abendessen bemerkte Anna, wie Herr Ganz Charles, der

Hennings Zimmerkamerad war, mit einem Tablett nach oben schickte.

«Ist das für Henning? Ich habe ihn den ganzen Tag nicht gesehen. Geht es ihm nicht gut?» Nun hatte sie ein schlechtes Gewissen, sie hätte sich eher darum kümmern sollen.

Herr Ganz schien das zu bemerken. «Keine Sorge, meine Liebe, er hatte einen kleinen Unfall», sagte er. «Er ist die Treppe zum Untergeschoss hinuntergestürzt. Doktor Reber hat ihn sich angesehen und erklärt, dass nichts gebrochen ist, aber etwas Bettruhe verordnet. Sie hatten gestern einen schlimmen Tag, deshalb bat mich Henning, Ihnen nichts zu sagen. Ich habe mich darum gekümmert, dass er gut versorgt ist.»

Das kam davon, wenn man seine Arbeit vernachlässigte. Es hatte im Haus nicht nur einen Unfall gegeben, man hatte sogar den Doktor rufen müssen, und sie hatte nichts von all dem bemerkt! Anna dankte Herrn Ganz, beschloss aber, sich noch selbst davon zu überzeugen, wie es Henning ging.

Doch zuerst musste sie ihren Zofenpflichten nachkommen. Lady Georgiana, die von Paget bereits tadellos hergerichtet worden war, erschien unruhig. Vielleicht forderten die Geschehnisse der letzten Tage endlich ihren Tribut.

«Ich war bei Christian und habe ihm erzählt, was wir alles herausgefunden haben. Verständlicherweise war er von unseren Abenteuern nicht sehr angetan. Es gefällt ihm gar nicht, dass wir uns angeblich in Gefahr begeben haben. Er meint, man hätte uns vielleicht beim Leeren der Kanister beobachtet.»

«Wir waren meistens von der Remise verdeckt, und bei dem Schneefall wäre sowieso kaum etwas zu erkennen gewesen.»

«Das habe ich ihm auch gesagt, aber Sie wissen ja, wie Männer sind! Frauen sollen sich unter keinen Umständen in Gefahr begeben!»

«Nach allem, was wir inzwischen wissen, ist die Suite der gefährlichste Ort im Splendid», meinte Anna.

Lady Georgiana kämpfte mit dem Verschluss eines Armbands. Anna half ihr und wunderte sich, warum sie sich ausgerechnet heute so herausputzte. Sie trug ein Kleid aus dunkelblauem Satin mit bunt glitzernden Stickereien an Mieder, Ärmeln und Schleppe. Die vergangenen Abende hatte sie einmal elegant und einmal verführerisch ausgesehen – heute erinnerte sie an ein prächtiges Ornament.

Nun suchte Lady Georgiana wieder einmal nach ihrem Täschchen, das Paget ihr wortlos reichte. Sie wandte sich, sichtlich nervös, nochmals Anna zu. «Können Sie so gegen neun Uhr nochmals in der Kleinen Suite vorbeikommen? Es gibt da etwas, das ich mit Christian besprechen muss. Ich möchte gerne, dass Sie auch anwesend sind.»

Sie warf einen letzten Blick in den Spiegel und eilte, ohne mehr dazu zu sagen, aus dem Zimmer. Paget war diesem Gespräch aufmerksam gefolgt. Selbstverständlich würde sie nicht verraten, um was es gehen mochte. Anna verabschiedete sich von der Zofe und ging nach oben in ihre Kammer.

Als Anna zur angegebenen Zeit in der Kleinen Suite eintraf, war von Lady Georgiana noch nichts zu sehen. Der Lieutenant stand am Fenster neben seinem Sessel und blickte in die verschneite Nacht. Das einzige Licht im Raum stammte von der Leselampe.

Anna wusste, dass er genauso wenig wie sie ihr letztes Gespräch unter vier Augen vergessen konnte. Er bemühte sich, dass kein peinliches Schweigen aufkam, und erzählte ihr von Herrn Ganz' Versuch, ihm einen neuen Valet zu suchen. Anna war nicht der Meinung, dass er keine Hilfe brauchte, aber das zählte angesichts der Gefahr, in die ein neuer Valet geraten könnte, tatsächlich nicht viel.

Er seufzte. «Diese Angelegenheit kann nicht schnell genug zu einem Ende kommen.»

«Und was, wenn die Chiffre einfach nicht auftaucht?»

«Eine gute Frage. Glauben Sie mir, ich habe mir darüber viele Gedanken gemacht.»

In diesem Moment klopfte es, und Lady Georgiana trat ein. «Oh gut, Sie sind schon hier, Miss Staufer.»

Sie schloss die Tür hinter sich. «Ich habe mich davongestohlen, weil ich mit dir reden muss, Christian. Wir haben ein Problem: Cecil ist eingetroffen.»

Der Lieutenant holte tief Luft, und Anna hatte den Eindruck, dass er nur mit Mühe einen Fluch zurückhielt. «Das fehlte uns gerade noch! Was tut er denn hier?»

Lady Georgiana zuckte mit den Schultern. «Ich sagte ja, London würde noch jemanden schicken, aber ich hätte nie gedachte, dass das Cecil sein wird. Ich erhielt kurz nach meiner Ankunft ein Telegramm, das mich darüber in Kenntnis setzte. Anscheinend konnte er die richtigen Leute davon überzeugen, dass er unbedingt auch einmal Erfahrungen im Feld als Agent sammeln müsste. Ich habe nichts gesagt, weil ich wusste, was du davon halten würdest. Ich hoffte, dass wir das Rätsel lösen könnten, bevor er hier ist. Er kam vorgestern Abend in Basel an, aber dann war die Bahnstrecke blockiert, und er musste mit der Weiterreise zuwarten.»

«Was hast du ihm alles erzählt?» Er setzte sich in seinen Sessel.

«Ich musste zuerst einmal sehen, was er bereits alles weiss, und habe ihn deshalb hingehalten. Er wollte auch gleich mit dir sprechen, aber ich sagte ihm, es würde dir nicht gut gehen und du könntest heute keine Besucher empfangen. So bin ich ihm auch für einen Moment entkommen: Ich bin nur hier, um zu sehen, ob du für die Nacht noch etwas brauchst.»

Im Licht der Leselampe beobachtete Anna seine Hände, aber dieses Mal bemerkte er es nicht. Er schien nachzudenken, schliesslich sagte er zu Lady Georgiana: «Gut, bring ihn morgen früh vorbei, und zwar so, dass er hier mit Miss Staufer zusammentrifft.»

Lady Georgiana spielte nervös mit ihrem Täschchen. «Er wird das nicht gutheissen.» Zu Anna gewandt meinte sie: «Verzeihung.»

Der Lieutenant machte eine ungeduldige Bewegung. «Ich heisse ebenfalls vieles nicht gut, was Cecil tut. Er wird sich arrangieren müssen. Oder erwartest du vielleicht, dass wir Miss Staufer jetzt einfach ignorieren und im Dunkeln lassen? Es ist dir vielleicht entgangen, aber sie ist inzwischen auch in Gefahr, und zwar vor allem deshalb, weil sie uns hilft.»

«Das weiss ich natürlich, und ich hatte keinesfalls im Sinn, Miss Staufer nicht mehr einzuweihen. Ich dachte einfach, wir könnten es tun, ohne dass Cecil davon erfährt.»

Auf keinen Fall – das ist zu kompliziert. Je mehr Geheimnisse man voreinander hat, desto grösser die Gefahr von Missverständnissen. Es könnte Miss Staufer in erhebliche Schwierigkeiten bringen, wenn Cecil bemerkt, dass sie Dinge tut, die nicht zu ihren Pflichten gehören.»

«Natürlich, du hast recht. Seien Sie mir nicht böse, Miss Staufer.»

Anna schüttelte den Kopf und wollte etwas sagen, doch Lady

Georgiana war schon wieder auf dem Weg zur Tür. «Ich gehe jetzt besser, sonst taucht Cecil noch hier auf, um zu sehen, wo ich bleibe.»

Als sie wieder alleine waren, sagte der Lieutenant zu Anna: «Cecil Seymour ist einer jener Schachspieler, von denen ich gesprochen habe. Er und seinesgleichen haben dafür gesorgt, dass ich hier bin. Sie werden also morgen den Mann kennenlernen, der ganz wesentlich zu unserer gegenwärtigen Lage beigetragen hat.»

«Wird er Lady Georgiana und Ihnen denn eine Hilfe sein?» Sie war sich sicher, die Antwort auf diese Frage bereits zu kennen.

Wie erwartet schüttelte er den Kopf. «Ich fürchte eher das Gegenteil.»

Auf einmal bemerkte Anna, dass er den Fauteuil so gedreht hatte, dass man die Remise gut beobachten konnte, wenn man sich hineinsetzte. Eine Wolldecke lag gefaltet über der Rückenlehne.

Er war ihrem Blick gefolgt. «Ich dachte, jemand sollte die Remise im Auge behalten, nur für den Fall, dass unsere feuerliebenden Freunde zurückkommen. Solange es so schneit, dürfte das eher nicht der Fall sein. Aber man kann ja nie wissen. Vielleicht nutzen sie die Remise auch einfach für ihre Treffen; wir hatten eben erst Neumond, dass muss ihnen gut passen.»

«Ich hoffe, Sie werden vorsichtig sein, sollte sich Ihre Nachtwache lohnen.»

«Das werde ich. Keine Sorge. Gute Nacht, Miss Staufer.»

Im obersten Stock hatten sich ein paar Mädchen bei der Tür zum Dachboden zusammengeschart und tuschelten aufgeregt. Als Anna näher kam, stoben sie auseinander. Doch im Moment hatte Anna anderes zu tun, als Klatsch und Gerede zu unterbinden.

Sie machte sich auf den Weg in den Ostflügel. Auf ihr leises Klopfen an Hennings Tür erhielt sie keine Antwort. Vorsichtig drückte sie die Tür auf.

Henning lag im Bett und schlief tief und fest. Vom Gang her fiel ein Lichtstrahl auf das leere Tablett, das auf einem Stuhl neben dem Bett stand. Einigermassen beruhigt schloss Anna die Tür wieder.

Gegen zehn Uhr prüfte sie, wie es ihre Pflicht war, dass alle Mädchen im Bett waren. Dann kehrte sie in ihre Kammer zurück, hüllte sich in ihren Morgenmantel, sodass zumindest im Halbdunkel niemand bemerken würde, dass sie noch ganz bekleidet war. So legte sie sich aufs Bett, um etwas zu schlafen. Gegen Mitternacht erwachte sie wieder, griff nach der blauen Mappe und schlich sich leise ins Treppenhaus.

Sie setzte sich beim ersten Treppenabsatz auf die Fensterbank, von wo aus sie die Remise gut im Blick hatte.

Im spärlichen Licht, das in der Nacht die Gänge und Treppenhäuser beleuchtete, konnte man nicht stundenlang lesen. Aber immer, wenn der Schlaf Anna zu übermannen drohte, holte sie wieder ein Blatt aus der Mappe hervor, um sich wach zu halten.

Es waren Liebesgedichte, das hatte Anna nicht anders erwartet. Der Lieutenant hatte bei manchen Übersetzungen Erläuterungen hinzugefügt, in denen er die Bildsprache und manchmal auch den Hintergrund des Gedichtes erläuterte. Langsam entstand so das Bild eines prächtigen Hofes, an dem Gedichte mehr als nur reiner Zeitvertreib gewesen sein mussten. Zwischen den Zeilen las Anna, dass ein Gedicht und eine passende Replik zum Ritual gehörten, bevor Liebende sich des Nachts im Gemach der Dame treffen konnten. Und auch danach gehörte der Austausch von Gedichten zur Beziehung, bis zu deren – wie es schien – meist bitterem Ende. Die hochmütige Dame hatte die Liebe stets voll ausgekostet, davon sprachen Zeilen voller Zärtlichkeit, Sehnsucht, aber auch Schmerz, Zorn und Trauer.

Zwischendurch verfiel Anna auf der harten Fensterbank in Halbschlaf, durch den jene Worte aus der Ferne geisterten, begleitet vom Gesicht des Mannes, der sie ihr zugetragen hatte. Dann wieder fuhr sie aus dem Schlaf hoch, beobachtete die Remise, die still und ruhig im Licht der Strassenlaterne lag. Es schneite immer noch. Während sie in die fallenden Flocken starrte und versuchte, wach zu bleiben, musste sie daran denken, dass sie in dieser seltsamen Nachtwache Gesellschaft hatte und wie dumm es war, dass sie nicht einfach bei ihm sitzen konnte.

Männerstolz

«Man verlobe sich nicht im Liebesrausch, sondern bei nüchternem Verstande. Jedem Rausch folgt eine Enttäuschung und ein Katzenjammer; auch in der Liebe bleiben die unangenehmen Folgen selten aus.»
Das kleine Anstandsbuch – J. v. Eltz, 1903

Gegen den frühen Morgen verliess Anna ihren Posten, bevor sie von jenem Personal, das früh aus den Federn musste, überrascht werden konnte. Zwar kam es immer wieder vor, dass die Gouvernante mitten in der Nacht unterwegs war, aber sie wollte sich nicht irgendein Märchen ausdenken müssen, das einer genaueren Überprüfung nicht standhalten würde.

Als sie später zum Morgenessen hinunterging, warf sie nochmals einen Blick auf die Remise. Es hatte endlich aufgehört zu schneien, und nun sah es so aus, als ob es ein schöner Tag werden würde. Anna konnte am westlichen Horizont noch einen Stern schimmern sehen.

Im Personal-Speisesaal hatte die gedrückte Stimmung des Vortages einer rebellischen Gereiztheit Platz gemacht. Josts Beerdigung war für den nächsten Tag angesetzt. Das war Silvester, und das Splendid bereitete sich für den grossen Neujahrsball vor. Der Patron hatte Herrn Ganz mitgeteilt, dass nicht mehr als ein Dutzend Angestellter an die Beerdigung durften.

Es kam zu heftigen Worten, und Herr Ganz brauchte all sein diplomatisches Können, um eine empörte Delegation ins Direktions-Bureau zu verhindern.

Er regelte schliesslich, dass nur Hausknechte, Portiers und Kellner, die Jost seit seinem Dienstantritt gekannt hatten, zur Beerdigung durften. Anna, die Lady Georgiana ja auf deren Wunsch hin begleitete, zählte er nicht mit. Nach einigem Hin und Her erhielten auch noch Helen und Edith die Erlaubnis mitzugehen, obwohl das Dutzend damit bereits überschritten war. Herr Ganz und Anna versprachen allen anderen einen halben freien Tag innerhalb der nächsten zwei Wochen, damit sie Zeit hatten, von Jost Abschied zu nehmen.

Nachdem sich die Gemüter wieder etwas beruhigt hatten, erkundigte sich Anna bei Charles nach Hennings Befinden.

«Es geht ihm gut», sagte der etwas verlegen. «Ich habe ihm Frühstück gebracht, aber er meint, dass er heute schon wieder aufstehen und arbeiten will.»

«Ich werde ihn mir auch noch ansehen. Vielleicht sollte er noch einen Tag das Bett hüten.»

Er warf ihr einen seltsamen Blick zu, sagte aber nichts weiter. Anna ging leicht beunruhigt nach oben. Als sie an der Kammertür klopfte, klang Hennings «Herein» allerdings ganz munter.

Er war gerade dabei, sich in dem kleinen Spiegel, der neben dem Fenster hing, die Fliege zu binden. Als Anna sein Gesicht im Glas sah, erstarrte sie. Seine Lippe war aufgeplatzt, das linke Jochbein und die Wange schimmerten in allen Farben des Regenbogens, das Auge war leicht zugeschwollen.

«Nicht erschrecken, Stauffacherin, alles halb so schlimm.» Er drehte sich langsam zu ihr um. Sie blickte ihn ungläubig an, er nahm sie am Arm und führte sie zu seinem Bett, das noch nicht gemacht war.

«Sie setzen sich besser hin, bevor Sie mir noch in Ohnmacht fallen. Das ist nun ganz bestimmt nicht der Eindruck, den ich auf die Damenwelt machen möchte.»

«Henning! Das stammt nicht von einem Sturz die Treppe hinunter – nie und nimmer!»

«Schon gut, schon gut. Das ist die offizielle Version für die Gäste, die's glauben mögen. Sagen wir einfach, einigen Herren hat mein Gesicht nicht gefallen, und sie haben versucht, ein paar Korrekturen anzubringen.»

«Einigen Herren», wiederholte Anna langsam und beobachtete, wie er sich sehr vorsichtig bewegte.

«Das kann unsereinem schon einmal passieren.» Er streckte die Hand nach seiner Weste aus, die an einem Haken von der Decke hing. Mit einem leisen Stöhnen liess er den Arm wieder sinken. Anna stand auf und holte die Weste für ihn.

«Das sieht aus, als hätten Sie sich eine Rippe gebrochen. Was hat denn der Doktor gemeint?»

«Die Rippe ist nur geprellt. Er hat mich dermassen einbandagiert, dass ich mich kaum noch bewegen kann.»

Er wollte nach der Weste greifen, doch Anna trat einen Schritt zurück und presste das Kleidungsstück an sich. «Was sagte Herr Doktor Reber denn noch? Dürfen Sie heute überhaupt schon aufstehen?»

«Er hat mir Bettruhe verordnet. Aber wenn mir nicht schlecht wird und ich kein Fieber bekomme, könnte ich nach einem oder zwei Tagen wieder arbeiten.»

Er wollte erneut nach seiner Weste greifen, doch sie war noch nicht fertig mit ihm. «Und wer waren nun diese so genannten ‹Herren›? Und wurde die Polizei verständigt?»

Er schüttelte den Kopf. «Lassen Sie's gut sein, Stauffacherin. Mit der Polizei werden Sie hier nicht weit kommen.»

«Aber das war mehr als nur ein Spass, Sie sind ernsthaft verletzt!» Sie wusste, dass solche Dinge vorkamen – dass jemand wie Henning für manche Männer ein rotes Tuch war, eine Verirrung der Natur, die man entsprechend behandeln musste; und alle anderen schauten gleichgültig weg.

«Sie verstehen nicht, das waren nicht die üblichen Spassvögel. Dieses Mal ging es um etwas anderes.»

«Um was denn?»

Er liess sich langsam auf das Bett seines Zimmergenossen nieder. «Seien Sie vorsichtig, Stauffacherin», sagte er eindringlich.

«Was meinen Sie damit?»

«Ich glaube nicht mehr daran, dass Jost sich auf dem Dachboden erhängt hat. Das hat er doch nicht? Sagen Sie mir die Wahrheit, bitte!»

«Sie haben recht. Jost wurde getötet», erwiderte Anna leise.

Henning schloss die Augen. «Wo sind wir da nur hineingeraten?»

Anna wurde plötzlich kalt. «Was ist Ihnen widerfahren, Henning?»

«Das ist eine lange Geschichte. Einen Teil davon habe ich mir gestern zusammengereimt, als ich hier wie eine Mumie lag. Die Baronin von Helmdorf und die eigenartige Episode in der Kleinen Suite haben wohl das Interesse von Stellen in Berlin geweckt, mit denen niemand etwas zu tun haben möchte. Die Baronin wurde einem diskreten Verhör unterzogen, und sie gestand einer guten ‹Freundin›, dass sie sich in jener Nacht mit dem Barkeeper des Hotels zu einem Rendezvous verabredet hatte. Also wurde beschlossen, sich einmal eingehend mit diesem Barkeeper zu befassen. Das heisst, mit mir.»

«Aber das war doch Jean!» Natürlich, Jean hatte die Bar tatsächlich ungewöhnlich oft Charles überlassen. Aber sie hatten damals alle geglaubt, er hätte im Dorf eine Liebschaft. Und auf einmal begriff Anna: Albert, Hennings ursprünglicher Ersatz, hatte nicht wegen eines familiären Unglücksfalls gekündigt. Das war kurz vor Ankunft der Hatvanys geschehen – zu viel Zufall. Wahrscheinlich hatte man ihn mit Geld überredet zu kündigen, und dann hatte Jean seine Stelle übernommen. Jean, der charmante, aber untalentierte Barkeeper, hatte demnach die Suite zerstört!

Henning machte ein verächtliches Geräusch und hielt sich dann die Seite. «Sehen Sie, dieses kleine Detail entging den Herrschaften in ihrem Eifer. Irgendwo gab es eine Akte über mich, den Barkeeper des Splendid, und die Baronin hatte ein Stelldichein mit dem Barkeeper des Splendid. Das reichte schon, um die Maschinerie in Gang zu setzen.»

Langsam begann Anna zu verstehen. Sie setzte sich zu ihm. «Oh, Henning!»

«Es war eine umfangreiche Akte, in der auch meine ‹widernatürlichen Neigungen› aufgelistet waren. Die ich übrigens in meiner moralischen Verwerflichkeit einfach ignorierte, als ich mich der Baronin in unsittlicher Absicht näherte.»

Sie griff nach seiner Hand, weil sie nicht wusste, was sie sonst tun sollte.

Er erwiderte ihren Händedruck. «Sie haben ihr Wissen gnadenlos ausgenutzt. Wohl in der Hoffnung, so an mich, und was immer ich angeblich wissen mochte, heranzukommen. Oberleutnant Ranke hat mir inzwischen sehr deutlich erklärt, dass dies der ekelerregendste Auftrag seiner Laufbahn war: Zuneigung zu jemandem wie mir heucheln – zu mehr als Worten und Blicken ist es nie gekommen –, hat seine Offiziersehre zutiefst besudelt. Aber was tut ein aufrechter Offizier nicht für Kaiser und Vaterland? Zur Belohnung hielten seine Kameraden mich für ihn fest. Ein Stück Abschaum wie ich verdient natürlich keinen gerechten Kampf.»

Damit war das Schlimmste gesagt. Eine Weile blieben sie einfach so schweigend sitzen, ihre Hände ineinander verschlungen.

«Sie haben versucht, mich zu warnen», sagte er schliesslich, «und ich habe es Ihnen nicht gedankt. Können Sie mir verzeihen?»

«Nein, Henning», erwiderte Hanna bedrückt, «Sie müssen mir verzeihen. Ich hätte Ihnen sagen müssen, was für einen Verdacht ich bezüglich des Herrn hatte. Ich wusste, dass seltsame Dinge im Haus vor sich gehen und die Herren Offiziere vielleicht darin verstrickt sind.»

«Lassen Sie's gut sein, Stauffacherin. Ich verstehe nur die Hälfte von dem, was vorgefallen ist, und schon diese Hälfte gefällt mir kein bisschen. Irgendetwas war wohl in der Kleinen Suite versteckt oder ist es immer noch. Als die Herren Offiziere endlich begriffen, dass ich letzten Sommer auf der Suche danach keine deutsche Adelsfrau entehrt hatte, hörten sie auf, mich zu befragen, und wiesen mich an, den Mund zu halten. Ich nehme an, sie hätten sich meiner gerne ganz entledigt, aber der Oberleutnant meinte, es würde auffallen, wenn innert zwei Tagen zwei Angestellten des Hotels ein Unglück zustösst. Ich fand das recht rücksichtsvoll von ihm. Angeblich haben die Herren mit Josts Tod nichts zu tun. Nur frage ich mich, wer war es dann?»

«Ich weiss es nicht, aber Oberleutnant Ranke und seine Männer haben Jost tatsächlich nicht getötet.»

«Und dass Sie solche Fragen ohne mit der Wimper zu zucken beantworten können , sagt mir, dass Sie in dieser Sache sehr viel tiefer drinstecken, als mir lieb ist. Sie brauchen mir nicht mehr zu sagen – wahrscheinlich hat man Sie zur Geheimhaltung verpflichtet. Ich hoffe nur, diese Engländer passen auf Sie auf, nachdem Sie sie schon in diese Geschichte hineingezogen haben.»

Sie blickte ihn überrascht an. Er liess ihre Hand los und zupfte mit einer leichten Grimasse an seinen Bandagen. «Wie gesagt, ich hatte viel Zeit nachzudenken. Vielleicht ist Lieutenant Wyndham nicht aus blossem Zufall in der Suite, für die sich so viele Leute interessieren? Er scheint ein Mann mit vielen Talenten zu sein, und er hatte eine geladene Waffe zur Hand, als er sie brauchte. Und vielleicht ist Lady Georgiana nicht nur eine besorgte Cousine?» Er liess von den Bandagen ab und betrachtete Anna nachdenklich. «Auf jeden Fall scheinen die beiden Interesse daran zu haben, sich mit der Gouvernante gut zu stellen, die Schlüssel für alle Zimmer hat und alle Gäste kennt. Wenn ich in einem Hotel ein paar undurchsichtigen Geschäften nachgehen möchte, könnte ich mir – ausser dem Concierge – keine bessere Verbündete vorstellen.»

«So ist es nicht ...», Anna hielt inne. Wie sollte sie in wenigen Worten darlegen, warum sie sich auf so etwas Verrücktes eingelassen hatte? Sie konnte es nicht einmal sich selbst richtig erklären, oder vielmehr wollte sie es nicht.

«Schon gut, wenn Sie ihm vertrauen, dann tue ich das auch. Aber wenn er Ihnen wehtut, werde ich mich mit ihm prügeln. In meinem jetzigen Zustand wäre das fast ein ausgeglichener Kampf – zumindest hoffe ich das für mich.»

«Was Sie für einen Unsinn reden, Henning. Vielleicht sollten Sie doch besser noch einen Tag im Bett bleiben.»

Er schüttelte den Kopf. «Ich lasse mich nicht so einfach ablenken. Im Ernst: Das ist eine gefährliche Sache, passen Sie gut auf sich auf, und wenn Sie Hilfe brauchen, dann können Sie auf mich zählen. Ich bin vielleicht im Moment etwas angeknackst, aber das ist wie bei Tassen: Die mit einem Sprung sind die zähesten.»

Anna musste gegen ihren Willen lachen. Doch dann wurde sie wieder ernst. «Doktor Reber hat die Geschichte mit dem Treppensturz bestimmt nicht geglaubt.»

«Natürlich nicht. Herr Ganz hat ihm erklärt, ich hätte ein unerfreuliches Zusammentreffen mit ein paar Nachtbuben gehabt und dass es sich nicht lohne, deshalb den Wachtmeister zu bemühen. Der Doktor wurde daraufhin recht ungehalten und sagte, er hoffe sehr, dass das Splendid sein ‹Nachtbuben-Problem› bald in den Griff bekommt.»

«Sind Sie ganz sicher, dass Sie nicht noch einen Tag ausruhen wollen?» Sie fand den Gedanken unerträglich, dass er diese Männer heute in der Bar würde bedienen müssen. Der Patron setzte die Offiziere ganz gewiss nicht vor die Tür. Und wenn Henning das verlangen würde, so müsste wohl er den Hut nehmen. Das wussten sie beide.

Henning ahnte, was ihr durch den Kopf ging. «Ich lasse mich von niemandem von meiner Pflicht abhalten – die Genugtuung kriegen sie nicht», war seine knappe Antwort.

Anna war es müde, sich mit den verschiedenen Spielarten männlichen Stolzes auseinanderzusetzen – sie erwiderte nichts.

«Im Übrigen», fuhr er fort, «wird mir beim Gedanken, dass

Charles zwei Abende hintereinander in der Bar schaltet und waltet, wie er will, ganz blümerant. Darf ich nun um meine Weste bitten?»

Er stand auf, und sie half ihm schweigend beim Ankleiden, während er sich nochmals im Spiegel begutachtete. «Da ist noch etwas. Die Männer, die Jost vom Dachboden holten, haben erzählt, dass man an ihm Enzianschnaps riechen konnte. Ich bin darauf in die Bar und habe meinen Bestand geprüft. Ich halte ja nicht viel von dem Gesöff, aber manchmal verlangt es ein Gast, der sich den Magen verdorben hat. Zu was anderem ist es nicht gut. Ich habe immer eine Flasche vorrätig, aber genau die fehlt jetzt. Ein seltsamer Zufall, nicht wahr?»

Die Maxime des Lieutenants schien sich wieder einmal zu bewahrheiten. Anna antworte knapp: «Wohl kaum.»

«Ich habe mir überlegt, wann ich die Flasche zum letzten Mal gesehen habe. Das war vor zwei Tagen. Weil es ja eine grosse Feier geben sollte, habe ich am Abend, bevor es losging, noch kurz Inventur gemacht. Da war der Schnaps noch da.»

«Dann wurde die Flasche während der Feier gestohlen?» Wie Henning achtete Anna darauf, den Namen des Oberleutnants nicht mehr in den Mund zu nehmen.

«An dem Abend ging es recht lebhaft zu. Ich habe Charles mehrmals beim Servieren und Abräumen geholfen. Da kann ein Gast ohne Weiteres hinter die Bar geschlüpft sein, ohne dass ich es bemerkt hätte.»

Er drehte sich zu Anna um und sagte nun heftig: «Beim Gedanken, dass diese Mörder so nahe sind, wird mir ganz schlecht. Wissen Sie wenigstens, warum sie es getan haben?»

«Wahrscheinlich, weil Jost etwas gesehen hat, das er nicht hätte sehen sollen.»

«Grundgütiger, was für ein Wahnsinn! Ich hoffe wirklich, Ihr Lieutenant legt diesen Leuten das Handwerk. Und dieses Mal soll er nicht so freundlich sein und danebenschiessen wie bei Giovanni – das können Sie ihm ruhig von mir ausrichten.»

Er hielt ihr die Tür auf, und schweigend gingen sie beide die Treppe hinunter. Als sie auf der Etage der Kleinen Suite angekommen waren, berührte er ihren Arm. «Passen Sie auf sich auf, Stauffacherin.»

Sie nickte und eilte dann den Gang entlang. Wahrscheinlich war

Lady Georgiana schon dort, beunruhigt über Annas Ausbleiben. Zuerst Jost und nun Henning! Glaubten diese Leute denn, sie könnten tun und lassen, was sie wollten? Natürlich, warum nicht? Es hielt sie ja niemand auf. Um den schönen Schein zu wahren, half man ihnen sogar noch dabei, ihre Verbrechen zu verbergen. Man blickte einfach weg!

Vor der Tür zur Kleinen Suite musste sie einen Moment innehalten und sich sammeln. Als sie eintrat, konnte sie den Ausdruck der Erleichterung auf den Gesichtern von Lieutenant Wyndham und Lady Georgiana sehen.

Der dritte Anwesende stand an der Balkontür und vermied es, von ihr Notiz zu nehmen. Cecil Seymour war ein grosser, schlanker Mann mit akkurat gescheitelten Haaren. Er trug einen tadellos geschnittenen *Morning Suit*. Man sah nur selten Herren, die es mit der formellen Kleidung auf Urlaub so weit trieben.

«Wie ich schon sagte, das entspricht keinerlei Protokoll», meinte er und zupfte an seiner Manschette.

«Aber Cecil», wandte Lady Georgiana ein, «Paget weiss doch auch über alles, was ich tue, Bescheid.»

«Das ist etwas anderes. Paget kennt dich von Kindsbeinen an, und sie ist Engländerin. Es ist bekannt, dass die Schweizer mit der Macht sympathisieren, die uns im nächsten Krieg als Feind gegenüberstehen wird. Nein, ich kann das nicht gutheissen!» Nun erst wandte er sich um und musterte Anna mit einem abschätzigen Blick, der allerdings nichts mit ihrer Nationalität zu tun hatte.

«Was du gutheisst oder nicht, spielt überhaupt keine Rolle, Cecil.» Lieutenant Wyndham klang müde und gereizt. «Miss Staufer bleibt, und entweder fahren wir fort, oder dieses Gespräch endet hier.»

«Nun, sie dürfte ja wohl nicht allzu viel von dem verstehen, was ich zu sagen habe.» Mister Seymour marschierte an Anna vorbei ohne sie eines Blickes zu würdigen und setzte sich neben Lady Georgiana auf das Sofa, sorgfältig darauf achtend, den Schoss seines *Cutaway* nicht zu zerknittern.

Lady Georgiana wurde rot, der Lieutenant zuckte mit keiner Wimper. «Bitte nehmen Sie Platz, Miss Staufer, wenn Mister Seymour doch schon so freundlich ist, Ihnen den Fauteuil zu überlassen.»

Anna kam der Aufforderung nach, und er fuhr fort: «Mister Seymour war eben dabei, uns zu erläutern, was er von der Lage hält, in der wir uns dank seiner gütigen Mithilfe befinden.»

Der Gentleman räusperte sich. «Nun denn, wo waren wir stehen geblieben? Ach ja, du hattest die Güte, mir vorzuschlagen, ich solle gefälligst wieder nach London verschwinden. Ich sehe nicht ein, warum du derart verärgert bist. Nach allem, was Georgiana mir erzählt hat, kommt nun endlich Bewegung in die verfahrene Situation.»

Es folgte ein bedrohliche Stille, schliesslich sagte der Lieutenant sehr leise: «Wenn du den Tod eines Unschuldigen als Zeichen eures Erfolges werten möchtest, nur zu.»

«Natürlich bedaure ich die Umstände des Todes des jungen Mannes sehr. Aber unzweifelhaft zeigt dieses Ereignis doch, dass hier im Haus fremde Agenten weilen und dass sie langsam nervös werden. Das lässt mich zu der Schlussfolgerung gelangen, dass sie die Chiffre auch noch nicht gefunden haben.»

«Die Chiffre, von der niemand weiss, ob sie überhaupt existiert und ob sie noch hier ist.»

«Da liegst du falsch, mein Lieber. Wir wissen, dass das *Deuxième Bureau* im Sommer einen Mann hier im Hotel hatte. Er schickte einen Bericht nach Paris, wonach er die Unterlagen gesehen hatte, an denen der Professor arbeitete. Wir vermuten, dass dieser Mann auch für die später erfolgte Zerstörung der Suite zuständig war. Er erhielt wohl entsprechende Order, nachdem die Franzosen die Papiere nicht in den Zimmern der Hatvanys in Nizza gefunden hatten.»

Der Lieutenant hob eine Hand: «Was genau hat dieser Mann denn gesehen? Ein Manuskript, an dem der Professor arbeitete. Handelte es sich um den Entwurf für eine Chiffre? War überhaupt Chiffre-Text zu sehen? Gab es Hinweise auf den Algorithmus oder den Schlüssel? Handelt es sich um eine Substitutions- oder Transpositionschiffrc?»

Mister Seymour zuckte mit den Schultern. «Das sind Details, die so natürlich nicht in unserem Bericht auftauchten. Aber der Professor war einer der führenden Experten auf diesem Gebiet, also wird die Chiffre schon halten, was er versprochen hatte. Er schrieb, es sei ihm gelungen, alle Grundsätze Kockmeyers zu berücksichtigen, und das scheint ja wohl das Wesentliche zu sein.»

«Der Mann hiess Kerckhoffs. Könntest du dich wenigstens mit dem für eine Operation nötigen Grundwissen versorgen?»

«Was genau sind diese Grundsätze eigentlich?», liess sich Lady Georgiana vernehmen, sichtlich bemüht, die Wogen zu glätten. Mister Seymour fand die Frage wohl überflüssig, er murmelte: «Meine Liebe, das ist viel zu akademisch und hier nicht von Belang.»

«Es sind sechs Prinzipien oder Gesetze», sagte der Lieutenant, Mister Seymour ignorierend, «erstens sollte das Verschlüsselungssystem einfach zu transportieren und von einem Einzelnen zu bedienen sein. Zweitens muss es natürlich mit dem Telegraphen übertragbar sein. Drittens muss der Schlüssel adaptierbar sein, und Sender und Empfänger sollten ihn sich ohne Hilfsmittel merken können. Viertens bedarf es einer möglichst einfachen Anwendung, keine komplizierten Regeln, die ein Agent im Notfall nicht abrufen kann. Fünftens sollte die Chiffre faktisch, wenn auch nicht mathematisch, unentschlüsselbar sein. Und sechstens – und das macht, was wir hier tun, besonders verrückt – das System soll keiner Geheimhaltung bedürfen. Fällt es dem Feind in die Hände, kann es trotzdem weiter genutzt werden.»

«Das verstehe ich nicht.» Lady Georgiana blickte verwirrt von Mister Seymour zu Lieutenant Wyndham. «Wenn der Feind das System stiehlt, ist die Chiffre doch nichts mehr wert.»

«Nein. Eine Chiffre, die Kerckhoffs' Prinzipien erfüllt, muss nicht mehr mit allerlei Zauber geheim gehalten werden. Es ist völlig egal, ob der Feind die Grundregeln der Chiffre, das heisst den Algorithmus, kennt und Nachrichten in Hülle und Fülle abfängt. Er wird trotzdem nichts damit anfangen können.»

«Aber dann hätte Professor Hatvany seine Chiffre doch ohne Weiteres allen Mächten übergeben können!»

Der Lieutenant lachte leise. «Ja, das hätte er wohl. Was glaubst du, warum ich von Anfang an darauf beharrt habe, dass an dieser Geschichte etwas nicht stimmt?»

«So ein Unsinn, die Chiffre selbst ist eine Waffe. Wer sie hat, ist anderen Nationen gegenüber im Vorteil», warf Mister Seymour ungehalten ein. «Wir befinden uns in einem erbarmungslosen Ringen und können es uns nicht erlauben, dem Feind auch nur den geringsten Vorteil zu schenken.»

«Cecil, bitte verschone mich mit solchen Phrasen. Ich glaube, es ist besser, wir kehren zu unserem eigentlichen Problem zurück. Woher wissen wir, dass die Franzosen bei der Suche am 1. August nicht fündig wurden?»

«Als unsere Verbündeten hätten sie uns das wohl mitgeteilt.»

«Mit diesem Mass an Naivität und Idiotie ist es ein Wunder, dass du es noch nicht weiter gebracht hast.»

«Ich finde deinen Sarkasmus bedauerlich fehl am Platze», sagte Mister Seymour eisig. «Diese Chiffre existiert und ist irgendwo hier im Hotel. Wie anders willst du dir all die seltsamen Aktivitäten erklären, die sich in den letzten Tagen hier zugetragen haben?»

«Das lässt sich ganz einfach damit erklären, dass eine falsche Spur gelegt wurde. Himmel, begreifst du denn nicht, dass ihr auf eure eigene Scharade hereinfallt?»

«Christian, du scheinst vergessen zu haben, dass du unserer Arbeit den Rücken gekehrt hast. Deine Meinung zu dieser Operation ist irrelevant, zumal du nicht alle Fakten kennst, die uns zu diesem Vorgehen bewogen haben.»

«Fakten? Was für Fakten denn? Ihr wisst gar nichts. Aber ihr schickt Menschen blind in Situationen, in denen sie dank eurer Ignoranz zu Schaden kommen. Noch schlimmer, ihr riskiert auch das Leben Unschuldiger. Du und wer auch immer in welchem Komitee auch immer beschlossen hat, mich hier ohne mein Wissen als Lockvogel zu platzieren – ihr seid für Ammanns Tod ebenso verantwortlich wie jene, die ihm die Schlinge um den Hals gelegt haben!»

Mister Seymour schnippte ein unsichtbares Stäubchen von seiner grau gestreiften Hose. «Darüber kann man geteilter Meinung sein – aber wir drehen uns im Kreis. Es wäre um einiges sinnvoller, unsere Kräfte dahingehend einzusetzen, all die fremden Agenten im Haus zu identifizieren. Vielleicht führen sie uns ja zu der Chiffre.»

Lieutenant Wyndham schien am Ende seiner Geduld, und Anna beschloss, in das Gespräch einzugreifen. «Oberleutnant Ranke und seine Offizierskollegen arbeiten für den Geheimdienst des Kaisers», sagte sie ruhig. «Sie suchen ebenfalls nach der Chiffre, und sie wissen, dass im August bereits hier danach gesucht wurde.»

Drei Augenpaare wandten sich ihr erstaunt zu. Mister Seymour schien es für einen Moment die Sprache verschlagen zu haben, ein Zustand, der bedauerlicherweise nicht anhielt. «Nun, sehen Sie her, Miss. Diese Gentlemen mögen die Feinde Grossbritanniens sein, aber es sind Offiziere; Männer von Ehre! Es geht nicht an, dass Sie einfach derart schwere Vorwürfe erheben, zumal sie alle ein Alibi haben. Sie wissen vielleicht nicht, was das bedeutet – es heisst, dass die Offiziere mit dem Tod des jungen Burschen nichts zu tun haben.»

«Ich weiss, was ein Alibi ist, Sir. Die Deutschen haben nichts mit Josts Tod zu tun und sind trotzdem Agenten, das eine schliesst das andere nicht aus», entgegnete sie kühl. Sie war schon zu oft so herablassend behandelt worden, als dass das Ausmass seiner Arroganz sie noch hätte erstaunen können.

Mister Seymour hingegen schien sich einer Situation gegenüberzusehen, die er noch nicht erlebt hatte. Ärgerliche rote Flecken zeigten sich auf seinen Wangen. «Und woher wollen Sie das wissen?», presste er hervor.

«Das ist vertraulich.» Sie hatte nicht die geringste Lust, diesem Mann irgendetwas anzuvertrauen, das er zu gegebener Zeit gegen Henning würde verwenden können.

«Wie bitte? Nun hören Sie mir einmal gut zu, Miss: Ihnen wurde gestattet, an einer geheimen Operation teilzunehmen, die für die Interessen der Krone von höchster Bedeutung ist – ein Privileg, das nur wenige Ausländer erhalten. Das Verhalten, das Sie an den Tag legen, ist in keiner Weise akzeptabel!»

«Das reicht jetzt, Cecil!» Der Lieutenant hatte wohl endgültig genug. «Wenn Miss Staufer sagt, dass die Deutschen Agenten sind, dann glaube ich ihr. Und ich vertraue ihrem Urteil. Wenn sie die Quelle ihres Wissens nicht preisgeben will, so wird sie dafür gute Gründe haben.»

Mister Seymour stand auf und zog sich die Weste gerade. «Nun, Georgiana hat mich ja gewarnt, dass es dir nicht gut geht. Und ich weiss natürlich auch um deinen Entschluss, dir jede Erleichterung deiner Lage zu versagen. Sehr bewundernswert, aber ich würde sagen, diese Sache beeinflusst auch dein Urteilsvermögen. Auf jeden Fall halte ich es unter diesen Umständen nicht für angebracht, das Gespräch fortzusetzen. Was, wenn Miss Staufer ihre eigenen Absichten verfolgt, indem sie den Verdacht auf Oberleutnant Ranke und seine Kameraden lenkt?»

Lieutenant Wyndham sagte sehr leise: «Ich denke, es ist in der Tat besser, wenn du jetzt gehst.»

Lady Georgiana hatte während dieser Auseinandersetzung nur zu Boden gestarrt. Nun streckte Mister Seymour ihr seine Hand hin: «Komm, meine Liebe.»

«Gleich, Cecil», meinte sie leise. Für einen Moment dachte Anna, er würde darauf bestehen, dass sie ihn begleitete. Doch er riss sich zusammen und küsste stattdessen ihre Hand. «Lass mich nicht allzu lange warten.»

Als er zur Tür hinaus war, sagte Lady Georgiana: «Oh, Christian, das hat er nicht so gemeint.»

«Doch, das hat er – und wir beide wissen das sehr genau.»

Anna hatte den Eindruck, dass dies ein Streit war, den Cousin und Cousine schon oft geführt hatten.

Lady Georgiana wandte sich Anna zu. «Mister Seymour hat eine lange Reise hinter sich und ist deshalb ein wenig gereizt. Falls er Sie beleidigt hat, bitte ich um Verzeihung.»

«Machen Sie sich keine Sorgen, Mylady, unsereiner hat schon weitaus Schlimmeres zu hören bekommen.»

Lady Georgiana wusste, dass das nur eine Floskel war, sagte aber nichts mehr. Anna hingegen versuchte, das, was sie eben gesehen und gehört hatte, einzuordnen. Die Vertrautheit zwischen Lady Georgiana und Mister Seymour war mehr als erstaunlich.

Der Lieutenant hatte sich wieder im Griff, doch Anna bemerkte sehr wohl, dass seine Hände nicht ruhig waren. Sie waren in den bekannten Rhythmus verfallen. Er war wohl zu müde, um es noch zu verbergen. «Ich entschuldige mich ebenfalls, allerdings nicht für Mister Seymour, sondern dafür, dass ich Sie seiner Gesellschaft ausgesetzt habe. Leider war es nötig. Immerhin wissen wir jetzt, dass die Franzosen hinter der Episode im August steckten.»

«Ja, aber haben sie jetzt auch Leute im Haus?», fragte Lady Georgiana, sichtlich bemüht, die Spannung, die eben noch im Raum geherrscht hatte, aufzulösen. «Ich kann mir die Gérards kaum als Agenten vorstellen. Er hockt den ganzen Tag im Herrensalon, und sie lässt sich von ihren Töchtern auf der Nase herumtanzen und streitet sich mit Frau Göweil. Sie bezeichnete gestern beim Dinner den Spiritismus als billigen Hokuspokus! Ich dachte schon, die Frau Kommerzialrat trifft der Schlag.»

«Wir kümmern uns wohl besser um das, was wir wissen: Der Kaiser hat also Agenten im Haus.»

«Eigentlich eine Frechheit. Sie haben sich nicht einmal gross getarnt. Eine Gruppe deutscher Offiziere – also wirklich!»

«Ich nehme an, sie gehören zur Sektion IIIb, das ist der Nachrichtendienst des Heeres. Und dass das Reich sich nicht mehr Mühe gibt, seine Agenten zu verbergen, ist ziemlich raffiniert. Deutsche Offiziere auf Urlaub – das ist zu offensichtlich, um Verdacht zu erregen.»

Anna stellte dankbar fest, dass sie ihr beide Glauben schenkten, ohne weiter darauf zu drängen, woher sie ihr Wissen hatte.

Der Lieutenant erhob sich langsam und trat ans Fenster, das den Blick auf die Remise freigab. «Ich habe mir letzte Nacht überlegt, was genau in den Köpfen unserer Feuerteufel vorgehen mag. Wir sind davon ausgegangen, dass sie eine Räumung des Hotels oder zumindest dieses Flügels beabsichtigten, um die Suite nochmals durchsuchen zu können. Es gibt aber noch eine andere Möglichkeit: Was, wenn unsere Freunde denken, ich hätte die Unterlagen des Professors bereits gefunden? Ich habe die letzten Wochen hindurch an meinen Übersetzungen gearbeitet, und um wieder ein besseres Gefühl für die Sprache zu bekommen, habe ich Notizen in Japanisch gemacht. Ich habe gehört, wie die Zimmermädchen sich über meine ‹Geheimschrift› unterhalten haben. Ein misstrauischer Geist – und diese Art von Tätigkeit zieht nur solche Gemüter an – würde wohl davon ausgehen, dass ich bereits dabei bin, das Werk des Professors auszuwerten und aus Gründen der Geheimhaltung meine Notizen in einer ‹Geheimschrift› verfasse. Ich will Ihren Zimmermädchen nichts Böses unterstellen, Miss Staufer, aber könnte es sein, dass sie – sofern sie charmant befragt werden – schon mal etwas über Angewohnheiten der Gäste plaudern, die ihnen seltsam vorkommen mögen?»

Anna sparte sich einen entrüsteten Widerspruch. «So leid es mir tut, das ist durchaus möglich. Helen und Edith haben sich dabei bestimmt nichts gedacht.»

«Also gehen wir einfach einmal davon aus, dass diese Leute wissen, dass ich mit irgendwelchen geheimnisvollen Aufzeichnungen beschäftigt bin. Sollte nun ein Feueralarm erfolgen, was würde ich wohl unbedingt aus meinen Zimmern retten? Meine Notizen und natürlich das Manuskript mit der Hatvany-Chiffre. Im Durcheinander, das bei solch einem Notfall auftritt, wäre es nicht weiter schwierig, mich zu überfallen und mir diese Dinge abzunehmen.»

Lady Georgiana war bei diesen Worten blass geworden. «Oh mein Gott!», war alles, was sie herausbrachte.

Beim Gedanken, dass Jost vielleicht etwas in der Art mitangehört hatte, wurde Anna fast schlecht. Er wäre ohne zu überlegen auf die Verschwörer losgegangen.

Der Lieutenant fuhr grimmig fort: «Das würde auch erklären, warum der Plan bisher nicht umgesetzt wurde. Es war nicht nur der schwere Schneefall, der sie davon abhielt, sondern auch der Umstand, dass sie wegen der unterbrochenen Zugverbindung das Tal nicht hätten verlassen können. Immer davon ausgehend, dass Herr Bircher einen solchen Überfall nicht mehr als Unfall oder Streich abtun könnte und es tatsächlich eine polizeiliche Untersuchung gäbe.»

«Die Bahnlinie ist wieder offen, und es hat aufgehört zu schneien. Denkst du, sie werden es kommende Nacht versuchen?»

Der Lieutenant meinte nachdenklich: «Ich bin inzwischen zum Schluss gekommen, dass Miss Staufer und ich die nächste Nacht durchschlafen können. Morgen ist Silvester, und am Abend gibt es ein Feuerwerk, das eine wunderbare Erklärung für einen Brand liefern wird. Zudem werden mögliche Zeugen unter dem Einfluss von zu viel Champagner und anderen anregenden Getränken zu leiden haben.»

«Wir müssen also nichts weiter tun, als zu warten, wer morgen Abend in die Remise schleicht?»

«Ja, ich denke, das sollte unser Plan sein.»

Lady Georgiana musterte ihren Cousin misstrauisch, aber sie sagte nichts weiter.

«Georgiana, du musst versuchen herauszufinden, was Cecil plant. Er will sich unbedingt beweisen, und das kann gefährlich werden, auch für ihn selbst. Sollte er etwas Verrücktes vorhaben, müssen wir das wissen.»

«Du tönst, als würdest du ihm zutrauen, mitten während des Dinners lauthals zu verkünden, wir hätten die Chiffre gefunden, nur um zu sehen, wer empört aufspringt.»

Er blickte sie einen Moment gebannt an, sagte dann aber nur: «Tu einfach, worum ich dich gebeten habe, ich bitte dich!»

«Na gut. Ich habe sowieso keine Zeit mehr, mit dir zu streiten.» Sie erhob sich vom Sofa. «Cecil will heute seine erste Lektion auf Skiern nehmen, und ich soll ihn dabei begleiten!»

«Du willst lernen, Ski zu fahren?»

«Wo denkst du hin? Ich werde unten am Hang stehen und meinen heldenhaften Verlobten bewundern.»

Und mit diesen erstaunlichen Worten verabschiedete Lady Georgiana sich. Anna war ebenfalls aufgestanden und starrte ihr hinterher.

«Ich weiss, es ist erstaunlich, aber die beiden sind wirklich verlobt.» Der Lieutenant schien wieder einmal genau zu wissen, was ihr durch den Kopf ging.

Sie errötete leicht. «Sie geben ein schönes Paar ab.»

«Und Sie wären eine Bereicherung für jedes diplomatische Korps.» Er kehrte zu seinem Lesesessel zurück. «Ist noch etwas, Miss Staufer?»

«Sie sagten gestern, es sollte keine Geheimnisse geben. Ich will Ihnen sagen, woher ich das mit Oberleutnant Ranke weiss.»

«Sind Sie sicher, dass Sie das wollen? Ich nehme an, es geht dabei um etwas Vertrauliches, das einen unbeteiligten Dritten betrifft.»

«Ja, ich dachte, ich könnte ihn durch mein Schweigen schützen, und habe ihn damit bereits in erhebliche Gefahr gebracht.»

«Nun gut, ich verspreche Ihnen, die Sache bleibt unter uns.»

Mit einer Handbewegung bedeutete er ihr, sich wieder zu setzen. Es fiel Anna nicht leicht, die ganze Geschichte zu erzählen. Glücklicherweise begriff er schnell, was sie ihm über Henning sagen wollte, ohne es direkt auszusprechen. Als sie schliesslich zu den Geschehnissen der vorletzten Nacht kam, schüttelte er den Kopf.

«Wie grausam. Immerhin bestätigt Cecils Bericht die wilde Geschichte der Deutschen. Erstaunlicherweise scheint man in Whitehall Court sogar begriffen zu haben, dass es sich bei Ihrem Henning und dem Barkeeper, der sich der Baronin im Sommer so ungehörig näherte, nicht um denselben Mann handeln kann.»

Aber Anna war noch nicht fertig. «Es tut mir leid, dass ich Ihnen nichts von Oberleutnant Ranke und seinem eigenartigen Verhalten gesagt habe. Ich war mir nicht sicher, ob es überhaupt etwas bedeutete.»

«Und Sie wollten nicht unbedingt Dinge über Ihren Freund offenlegen, die ihm hätten schaden können», fügte er hinzu. «Das ist verständlich.»

Sie meinte unglücklich: «Es war trotzdem falsch. Und als wir Jost fanden, habe ich mir schreckliche Vorwürfe gemacht. Aber als Lady Georgiana sagte, dass keiner der Offiziere die Bar in jener Nacht verlassen hat, schwieg ich weiter.»

«Sie konnten damals nicht ahnen, dass die Herren trotzdem mit dieser Sache zu tun haben.»

«Vielleicht, aber ich wusste, etwas stimmt nicht mit dem Oberleutnant. Ich hätte Henning eindringlicher warnen müssen!»

«Anna, hören Sie damit auf! Sie können nicht für alles Unheil Verantwortung übernehmen. Selbst wenn Sie Ihrem Freund die ganze Wahrheit erzählt hätten und er Ihnen geglaubt hätte, es hätte ihn nicht vor einer Vernehmung durch die Herren Offiziere bewahrt.»

Anna schüttelte nur den Kopf. Sie wusste, dass sie Henning wenigstens bittere Momente des Verrats und der Demütigung hätte ersparen können.

«Wie ich hörte, wird morgen Ammanns Beerdigung sein», meinte der Lieutenant unvermittelt. «Vielen Dank, dass Sie Lady Georgiana begleiten. Wissen Sie, bis wann etwa Mister Seymour Lady Georgiana zurückerwarten kann?»

«Der Gottesdienst und danach der Gang zum Friedhof werden wahrscheinlich um die zwei Stunden dauern. Auf den Mittagszug nach Sternenbach werden wir es danach kaum schaffen. Der nächste Zug kommt erst gegen halb vier Uhr hier an. Vielleicht möchte Mister Seymour Lady Georgiana ja begleiten?»

«Auf diese Frage dürften Sie die Antwort bereits kennen.»

Anna konnte sehen, wie er sich anstrengte, seine Hände ruhig zu halten. Er schien alleine sein zu wollen, doch sie war noch nicht bereit, ihn sich selbst zu überlassen. Sie zeigte auf seine rechte, zur Faust geballte Hand. «Gibt es nicht noch etwas anderes, um das wir uns kümmern sollten?»

«Es ist alles in Ordnung. Cecil Seymour hat einfach diese Wirkung auf mich.»

Sie ignorierte den Scherz. «Wenn es schlimmer wird, müssen Sie es mir sagen.»

«Ja, ich weiss.»
Sie musste ihm wohl oder übel vertrauen.

Friedrich, der Etagenportier, den Herr Ganz angewiesen hatte, für Jost einzuspringen, hatte bisher nicht viel zu tun gehabt. Er hatte die Mahlzeiten serviert, aber seine Nachfragen, ob er sonst noch etwas tun könnte, hatte der Gentleman stets abschlägig beantwortet.

Als nun am frühen Nachmittag die Klingel der Kleinen Suite losging, eilte er hocherfreut aus seiner Loge. Der Lieutenant stand an seinem Pult und schrieb. Er erteilte Friedrich ein paar knappe Anweisungen und wandte sich dann wieder seiner Arbeit zu.

Kurze Zeit später geleitete Friedrich einen verschlafenen Nachtportier des Splendid in die Kleine Suite, dann machte er sich auf ins Dorf, um etliche Besorgungen zu erledigen.

Als er zurückkam, traf er den Lieutenant immer noch beim Schreiben an, die Suite übersät mit beschriebenen Papierbögen. Das Geschreibsel ergab allerdings, so weit das Friedrich erkennen konnte, nicht gerade viel Sinn. Er hatte keine Zeit, sich darüber zu wundern, denn er wurde mit zwei Nachrichten in die Bar geschickt und danach mit einem grosszügigen Trinkgeld versehen wieder entlassen.

Bei ihrem nachmittäglichen Kontrollgang stellte Anna fest, dass die kleine Bibliothek im Damensalon wieder einmal durcheinandergeraten war. Da viele Damen den Lesesalon als männliche Domäne empfanden, gab es im Damensalon ein schmales, kleines Regal mit angemessener Literatur: Romane und Gedichte sowie einige erbauliche Werke. Das Regal befand sich in der Ecke hinter der Eingangstür und wurde von den Stubenmädchen regelmässig vergessen. Mit einem Seufzer kniete Anna sich hin, um die Bücher alphabetisch einzuordnen.

Zwei Damen betraten den Salon, eine von ihnen gehörte zu jener Gruppe, die Lady Georgiana so unhöflich jede Auskunft verweigert hatte. Mrs Havers war ein Stammgast des Hauses – eine liebenswürdige Dame aus London mit einer Neigung für gefühlsselige Romane und Klatsch. Ihre Begleiterin war zu Annas Überraschung Madame Gérard, die sich sonst nie mit englischsprachigen Gästen unterhielt. Bisher hatte Anna gedacht, sie könnte gar kein Englisch, doch da hatte sie sich wohl getäuscht.

Es geriet Anna wieder einmal zum Vorteil, dass man als Dienstbote als unsichtbar galt, denn die beiden gaben sich keine Mühe, ihre Stimmen zu senken.

«Natürlich, meine Liebe.» Mrs Havers, die ein altmodisches Korsett mit enger Schnürung trug, liess sich steif und etwas kurzatmig auf einem der beiden Sofas vor dem Cheminée nieder, in dem ein gemütliches Feuer knisterte. «Ich kann mich daran nur allzu gut erinnern. Lady Georgianas Vater ist ein Marquess, wie sie ja das ganze Hotel hat wissen lassen. Er verliebte sich in eine Frau namens Elinor Wyndham. Eine respektable Familie, aber nicht adelig. Ihr Grossvater hatte ein beträchtliches Vermögen gemacht – das hätte unter normalen Umständen ausgereicht, um den Standesunterschied vergessen zu lassen. Aber Elinor Wyndham war das schwarze Schaf der Familie. Sie hatte es sich in den Kopf gesetzt, Schauspielerin zu werden – so lernte der Marquess sie auch kennen, auf einer Tournee mit einer Theatertruppe, stellen Sie sich nur vor! Er verliebte sich Hals über Kopf, und zum Entsetzen seiner Familie heiratete er seine völlig unpassende Braut kurz darauf.»

Madame Gérard, die sich auf das gegenüberliegende Sofa gesetzt hatte, seufzte. *«Le coeur a ses raisons que la raison ne connaît pas.»*

Anna konnte sich den Rest der Geschichte bereits zusammenreimen. Solche Verbindungen endeten selten glücklich.

Mrs Havers fuhr fort: «Es hiess, dass sie ihren Mann wirklich sehr liebte, doch sie hatte ihm ihre andere grosse Liebe geopfert, das Theater. Und vielleicht war das zu viel, oder es war einfach die Art und Weise, wie sie von Verwandten und Freunden ihres Mannes geschnitten wurde – es war keine glückliche Ehe. Wie Sie sich vorstellen können, gab es natürlich auch andere Erklärungen, warum die Liebe nicht anhielt. Aber ich verbreite nicht gerne üble Gerüchte. Wie auch immer – Lady Georgiana war noch sehr jung, als ihre Eltern sich trennten. Angesichts des Skandals war es gar keine Frage, dass die Kinder beim Vater blieben, zumal Lady Georgianas Bruder ja Titel und Ländereien erben wird. Man sagt, die beiden hätten nie wieder ein Wort mit ihrer Mutter gesprochen. Ich weiss nicht genau, was mit ihr geschah, aber natürlich hörte man so einiges. Die letzten Jahre allerdings lebte sie zurückgezogen in einer kleinen Villa am Zürichsee, es kann ihr also nicht schlecht ergangen sein. Sie starb diesen Sommer, ohne sich mit ihren Kindern versöhnt zu haben.»

«Oh, wie furchtbar – die Mutter so zu verlieren, muss ein junges Mädchen sehr treffen. Und dabei ist sie so eine fröhliche junge Dame!»

«Lassen Sie sich bloss nicht davon täuschen. Das ist eine junge Frau, die der Liebe misstraut. Wie könnte sie auch anders, nachdem das Band zwischen ihren Eltern nicht gehalten hat. Sie wird der Liebe nie vertrauen. Es ist eine Tragödie!»

«Aber, aber – immerhin ist Lady Georgiana verlobt. Der Gentleman ist eine sehr stattliche Erscheinung, wie wir gestern beim Dinner sehen konnten. Und nach allem, was ich gehört habe, steht ihm wohl eine glänzende Karriere bevor.»

«Oh, Cecil Seymour ist zweifellos eine hervorragende Partie. Die Verlobung mit ihm ist genau, was man von Lady Georgiana erwartet, und es ist genau das, was sie will.»

«Wie meinen Sie das?»

«Nun, es wird viel darüber getuschelt, dass Elinor Wyndham schlechtes Blut in die Familie brachte. Lady Georgiana will beweisen, dass sie nicht wie ihre Mutter ist – was angesichts der Tatsache, dass sie ihrer Mutter verblüffend ähnlich sieht, kein einfaches Unterfangen darstellt. Eine Verlobung mit Cecil Seymour, einem aufgehenden Stern im Unterhaus, wird ihr dabei helfen, den Schatten, der immer noch auf ihrem Haus liegt, zu vertreiben.»

«Verzeihen Sie, wenn ich so offen bin», meinte Madame Gérard zögernd. «Ich weiss ja, dass in England den Angelegenheiten des Herzens weniger Aufmerksamkeit geschenkt wird als in meiner Heimat, aber ist das nicht sehr berechnend von Lady Georgiana? Was ist mit Mister Seymour und seinen Gefühlen für die Dame?»

Mrs Havers erlaubte sich ein überraschend zynisches Lachen. «Sie haben gesehen, wie Lady Georgiana einen ganzen Raum voller Männer um den kleinen Finger wickeln kann. Für einen Politiker ist sie die ideale Frau. Man sagt, Cecil Seymour sei vielleicht nicht der brillanteste Kopf in der Riege junger Politiker, aber wenn es um seine eigenen Interessen und seine Karriere geht, macht er keine Fehler. Er wird seinen Weg machen, mit Lady Georgiana an seiner Seite sogar etwas schneller als geplant. Ich fürchte, das wird

Ihre Meinung über unsere Nation nicht verbessern, doch für Cecil Seymour ist das mehr wert als alle Leidenschaft, die ihm eine Frau geben könnte.»

«Nun ja, es gibt ja noch andere Möglichkeiten, seinem Herzen zu folgen», meinte Madame Gérard nachsichtig. Mrs Havers quittierte diese Anspielung auf gallische Leichtlebigkeit mit eisigem Schweigen. Einen Moment lang war das Knacken der Buchenholzscheiter im Cheminée deutlich zu vernehmen. Madame Gérard schien die Missbilligung ihres Gegenübers nicht zu bemerken. «Was genau sind Mister Seymours Aufgaben im Unterhaus?», fragte sie leichthin.

«Er sitzt in irgendwelchen Ausschüssen und Komitees und ist Unterstaatssekretär im Kriegsministerium. Aber das ist ihm natürlich nicht genug. So etwas interessiert mich nicht wirklich – für uns Frauen sind solche Angelegenheiten doch nicht von Bedeutung, egal, was diese Suffragetten sagen mögen.»

Und damit wandte sich das Gespräch diesen furchtbaren Frauen und der Schande zu, die sie über das ganze Geschlecht brachten.

Anna war endlich fertig, sie erhob sich und verliess leise – von den Damen nicht weiter beachtet – den Salon. Da also hatte sie die Antwort auf die Frage, warum Lady Georgiana sich einen dermassen unmöglichen Verlobten ausgesucht hatte. Von Mrs Havers Neigung zu melodramatischen Wendungen abgesehen, ergab die Geschichte für Anna Sinn. Sie fragte sich allerdings, welche Rolle der Cousin aus der verpönten Familie der Mutter dabei spielte.

Sie machte sich auf den Weg nach oben, um die Ankunft eines Basler Ehepaares zu überwachen, das in derselben Etage wie Lieutenant Wyndham Räume bezog. Etwas erstaunt sah sie Konsul Deveraux und Mister Derringer aus der Kleinen Suite kommen.

Anna hatte keine Zeit, diesem Rätsel weiter nachzugehen. Nachdem die recht anspruchsvollen Basler Herrschaften endlich zufriedengestellt waren, musste sie noch mit dem Maître d'hôtel die Vorbereitungen für die Neujahrsfeier im Ballsaal besprechen.

Lady Georgiana empfing Anna am Abend mit besorgter Miene. «Ich weiss nicht, was los ist, aber ich glaube, Christian hat etwas vor. Dieser Plan, einfach abzuwarten, bis jemand in die Remise schleicht, passt so gar nicht zu ihm. Ich werde das Gefühl nicht los, er will selbst die Initiative ergreifen, und zwar dann, wenn wir beiden zerbrechlichen Geschöpfe ausser Haus und damit ausser Gefahr sind. Dass ihm selbst etwas zustossen könnte, ist für ihn natürlich unerheblich. Es geht ihm nicht besonders gut, das kann ich sehen, auch wenn er sich alle Mühe gibt, es zu verbergen.» Sie seufzte und griff nach einem Paar silberfarbener Abendhandschuhe. «Nun denn, wir müssen uns einfach darauf verlassen, dass Cecil ein Auge auf ihn hat und ihn von irgendwelchen gefährlichen Abenteuern abhält.»

Anna hatte die Gesellschaft Mister Seymours nur kurz genossen, aber es hatte ausgereicht, um ernsthafte Zweifel an seiner Kompetenz zu haben. Die Vorstellung, dass er Lieutenant Wyndham überwachen und womöglich kontrollieren sollte, war lachhaft – sie starrte fassungslos in den Spiegel. Paget musste wohl ähnliche Gedanken hegen, sie quittierte die Worte ihrer Herrin mit einer leicht erhobenen Augenbraue. Lady Georgiana schien nichts von all dem zu bemerken, sie strich sich die langen Stulpen ihrer Handschuhe glatt. Anscheinend war sie wild entschlossen, gewissen Dingen einfach nicht ins Auge zu sehen.

Anna erkundigte sich vorsichtig: «Wird Mister Seymour denn morgen nicht weiteren Ski-Unterricht nehmen?»

«Nein, Skifahren hat ihm nicht zugesagt. Er wird es mit Eislaufen versuchen. Das ist gut so, denn dann bleibt er in der Nähe des Hotels.»

Da war wohl nichts zu machen. Lady Georgiana erhob sich und trat vor den grossen Spiegel, um den Faltenwurf ihres Kleides zu kontrollieren. Es war eine Kreation aus rotem Samt mit komplizierten Raffungen auf Hüfthöhe – es war das erste Mal, dass Anna ein Stück aus Lady Georgianas Garderobe nicht gefiel.

«Ich weiss nicht recht», meinte Lady Georgiana zu Paget, «aber Mister Seymour liebt es, wenn ich Rot trage.»

Paget reichte ihr die Handtasche, und Lady Georgiana warf einen kurzen Blick hinein. «Und natürlich mag er es nicht, wenn ich rauche.» Sie holte Zigarettenhalter und Zigarettenetui heraus und reichte beides Paget. Dann wandte sie sich Anna zu: «Wenn ich das recht verstanden habe, müssen wir morgen früh aufbrechen. Ich möchte nicht, dass Sie sich meinetwegen Umstände machen, wir treffen uns dann am Bahnhof. Das wäre dann alles, Miss Staufer.»

Im Gang blieb Anna einen Moment stehen und dachte nach. Sie war beunruhigt. Was genau hatte der Lieutenant vor? Dass Lady Georgiana richtiglag, bezweifelte Anna nicht. Aber anders als Lady Georgiana mochte sie sich keinesfalls auf Mister Seymour verlassen.

Sie ging zur Bar, wo Mister Derringer und der Konsul in angeregtem Gespräch weilten. In Anbetracht von Lady Georgianas Worten erschien Anna der Besuch der beiden Herren in der Kleinen Suite auf einmal recht ominös. Zumindest war von den Herren Offizieren nichts zu sehen, vielleicht hatte sie ja ein Schneebrett unter sich begraben. Anna erschrak ein wenig über sich selbst und hoffte, dass es nur die Müdigkeit war, die solche Gedanken aufkommen liess.

Henning hatte sie inzwischen am Eingang stehen sehen. Er machte ihr ein Zeichen, einen Moment zu warten, und widmete sich einem, wie es schien sehr aufwendigen, Drink für Konsul Deveraux. Auf der Theke stand eine geheimnisvolle Flasche ohne Etikett. Absinth war zwar seit drei Jahren verboten, doch es verlangten immer noch viele Gäste nach der «grünen Fee». Henning hatte deshalb stets etwas «Spezial-Anis» zur Hand. Für diesen Drink wurde nur eine kleine Menge Absinth in einer schon fast alchemistisch anmutenden Prozedur im Glas geschwenkt und wieder ausgegossen. Erst dann wurde der eigentliche Drink aus Whiskey und einigen weiteren Zutaten gemixt. Der Konsul sah hocherfreut aus, als er das mit einer Zitronenschale verzierte Glas endlich in Empfang nehmen durfte. Henning wischte sich die Hände an einem Geschirrtuch ab und eilte zu Anna.

Sie zog ihn hinter einen der Weihnachtsbäume im Gang. «Henning, ich brauche Ihre Hilfe – ich kann Ihnen jetzt leider nicht alles erklären, Sie müssen mir einfach vertrauen.»

Er legte den Kopf schief und betrachtete sie nachdenklich. «Also gut, was soll ich denn tun?»

«Haben Sie morgen früh ein Auge auf Lieutenant Wyndham. Ich glaube, er hat etwas vor, während Lady Georgiana und ich auf Josts Beerdigung sind.»

Henning versuchte, leise zu pfeifen, was ihm mit seiner aufgeplatzten Lippe nicht gelang. «Sich an, sich an. Und was ist mit diesem anderen Engländer, der gestern eingetroffen ist? Sieht aus, als hätte er einen Besenstiel verschluckt. Angeblich soll er mit Lady Georgiana verlobt sein. Ich frage mich ja, was die Lady sich dabei gedacht hat. Muss ich auf den Herrn auch achtgeben?»

«Mister Seymour soll gefälligst auf sich selbst aufpassen», brummte Anna und fügte dann hastig hinzu: «Sie können Ihre Augen ja nicht überall haben.»

Doch er kannte sie zu gut und grinste. «In Ordnung, ich habe verstanden, wer der Stauffacherin am Herzen liegt. Und so liegt er auch mir am Herzen.»

Sosehr sie seine bedingungslose Unerstützung freute, musste sie doch ehrlich sein. Henning mochte den Oberleutnant verabscheuen und seine Heimat trotzdem lieben. «Henning, ich weiss nicht, wie ich das sagen soll. Vielleicht tut Lieutenant Wyndham etwas, das dem Auftrag von Oberleutnant Ranke zuwiderläuft.»

«Pah – Kaiser und Vaterland können mir gestohlen bleiben. Hauptsache, Ihr Lieutenant Wyndham legt jenen das Handwerk, die Jost getötet haben. Und wenn die Herren Offiziere dabei auch ein paar Schrammen abbekommen, so soll es mir nur recht sein.»

Fundsachen

«Man muss nicht alle Wäsche auf dem Markte ausbreiten.»
Deutsches Sprichwörter-Lexikon – 1876

Es war eisig kalt auf dem Perron des Sternenbacher Bahnhofs. Der Atem der Wartenden stieg in kleinen Wolken auf. Anna hatte nicht gut geschlafen. Sie war mitten in der Nacht aus einem Traum aufgewacht, an den sie sich nicht mehr erinnern konnte, aber sie war überzeugt, dass sie der Antwort, der sie alle nachjagten, sehr nahe gewesen war. Sie hatte versucht, wieder einzuschlafen und weiterzuträumen, doch natürlich war ihr keines von beidem gelungen. Nun sorgte sie sich wegen Lady Georgianas Garderobe, eine allzu elegante Erscheinung würde unangenehm auffallen.

Die Türmchen des Grand Palace hoben sich dunkel vor dem strahlend eisig blauen Morgenhimmel ab. Es würde ein schöner Tag werden. Langsam wuchs das Grüppchen an, das zur Beerdigung nach Obwil fahren wollte.

Lady Georgianas schlanke Gestalt tauchte unter den Bäumen der Allee auf, die vor dem Grand Palace endete. Sie hastete über die Strasse, betrat den Bahnhof und durchquerte die Halle mit eiligen Schritten. Das Erscheinen der Lady sorgte für einige Unruhe. Niemand hatte erwartet, dass jemand der «besseren Herrschaften» auftauchen würde. Erleichtert registrierte Anna den schwarzen Rock, Mantel und Hut – sie hatte nicht geglaubt, dass sich derart schlichte Stücke in Lady Georgianas Garderobe finden würden.

«Guten Morgen, Miss Staufer. Ich hoffe, das geht so.» Lady Georgiana rückte den Hut, den eine breite schwarze Samtschleife schmückte, zurecht. «Zum Glück hat Paget in etwa die gleiche Grösse wie ich. Es war allerdings ein rechter Kampf, sie davon zu überzeugen, dass ich so aus dem Haus kann.»

Die knapp einstündige Fahrt nach Obwil verbrachten sie schweigend, alle in Gedanken versunken. Anna beobachtete ihre Reisegefährtin verstohlen. Auf den ersten Blick mochte Mrs Havers richtigliegen. Lady Georgiana wollte wohl den Konventionen ihres Standes genügen und damit den Beweis erbringen, dass sie – ausser ihrem Aussehen – nichts von ihrer Mutter geerbt hatte. Doch gleichzeitig scheute sie sich nicht, Konventionen und Regeln zu brechen. Dass sie alleine, nur von einer Zofe begleitet, auf den Kontinent reiste, entsprach keinesfalls der herrschenden Etikette. Vor strengerem Tadel schützten die Lady nur ihr Titel und ihr Alter – sie war kein Backfisch mehr. Anna fragte sich, wie lange Lady Georgiana und Mister Seymour wohl schon verlobt waren.

Obwil lag nicht direkt an der Bahnstrecke, man musste noch ein gutes Stück bergauf gehen. Noch hatte die niedrige Wintersonne den Talgrund, wo die Bahnlinie verlief, nicht erreicht. Obwil hingegen lag bereits im Sonnenlicht. Als Anna Lady Georgiana das Dorf zeigte, verfing sich ein einzelner Strahl in der Kuppel des Kirchturms und blitzte für einen Moment wie ein Leuchtturm auf.

Der vom Schnee freigeräumte Fahrweg führte durch ein Waldstück und war nicht allzu beschwerlich, trotzdem dauerte es eine gute Viertelstunde, bis sie das Dorf erreicht hatten. Die Kirche lag auf einer Anhöhe über den Häusern, ein steiler Pfad führte am Friedhof vorbei dorthin.

Die kleine Kirche hatte ungewöhnliche hohe Fenster, sodass das Licht des Wintertages in den Raum flutete. Anna nahm mit Lady Georgiana in einer der hinteren Kirchenbänke Platz. Lady Georgiana gab sich alle nur erdenklich Mühe, nicht aufzufallen, und es gelang ihr auch fast. Nur hier und da wurden verstohlene Blicke in ihre Richtung geworfen und leise getuschelt.

Anna versuchte, dem Gottesdienst zu folgen und sich von Jost zu verabschieden, doch ihre Gedanken schweiften ständig ab, so als könnten sie es nicht wagen, sich dem Schmerz zu nähern. Sie wollte nicht an Jost denken; wie er ihre Anweisungen niederkritzelte; wie er ihr auf der Treppe strahlend erklärte, dass er «Ammann» gerufen wurde; wie er einen regelrechten Strauss mit Frau Lanz ausgefochten, weil sie dem Lieutenant Tee statt Kaffee zubereitet hatte. Und schon gar nicht wollte sie an den dunklen Dachboden des Splendid denken.

Ihr Blick blieb an der kleinen, dunkelgrün gestrichenen Kanzel hängen, die mit geschnitzten und vergoldeten Tressen und Quasten geschmückt war. Und auf einmal erinnerte sie sich – sie wusste jetzt, was es war, das ihr in der vergangenen Nacht entflohen war.

Sie senkte den Kopf. Statt über die plötzliche Erkenntnis aufgeregt zu sein, erfüllte sie Ruhe. Nun war es gut, und sie konnte Abschied nehmen und weinen und danach dieser Geschichte ein Ende bereiten.

Christian war früh aufgestanden und hatte sich an ein Fenster gesetzt, um das Kommen des Tages zu beobachten. Er hatte alles vorbereitet. Nun ging es nur noch darum, den ersten Zug zu machen, Geduld zu haben und immer auch mit dem Unerwarteten zu rechnen. Während die bleiche Sonne langsam den Himmel eroberte und die Landschaft mit weiss-silbernem Licht überzog, spürte er die alte, wohlvertraute Anspannung – das Schwanken zwischen Furcht und Jagdfieber. Es fiel ihm schwer, sich das einzugestehen, aber ein Teil von ihm – ein Teil, den er vielleicht nicht sehr mochte – hatte dieses Gefühl vermisst.

Er erhob sich und begann mit der mühsamen Prozedur des Ankleidens. Zweifelsohne würde er am Abend für diesen Tag bezahlen. Vielleicht würde er sogar Miss Staufer um jene Hilfe bitten müssen, die er auf keinen Fall in Anspruch nehmen wollte. Das wäre dann wohl seine Busse dafür, dass er sich – wenn auch nur für einen kurzen Moment – nach seinem alten Leben zurückgesehnt hatte.

Es klopfte, das Frühstück war da. Allerdings wurde es nicht von dem Etagenportier serviert, den Herr Ganz ihm anstelle von Jost zur Verfügung gestellt hatte. Der Mann, der mehr Übung im Servieren zu haben schien, sagte: «Guten Morgen, Sir. Ich habe Friedrichs Schicht übernommen, damit er zur Beerdigung kann.»

Christian hätte dem Mann gerne noch einige Fragen gestellt, doch da klopfte es schon wieder – es war Cecil Seymour.

«Guten Morgen, Christian. Ich habe beschlossen, dir beim Frühstück Gesellschaft zu leisten. Georgiana musste ja bereits in aller Frühe aus dem Haus, um am Beerdigungsgottesdienst dieses Burschen teilzunehmen. Warum ihr beide so etwas für nötig haltet, übersteigt allerdings mein Vorstellungsvermögen.»

Christian bemerkte die Wölbung an Cecils linker Seite und seufzte. «Das glaube ich gerne. Und der Bursche hatte einen Namen. Es wäre schön, wenn du ihn dir merken könntest.»

«Es scheint mir, dass ihr euch in unnötigen Sentimentalitäten verheddert – ein geschmackvolles Gebinde, sofern es so etwas hier gibt, hätte es auch getan.» Cecil setzte sich unaufgefordert hin und fuhr den Kellner an: «Nun, was stehen Sie hier herum? Besorgen Sie mir ein Frühstück! Und zwar ein richtiges mit Tee!»

Der Mann verbeugte sich und murmelte: «Sehr wohl, mein Herr.»

«Das Personal in diesem Haus ist wirklich unmöglich. Zuerst diese Gouvernante, die ihren Platz nicht kennt, und nun noch ein Kellner, der sich anscheinend geprügelt hat.»

Christian ging darauf nicht ein. «Was willst du hier, Cecil?»

«Ich wollte diese Gelegenheit ergreifen, dir meine Sichtweise der Dinge nochmals ungestört zu erläutern.»

Christian hätte die Ruhe vor dem Sturm gerne etwas länger ausgekostet, aber Cecil war wohl dabei, der ganzen Geschichte das unerwartete Element zu liefern, mit dem man immer rechnen musste. «Also gut, dann hab die Güte, mir diese Sichtweise zu erläutern.»

Cecil Seymour war ein Mann, der sich gerne selbst reden hörte. Er holte weit aus, um in unnötigem Detailreichtum zu erläutern, wie die Operation Splendid zustande gekommen war und welch bedeutenden Anteil er selbst daran gehabt hatte. Er war immer noch am Reden, als der Kellner mit einem zweiten Frühstück zurückkam.

«Natürlich hat niemand damit gerechnet, dass du inzwischen deine eigenen verrückten Pläne entwickelst und dich dabei auch noch mit dem Personal einlässt. Ist dir eigentlich bewusst, dass diese Person dich nur ausnutzt? Zu was für Zwecken auch immer.»

«Ich wäre dir sehr verbunden, wenn du deine Meinung zu Miss Staufer für dich behalten und endlich zum Punkt kommen könntest.»

«Warum die Eile? Hast du heute vielleicht noch etwas vor?»

«Ich möchte mich einfach gerne meinen Übersetzungen widmen, das ist alles.»

Cecil griff ungeduldig nach der Serviette, die der Kellner eben platzieren wollte, und legte sie sich auf den Schoss. Dann begann er, umständlich nach etwas in seiner Weste zu suchen.

«Verzeih, wenn ich diesbezüglich meine Zweifel habe. Die hat Georgiana übrigens auch, sie macht sich Sorgen, dass du heute irgendetwas Unbedachtes tun könntest.» Cecil schien endlich gefunden zu haben, wonach er gesucht hatte, aber der Gegenstand steckte wohl fest. Seine Bemühungen, möglichst unverfänglich eine Waffe aus einem offensichtlich improvisierten Holster zu ziehen, hatten etwas Komisches. Christian hoffte allerdings, er würde sich nicht aus Versehen selbst erschiessen – oder ihn oder den Kellner treffen.

Endlich gelang die komplizierte Operation, und Cecil hantierte nun verstohlen mit der Waffe unter dem Tisch. «Ich muss sagen, ich teile Georgianas Sorge – allerdings noch aus anderen Gründen. Inzwischen mache ich mir nämlich ernsthafte Gedanken, ob du noch weisst, wem deine Loyalität zu gelten hat. Du scheinst hier jegliches Pflichtgefühl gegenüber dir selbst, deiner Familie und deinem Land vergessen zu haben. Ich werde dich heute nicht aus den Augen lassen, und ich hoffe sehr, dass du mich nicht zwingst, hiervon Gebrauch zu machen. Das wäre mehr als bedauerlich. Aber glaub mir, wenn es sein muss, werde ich keine Sekunde zögern.» Er platzierte einen schweren, in die Serviette gehüllten Gegenstand auf dem Tisch. «Schon bevor ich anreiste, hatte ich meine Zweifel, doch als ich sah, mit was für Gesellschaft du dich hier umgibst, war ich mir sicher, dass man dir nicht mehr trauen kann. Ich vermute, die Chiffre befindet sich längst in deinem Besitz. Ich weiss nicht, ob das Morphium deinen Geist nachhaltig geschwächt hat oder woran es liegt, denn die Dame – und ich gebrauche den Begriff nur unter Vorbehalt – ist nun wirklich keinen Verrat wert. Es ist bedauerlich, aber …»

Dem Kellner, der dabei war, den Tee zu servieren, entglitt die Kanne. Dunkle Tropfen breiteten sich auf dem Tischtuch aus. Deutsche und englische Entschuldigungen murmelnd, beugte er sich über den Tisch und tupfte die Flüssigkeit auf. Auf einmal war seine Hand auf Cecils Serviette, und mit einer flinken Bewegung beförderte er diese samt Inhalt über den Tisch.

Christian, der ihn genau beobachtet hatte, griff sofort zu. Er hatte die Waffe bereits in der Hand, bevor Cecil überhaupt begriffen hatte, was geschehen war.

«Sie sind Henning, nicht wahr? Sie waren am Morgen des Einbruchs auch hier.» Christian hielt die Webley auf Cecil gerichtet. Der Barkeeper trat vorsichtig einen Schritt zur Seite und nickte. Eine unnötige Vorsichtsmassnahme, Christian hielt die Waffe so locker, dass die Handballensicherung nicht entriegelt wurde. «Ich danke Ihnen für Ihr beherztes Eingreifen. Gibt es dafür vielleicht einen bestimmten Grund?»

«Fräulein Staufer – sie sagte, ich sollte in Ihrer Nähe bleiben und Ihnen helfen, falls das nötig sein sollte. Deshalb habe ich heute Friedrichs Posten übernommen. Fräulein Staufer sagte auch, dass ich auf ihn», er machte eine Kopfbewegung in Richtung Cecil, «nicht aufzupassen brauche.»

Diese Antwort überraschte Christian nicht weiter. «Wie üblich erweist sich Miss Staufer als ausserordentlich vorausschauend.»

Er wandte sich wieder Cecil zu. «Und das, obwohl sie nicht die Vorzüge einer Erziehung in Harrow und Cambridge genoss. Es tut mir leid, Cecil – ich hatte gehofft, du würdest die Morgenstunden auf dem Eisfeld verbringen. Das hätte uns beiden viele Unannehmlichkeiten erspart. So verlockend die Aussicht ist, dir eine Kugel zu verpassen, würde ich eine zivilisierte Lösung unseres gegenwärtigen Dilemmas vorziehen – nicht nur um Georgianas willen. Dafür möchte ich aber dein Wort, dass du nicht um Hilfe schreien wirst.»

Cecil hatte sich mannhaft aufgerichtet. «Selbstverständlich – und es ist das Wort eines Gentlemans. Des Einzigen in diesem Raum, wenn ich das anfügen darf. Dass ein Deutscher in dieser Angelegenheit als dein Verbündeter agiert, ist nur ein weiteres trauriges Indiz dafür, wie tief du gesunken bist.»

Henning hatte während dieses Austausches leichte Anzeichen von Ungeduld gezeigt. Christian wandte sich nun ihm zu. «Es wäre ausgesprochen wünschenswert, Mister Seymour würde für ein paar Stunden ausser Gefecht gesetzt. Vorzugsweise aber nicht mit roher Gewalt. Leider habe ich keine geistigen Getränke zur Hand, darauf reagiert er nämlich ausgesprochen gut. Denken Sie, es wäre Ihnen möglich, ihn mit etwas aus dem Bestand Ihrer Bar zu versorgen?»

«Selbstverständlich, aber sollte ich ihn nicht zuerst fesseln? Er hat Ihnen nur sein Wort gegeben, nicht zu schreien.»

«Eine ausgezeichnete Idee, am besten verwenden Sie dazu die Vorhangschnur.» Christian zeigte auf die dicke Kordel, mit der die schweren kupferfarbenen Vorhänge zurückgebunden waren.

Unter seiner fachkundigen Anleitung fesselte Henning Cecil die Hände auf den Rücken und verankerte ihn noch gleich an der Stuhllehne. Dann machte er sich auf den Weg in die Bar.

Christian legte die Waffe zur Seite, widmete sich seinem Frühstück und überliess Cecil dem heroischen Schweigen, in das dieser verfallen war. Er war ihm dafür dankbar, denn er musste nachdenken.

Henning war bald zurück, er stellte ein Flasche und ein Glas auf den Tisch.

«Darf ich fragen, was Sie da gebracht haben?» Christian hatte Whiskey oder Cognac erwartet, doch die Flüssigkeit in der Flasche war klar wie Wasser.

«Enzianschnaps», war die überraschende Antwort des Barkeepers.

Sie tauschten einen langen Blick aus, aber keiner sagte etwas. Henning schenkte ein Glas ein. Natürlich weigerte sich der Gentleman zu kooperieren; Henning hielt ihm die Nase zu und flösste ihm den Schnaps so ein. Wie nicht anders zu erwarten, begann Cecil zu husten, und seine Augen tränten.

«Ich nehme an, das braucht ein bisschen Zeit», meinte Christian und trank den letzten Schluck Kaffee. «Sie werden ihm wohl kaum die ganze Flasche auf einen Schlag verabreichen können.»

«Nein, das wäre wohl nicht ratsam. Wollen Sie das übernehmen, oder soll ich weitermachen?»

«Wie schon gesagt, ich wäre um etwas Hilfe froh. Ich habe noch viel zu tun, und Mister Seymours Anwesenheit stellt eine nicht unerhebliche Komplikation meiner Pläne dar.»

«Was haben Sie denn vor, dass Sie ihn so gründlich ausser Gefecht setzen müssen?» Anscheinend hatte sich Henning auch so seine Gedanken gemacht.

«Nun, ich gedenke, all die Herrschaften, die Miss Staufer und Ihnen solchen Kummer bereitet haben, dazu zu bringen, die Karten auf den Tisch zu legen, und dann davon zu überzeugen, dass ihre Mission hier zum Scheitern verurteilt ist. Danach sollte im Haus wieder Ruhe herrschen.»

«Sofern alles gut geht», meinte Henning, «das klingt gefährlich. Wissen Sie denn, wer für Josts Tod verantwortlich ist?»

«Sagen wir einmal so, ich habe einen starken Verdacht. Aber ich fürchte, er wird sich nicht beweisen lassen. Wie ich schon zu Miss Staufer sagte, das Beste, was ich tun kann, ist, dafür zu sorgen, dass nicht noch mehr Unschuldige zu Schaden kommen. Und das gelingt am ehesten, wenn ich diverse Herrschaften zur Abreise überreden kann.»

Er erhob sich, holte eine Schachtel beschriebener Blätter von seinem Pult und setzte sich damit wieder an den Tisch. Der Barkeeper räumte geschickt das Geschirr zur Seite und beobachtete fasziniert, was Christian mit den Papierbögen anstellte.

«Ich hätte nicht gedacht, dass das zu den Kenntnissen gehört, die ein Agent haben muss», meinte er grinsend.

Christian hielt ihm einen Bogen hin. «Man kann in diesem Metier nie wissen, was eines Tages von Nutzen sein wird. Wollen Sie mir vielleicht helfen? Holen Sie sich einen Stuhl aus dem Schlafzimmer.»

«Oh gerne, nur einen Moment noch.» Henning schenkte einmal mehr nach, inzwischen musste er keine sanfte Gewalt mehr anwenden. Dann besorgte er sich eifrig einen Stuhl und gesellte sich zu Christian. Er vergass allerdings nicht, sich zwischendurch wieder um Cecil zu kümmern.

Wie Christian erwartet hatte, dauerte es nicht lange, und der Enzianschnaps zeigte seine Wirkung. Cecil gab sein männliches Schweigen auf und begann in unzusammenhängenden Worten gegen die skandalöse Behandlung eines Mitglieds des Unterhauses zu protestieren. Das ging eine Weile so, bis er schliesslich einnickte.

Nach gut einer Stunde waren sie mit ihrer Arbeit fertig. Christian erhob sich und warf einen Blick auf Cecil, der leise Schnarchgeräusche von sich gab. «Können Sie den Gentleman auf das Sofa verfrachten? Ich kann Ihnen dabei leider nicht helfen.»

Henning band Cecil los, weckte ihn mit der Routine des Barkeepers auf und brachte ihn mit sanfter Überredung dazu, sich aufs Sofa zu legen, wo Cecil sofort wieder zu schnarchen begann. Henning drehte ihn vorsorglich auf die Seite und legte ihm ein Kissen unter den Kopf.

Christian holte seine Taschenuhr hervor. «Meine Cousine hängt an Mister Seymour, er sollte deshalb aus diesem Abenteuer keine bleibenden Schäden davontragen. Jemand muss bei ihm bleiben und auf ihn aufpassen – aber ich habe jetzt andere Pläne. Am besten holen Sie Paget, Lady Georgianas Zofe. Sagen Sie einfach, ihre Dienste als Krankenpflegerin würden verlangt. Und dann müsste ich noch einen der Pagen sprechen, am besten den rothaarigen Burschen mit den grossen blauen Augen.»

«Norbert – eine gute Wahl. Fräulein Staufer mag ihn, auch wenn sie es nicht zeigen mag.»

«Ich weiss, und er hat Talent zum Verschwörer.»

Etwas später begrüsste Paget Christian mit ungerührter Miene, das Schnarchen, das vom Sofa herüberklang, taktvoll ignorierend. Er hatte ihr eigentlich ein Märchen auftischen wollen, dass Cecil sich zu einer verfrühten Neujahrsfeier habe hinreissen lassen. Doch angesichts ihrer Unerschütterlichkeit liess er das bleiben.

«Mister Seymour sollte nicht alleine sein, bis es ihm wieder etwas besser geht. Leider kann ich nicht hier bleiben, um nach ihm zu sehen. Ich hatte gehofft, Sie könnten das übernehmen.»

«Sie können sich auf mich verlassen, Sir.»

«Und noch etwas, Paget.» Christian holte Cecils Waffe hervor. «Schliessen Sie hinter mir die Tür und öffnen Sie niemandem ausser mir, Lady Georgiana oder Miss Staufer. Sollte doch jemand versuchen, gewaltsam einzudringen, dann verjagen Sie ihn hiermit. Lady Georgiana hat Ihnen hoffentlich gezeigt, wie man damit umgeht?»

Sie nahm ihm die Waffe ab und blickte ihn milde tadelnd an. «Ich habe Lady Georgiana beigebracht, wie man damit umgeht.»

Er beugte sich zu ihr und küsste sie auf die Wange.

Nun verlor sie doch einmal die Fassung. «Master Christian!», entfuhr es ihr.

«Diese Anrede habe ich schon lange nicht mehr gehört», sagte er lächelnd.

Sie setzte sich mit ihrem Handarbeitsbeutel an den Tisch und begann ihre Krankenwache. Die klobige Webley verschwand unter einem zarten Werk aus Spitzen.

Es klopfte und Norbert erschien. Er lauschte Christians Anweisungen aufmerksam und verschwand dann wieder, ausgestattet mit einem hübschen Trinkgeld, einer unter den Arm geklemmten Schachtel und einem spitzbübischen Grinsen.

Christian ging in das Schlafzimmer und machte sich für einen Ausflug ins Freie bereit. Als er in das Lesezimmer zurückkam, traf er dort Henning an, der sich inzwischen mit einem kurzen Mantel ausstaffiert hatte und sich nun leise mit Paget unterhielt. Zu Christians Erstaunen gelang es dem Barkeeper sogar, Paget ein seltenes Lächeln zu entlocken.

Christian lehnte seinen Spazierstock gegen den Tisch, ging zu dem Pult und holte ein weiteres Bündel Papiere hervor, an dem er am Vortag gearbeitet hatte. Die Blätter waren mit einem Stück Bindfaden zu einem Manuskript zusammengeheftet, das er sich nun unter seine Weste schob. Er wandte sich zu Henning um. «Ich nehme an, es hat keinen Sinn, Sie zu bitten, an Ihre Arbeit zurückzukehren?» Er stellte die Frage mit einer gewissen Resignation, denn Hennings rebellischer Gesichtsausdruck sprach Bände. Trotzdem versuchte er es nochmals. «Sie werden Schwierigkeiten mit der Direktion bekommen.»

Henning warf einen beredten Blick auf das Sofa, von wo wenig dezente Schnarcher zu vernehmen waren. «Ich würde sagen, die habe ich bereits.»

«In der Tat. Nun, wenn alles vorbei ist, werde ich mich darum kümmern – keine Sorge. Aber ich will nicht, dass sie noch tiefer in diese Geschichte hineingeraten. Ich habe Miss Staufer versprochen, dass keine Unschuldigen mehr zu Schaden kommen werden.»

Henning überreichte Christian seinen Spazierstock. «Und ich habe ihr versprochen, auf Sie aufzupassen. Es ist einzig und allein Miss Staufers Schuld, wenn sie uns widersprüchliche Versprechen abnimmt. Sie kann uns deshalb nicht böse sein.»

Gegen seinen Willen musste Christian lachen. «Also gut – kommen Sie mit. Aber Sie werden tun, was ich sage, und nicht versuchen, im unmöglichsten Moment den Helden zu spielen!»

«Das werde ich bestimmt nicht – dazu eigne ich mich nicht besonders.» Er musterte Christian eindringlich. «Ich hoffe, Sie haben unter dem Mantel eine Waffe versteckt. Und zwar ein bisschen geschickter als Mister Seymour.»

«Ja, und seien Sie froh, dass Mister Seymour das Modell nicht sehen kann. Eine Parabellum wäre für ihn ein weiterer Beweis für meine verräterische Gesinnung. Aber ich hoffe, die Sache ohne Gewalt über die Bühne zu bringen. Im Übrigen müsste ich mich sehr in den Gewohnheiten einer gewissen Nation täuschen, sollten wir nicht ungefragt grosskalibrige Schützenhilfe erhalten.»

Seltsame Dinge gingen auf einmal im Splendid vor sich. Durch das Haupttreppenhaus segelten kleine, aus Papier hergestellte Flugmaschinen. Ein paar fanden ihren Weg sogar bis hinunter ins Vestibül, wo Herr Ganz stirnrunzelnd eines dieser kleinen Wunderwerke auseinanderfaltete. Das Papier war von oben bis unten mit unsinnigen Buchstabenreihen übersät. Auf einem der Flügel stand in roter Tinte: «Wertvolle Fundsache an Meistbietenden zu versteigern. Nur seriöse Angebote. Heute 12 Uhr, wo Phaeton sich ausruht.»

Zum nicht geringen Ärger von Herrn Ganz schwebten auch vor dem Hotel diese kleinen Flugmaschinen herunter, manche von ihnen flogen sogar bis zum Eisfeld und landeten zwischen Gästen, die sich dort verlustierten. Und er bemerkte sehr wohl, dass kein einziger Page in Sichtweite war.

«Also so was. Fangen sie wieder mit diesem Unsinn an!»

Mit einem heftigen Schnaufen nahm er den Lift nach oben, um ein paar Ohren lang zu ziehen. Aber als er endlich im obersten Stock angelangte, war von den Missetätern nichts mehr zu sehen. Wütend machte er sich auf den Weg nach unten, diesmal gesetzten Schrittes über die Treppe, in der Hoffnung, doch noch einen der Schlawiner in flagranti zu erwischen. Aber alles, was er zu sehen bekam, waren Gäste, die entweder mit den Flugmaschinen spielten oder sie interessiert auseinanderfalteten.

Herr Ganz hatte nicht bemerkt, dass alle Papierbögen mit derselben Botschaft, aber in verschiedenen Sprachen, versehen waren.

Der Gottesdienst neigte sich dem Ende entgegen. Anna wartete, bis der Trauerzug die Kirche verliess, dann nahm sie Lady Georgianas Arm.

«Wir müssen gehen, jetzt sofort», flüsterte sie. «Wenn wir uns beeilen, erreichen wir noch den Mittagszug nach Sternenbach. Der nächste Zug fährt erst wieder in zweieinhalb Stunden.»

«Aber ich dachte, es ginge jetzt noch auf den Friedhof», protestierte Lady Georgiana, doch Anna zog sie bereits davon.

«Mir ist eingefallen, wo noch niemand gesucht hat. Wir müssen so schnell wie möglich zurück nach Sternenbach. Kommen Sie, ich erzähle es Ihnen unterwegs.»

Lady Georgiana fiel folgsam in denselben Laufschritt, den Anna eingeschlagen hatte. «Glauben Sie etwa, es könnte uns jemand zuvorkommen?

«Nein, das kann ich mir nicht vorstellen. Man muss schon die Gouvernante des Splendid sein, um daran zu denken. Aber ich mache mir Sorgen, was Lieutenant Wyndham vorhat. Wenn er in Schwierigkeiten ist, wäre es vielleicht gut, die Chiffre in Händen zu haben.»

Falls Lady Georgiana fand, Anna sollte mehr Vertrauen in Mister Seymours Fähigkeiten haben, behielt sie das für sich. Sie hastete neben Anna den Hang hinunter, doch sie war nicht in den Bergen aufgewachsen. Sie erkannte die vereisten, blaugrau schimmernden Stellen auf dem Weg nicht und stürzte ein, zwei Mal. Pagets bester Rock endete mit einem grossen Riss über dem Saum, aber sie erreichten den Zug noch rechtzeitig und liessen sich undamenhaft ausser Atem auf die gepolsterten Sitzbänke nieder.

In der Remise herrschte nach der strahlenden Helle des Wintertages im Freien fast vollkommene Dunkelheit. Es dauerte eine Weile, bis man jenseits der Balken aus Licht und tanzendem Staub, die aus den kleinen Oberlichtern zu Boden stürzten, etwas erkennen konnte.

Christian suchte sich einen Platz an der Rückwand der Remise, neben den für den Winter eingestellten Kutschen. Von hier konnte er sowohl das Tor wie die kleine Seitentür gut im Auge behalten. Er lehnte sich an ein Regal und wartete. Es schien eine Ewigkeit zu dauern, doch schliesslich öffnete sich das Tor einen Spalt weit, und eine Gestalt in Schwarz, mit einem rüschenbesetzten Rock und einer gefältelten Pelerine trat ein. Ihre Hände waren unter der Pelerine verborgen, ein Ridicule lugte darunter hervor.

«Frau Kommerzialrat – ich freue mich, dass Sie meine Nachricht erhalten haben und wir uns endlich kennenlernen.»

«Ich wünschte, ich könnte dasselbe von Ihnen sagen, Lieutenant Wyndham. Aber für Verräter habe ich nicht viel übrig, nicht einmal dann, wenn ich mich gezwungen sehe, mit ihnen Geschäfte zu machen.» Sie trat ein paar Schritte näher, ihr auffällig langer Rock schleifte durch den Staub. «Hätten Sie sich nicht einen weniger schmutzigen Treffpunkt aussuchen können? ‹Wo Phaeton sich ausruht› – wahrlich kein Meisterstück von einem Code. Sie werden Ihrem Ruf nicht gerecht.»

«Nun, ich wollte sichergehen, dass auch einfache Gemüter damit nicht zu grosse Mühe haben. Und der Staub ist nicht das, was Sie an diesem Ort beunruhigen sollte.»

«So, was dann?»

«Das wissen Sie besser als ich – die Erinnerung an den Mord, den Sie hier anordneten.»

«Ich verstehe nicht, was Sie meinen.»

«Der junge Mann, der heute beerdigt wird – er kam Ihnen und Ihren Helfern in die Quere, als Sie hier Ihre kleine Brandstiftung vorbereiteten, und Sie haben angeordnet, dass er beseitigt wird. Es dauerte eine Weile, bis ich dahinterkam. Sie waren an jenem Abend in der Bar und sahen, wie gefeiert wurde. Aber Sie waren nicht dort, um sich über den Lärm zu beschweren. Sie waren dabei, die Lage zu sondieren, um herauszufinden, wie Sie Ammanns Leiche am besten verschwinden lassen konnten. Die Feier gab Ihnen eine Idee: Sie haben eine Flasche Enzianschnaps entwendet und kehrten damit hierher zurück. Wenig später betraten die beiden österreichischen Herren, die so gerne auf die Berge klettern, die Réception vom Seitengang her – in ihrer Mitte schleiften sie einen Mann. Dem Nachtportier erklärten sie, sie kämen aus der Bar und es handle sich um einen Gast, der zu viel getrunken hätte und dem sie nun aufs Zimmer helfen würden. Tatsächlich war das der bewusstlose Ammann, den sie so, ohne Verdacht zu erregen, in den Lift verfrachteten. Sie sind mit ihm auf den Dachboden und haben ihn dort erhängt. Das war ein Fehler. Ich fragte mich gleich, wer einfach so ein Seil zur Hand hat. Die Herren Alpinisten natürlich.»

«Was für eine haarsträubende Geschichte.» Sie war in sicherer Entfernung stehen geblieben. «Und warum wohl sollte ich diejenige gewesen sein, die die Befehle gab?»

«Weil Sie jetzt auch hier sind, um die Verhandlungen zu führen. Die Herren Schindler und Helm – ich nehme an, es handelt sich um Mitglieder der Gebirgstruppe – waren zu Ihrer Unterstützung für handfestere Tätigkeiten abgestellt. Tagsüber waren sie in den Bergen, während Sie durchs Hotel streiften und von der Aura der Toten faselten. Niemand nahm Sie ernst, eine wunderbare Tarnung, und darüber hinaus hofften Sie wohl, ein Zimmermädchen würde Ihnen bei Gelegenheit die Kleine Suite aufschliessen, damit Sie mit dem Geist des unglücklichen Professors Verbindung herstellen und nebenbei die Räume durchsuchen können, um das hier zu finden.» Christian holte das Manuskript hervor. Sie zog einen kleinen Revolver aus ihrem Ridicule.

Er lachte leise. «Eine Ladysmith? Verzeihen Sie, aber ich finde das etwas unpassend. Sie sind keine Lady. Ihr Plan, die Remise in Brand zu stecken, um mich aus der Suite zu locken, hätte leicht schiefgehen können. Sie nahmen dabei in Kauf, dass Menschen umkommen. Eine richtige Lady hätte nach Mitteln und Wegen gesucht, dasselbe Ziel zu erreichen, ohne Menschenleben zu gefährden.»

«Es ist mir egal, was Sie denken, Lieutenant Wyndham. Das Werk des Professors gehört Österreich-Ungarn, und ich werde sicherstellen, dass es in seine Heimat zurückkehrt.»

Christian beschloss, auf Zeit zu spielen. Er mochte den grössten Fisch im Netz haben, aber das reichte nicht. «Es wird Ihnen nicht viel nützen, denn es ist nicht vollständig. Ich habe ein paar wichtige Passagen vernichtet, sie existieren nur noch in meinem Kopf. Es ist immer gut, sich abzusichern.»

«Pah – wir haben unsere eigenen Spezialisten. Wir brauchen Ihr Verräterhirn nicht!»

«Das möchte ich doch bezweifeln», liess sich da eine hochnäsige Stimme von der Seitentür her vernehmen. «Sollte das Evidenzbüro mit dieser Chiffre keine Probleme haben, so ist sie nicht das Papier wert, auf dem sie geschrieben wurde.»

Es konnte sich nur um Oberleutnant Ranke handeln, der jetzt, flankiert von zwei Kameraden, die Remise betrat. Er trug wie seine Begleiter Knickerbocker und eine Norfolkjacke – trotz dieser sportlichen Aufmachung war ihm der Offizier anzumerken, zumal er jetzt die Hand zu seiner Schiebermütze führte und vor Christian salutierte.

«Lieutenant Wyndham, nach allem, was ich über Sie weiss, würde ich mir nicht anmassen, auf Ihr Wissen verzichten zu wollen. Das Deutsche Reich ist zu Verhandlungen bereit.»

«Die Chiffre gehört Österreich-Ungarn, und ich werde eher sterben, als sie in fremde Hände gelangen zu lassen!» Die Frau Kommerzialrat mochte leicht verrückt erscheinen, aber sie hatte sich inzwischen ausser Reichweite der Offiziere begeben, und sie war immer noch die Einzige mit einer gezogenen Waffe.

«Es lohnt sich nicht, für dieses Manuskript zu sterben!»

Interessiert notierte Christian das Auftauchen einer dritten, auch ihm bisher unbekannten Partei mit einem nicht zu überhörenden russischen Akzent.

Ein untersetzter Herr mit leicht zerzaustem Haar quetschte sich durch das angelehnte Tor. «Das hier», er hielt ein Blatt Papier hoch, das einmal eine Flugmaschine gewesen war, «ist eine elegante Chiffre.» Er bedachte Christian mit einer anerkennenden Verbeugung. «Ich habe sie noch nicht entschlüsselt, doch jedermann, der etwas von Kryptographie versteht, erkennt sofort, dass das nicht die Hatvany-Chiffre sein kann. Das sieht mir sehr nach einem Playfair-Verfahren aus. Berlin und Wien hielten es natürlich nicht für nötig, Leute mit den richtigen Kenntnissen auf eine solche Mission zu schicken.»

«Petersburg schickt dafür einen Kapellmeister», schnauzte die Frau Kommerzialrat und wies den Herrn mit der Waffe an, sich zu Christian und den Offizieren neben die Kutsche zu gesellen.

«Mehr als nur ein Kapellmeister, meine Liebe. Musik und Kryptographie haben viele Gemeinsamkeiten – wie Ihnen Lieutenant Wyndham bestätigen kann.»

Der Mann wandte sich Christian zu. «Gestatten Sie – Alexander Mamonov; ich bin sehr gespannt auf diese angebliche Fundsache. Als man mir zum ersten Mal von Professor Hatvanys erstaunlicher Ankündigung erzählte, hatte ich nämlich meine Zweifel.»

«Die Chiffre gehört Österreich-Ungarn.» Frau Göweil fuchtelte mit ihrer Ladysmith herum.

Oberleutnant Ranke hatte sichtlich Mühe damit, von einer Frau in Schach gehalten zu werden. «Oh, halten Sie endlich den Mund! Sie haben mit Ihren unbedachten Handlungen bereits viel zu viel Aufmerksamkeit auf uns alle gelenkt. Dass Sie den Hausburschen umbringen mussten, war Ihnen nicht genug. Sie planten tatsächlich, das Hotel in Brand zu stecken? Wir hätten alle in dem Feuer umkommen können!»

Frau Göweil machte ein verächtliches Geräusch. «Oh bitte! Seit wann zeigen denn deutsche Offiziere einen solchen Hang zum Drama? Und was den Hausburschen anbelangt, er hätte sich ja auf kein Schäferstündchen einlassen müssen.»

Der Oberleutnant schüttelte nur den Kopf; doch Christian musste der Dame zugestehen, dass sie sich geschickt verhielt. Nichts von dem, was sie gesagt hatte, konnte als Geständnis gelten. Sie war nicht die Närrin, für die der Oberleutnant sie hielt. Aber das Evidenzbüro dürfte trotzdem über ihr Vorgehen nicht sonderlich erfreut sein.

Das mochte mit ein Grund sein, warum sie sich mit solcher Vehemenz einsetzte – sie brauchte den Erfolg als Rechtfertigung für ihr Handeln.

Und sie war nicht die Einzige. Oberleutnant Rankes Mission war keineswegs so verlaufen, wie er sich das vorgestellt haben mochte. Er bedachte den Kapellmeister mit einem ungnädigen Blick, immerhin hatte der Mann seine Fähigkeiten in Frage gestellt. Widerwillig schien er jedoch dessen grösseres Fachwissen anzuerkennen. «Wenn das nicht die Chiffre ist, warum verschwenden wir dann hier unsere Zeit?»

Der kleine Russe zuckte mit den Schultern. «Das möchte ich auch gerne wissen. Ich frage mich, ob wir nicht alle hinter einem Hirngespinst herjagen.»

«Ich wünschte mir, Sie hätten recht.» Eine gross gewachsene Frau stand im Tor, sie trug einen eleganten, breitkrempigen Hut in Crème und Schwarz, der zu ihrem crèmefarbenen Mantel mit schwarzen Besätzen passte. Sie war die Erste, die sich nicht im Mindesten bemühte, verstohlen in die Remise zu gelangen.

«Madame Gérard», entfuhr es Oberleutnant Ranke.

«Oh, tun Sie nicht so erstaunt.» Madame Gérard schlenderte in die Remise und blieb mitten im Raum stehen. Frau Göweil würdigte sie dabei keines Blickes. «Dachten Sie wirklich, Frankreich würde diese Sache einfach so auf sich beruhen lassen? Nachdem unser Agent das Manuskript bereits gesehen hatte? Er hatte sich als Etagenkellner ausgegeben, um in die Suite zu gelangen. Leider konnte er es damals nicht in seinen Besitz bringen, da die Frau Professor zugegen war. Doch er sandte dem *Deuxième Bureau* und dem *Bureau du Chiffre* eine Beschreibung. Und das hier», sie hielt eine weitere auseinandergefaltete Flugmaschine hoch, «entspricht dieser Beschreibung in keiner Weise. Also, Monsieur Wyndham – warum diese ganze Scharade?»

«Wollen Sie damit etwa sagen, dass Sie und Ihr Gatte für das *Deuxième Bureau* arbeiten? Was ist mit Ihren Töchtern?» Oberleutnant Ranke schien von diesem neuerlichen Beispiel französischer Perfidie komplett überfordert. Er blickte sich zu seinen beiden Kollegen um, doch die beiden Herren schienen ausser Ratlosigkeit nichts zu bieten zu haben.

«Sie sind brave Mädchen und tun, was man ihnen sagt, auch

wenn es ihnen gewiss keine Freude macht. ‹Tanze mit den Boches, wir müssen erfahren, was sie vorhaben› – und so tanzen sie», erklärte Madame Gérard mit einer Nonchalance, die ihn mehr als Häme erzürnen musste. Doch sie war noch nicht mit ihm fertig. «Im Übrigen waren wir nicht die Einzigen, die versuchten, über Amors Pfeil an die Chiffre zu gelangen.» Mit einem maliziösen Lächeln fügte sie hinzu: «Wir haben uns dabei wenigstens an die Gesetze der Sitte und Natur gehalten.»

Der Oberleutnant zitterte vor Empörung. «Ich muss doch sehr bitten!»

Doch Madame Gérard war mit ihm fertig. Sie blickte zu Christian. «Mein Gatte und ich waren überzeugt, dass Ihr Angebot nicht ehrlich gemeint ist, Monsieur Wyndham. Das ist der Grund, warum er jetzt gerade dabei ist, Ihre Suite zu durchsuchen. Nun, ich frage Sie nochmals, was tun wir hier?»

Alle wandten sich Christian zu. Ruhig meinte er: «Ich wollte Sie alle gerne ein paar Freunden vorstellen.»

Neben ihm raschelte es in einer der Kutschen, und die über die Ledersitze ausgebreitete Plane sank zu Boden.

«Mister Derringer, Reporter des ‹Chicago Herald›, kennen die meisten von Ihnen bereits. Da er mit seiner Geschichte über die mörderischen Bergführer nicht weiterkam, habe ich ihm etwas Besseres versprochen. Der Gentleman an seiner Seite ist Ihnen ebenfalls bekannt: Mister Deveraux, seines Zeichens amerikanischer Konsul in Zürich. Er dürfte eine interessante Depesche nach Washington senden können. Und Henning, der Barkeeper des Splendid, ist einfach hier, weil er von Berufs wegen immer über alles Bescheid wissen muss.»

Mister Derringer hielt grinsend einen kleinen Notizblock hoch. «Es war nicht einfach, im Dunkeln zu schreiben – aber der Aufwand hat sich gelohnt. ‹Liebe, Verrat und Tod: Agentenspiele im Grand Hotel – wie die europäischen Mächte sich gegenseitig befehden!› Und natürlich alles mit Namen und Beschreibungen der beteiligten Damen und Herren. Das ergibt ein ganz schöne Liste von dubiosen Tätigkeiten und Verbrechen: Verführung in allen Variationen, Einbruch, Brandstiftung und Mord.»

Madame Gérard zeigte sich nicht weiter beeindruckt. Sie musterte den Reporter kühl und abwägend. Wahrscheinlich überlegte sie sich, welche ihrer Töchter bei ihm eher zum Ziel gelangen möchte oder ob sie die Angelegenheit gar selbst übernehmen sollte. Oberleutnant Rankes Untergebene hatten ihre Sprache wiedergefunden, sie redeten leise, aber heftig auf ihn ein.

Frau Göweil zerrte an dem Band ihrer Pelerine und schleuderte das Kleidungsstück weit von sich. «Das werden Sie nicht wagen!» Ihre Stimme klang schrill. «Exzellenz, ich verlange, dass Sie diesen Schreiberling im Namen Ihrer Regierung an die Kandare nehmen. Das wird sonst internationale Konsequenzen haben.»

«Als Erstes, werte Dame», begann der Konsul leutselig, «muss ich Sie darüber informieren, dass mein Land – im Gegensatz zu dem Ihren – die Pressefreiheit kennt. Und zweitens entstamme ich einem alten Südstaatengeschlecht, und nichts liegt mir ferner, als eine Lady ungebührlich zu behandeln, doch wenn Sie Ihre Waffe nicht augenblicklich von der freien amerikanischen Presse nehmen, wird das für Sie bedauerliche Konsequenzen haben.»

Und damit zog er einen beeindruckenden Single Action Colt hervor, den er – den Hahn gespannt – auf die Dame richtete.

Endlich fuhr der Zug in den Bahnhof von Sternenbach ein. Lady Georgiana sah blass aus. Der Enthusiasmus, den sie noch vor zwei Tagen beim Gedanken, das Manuskript zu finden, gezeigt hatte, war verschwunden. Sie hatte Annas Erklärung staunend gelauscht und am Schluss gesagt: «Ich hoffe bei Gott, dass Sie richtigliegen.» Den Rest der Fahrt hatten sie in angespanntem Schweigen verbracht. Doch als der Zug hielt, stürmten sie beide aus ihrem Abteil, noch bevor der Bahnbeamte ihnen die Tür öffnen konnte. Sie rannten über den Perron in Richtung Bahnhofshalle.

Der Sternenbacher Bahnhof diente gleichzeitig auch als Post- und Telegrafenamt. In der Halle drängten sich zu dieser Stunde zahlreiche Gäste, um noch letzte Neujahrsgrüsse zu versenden.

Lady Georgiana stiess beim Eingang mit einer älteren Dame zusammen, die eben einen Stapel Telegramme aufgeben wollte. Die Bögen flatterten zu Boden. Lady Georgianas gute Erziehung hielt stand, sie half Anna beim Einsammeln, Entschuldigungen in mehreren Sprachen murmelnd. Neben ihnen beugte sich eine junge Frau ebenfalls herunter und half mit. Sie trug einen Hut mit schmaler Krempe, den sie sich mit einem breiten, um den Hals geschlungenen Chiffonschal unter dem Kinn in einer voluminösen Schleife festgebunden hatte. Elegante Damen trugen diese Mode für Fahrten in offenen Automobilen, um sich gegen den Fahrtwind zu schützen – in Sternenbach zeugte sie von der Absicht der Trägerin, sich mit Ski- oder Schlittensport vergnügen zu wollen.

«Und Sie sind sicher, dass sie noch in der Lingerie sind?», fragte Lady Georgiana, als sie sich wieder aufrichteten.

«Ganz sicher. Madame Dubois wirft nichts weg, was man noch brauchen kann. Es muss alles noch dort sein.»

Sie überreichten der Dame ihre Telegramme und hasteten, ihrer Dankesworte nicht achtend, aus der Bahnhofshalle in Richtung Splendid.

«Sollten wir nicht zuerst Lieutenant Wyndham Bescheid geben?», fragte Anna, die nicht vergessen hatte, dass der Lieutenant während ihrer Abwesenheit wohl eigene Pläne verfolgte. Sie wollte wissen, wo er war, und vor allem, wie es ihm ging.

Doch Lady Georgiana winkte ab. «Wozu? Wir sind ja gleich da. Und ich will sein Gesicht sehen, wenn wir ihm das Manuskript unter die Nase halten.»

Aller Augen waren auf den Konsul und Frau Göweil gerichtet, als auf einmal das Tor zur Remise mit einem hässlichen Quietschen aufgezerrt wurde. Eine junge Frau stürzte in den Raum, sie erkannte wohl nicht, was sich im Halbdunkel vor ihr abspielte, und rannte direkt auf Madame Gérard zu.

«Maman, Maman – die Gouvernante weiss, wo es ist! Sie und die Lady sind auf dem Weg in die Lingerie!»

Für einen Moment herrschte verblüfftes Schweigen, dann zischte Madame Gérard: «Chut!»

Der Kapellmeister stöhnte leise und sagte ein Wort, das Christian von einem alten russischen Matrosen gelernt hatte. Es war der Situation durchaus angemessen. Christian warf einen Blick zu Henning, der in der Kutsche hilflos gestikulierte.

«Wo ist die Lingerie?», fragte Oberleutnant Ranke einen der Offiziere. Dieser zuckte nur mit den Schultern, und Ranke schnarrte: «Die Kenntnis des Terrains ist immer und überall unerlässlich!»

Die Lektion in Taktik wurde jäh unterbrochen, als jemand durch die Seitentür davonrannte.

«Der Kapellmeister weiss, wo das ist.» Der Oberleutnant packte seinen Kameraden am Revers. «Ihm nach!»

Ein Schuss knallte. Die Frau Kommerzialrat hatte in die Decke der Remise geschossen. Nun zerrte sie Mademoiselle Gérard am Schal, den diese um Hut und Hals geschlungen hatte, an sich und nutzte die junge Frau als Schutzschild.

«Niemand verlässt diesen Raum», keuchte sie, während sie ihre Geisel in Richtung Seitentür zog. Dort schubste sie Mademoiselle Gérard zu Boden und stürzte ins Freie. Mit einem lauten Knirschen drehte sich der Schlüssel von aussen im Schloss.

Christian handelte ohne nachzudenken, er liess den Spazierstock fallen und wollte zum Tor rennen. Doch er kam nicht weit, ein scharfer Stich in seinem Rücken erinnerte ihn daran, was er tun und was er nicht tun konnte. Er stolperte und stürzte auf den harten Steinboden, seine Hand fand Halt an der Deichsel der Kutsche. Er klammerte sich daran und rang auf den Knien für einen Moment vor Schmerz um Atem.

Polternde Geräusche, Tritte und Flüche zeugten vom vergeblichen Versuch der Herren Offiziere, die Seitentür aufzubrechen. Nun rannten sie durch das Tor, um die Verfolgung aufzunehmen. Madame Gérard hatte mit Hilfe des Konsuls ihrer würgenden und hustenden Tochter aufgeholfen, jetzt schob sie diesen Gentleman unsanft aus dem Weg und hastete mit einem scharfen Befehl an das Mädchen, den Herrn Papa zu holen, ebenfalls aus dem Tor.

«Unglaublich», meinte der Konsul. Er wandte sich Christian zu. «Was ist mit Ihnen, hat die Irre Sie mit einem Querschläger getroffen?»

«Nein, ich bin in Ordnung – nur gestolpert.» Christian versuchte, die Oberhand über den Schmerz zu erhalten. «Los, laufen Sie diesen Verrückten hinterher und sorgen Sie dafür, dass sie nicht noch mehr Schaden anrichten.»

Der Konsul liess sich das nicht zwei Mal sagen, er stürzte mit erstaunlicher Behändigkeit los.

Mister Derringer blickte ihm kopfschüttelnd nach. «Wie ein altes Schlachtross – wir haben zusammen im Spanisch-Amerikanischen Krieg gekämpft. Ich glaube, er hat bei dieser Sache nur eingewilligt, um wieder mal ein Abenteuer zu erleben.»

Er half Christian zusammen mit Henning hoch und zeigte dabei mehr Umsicht, als man einem so schwerfälligen Mann zugetraut hätte. «Wird's denn gehen, mein Junge? Machen Sie sich bloss keine Sorgen, Deveraux wird schon auf Ihre Cousine achten.»

Nach einem Blick auf Christians Gesicht fügte er hinzu: «Und auf die Gouvernante.»

«Wir müssen in die Lingerie», erklärte Henning, der in einer Ecke der Remise rumorte.

«Werden Sie das schaffen?», erkundigte sich Mister Derringer besorgt bei Christian. Ehe er antworten konnte, krachte es aus der Ecke, wo Henning verschwunden war.

«Muss er nicht», erklärte der Barkeeper grinsend und zeigte auf das Gerät, das er hervorgezerrt hatte: Einen niedrigen Schlitten mit einer hohen Rückenlehne und nach hinten in die Länge gezogenen Kufen. «Allerdings kann ich das Ding wegen meiner Rippe nicht alleine bedienen, aber wenn mir Mister Derringer zur Hand gehen könnte, sollte es klappen. Das ist ein Tretschlitten und …»

«Pah», empörte sich der Gentleman und nahm Henning das Gerät ab. «Sie müssen Matthew P. Derringer nicht erklären, was das ist. Ich bin an den Ufern des Lake Michigan aufgewachsen, wo es genauso viel Eis und Schnee gibt wie hier.» Und damit zog er den Schlitten aus der Remise. Henning reichte Christian seinen Spazierstock und fragte leise: «Wird's denn gehen?»

«Es muss.» Christian umklammerte den Spazierstock und schritt so schnell er konnte zum Tor. Trotz der winterlichen Kälte liess ihn die Anstrengung dieser wenigen Schritte in Schweiss ausbrechen. Als er endlich ins Sonnenlicht trat, klebte ihm das Hemd am Rücken. Mister Derringers Stimme schien aus grosser Ferne zu kommen: «Los, mein Junge, hinauf mit Ihnen. Und Sie, Henning, sind der Scout.»

Die Dépendance lag verlassen hinter den Bäumen am Parkrand. Anna hatte den schmalen Pfad eingeschlagen, den das Personal als Abkürzung zwischen Dépendance und Hotel nutzte.

«Was machen wir, wenn uns jemand fragt, was wir vorhaben?», fragte Lady Georgiana hinter Anna.

«Es wird niemand dort sein. Um diese Zeit sind alle beim Mittagessen im Personal-Speisesaal oder bei sich zu Hause im Dorf. Sollten wir doch jemanden antreffen, fällt mir schon etwas ein. Wir gehen durch die Waschküche, das geht schneller, als ums Haus herumzulaufen.»

Anna führte Lady Georgiana zu einem ebenerdigen Nebeneingang, der durch einen Windfang in die Waschküche führte. Hier verrichteten die Wäscherinnen in groben Schürzen die schwere Arbeit: schrubbten Tischtücher und Laken auf Waschbrettern, kümmerten sich um das Beheizen der grossen Kessel und bearbeiteten die im Sodasud schwimmenden Stücke mit Wäschestampfern. Nun aber lagen all die Gerätschaften verlassen da, die Schürzen hingen fein säuberlich aufgereiht an einer Hakenleiste hinter der Tür. Wie Anna angekündigt hatte, machten die Wäscherinnen Mittag. Bottiche mit eingelegter Wäsche standen auf Hockern. Der hinteren Wand entlang waren drei grosse Waschkessel eingemauert – einer davon war beheizt. Kleine Dampfkringel stiegen unter dem Holzdeckel hervor, und der Geruch von Seifenlauge erfüllte den Raum. An der anderen Wand waren Waschtröge zum Spülen und mit Wasser betriebene Wäschewinden aus schimmerndem Kupfer montiert. Der Boden des Raumes senkte sich zur Mitte hin leicht, sodass verschüttetes Wasser in einem Ausguss abfliessen konnte.

Anna führte Lady Georgiana durch die Waschküche und dann die Hintertreppe hoch in die Büglerei: einer der Salons des alten Bircher, nun vollgestellt mit Wäschemangeln, neuen elektrischen Bügeleisen und Bügelbrettern. Die Wände entlang zogen sich Regalbretter, auf denen weisse Wäschestapel aufgereiht waren. Es duftete nach der im Splendid verwendeten Stärke, obwohl jetzt keine Lingères inmitten von Dampfwolken ihre Arbeit verrichteten.

In den angrenzenden Zimmern wurde sämtliche Wäsche in einem genau durchdachten System gelagert; in den Wäschekammern des Splendid befand sich nur, was innerhalb einer Woche gebraucht wurde. Von hier aus verwaltete Madame Dubois die Wäsche, überwachte genau, wie viele Stücke ins Splendid gingen und wie viele wieder zurückkamen und ob alle Tischtücher, Naprons und Servietten der *Table d'hôte* auch so makellos rein waren, wie man es angesichts der hohen Preise wohl auch erwarten durfte. Und hier fand Anna, wonach sie suchte. Sie zog den schweren dunkelgrünen Samt aus einem Wandschrank hervor.

Lady Georgiana flüsterte neben ihr: «Sind sie das?»

«Ja, das sind die Nachtvorhänge der Kleinen Suite, die ich ersetzt habe.»

Sie schleppten die schweren Stoffbahnen in die Büglerei, wo sie sie auf einem Tisch auseinanderfalteten. Annas Finger strichen suchend über den verschwenderisch breiten, mit Goldlitzen geschmückten Saum, der so schwer gearbeitet worden war, damit die Vorhänge schön fielen.

«Hier», meinte sie aufgeregt, «hier ist etwas.» Sie griff zu ihrem Gürtel, von dem sie sich auch an diesem Tag nicht getrennt hatte. Sie holte Hennings Weihnachtsgeschenk hervor und begann mit dem kleinen Taschenmesser vorsichtig, die Naht aufzutrennen.

«Man sieht überhaupt nicht, dass sich jemand an dem Vorhang zu schaffen gemacht hat», meinte Lady Georgiana und offenbarte überraschendes Handarbeitswissen. Als sie den kurzen Blick bemerkte, den Anna ihr zuwarf, grinste sie: «Ich wurde auf ein teures Pariser Pensionat geschickt und musste all das unerträgliche Nadelzeugs lernen. Nicht dass ich je eine so schöne Naht hinkriegen würde.»

Anna trennte weiter Stich für Stich auf. «Frau Hatvany war vor ihrer Heirat Näherin.»

«Du liebe Zeit, das wusste ich gar nicht.»

Die Naht war endlich offen, und Anna fuhr mit der Hand in die Stofftasche. Sie holte ein kleines Notizbuch und mehrere Bündel zusammengefalteter Papierbögen hervor. Letztere waren mit Buchstaben- und Zahlenreihen und Schriftzeichen in einer Art Kurzschrift übersät.

«Das ist sie also.» Lady Georgiana nahm eines der Bündel in die Hand, «die Chiffre, die es angeblich nicht gibt. Was steht in dem Notizbuch?»

Anna klappte das Büchlein auf und las ein paar Zeilen. «Es ist ein Tagebuch, aber nicht das des Professors. Es scheint seiner Frau gehört zu haben.»

Sie glaubte, Geräusche aus dem Erdgeschoss zu hören. Ihr war nicht wohl bei dem Gedanken, von irgendjemandem hier entdeckt zu werden. Nicht jetzt, wo sie endlich in Händen hatten, was bereits so viel Leid verursacht hatte.

«Wir sollten besser gehen», meinte sie und verstaute das Notizbuch in ihrer Handtasche.

«Das sollten Sie wirklich, aber zuerst geben Sie mir diese Papiere!» Kapellmeister Mamonov tauchte atemlos im Türrahmen auf. «Meine Damen, ich habe keine Zeit und Sie auch nicht – geben Sie das her. Glauben Sie mir, das ist auch für Sie besser.»

Er versuchte, Lady Georgiana das Bündel Papierbögen zu entreissen, und es fiel zu Boden. Geistesgegenwärtig griff sie nach dem Vorhang und warf ihn über den Mann, der ein Kopf kleiner als sie war. Er verhedderte sich beim Versuch, sich frei zu kämpfen, immer mehr in dem Kokon aus schwerem Samt. Lady Georgiana versetzte ihm einen geschickten Tritt gegen das Schienbein, und er krachte zu Boden. Sie leerte als Gnadenstoss einen grossen Korb Wäsche über ihm aus.

Anna hatte inzwischen die verstreuten Papierbögen eingesammelt. Sie stiess das sich windende Bündel aus grünem Samt und Wäsche unsanft zur Seite, um sicherzugehen, dass kein Blatt vergessen ging, und blickte noch kurz unter den Tisch. Dann stand sie auf. «Schnell, wir müssen von hier fort.» Sie nahm Lady Georgianas Hand und lief mit ihr zur Hintertreppe.

«Zum Teufel», keuchte Lady Georgiana. «In der Remise hatte ich dank Christians Ermahnung meine Pistole dabei, doch heute habe ich sie in meinem Zimmer gelassen. Ich dachte, es wäre unpassend, mit so etwas an eine Beerdigung zu gehen!»

Als sie in die Waschküche kamen, fanden sie sich unversehens Frau Göweil gegenüber, die ausser Atem und mit rotem Gesicht eine elegante Waffe mit Perlmuttgriff auf sie richtete.

«Sieh an, sieh an. Es hat sich gelohnt, den Rockschössen des Kapellmeisters zu folgen. Ich hoffe, Sie sind vernünftig und geben mir den rechtmässigen Besitz der österreichisch-ungarischen Regierung ohne Sperenzchen zurück.»

Anna hatte keine Zeit, auf diese erstaunliche Forderung einzugehen. Jemand rannte gegen die Aussentür, die Frau Göweil hinter sich abgeschlossen haben musste. Aufgeregte Stimmen waren zu hören, dann Schritte, die sich um das Haus in Richtung Treppe zum Haupteingang entfernten.

«Ich habe nicht viel Zeit.» Die Frau Kommerzialrat machte mit der Waffe eine ungeduldige Bewegung. «Nun geben Sie schon her.»

Polternde Schritte und laute Stimmen erklangen im oberen Stock. Wer auch immer versucht hatte, die Tür zum Windfang zu öffnen, war nun im Haus. Der Frau Kommerzialrat ging die Zeit aus, Anna aber ebenso. Ob jetzt Hilfe kam, wusste sie nicht, aber sie hoffte es. Sie schürzte den Rock und trat einen der Bottiche um, Wasser spritzte auf den Boden vor die Frau Kommerzialrat, die mit einem kleinen Schrei zurückwich. Im selben Moment eilten die Herren Offiziere herbei mit Herrn Mamonov im Schlepptau. Es war nicht die Hilfe, auf die Anna gehofft hatte, aber besser als gar nichts.

Doch die Frau Kommerzialrat hatte sich wieder gefangen und kontrollierte mit ihrer Waffe jeden im Raum.

«Ich sagte Ihnen doch, Sie würden nur in noch grössere Schwierigkeiten geraten», meinte Herr Mamonov.

Oberleutnant Rankes sonst so tadellose Erscheinung hatte unter der wilden Jagd gelitten. Er war barhäuptig und verschwitzt, die sonst so akkurat platzierten Locken kringelten sich unbotmässig um seine Schläfen. Nun versuchte er, der Situation Herr zu werden. Er wandte sich an Frau Göweil: «Sie glauben doch nicht wirklich, dass Sie noch entkommen können!» Mannhaft trat er zwischen Anna und die Waffe, den Rücken der Frau Kommerzialrat zugewandt. «Geben Sie mir diese Papiere, mein Fräulein – dann sind Sie in Sicherheit vor diesem verrückten Weibsbild.»

Erneut waren Stimmen und Schritte im Haus zu hören. Anna presste die Bögen fest an sich und beschloss, auf Zeit zu spielen. «Ich muss Ihr ritterliches Angebot leider ablehnen, Herr Oberleutnant.»

Lady Georgiana trat an ihre Seite. Sie hatte sich mit einem Wäschestampfer bewaffnet und richtete das kupferne Kopfstück auf den Oberleutnant.

Er starrte sie beide an, als hätten sie den Verstand verloren. Mit einem verächtlichen Schulterzucken trat er zur Seite. «Bitte, nur zu. Dann lassen Sie sich eben erschiessen.»

Weitere Personen stürmten in die Waschküche. Verblüfft erkannte Anna Madame Gérard und den amerikanischen Konsul, der ebenfalls eine Waffe dabeihatte. Doch bevor er diese auf Frau Göweil richten konnte, stürzte sich Madame Gérard mit einem Schwall wütender französischer Schimpfworte auf die Frau Kommerzialrat.

Die Waffe ging los. Anna hörte ein dumpfes Krachen, gefolgt von aufgeregten Schreien. Sie packte Lady Georgiana am Arm und blickte erschrocken um sich. Der Schuss war nahe am Kamin in der Ecke eingeschlagen, ein Loch klaffte nur ein paar Armlängen von ihren Köpfen entfernt in der Mauer. Verputz und Kalkstein rieselten daraus hervor.

Madame Gérards Hut rollte wie ein Wagenrad vor Annas Füsse. Die beiden Frauen wälzten sich am Boden. Das ausgegossene Wasser hinterliess dunkle Flecken auf Madames hellem Mantel; kleine schwarze Jettperlen flogen durch die Luft.

Da blitzte Madame Gérards Hutnadel in ihrer Hand auf. Das spitze Instrument zeigte direkt auf Frau Göweils Gesicht, die schützend ihren rechten Arm hob, während sie die Waffe immer noch umklammert hielt. Ihre linke Hand krallte sich in Madame Gérards Haar. Madame Gérard schrie auf, die Nadel schrammte über Frau Göweils Handgelenk. Mit letzter Kraft zerrte Frau Göweil Madame Gérard an den Haaren von sich herunter. Sie hielt ihre kniende Gegnerin mit der Waffe in Schach und richtete sich langsam und schwer atmend auf. Ein dünnes rotes Rinnsal zeigte sich auf dem schmalen Streifen Haut zwischen Handschuh und Ärmel.

Frau Göweil rang nach Luft, schliesslich sagte sie, ohne ihre Augen von Madame Gérard zu nehmen. «Exzellenz, wenn Sie wirklich von einem solchen Zartgefühl gegenüber dem schönen Geschlecht erfüllt sind, dann legen Sie jetzt besser Ihren Colt zu Boden.»

«Seien Sie vernünftig, Frau Kommerzialrat. Damit kommen Sie unmöglich davon!», sagte der Konsul. Doch er gehorchte und legte seine Waffe auf den Boden. «Wie wollen Sie aus dem Tal fliehen? Es ist eine einzige Falle. Ein Telegramm reicht schon, um Sie abzufangen.»

«Ach, wirklich?» Sie schürzte ihren Rock, darunter trug sie Lodenhosen und beschlagene Schuhe. «Ich bin keine Närrin. Meine Untergebenen haben die letzten Tage damit zugebracht, Routen aus diesem Kessel zu erkunden, auf denen uns so schnell keiner folgen dürfte.» Sie hielt abermals einen Moment inne, um Luft zu holen. «Nachdem Lieutenant Wyndhams Angebot auf dem Tisch war, habe ich sie mit Vorräten vorausgeschickt, um alles für unsere Flucht vorzubereiten. Aber ich werde nicht ohne die Hatvany-Chiffre gehen. Also, Fräulein Gouvernante, wenn Sie wohl die Güte besässen?»

Sie richtete ihre Waffe langsam auf Anna, dann auf einmal erstarrte sie, und alle Farbe wich aus ihrem Gesicht. Sie öffnete den Mund, doch sie konnte nicht sprechen. Die Waffe entglitt ihr, und sie griff sich an die Brust. Ihre Hand verkrampfte sich in dem schwarzen Spitzenjabot auf ihrer Brust, und sie stürzte zu Boden.

Lady Georgiana half Anna auf, die noch immer das Manuskript des Professors umklammert hielt. Beide starrten sie auf die reglose Gestalt am Boden.

Der Konsul eilte herbei und beugte sich über Frau Göweil, nach einem Puls suchend. Doch es war ein vergebliches Unterfangen. Er liess davon ab und fuhr mit seiner Hand sanft über das leblose Gesicht. «Madame – Sie haben soeben einen Menschen getötet», meinte er leise.

Madame Gérard hatte sich erhoben, nun strich sie ihre Haare glatt. «Ich weiss nicht, wovon Exzellenz sprechen. Frau Göweil hat uns doch immer wieder versichert, dass ihr Herz beim Tode ihres Gatten brach – nun hat es ihr endgültig den Dienst versagt.» Sie blickte um sich, sah ihren Hut zu Annas Füssen und hob ihn auf. «Sie ist jetzt endlich mit ihrem geliebten Gustav vereint, so wie sie es sich gewünscht hat.» Vorsichtig setzte sie den Hut auf, die Hutnadel schien sie nicht zu vermissen.

Anna vermutete, dass die Nadel im Ausguss verschwunden war. Der Konsul kniete immer noch neben Frau Göweil. Er blickte suchend um sich, dann stand er auf. «Diese Hutnadel war gefährlicher als mein Colt, nicht wahr? In was haben Sie die Spitze getaucht?»

«Exzellenz haben zu viele billige Romane gelesen», meinte Madame Gérard, während sie den Hut sorgfältig zurechtrückte, sodass er eine elegante Neigung erhielt. «Es gibt keine so schnell wirkenden Gifte.» Sie drehte sich zu Anna um. «Die Gouvernante hat also gefunden, wonach wir alle gesucht haben. Ich gratuliere Ihnen, Mademoiselle. Wenn Sie Ihre Karten richtig spielen, werden Sie das neue Jahr als reiche Frau beginnen.»

Monsieur Gérard tauchte im Türrahmen auf, er sah etwas derangiert aus. «Ma chère, sind Sie verletzt? Ich habe einen Schuss gehört!» Er eilte auf seine Frau zu und küsste ihre Hand.

«Es geht mir gut.» Sie deutete über die Schulter, ohne sich umzublicken. «Diese Person hat das Leben unserer Tochter bedroht. – Sie wird das nie wieder tun.»

Der Konsul steckte seine Waffe ein und murmelte leise: «*The Female of the Species.*»

«In der Tat, da hat Mister Kipling schon recht. Frau Göweil war gefährlich. Sie hatte bereits einen Mord auf sich geladen, und sie wäre vor einem weiteren wohl kaum zurückgeschreckt.» Madame Gérard schmiegte sich schutzsuchend an ihren Gatten. «Vielleicht war sie sogar ein wenig verrückt – all das Gerede von Gesprächen mit den Toten. Es wäre wohl ein Akt der Menschlichkeit gegenüber ihrer Familie und ihrer Regierung, wenn die genauen Umstände ihres Todes nicht bekannt werden.» Als niemand etwas dazu sagte und sie alle nur anstarrten, fuhr sie fort: «Frau Göweil ging im Park spazieren, und auf einmal wurde ihr übel. Sie wollte hier um ein Glas Wasser bitten, und wir alle haben sie aus Sorge um ihre Gesundheit begleitet. Leider verstarb sie unverhofft an einem Herzschlag – was alle Anwesenden bezeugen können.»

Der Konsul war ob so viel Kalkül erschüttert. «Unglaublich! Sie wollen also wirklich, was sich hier abgespielt hat, einfach so vertuschen!»

«Ich stimme mit Madame überein», meinte Oberleutnant Ranke. «Die Frau war eine Gefahr für uns alle, so ist es besser. Meine Kameraden und ich werden Ihre Geschichte bezeugen, Madame. Dafür werden Sie aber alle Ansprüche an dem Manuskript des Professors aufgeben.»

Anna hörte wieder Schritte, langsame, mühevolle Schritte, begleitet von sicheren, helfenden Schritten. Sie blickte zur Tür, wo endlich Lieutenant Wyndham auftauchte. Er blickte zu ihr und zu dem Einschussloch in der Wand, seine Lippen formten ein tonloses Wort.

Erst jetzt bemerkte sie, dass er Mister Derringer und Henning mitgebracht hatte. Die Neuankömmlinge registrierten die Lage in der Waschküche schweigend. Henning warf einen Blick auf die Tote und schüttelte den Kopf.

«Sie sind ja schlimmer als die Aasgeier», sagte der Konsul angewidert. «Wollen Sie jetzt tatsächlich weiter um dieses Manuskript schachern?»

«Den Worten Madames entnehme ich, dass es sich dieses Mal um keine Fälschung wie in der Remise handelt», meinte der Oberleutnant. «Selbstverständlich ist das Reich weiterhin zu Verhandlungen bereit. Und Sie brauchen nicht so zu tun, als wären Sie hier als unbeteiligte Partei. Sie sind der Einzige mit einer Waffe.»

«Grosser Gott, Mann, als ob die amerikanische Regierung so etwas nötig hätte. Wir verfolgen eine ehrliche Politik ohne Lügen, Spionage und Ränke – wir brauchen keine Chiffren, um Kriegspläne und Intrigen zu verbergen. Wir kümmern uns um unsere eigenen Angelegenheiten.»

Monsieur Gérard lachte rau. «Oh bitte, nun machen Sie sich nicht lächerlich, Monsieur le Consul. Ihre Regierung legt die Monroe-Doktrin doch aus, wie es ihr passt. Sollen wir die Menschen auf den Philippinen oder auf Kuba fragen, was sie von solchem Unsinn halten?»

«Sie brauchen sich gar nicht länger zu streiten wie Hunde um einen alten Knochen», liess sich Lady Georgiana mit etwas zittriger Stimme vernehmen. Sie nahm dieselbe Pose ein, mit der sie sich jeweils abends im Spiegel studierte; zu ihrer vollen Grösse aufgereckt, das Kinn leicht angehoben. «Professor Hatvany wollte, dass sein Werk in die Hände der Macht gelangt, die am ehesten Frieden und Wohlstand für alle gewährleisten kann. Es steht ausser Zweifel, dass dies das britische Empire ist.»

In dem wütenden Proteststurm, der dieser Erklärung folgte, suchte Anna Lieutenant Wyndhams Blick. Ihre Hand schwebte über dem Holzdeckel des Waschkessels, in dem die Lauge vor sich hin köchelte. Er nickte unmerklich.

Mit einer schnellen Bewegung stiess Anna den Deckel zur Seite und liess die Papierbögen in den Sud fallen. Sie hörte empörte Schreie, aber das war ihr egal. Sie entriss Lady Georgiana den Wäschestampfer, und mit ein paar heftigen Stössen sorgte sie dafür, dass alles untergetaucht war. Langsam färbten sich Wasser und Schaum tiefblau.

Einer der Offiziere stiess sie zu Boden und versuchte, ein paar Papiere zu retten, er verbrühte sich dabei die Finger. Lady Georgiana starrte sie fassungslos an, aber es tat Anna nicht leid.

Der Konsul eilte zu ihr und half ihr auf. «Das haben Sie gut gemacht, mein Mädchen. Ganz hervorragend!»

Sie dankte ihm geistesabwesend und eilte zur Tür, wo der einzige Mensch stand, mit dem sie reden wollte. Was immer er auch an diesem Morgen unternommen hatte – und der wilden Jagd nach zu schliessen, die all diese Menschen in die Waschküche gebracht hatte, war es einiges gewesen – er hatte dafür einen hohen Preis bezahlt, das konnte sie sehen.

«Es geht Ihnen nicht gut!»

Er überreichte Henning, der ebenso wie Mister Derringer recht unpassend grinste, seinen Spazierstock und zog sie in seine Arme. «Doch, jetzt geht es mir gut!»

Neujahr

«Seit ich im Schlaf
den Mann gesehen, den ich
von Herzen liebe,
seit dieser Zeit erst liebe ich
der Träume bunter Falter.»
Ono no Komachi, 9. Jahrhundert

In der Waschküche herrschte ein wildes Durcheinander, alle redeten gleichzeitig. Anna verharrte still dort, wo sie war, und spürte seine Wärme, seine Atemzüge und seinen Herzschlag.

Da hüstelte Mister Derringer. «Wenn ich die Heilige Schrift zitieren darf: ‹Alles hat seine Stunde. Für jedes Geschehen unter dem Himmel gibt es eine bestimmte Zeit: eine Zeit zum Umarmen und eine Zeit, die Umarmung zu lösen.› Ich glaube, die gehen sich demnächst an die Gurgel. Der gute Deveraux könnte etwas Hilfe gebrauchen.»

«Es gibt auch eine Zeit, die Bibel zu zitieren, und eine Zeit, es zu lassen.» Die Arme um Anna lösten sich widerstrebend.

Sie drehte sich um und vermied es dabei tunlichst, Mister Derringer, Henning oder Lady Georgiana anzusehen. Sie trat einen Schritt zur Seite und hoffte, niemand würde sie beachten.

Inzwischen war ein heftiger Streit über das weitere Vorgehen entbrannt. Die Herren Offiziere waren anscheinend nicht mehr bereit, Madame Gérards Geschichte zu bezeugen.

«Die Frau war vielleicht verrückt, aber sie war auch Agentin einer verbündeten Regierung. Und nun wurde sie in Ausübung ihres Dienstes ermordet.» Oberleutnant Ranke war offensichtlich wütend über seinen verpatzten Auftrag und darauf aus, irgendjemanden dafür zahlen zu lassen. Die Enttarnung und Verhaftung einer französischen Agentin würde sich in seinem Bericht nach Berlin gut machen.

Monsieur Gérard stellte sich vor seine Frau. «Sie haben für diese monströse Behauptung keine Beweise. Wenn Sie unbedingt wollen, dass diese ganze Sache in Polizeirapporten und Gerichtsverfahren ausgebreitet wird, dann nur zu. Es wird für das Publikum in Frankreich und Deutschland interessant zu lesen sein, wie ein deutscher Offizier sich auf Befehl seiner Regierung in eine widernatürliche Affäre stürzt. Das Tüpfelchen auf dem i dieser Geschichte ist natürlich, dass Sie Ihre Aufmerksamkeiten der falschen Person widmeten und Ihre Sektion III b also ganz vergebens einen aus den eigenen Reihen zur Hurerei zwang. Oder war vielleicht gar kein Zwang im Spiel?»

«Sie Kanaille! Sie können von Glück sagen, dass Sie nicht satisfaktionsfähig sind!»

«Ha! Das bin ich sehr wohl, so wie jeder französische Bürger. Sie berufen sich doch nur aus Feigheit auf die antiquierten Regeln Ihres Reiches.»

Das war zu viel. Mit fahrigen Fingern zerrte Oberleutnant Ranke an einem seiner Lederhandschuhe, um ihn Monsieur Gérard ins Gesicht zu schlagen.

Der Konsul trat eilig dazwischen. «Haben Sie den Verstand verloren? Ein Duell ist wirklich das Letzte, was wir jetzt brauchen. Wir haben hier bereits eine Leiche, die wir den Schweizer Behörden erklären müssen.»

Der Oberleutnant kämpfte mit sich, dann trat er einen Schritt zurück. «Nun gut, aber glauben Sie ja nicht, wir würden dabei helfen, diese schmutzige Geschichte zu vertuschen. Tun Sie doch alle, was Sie wollen – wir gehen jetzt!» Doch er brauchte jemanden, an dem er sein Mütchen kühlen konnte. Sein Blick fiel auf Anna. «Was Sie anbelangt, Fräulein, so werde ich dafür sorgen, dass Sie Ihrer Lebtage keine anständige Stellung mehr finden werden.»

«Oh, ich glaube, Fräulein Staufer braucht sich deshalb keine Sorgen zu machen», meinte Henning milde. «Sie Blüte des preussischen Offizierswesens haben in Ihrer unglaublichen Arroganz doch wirklich gedacht, es wäre nicht nötig, Ihre *billets doux* an mich zurückzufordern? Dachten Sie vielleicht, ich ‹weibisches Mannsbild› würde nicht begreifen, was für eine Waffe ich damit in Händen halte?» Er griff in seine Manteltasche und holte ein kleines Bündel Papiere hervor.

Oberleutnant Ranke wollte sich auf ihn stürzen, doch er wurde vom Anblick der Waffe aufgehalten, die auf einmal in Lieutenant Wyndhams Hand aufgetaucht war.

Henning steckte die Briefe wieder ein. «Ich trage sie bei mir, weil ich mir dachte, es würde Ihnen noch einfallen und Sie würden meine Kammer durchsuchen lassen. Diese Brieflein mögen nicht so viel wert sein wie die Blätter, die dort in der Seifenlauge köcheln. Aber wenn ich sie den richtigen Personen überlasse, dann ist es mit Ihrer Karriere vorbei, Herr Oberleutnant. Das Deutsche Reich wird sich keine Affäre Redl leisten wollen.» Er wandte sich den beiden Kameraden Rankes zu. «Auch Ihre Karrieren, meine Herren, stehen auf dem Spiel.»

Madame Gérard lachte leise. Der Oberleutnant war ausser sich. «Wie können Sie es wagen? Das ist Landesverrat!»

«Was denn? Ihre Gedanken dazu, dass wahre Liebesbande nur zwischen Männern bestehen können, da jede Beziehung zu Frauen durch den tierischen Trieb zur Fortpflanzung befleckt wird? Dabei dürfte es sich wohl kaum um ein Staatsgeheimnis handeln.» Henning genoss es offenbar, dem Herrn Oberleutnant so zuzusetzen. Anna konnte es ihm nicht verdenken.

Der Konsul räusperte sich. «Nun, meine Herren – es ist Zeit, dass Sie sich entscheiden. Wollen Sie, dass sich diese Sache zu einem internationalen Skandal ausweitet, der Ihre Karrieren sehr schnell beenden wird? Oder werden Sie dabei helfen, diese Angelegenheit unauffällig zu Ende zu bringen? Mir kann es egal sein. Ich komme aus dieser Geschichte so oder so ungeschoren davon.»

Anna hatte das Gefühl, dass dem Oberleutnant die Konsequenzen dieser Geschichte inzwischen völlig gleichgültig waren. Er sah aus wie ein Mann, der zum Äussersten getrieben worden war. Der Gedanke schoss ihr durch den Kopf, dass er in den letzten Wochen vielleicht gar kein Theater gespielt hatte und dass die Verachtung, mit der er Henning nun behandelte, eigentlich jemand anderem galt – nämlich sich selbst.

Doch was immer in ihm vorgehen mochte, seine Kameraden hatten genug. Sie zogen ihn in eine Ecke und redeten heftig auf ihn ein. In der Waschküche spielte sich ein seltener Moment der Insubordination in der kaiserlichen Armee ab.

Anna kam sich auf einmal fremd und verloren vor. Was tat sie hier überhaupt? Sie glaubte Lady Georgianas vorwurfsvollen Blick noch immer auf sich zu spüren. Vorsichtig trat sie neben Henning, der verstohlen nach ihrer Hand griff und sie kurz drückte.

Schliesslich trat der Oberleutnant, weiss vor Wut, zum Konsul. «Also gut», schnarrte er. «Erklären Sie uns, was zu tun ist. Mit solch schmutzigen Affären haben wir normalerweise nichts zu tun!»

«Als Erstes sollten wir uns auf eine stimmige Darstellung der Geschehnisse einigen. Madame Gérards Version hat einiges für sich. Frau Göweil war auf einem Spaziergang im Park, wie wir alle auch. Sie beklagte sich über plötzliches Unwohlsein und wollte hier um ein Glas Wasser bitten. Wir sind ihr alle besorgt gefolgt, kaum im Haus angelangt, brach die unglückliche Dame tot zusammen. Lady Georgiana und Miss Staufer waren bereits hier, um in der Lingerie nach einem Handschuh zu suchen, den Lady Georgiana aus Versehen in die Wäsche gegeben hat. Das ist alles ein bisschen wackelig, aber wir müssen davon ausgehen, dass etliche Leute gesehen haben, wie wir alle hierhergerannt sind.»

Nicht jedermann schien überzeugt. Der Konsul seufzte. «Wenn ein Konsul der Vereinigten Staaten, drei Offiziere der kaiserlichen Armee, ein Mitglied der englischen Aristokratie und ein aufrechtes Paar Bürger der Republik alle dasselbe erzählen, sollte das genug Gewicht haben, um lästige Fragen zu zerstreuen.»

Anna stellte fest, dass die Aussagen von Gouvernante, Barkeeper und Kapellmeister anscheinend nicht viel zählten. Das sollte ihr recht sein. Dieser Teil der Geschichte gefiel ihr gar nicht, auch wenn sie den kalten Pragmatismus, den der Konsul an den Tag legte, verstand. Eine Mordanklage gegen Madame Gérard würde aus Mangel an Beweisen nie zustande kommen; dafür jede Menge unangenehmer Fragen aufwerfen und zu zahlreichen diplomatischen Schwierigkeiten führen. Niemandem hier im Raum war daran gelegen.

Der Lieutenant hatte sich neben der Tür an die Mauer gelehnt und die Augen geschlossen. Mit einer Hand klammerte er sich am Türrahmen fest, Anna sah die Knöchel weiss hervorstehen. Mister Derringer schob ihm einen Schemel hin, doch er lehnte kopfschüttelnd ab.

Der Konsul fuhr fort. «Dann muss jetzt die unglückliche Frau Göweil zurück ins Hotel geschafft werden – und zwar von Ihnen, meine Herren. Ich glaube nämlich nicht, dass man die Dame anheben kann, ohne ihre ungewöhnliche Ausstaffierung zu bemerken. Deshalb muss sie auch sofort auf ihr Zimmer geschafft und dort entsprechend den Gewohnheiten ihres Geschlechts umgekleidet werden, noch bevor der Arzt eintrifft, den wir natürlich auch verständigen müssen.»

«Nun, ich bin mir sicher, Mademoiselle Staufer wird das in ihrer vortrefflichen Weise bewerkstelligen», liess sich Madame Gérard lächelnd vernehmen.

Anna starrte sie an, sprachlos angesichts der Unverschämtheit.

Lieutenant Wyndham hatte es hingegen die Sprache nicht verschlagen. Er liess den Türrahmen los und richtete sich auf. «Das wird sie ganz bestimmt nicht, Madame!», sagte er scharf. «Sie werden gefälligst selbst die Folgen Ihres Tuns beseitigen. Ihre Töchter, die Sie ja so hervorragend in Ihrer Profession unterwiesen haben, können Ihnen bei diesen Zofenpflichten zur Hand gehen! Das wird ihnen eine gute Lektion sein.»

Der Konsul fügte kühl hinzu: «Dem kann ich nur zustimmen. Sie werden die Herren Offiziere auf ihrem traurigen Gang begleiten. Reich und Republik werden zur Abwechslung einmal zusammenarbeiten.»

Madame zuckte mit den Schultern und setzte sich auf einen Schemel. Der Konsul wandte sich an Henning: «Nun, wo bekommen wir eine Bahre her?»

«Hier auf dem Dachboden», erwiderte Anna an Hennings statt. «Der Aufgang ist im obersten Stock am Ende des Ganges.»

Sie wollte vorangehen, um ihnen den Weg zu zeigen, doch der Lieutenant hielt sie zurück. «Die Herren Offiziere werden sich die nötige Kenntnis des Terrains aneignen und den Aufgang alleine finden.»

Die Offiziere verschwanden nach oben. Lady Georgiana hatte bisher nichts gesagt und sich abseits gehalten. Nun war ihr der Widerwille deutlich anzumerken. Sie legte dem Lieutenant die Hand auf den Arm und raunte: «Christian, das gefällt mir nicht. Das hier ist mehr als nur ein bisschen Flunkern. Was, wenn wir vor Gericht aussagen müssen?»

«Denk daran, Georgiana. Du wolltest das Spiel spielen, nun hast du den Regeln zu folgen», ermahnte ihr Cousin sie leise.

Sie schüttelte den Kopf und verschränkte die Arme.

Der Konsul hatte die Auseinandersetzung mitverfolgt, nun meinte er begütigend. «Lady Georgiana, es wird kaum zu einer gerichtlichen Untersuchung kommen, doch selbst wenn, so werden die Schweizer Sie nicht vorladen. Man wird auf Ihre Stellung und Ihr Geschlecht Rücksicht nehmen.»

Der Lieutenant war in weniger milder Stimmung. «Falls ein Meineid das Schlimmste ist, was je von dir verlangt wird, solltest du dich glücklich schätzen. Du hast dich freiwillig auf diese Sache eingelassen, Ammann hatte dieses Privileg nicht. Denk daran, Frau Göweil hätte auch dich oder Anna getötet, wenn es ihren Zwecken dienlich gewesen wäre. Ob wir hier Zeugen eines Mordes wurden oder ob Frau Göweil wirklich einen Herzschlag erlitt, ist für deinen Auftrag unerheblich. Es wäre wirklich das Beste, du stellst dein Ehrgefühl nicht über praktischere Überlegungen – nicht nur für alle Beteiligten, sondern auch für deinen Verlobten und dich.»

Er hatte recht. Wenn sie sich als unzuverlässige Agentin erwies, die ihre Gefühle über ihren Auftrag stellte, würde das auch der Karriere ihres Verlobten nicht zuträglich sein. Und Anna hatte keine Zweifel, dass London ebenfalls nicht daran interessiert war, dass diese Geschichte öffentlich bekannt wurde. Sie begann, den Widerwillen des Lieutenants immer besser zu verstehen.

«Und vielleicht denkst du auch einmal daran, was mit jenen geschieht, die nur unseretwegen in diese Angelegenheit verstrickt wurden», fuhr der Lieutenant fort. «Fräulein Staufer und Henning können in ernsthafte Schwierigkeiten geraten.»

Anna wollte nichts mehr hören. Sie trat zu der Leiche – die Frau Kommerzialrat erschien klein und zerbrechlich, fast verschlungen von schwarzen Rüschen, Spitzen und Jettperlen. Der Anblick gemahnte Anna an einen toten Vogel. Frau Göweil hatte für ihre Taten bezahlt. Ihre Standesgenossen, die mit ihren Fehden und Intrigen so viel Leid angerichtet hatten, würden nun bald alle aus dem Hotel verschwinden. Nur Frau Göweils Handlanger kamen wohl ungeschoren davon. Gerechtigkeit sah anders aus. Anna erinnerte sich an die Warnung des Lieutenants. Jetzt wusste sie, was er gemeint hatte. Sie wandte sich von der toten Frau ab.

Der Konsul stand immer noch bei Lady Georgiana und Lieutenant Wyndham. «Also gut, Exzellenz», sagte Lady Georgiana eben, «ich werde mich nach Ihnen richten, hoffentlich wird diese grausige Angelegenheit bald erledigt sein. Ich will nur noch fort von hier.» Sie blickte zu Frau Göweils Leiche und drehte den Kopf schnell wieder weg. «Ich bitte um Entschuldigung, ich kann einfach nicht hierbleiben und zusehen. Ich werde draussen warten.»

Die Offiziere kamen mit der Bahre zurück, und der Konsul erteilte leise Anweisungen. Madame Gérard erhob sich und strich ihren Mantel glatt. «Wunderbar, damit ist fast alles geregelt. Allerdings weiss ich nicht, wo der Revolver der Frau Kommerzialrat abgeblieben ist. Sie sollten danach suchen, die Wäscherinnen werden bald zurück sein.»

Es begann eine hektische Suche, an der Anna sich nicht beteiligen mochte. Sie trat zu Lieutenant Wyndham und fragte leise: «Ist es immer so?»

«Ja, genau so. Man muss lügen und betrügen, sogar mit Leuten kooperieren, die man verabscheut, und die Wahrheit mit Füssen treten. Es ist eine harte Lektion, aber es ist an der Zeit, dass Lady Georgiana sie endlich lernt. Ihr Überleben mag eines Tages davon abhängen.»

Henning hatte die Waffe inzwischen unter einer der Wäschewinden hervorgeholt und dem Konsul überreicht. Er kehrte zu Anna zurück. «Puh, hoffentlich können wir hier bald weg. Ich teile die Gefühle von Lady Georgiana.»

Lieutenant Wyndham wandte sich ihm zu. «Vielen Dank für Ihre Hilfe. Darf ich vorschlagen, dass Sie die kompromittierenden *billets* schnell loswerden? Aber geben Sie sie nicht dem Oberleutnant und vernichten sie sie auch nicht. Am besten überlassen Sie sie jemandem, dem der Oberleutnant nichts anhaben kann.» Mit einer fast unmerklichen Kopfbewegung deutete er zum Konsul hin.

Inzwischen war alles für den Abtransport der Frau Kommerzialrat bereit. Mister Derringer erhob sich und sagte zum Konsul: «Sie werden nachlässig, Colonel. Eine solche Expedition unternimmt man nicht ohne Vorhut, um zu klären, ob die Luft rein ist.» Er machte Henning ein Zeichen, und die beiden verschwanden durch den Windfang nach draussen.

Kurz darauf ertönte ein leiser Pfiff, der Konsul hiess die Offiziere, die Bahre anzuheben, und ging voran. Madame Gérard zückte ein Taschentuch und hakte sich bei ihrem Gatten unter. So verliess die kleine Prozession die Waschküche.

Dass es hier auch noch einiges zu tun gab, schien den Herrschaften entgangen zu sein. Anna machte sich eilig daran, die Spuren zu beseitigen, so gut sie konnte. Die Wäscherinnen und Lingères konnten jeden Augenblick vom Mittagessen zurückkehren. Sie stellte den Bottich, den sie umgestossen hatte, wieder auf, sammelte die am Boden verteilten Wäschestücke ein und legte sie in einen der Waschtröge, zum Ausspülen blieb keine Zeit. Dann kehrte sie die Wasserlachen, in denen verräterische Jettperlen dümpelten, mit einem Reisigbesen in den Ausguss. Sie fachte das Feuer unter dem Kessel nochmals an, damit auch noch der letzte Überrest des Manuskripts zerkochte. Auf einer Fensterbank stand ein grosses Glas mit Natron, das zum Flecken-Einweichen benutzt wurde. Anna nahm eine Handvoll des weissen Pulvers, liess Wasser darüber laufen und spachtelte mit der Paste notdürftig das Loch in der Wand zu. So würde es zumindest für eine Weile unentdeckt bleiben. Als sie von ihrer Arbeit hochblickte, sah sie, dass sie mit Lieutenant Wyndham alleine war. Er stand an den Türrahmen gelehnt und beobachtete sie schweigend.

In dem Moment kehrten Henning und Mister Derringer zurück. «Da sind wir wieder. Sie sind inzwischen alle im Splendid angekommen.»

Mister Derringer beäugte den Lieutenant kritisch. «Ich glaube, es ist höchste Zeit, dass wir Sie wieder in Ihre Suite verfrachten. Sie haben schon besser ausgesehen.»

Henning fügte hinzu: «Und wir sollten uns beeilen. Ich habe die ersten Lingères aus dem Splendid kommen sehen.»

Anna blickte um sich. Bis auf den Waschkessel mit der ruinierten Wäsche hatte sie hier alle Spuren beseitigt. Im oberen Stock würde Madame Dubois wohl die Vorhänge mit dem aufgetrennten Saum samt der ausgekippten Wäsche am Boden vorfinden, aber es war keine Zeit mehr, das in Ordnung zu bringen. Für einmal konnte man nicht die üblichen Verdächtigen, die Nachtbuben, ins Spiel bringen. Also würde der Verdacht auf ihre jüngeren Brüder fallen: Lausejungen aus dem Dorf hatten tatsächlich schon so einiges im Park und der Remise angestellt, zumal sich eine Bande heftig mit den Pagen bekriegte. Ein mittäglicher «Überfall» auf die Dépendance war durchaus vorstellbar.

Sie folgte den Männern nach draussen. Henning half dabei, den Lieutenant auf den Schlitten zu packen. Dann stiess Mister Derringer das Gefährt an und lenkte es geschickt durch den Park.

Anna machte sich an Hennings Seite auf den Rückweg ins Hotel. Nach einer Weile sagte er: «Was für ein verrückter Tag. Wo war denn nun dieses Manuskript versteckt, das alle so dringend haben wollten?»

Als sie es ihm erklärt hatte, meinte er kopfschüttelnd: «Darauf wäre wohl ausser Ihnen niemand gekommen. Warum nur wurde es ausgerechnet dort versteckt? Und warum haben es die Hatvanys bei ihrer Abreise nicht mitgenommen?»

«Das weiss ich auch nicht.» Vielleicht würde sie im Tagebuch der Frau Professor Antworten finden, doch der Gedanke behagte Anna nicht. Was immer dort stand, war nicht für ihre Augen bestimmt.

Sie erkundigte sich bei Henning, was genau der Lieutenant an diesem Vormittag alles angestellt hatte, um sämtliche Agenten im Splendid aus der Reserve zu locken. Sie waren bereits im Splendid, als er mit der Geschichte endlich fertig war. Etwas fassungslos nahm Anna zur Kenntnis, dass Mister Seymour den Lieutenant des Verrats bezichtigt hatte. Henning hatte zwar nicht genauer erläutert, was den Gentleman zu dieser Schlussfolgerung gebracht hatte, aber sie hatte eine Vorstellung.

Der Plan war wirklich beeindruckend simpel gewesen: alle Unruhestifter an einem Ort zu vereinen und ihnen dann mit Enttarnung zu drohen. Das schien wirklich das Schlimmste zu sein, womit man diesen Herrschaften und ihren Regierungen drohen konnte. Anna wunderte sich, ob alle vergessen hatten, dass Mister Derringer immer noch ein Zeitungsmann war. Er hatte sich in der Waschküche zu gar nichts verpflichtet.

Just als die beiden das Splendid betraten, kam ihnen der Gentleman auf der Hintertreppe entgegen. «So, ich habe ihn in seiner Suite abgeliefert», sagte er. «Lady Georgianas Zofe hat sich seiner angenommen. Das ist eine Dame, der man besser nicht widerspricht. Ich glaube, sie hatte ihn bereits im Bett, bevor ich zur Tür hinaus war. Übrigens weiss ich inzwischen auch, warum Monsieur Gérard so mitgenommen aussah – nicht nur aus Sorge um seine Gattin, die solcher Gefühle nicht bedarf, wenn Sie mich fragen. Anscheinend hat er nicht damit gerechnet, bei seinem Einbruch von einer Zofe mit einer Waffe in der Hand begrüsst zu werden. Er muss schleunigst den Rückzug angetreten haben, was wohl auch klüger war. Ich traue dieser Dame zu, mit dem Ding umgehen zu können. Und auf dem Sofa schnarcht ein hoffnungsvolles Talent des britischen Unterhauses – da haben Sie ganze Arbeit geleistet, mein Lieber!» Er tippte Henning anerkennend auf die Brust. «Der Gentleman wird mit dem Brummschädel seines Lebens aufwachen.»

Anna dankte ihm für seine Hilfe und ging mit Henning nach oben, um abzulegen. Die Handtasche mit dem Tagebuch stellte sie auf den Schreibtisch. Als sie wieder aus der Kammer kam, wartete Henning bereits auf sie.

«Was nun, Stauffacherin? Ich werde versuchen, im Speisesaal noch etwas zu essen zu ergattern. Und dann kann ich nur hoffen, Herr Ganz hat nicht bemerkt, wie schlampig ich Friedrichs Position ausgefüllt habe. Wenn ich Sie wäre, würde ich mich da unten vorläufig noch nicht blicken lassen, sonst hängt Ihnen Madame Gérard doch noch allerlei unangenehme Tätigkeiten an.»

«Ich werde nach Lady Georgiana sehen», sagte Anna und versuchte, nicht zu sehr darüber nachzudenken, was die Lady wohl inzwischen von ihr halten mochte. Sie hatte nicht nur ihren Auftrag ruiniert, sondern sich vielleicht noch etwas viel Schlimmerem schuldig gemacht.

Schweigend gingen sie nach unten. Anna war Henning dankbar, dass er nicht von dem sprach, was in der Waschküche noch geschehen war.

Auf der Etage, wo Frau Göweils Zimmer lag, hörten sie Murmeln und die gedämpfte Aufregung, die in einem Hotel immer davon zeugt, dass etwas geschehen ist, das den Rhythmus des Hauses durcheinandergebracht hat. Sie gingen schnell weiter.

Lady Georgiana öffnete Anna die Tür. Sie war barfuss in ihrer grünen *robe de chambre*, und ihre Kleidungsstücke lagen unordentlich im Zimmer verstreut. Sie trug das Haar offen, und aus dem Badezimmer hörte Anna Wasserrauschen. Anscheinend wollte Lady Georgiana die Erfahrungen dieses Tages wegwaschen.

«Ich habe mit dem Konsul vor dem Zimmer der Frau Kommerzialrat Wache gehalten, damit die Gérards alles erledigen konnten. Dann habe ich es nicht mehr ausgehalten. Wie geht es Lieutenant Wyndham?»

«Paget kümmert sich um ihn», gab Anna ausweichend zur Antwort.

«Ja, er muss müde sein nach allem, was er heute angestellt hat.

Der Konsul hat mir die ganze Geschichte erzählt. Es war ein guter Plan, nur wir beide brachten ihn durcheinander. Ich hätte auf Sie hören sollen. Wir hätten zuerst Lieutenant Wyndham aufsuchen sollen.»

«Es wäre nichts passiert, wenn uns Mademoiselle Gérard nicht am Bahnhof belauscht hätte.»

«Und ich konnte meinen Mund nicht halten», meinte Lady Georgiana bedauernd. «So geriet alles ausser Kontrolle. Er wollte Frau Göweil nur enttarnen und dafür sorgen, dass sie für ihre Regierung wertlos ist. Nun ist sie tot. Und ich weiss nicht, was ich denken soll. Bin ich erleichtert, weil sie niemandem mehr Schaden zufügen kann, oder entsetzt darüber, dass wir heute alle dabei geholfen haben, einen weiteren Mord zu vertuschen?»

Anna wollte etwas sagen, doch Lady Georgiana machte eine abwehrende Handbewegung. «Vielleicht war es nur ein Herzschlag, aber der Wahrheit wurde heute jedenfalls nicht Genüge getan.»

«Sie ist tot, und es gibt vielleicht mehr als eine Antwort auf die Frage, wie wir darüber denken sollen. Vielleicht dürfen wir entsetzt und gleichzeitig erleichtert sein.»

Lady Georgiana setzte sich auf ihr Bett und schlug die Füsse unter ihrer *robe de chambre* ein. Sie betrachtete Anna. «Was werden Sie nun tun?»

Anna war sich nicht sicher, worauf die Frage abzielte. Sie meinte schlicht: «Ich werde Zimmer und Salons kontrollieren und bei den Vorbereitungen für den Neujahrsball helfen.»

Sie dachte schon, Lady Georgiana würde nicht nachgeben und ihre Frage deutlicher stellen, doch nach einem langen Moment des Schweigens schüttelte diese nur den Kopf. Das Wasser begann recht laut zu plätschern, aber Lady Georgiana schien das nicht zu hören. Anna ging in das Badezimmer, um den Hahn zuzudrehen.

«Ich frage mich, wo Mister Seymour steckt.» Lady Georgiana stand hinter Anna im Türrahmen. Diesen Teil der Geschichte hatte ihr offenbar noch niemand zu erzählen gewagt. Anna war darauf auch nicht sonderlich erpicht.

«Ich werde mich nach ihm erkundigen», meinte sie.

Sie war bereits an der Tür, als Lady Georgiana leise sagte: «Pagets Gicht ist besser geworden. Ich werde Ihre Dienste nicht mehr benötigen, Miss Staufer.»

Die Hand auf der Klinke antwortete Anna, ohne sich umzudrehen: «Wie Mylady wünschen.»

In der Kleinen Suite herrschte trügerische Ruhe. Paget hatte Anna die Tür geöffnet und sass nun wieder am Esstisch, wo sie sich mit einer Frivolité-Arbeit beschäftigte.

Anna betrachtete den schnarchenden Mann auf dem Sofa, es schien ihm so weit gut zu gehen.

«Lady Georgiana macht sich Sorgen um Mister Seymour», begann sie zögernd.

Doch Paget hatte bereits verstanden. «Ich werde mit Mylady sprechen. Ich weiss nicht genau, was geschehen ist, aber ich nehme an, Lieutenant Wyndham wollte Mister Seymour zu seiner eigenen Sicherheit hierbehalten. Und das war wohl der einfachste Weg.»

Anna war erleichtert, dass ihr das Gespräch mit Lady Georgiana erspart blieb. Aber das war nicht ihre Hauptsorge, sie blickte zur verschlossenen Schlafzimmertür.

«Dem Lieutenant geht es nicht gut», sagte Paget und legte die Handarbeit zur Seite. «Ich fürchte, er hat sich überanstrengt. Er sollte sich jetzt etwas ausruhen. Nun, zumindest scheint er das kleine Problem, das Mylady und Mister Seymour hierherbrachte, zu aller Zufriedenheit gelöst zu haben.»

So konnte man es auch sehen.

Aus dem Speisesaal war gedämpftes Murmeln und das leise Klirren von Gläsern und Porzellan zu hören. Die Gäste waren immer noch an der Mittagstafel. Herr Ganz hingegen war bereits vom Essen zurück und auf seinem Posten. Er winkte Anna zu sich an die Réception.

«Ach, da sind Sie ja, Fräulein Staufer! Was für ein Morgen! Wie ich gehört habe, waren Sie auch in der Dépendance. Wie ausgesprochen anständig von Madame Gérard, sich der traurigen Angelegenheit anzunehmen, damit Sie sich um Lieutenant Wyndham kümmern können.»

Diese Version stammte wohl von Madame, die auch unter widrigsten Umständen weder ihre Beobachtungsgabe noch den Sinn für boshaften Humor verlor.

«Die arme Frau Kommerzialrat», meinte Herr Ganz. «Doktor

Reber war eben hier, er meinte, es handle sich um einen Herzschlag, aber er hat sich mit der Untersuchung Zeit gelassen. Dabei konnte er nun wirklich nichts Ungewöhnliches finden bis auf einen Kratzer am Handgelenk. Madame Gérard sagte, der müsste wohl von der Berberitze im Park stammen. Ich habe Herrn Brehm ja schon immer gesagt, das ist nichts. Die Leute greifen immer nach den Beeren, und dann verletzen sie sich an diesen langen Dornen.»

«Wird es Schwierigkeiten geben?»

«Wohl kaum. Die Dame war nicht mehr die Jüngste, und der Kummer um ihren Gatten hat wohl das Seine dazu beigetragen. Der Konsul, die Herren Offiziere, die Gérards und Lady Georgiana Darby waren ja alle zugegen, als es passierte. Trotzdem, ich persönlich glaube ja nicht, dass Frau Göweil einfach so schlecht wurde.»

«Wie meinen Sie das, Herr Ganz?» Anna war etwas beunruhigt.

«Nun, es ist kein Geheimnis, dass Madame Gérard und die Frau Kommerzialrat sich nicht besonders gut vertragen haben. Wahrscheinlich gerieten die beiden im Park aneinander. Ganz bestimmt war Madame Gérard nicht bewusst, dass ihre kleinen Sticheleien derart dramatische Folgen haben könnten – das möchte ich ihr keinesfalls unterstellen.»

Glücklicherweise schien er von Anna darauf keine Erwiderung zu erwarten. Er fuhr kopfschüttelnd fort: «Jemand scheint um diese Zeit auch Feuerwerk gezündet zu haben. Ich bin mir sicher, zwei Knaller gehört zu haben. Die Pagen hatten heute allerlei Unsinn im Kopf, vielleicht haben sie sich Kanonenschläge gekauft. Ich hoffe sehr, dass sich die Frau Kommerzialrat nicht darob erschreckt hat. Allerdings hat keiner der anwesenden Herrschaften davon etwas erwähnt; sehr seltsam. Und was haben all die Leute um die Mittagszeit im Park gemacht?»

«Es ist heute ein ausnehmend schöner Tag», sagte Anna, in der Hoffnung, er würde nicht nach ihrem Part in dieser Geschichte fragen.

«In der Tat. Nun, an dieser Stelle werde ich das tun, was meinen Berufsstand auszeichnet: Ich höre rechtzeitig damit auf, Fragen zu stellen.»

«Ich muss noch ein paar Dinge für die Neujahrsfeier im Personal-Speisesaal erledigen. Und dann muss ich den Ballsaal kontrollieren», sagte Anna. Ihr war unter seinem nachdenklichen Blick nicht sonderlich wohl.

Er liess sich nicht beirren. «Es kommt für unsereinen selten gut heraus, wenn wir zu sehr in die Angelegenheiten der Herrschaft verstrickt werden. Seien Sie vorsichtig, Fräulein Staufer.»

Zu Annas Erleichterung trafen in diesem Moment neue Gäste ein, und sie machte sich auf den Weg ins Untergeschoss. In der Küche gelang es ihr, noch etwas zu essen zu besorgen. Sie hatte bis dahin gar nicht bemerkt, wie hungrig sie war. Der Personal-Speisesaal war inzwischen verlassen. Anna setzte sich an den langen Tisch und hoffte, in Ruhe ein wenig nachdenken zu können.

Lady Georgiana hatte sie gefragt, was sie tun wollte, und Anna war sich sicher, sie hatte nicht nach ihren Plänen für diesen Tag gefragt. Es war ihr, als hätte sie die vergangenen Tage durch eine Tür geblickt. Eine Tür, die sich nun wieder würde schliessen müssen. Doch sie fühlte immer noch die seltsame Unruhe, die sie inzwischen als Sehnsucht nach einem anderen Leben erkannte. Eine gefährliche Sehnsucht, das wusste sie, auch wenn sie sich davor scheute, diesem Gefühl einen Namen zu geben. Hinter ihr schepperte es, aus der Küche erklangen wütende Stimmen – das Bankett für diesen Abend musste perfekt sein, und jeder hatte seine Pflicht tadellos zu erfüllen. Das galt auch für die Gouvernante.

Anna erhob sich hastig und ging in die Kaffeeküche, um mit Frau Lanz die Neujahrsfeier für das Personal zu besprechen. Angesichts der Umstände sollte es eine schlichte Feier werden. Es würde Glühwein und Gebäck geben, aber auf die sonst übliche Unterhaltung würde man verzichten.

Im Ballsaal war alles in Ordnung. Anna hatte sich etwas Sorgen gemacht, weil Herr Schmied sich weder mit den Stubenmädchen noch den Hausknechten, die alle mithelfen mussten, besonders gut vertrug. Aber anscheinend hatte es keine Probleme gegeben. Mit Goldlitzen und Fransen versehene Banner mit Neujahrswünschen in verschiedenen Sprachen schmückten die Wände und die Bühne. Herr Brehm hatte sich nicht lumpen lassen und aus seinen Gewächshäusern wunderbare Teerosen gezaubert. Das Parkett glänzte, war aber nicht spiegelglatt poliert worden. Auch etwas beschwipste Herrschaften sollten so sicher das Tanzbein schwingen können.

Herr Mamonov war eben damit beschäftigt, sein Orchester einzuspielen. Zu Annas Erstaunen hob er bei ihrem Anblick grüssend die Hand und eilte von der Bühne herunter auf sie zu.

«Ich bin vorhin nicht mit den anderen ins Hotel zurück, den Kapellmeister brauchte ja niemand als Zeugen. Dafür habe ich oben in der Lingerie aufgeräumt, so gut ich konnte. Ich hoffe, Madame Dubois wird sich nicht allzu sehr aufregen. Sie ist eine sehr beeindruckende Dame, auf deren gute Meinung ich Wert lege.»

«Nun, der Verlust der Wäsche im Kessel, den ich zu verantworten habe, wird sie schwerer treffen», meinte Anna gemessen. «Wahrscheinlich wird sie es für einen Streich der Dorfjungen halten.»

Das schien ihn zu beruhigen. «Ich bin Ihnen übrigens nicht böse, mein Fräulein. Sie haben wohl das einzig Richtige getan. Aber so werde ich das in meinem Bericht natürlich nicht formulieren.» Dann wünschte er ihr alles Gute für das neue Jahr und verabschiedete sich. Anna war zu verblüfft, um die Wünsche zu erwidern. Sie starrte ihm nach, wie er zu seinem Orchester zurückkehrte. Herr Hrdlicka winkte ihr verstohlen zu.

Auf ihrem weiteren Weg durch das Hotel schien es Anna, als würde sie langsam in einem Mahlstrom vieler kleiner Verrichtungen zurück in ihr altes Leben gezogen. Zimmer- und Stubenmädchen überreichten ihr dem Brauch entsprechend kleine Neujahrskarten mit bunten Bildchen und heiteren Sprüchlein. Die Geschehnisse der vergangenen Tage wurden immer traumähnlicher.

Anna trug das Kartenbündel vor dem Abendessen in ihre Kammer und stellte sich vor, wie sie dies noch viele Jahre tun würde – wie sich am Ende ihres Lebens eine grosse Kartonschachtel voller Karten mit Kaminfegern, Kleeblättern und pummeligen Kindern angesammelt hätte, die ihr alle ein frohes neues Jahr wünschten. Und keines dieser Jahre wäre wirklich froh oder neu gewesen, sondern nur immer Wiederholung dessen, was sie schon kannte: das Leben anderer, das als bunter Reigen an ihr vorbeizog.

Sie legte die Karten auf das Bett und zog für die Feier ihre beste Bluse an. Sie wäre lieber alleine geblieben, doch man erwartete von ihr, im Personal-Speisesaal nach dem Rechten zu sehen. Es würde ein langer Abend werden. Sie strich ihre Haare im Spiegel glatt. Mit einem Mal konnte sie den Anblick kaum mehr ertragen; eilig verliess sie die Kammer.

Der Personal-Speisesaal war angesichts des Todesfalles im Haus nicht geschmückt worden. Es war üblich, dass ein paar musikalisch begabte Angestellte zur Neujahrsfeier aufspielten. Doch dieses Mal begrüsste man das neue Jahr ohne Musik und Tanz. Alle mussten an Jost denken, und es war ein nachdenkliches, beschauliches Fest.

Henning tauchte kurz auf, um sich zum Abendessen ein schnell heruntergeschlungenes belegtes Brot zu gönnen. In der Bar herrschte natürlich Hochbetrieb. Trotzdem nahm er sich Zeit, um mit Anna zu sprechen. «Ich bin die *billets doux* wie von Ihrem Lieutenant empfohlen losgeworden. Dass ich weiss, wie man einen *Sazerac* zubereitet, wiegt für seine Exzellenz mehr als meine moralischen Mängel. Ich habe ihm nicht mitgeteilt, dass er sich besser noch schnell ein paar Gläser davon gönnen sollte, bevor die Quelle versiegt.»

Anna wollte ihn noch fragen, was diese letzte rätselhafte Bemerkung zu bedeuten habe, aber da tauchte ein Page auf, der von einem ungeduldigen Gast ohne Zutrauen in Charles' Fähigkeiten losgeschickt worden war. Henning wünschte ihr hastig einen guten Rutsch und eilte Richtung Bar davon.

Niemand murrte, als Herr Ganz und Anna kurz nach Mitternacht die Tafel aufhoben. Einige Angestellte blieben noch auf, um zusammenzusitzen – das stand ihnen frei, sofern sie am nächsten Morgen aus den Federn kamen. Ein paar unentwegte Seelen machten sich auf ins Dorf, wo Freinacht war.

Dies war eine unruhige Nacht, in der die Dienste der Gouvernante manchmal unverhofft gebraucht wurden. Anna wickelte sich in ihrer Kammer in eine Wolldecke und setzte sich an ihren Schreibtisch.

Das neue Jahr hatte begonnen, doch das alte Jahr liess sie nicht los. Sie wollte verstehen, was geschehen war und warum es geschehen war; wollte begreifen, wo der Anfang der verhängnisvollen Kette lag, die schliesslich zu Josts Tod geführt hatte. Sie holte zögernd das Tagebuch der Frau Professor hervor.

Der Ball war am Ausklingen, Gäste huschten flüsternd und kichernd durch die Gänge. Irgendwo im Haus quälte jemand in einem arg verspäteten Versuch, das neue Jahr zu begrüssen, eine Trompete. Anna hastete neben Paget die Treppe hinunter und überliess das Problem dem Nachtportier. Sie hielt das Tagebuch der Frau Professor umklammert und versuchte, sich auf Pagets Worte zu konzentrieren. Lady Georgiana hatte ihre Zofe um Hilfe ausgeschickt. Es ging dem Lieutenant nicht gut.

Paget war ungewöhnlich gesprächiger Laune. «Sie haben sich gestritten. Mylady war wütend, weil Lieutenant Wyndham ihr nicht erklären wollte, warum er Mister Seymour so behandelt hat. Sie glaubt tatsächlich, er habe das getan, um allen Ruhm für sich einzuheimsen und um Mister Seymour vor seinen Vorgesetzten schlecht dastehen zu lassen.»

«So ein Unsinn!», entfuhr es Anna, die nicht begriff, warum er seiner Cousine nicht einfach reinen Wein eingeschenkt hatte. Wahrscheinlich aus irgendeinem dummen, falsch verstandenen Ehrgefühl heraus.

Paget nickte grimmig. «Gott steh uns bei. Sie hat sich inzwischen erfolgreich eingeredet, dass sie den Idioten wirklich liebt!»

Anna wäre fast die Stufen hinuntergestolpert. Paget griff nach ihrem Arm und zog sie zurück. Gleichmütig fuhr sie fort: «Nun, vielleicht ist es das kleinere von zwei Übeln. Sie in einen Mann verliebt zu sehen, der für sie nur die Gefühle eines Bruders aufbringt, wäre auch nicht gerade einfach.»

Sie sagte nichts weiter, und Anna folgte ihr sprachlos. Lady Georgiana wartete vor der Kleinen Suite. Ihrem schlichten Kleid nach zu schliessen, hatte sie auf das Bankett verzichtet und allein mit ihrem Verlobten das neue Jahr willkommen geheissen, soweit dies der Zustand des Gentlemans eben erlaubt hatte.

«Oh, ich bin froh, dass Sie hier sind, Miss Staufer. Er will nicht, dass ich zu ihm hineingehe und ihn so sehe. Aber um ehrlich zu sein, ich wäre wohl auch keine grosse Hilfe. Und zu allem Unglück haben wir uns diesen Nachmittag auch noch gestritten, das war so dumm von mir!»

Anna war sich nicht sicher, ob sie helfen konnte – oder sollte. Aber sie wusste, was von ihr erwartet wurde. «Machen Sie sich keine Sorgen, Mylady. Ich werde mich darum kümmern.»

Lady Georgiana lehnte sich mit einem Seufzer an die Wand. «Es tut mir leid.» Sie blickte zu Anna und berührte leicht ihren Arm. «Es tut mir leid. Ich wünsche Ihnen alles Gute zum neuen Jahr, Miss Staufer.»

«Vielen Dank, Mylady. Ich wünsche auch Ihnen und Mister Seymour alles Gute.» Anna wollte nur endlich durch die Tür schreiten und sich dem stellen, was sie dort erwartete.

Lady Georgiana spürte ihre Unruhe. «Ich gehe jetzt besser. Aber wenn Sie etwas brauchen, lassen Sie mich rufen. Ich glaube nicht, dass ich diese Nacht überhaupt schlafen werde.»

Anna blickte ihr kurz nach, wie sie den Gang entlang davoneilte. Ein Gast, der etwas schwankend von den Festivitäten auf sein Zimmer zurückkehrte, kreuzte Lady Georgianas Weg, blieb stehen und starrte ihr nach. Sie hatte das Haar zu einem einfachen Knoten im Nacken geschlungen. Der einzige Schmuck, den sie trug, war eine mit Pfingstrosen bedruckte Seidenstola, die sie um die Schultern gelegt hatte. Doch selbst so zog sie die Aufmerksamkeit des Mannes auf sich. Anna wartete nicht, bis er an ihr vorbeikommen würde, ohne sie zu beachten – sie drückte die Türklinke herunter und betrat die Suite.

Ein schmaler Streifen Licht schien unter der Tür zum Schlafzimmer durch. Sie klopfte leise und trat ein. Vom Eisfeld im Park ertönte Gelächter. Herr Bachmann hatte Fackeln in die Schneewälle um das Eis gesteckt, deren Schein die Nacht immer noch erhellte. Anna zog die Vorhänge zu und wandte sich um. Dieses Mal hatte er sich nicht aus dem Licht zurückgezogen. Das schwache Licht der Nachttischlampe liess tiefe Schatten auf seinem Gesicht erscheinen. Er hatte die Hände unter der Decke versteckt – eine Geste, die sie mehr aufwühlte als alles andere.

«Es ist noch nicht so schlimm, wie es aussieht.»

«Was soll ich tun?», fragte sie nur und wunderte sich, was sie wirklich tun würde, sollte er sie darum bitten, ihm das Spritzbesteck und das Morphium zu überlassen.

«Zuerst einmal wäre ich froh, wenn Sie mir verzeihen würden. Ich hätte Sie nie darum bitten dürfen, das Morphium für mich zu verwahren. Das ist eine Last, die ich niemandem aufbürden darf. Wenn ich Sie nun bitte, es hierzulassen und wieder zu gehen, würden Sie das tun?»

«Ja und nein», hörte sie sich zu ihrer Überraschung antworten. «Ich gebe Ihnen das Morphium zurück, aber ich werde nicht gehen. Ich werde hierbleiben, und wenn Sie entscheiden, dass Sie es nicht mehr aushalten, dann will ich dabei sein.» Sie holte den kleinen Behälter hervor und legte ihn auf den Nachttisch. Dann zog sie einen Stuhl heran, nahm die Tagesdecke, wickelte sich darin ein und setzte sich neben das Bett, sodass sie sein Gesicht sehen konnte.

«Danke. Sie müssen müde sein, es war ein langer Tag.»

«Das war es, aber in der Silvesternacht rechne ich nie mit viel Schlaf. Wenn Sie schlafen möchten, dann sagen Sie es mir. Sonst würde ich Ihnen gerne etwas vorlesen.»

«Ich fürchte, an Schlaf ist nicht zu denken. Also, was haben Sie denn da mitgebracht?»

«Das Tagebuch von Frau Professor Hatvany», sagte Anna und hielt das Büchlein hoch. «Wir haben es zusammen mit dem Manuskript gefunden, aber ich glaube, Lady Georgiana hat es vergessen. Es ist vielleicht nicht sehr anständig, darin zu lesen. Doch angesichts all der Dinge, die geschehen sind, habe ich trotzdem einen Blick hineingeworfen. Sie war eine gute Frau, und ich hatte gehofft, das Tagebuch würde mir vielleicht verstehen helfen, warum sie so etwas Schreckliches tat.»

«Und haben Sie eine Antwort gefunden?»

«Nun, ich bin noch nicht ganz zum Schluss gekommen. Aber ja, ich fürchte, es gibt eine Antwort. Möchten Sie sie hören?»

Er nickte, und so begann sie, ihm die Einträge vorzulesen, in denen die Frau Professor beschrieb, wie ihr Mann langsam sich selbst verlor. Die furchtbaren Tage, an denen er begriff, was vor sich ging, und sie um Hilfe anflehte. Der verzweifelte Kampf um sein Gedächtnis, der darin mündete, die perfekte Chiffre zu entwickeln, bevor sein Geist endgültig in kindliche Wahrnehmung entschwinden würde.

Der Professor hatte seine Arbeit in den langen Jahren einer kinderlosen Ehe oft zu Hause besprochen. Sicherlich war dies ein weiteres Zeichen dafür, wie ungewöhnlich tief und innig diese Verbindung gewesen war. Schliesslich hatte Frau Professor Hatvany genug über die Chiffrierkunst gelernt, um die Schriften ihres Mannes zu lesen und zu verstehen.

Ihr Wissen über seine Arbeit und seinen geistigen Zustand hatte ausgereicht, um zu erkennen, dass er einer Chimäre hinterherjagte. Sie blieb allein mit der verzweifelten Erkenntnis, dass das Manuskript, das ihr geliebter Gatte als sein Lebenswerk betrachtete, nichts weiter als unverständliches Gekritzel war. Sie konnte niemanden um Hilfe bitten, Scham und Angst vor Mitleid hielten sie zurück. Und doch konnte sie ihn nicht aufhalten, ihm nicht ausreden, jene verhängnisvollen Briefe zu schreiben, in denen er sein letztes grosses Werk anpries und Vertreter aller grossen Mächte in die Schweiz, in seine geliebten Berge, einlud.

Anna blätterte zum Tag der Ankunft der Hatvanys im Splendid. «‹Ich weiss nicht mehr, was ich tun soll. Bisher konnte ich seinen Zustand vor der Welt verbergen. Doch wenn all diese Leute hier eintreffen, mit denen er verhandeln will, dann werden sie wohl bemerken, dass Janos nicht mehr er selbst ist. Ich kann den Gedanken nicht ertragen, was dann geschehen wird. Das Getuschel und das herablassende Mitleid. Ich hatte so gehofft, die vertraute Gegend würde ihm dabei helfen, sich zu entsinnen, doch nichts scheint zu fruchten. Wir sind kaum hier angekommen, da hat er mich angefleht, das Manuskript zu verstecken. Er ist überzeugt, dass man uns folgt und beobachtet. Schliesslich habe ich eingelenkt. Gott weiss, wie schwer es mir fällt, seinen Phantasien nachzugeben, doch er hat sich so aufgeregt, dass ich mir nicht mehr zu helfen wusste. Erst als ich ihm zeigte, wo das Manuskript jetzt versteckt ist, ging er beruhigt zu Bett. Ich habe einen Ort gefunden, wo niemand suchen wird.›»

«Damals muss sie die Seiten in die Vorhänge eingenäht haben», sagte Lieutenant Wyndham leise. «Warum liess der eifrige Jean eigentlich diese Vorhänge unbehelligt? Diesen Teil der Geschichte habe ich immer noch nicht ganz verstanden. Lady Georgianas Erklärungen waren etwas unzusammenhängend.»

Anna erzählte ihm von den eigenartigen Hygiene-Vorstellungen der Frau Baronin von Helmdorf, und er schüttelte nur staunend den Kopf. Anna fuhr fort: «Und als die Anweisung kam, den Salon als Lesezimmer einzurichten, habe ich neue Vorhänge besorgt. Die Vorhänge, in die Frau Professor Hatvany das Manuskript eingenäht hatte, waren die ganze Zeit über in einem Wäscheschrank in der Dépendance. Ich wünschte, das wäre mir früher eingefallen.»

«Da verlangen Sie ein bisschen gar viel von sich», meinte er ruhig. «Tun Sie das nicht. Sie trifft keine Schuld an dem, was geschehen ist.»

Sie sagte nichts mehr dazu und beugte sich über das Tagebuch, um weiter vorzulesen. Es war eine schwierige Lektüre, denn die Frau Professor wurde immer verzweifelter. Und ein Plan, den sie zuerst nur in vagen Worten ihrem Tagebuch anvertraute, nahm immer mehr Form an: «‹Ich sehe nun, dass ich nichts mehr für meinen geliebten Janos tun kann, als seinen Ruf und seine Ehre zu retten, bevor er zum Objekt von Mitleid und Gespött wird. Ich werde mit ihm nach Nizza fahren, wo wir unsere Hochzeitsreise verbrachten. Sosehr ich diese Papierbögen hasse, ich kann sie nicht vernichten, aber ich will sie nicht mehr länger bei uns haben. Ich kann ihren Anblick nicht mehr ertragen. Deshalb werde ich das Manuskript in seinem Versteck belassen. Vielleicht wird es Janos sogar besser gehen, wenn er endlich davon befreit ist. Ich lege auch diese Aufzeichnungen bei. Mein Entschluss steht fest: Es hat keinen Sinn mehr, meine Gedanken leblosem Papier anzuvertrauen. Die verbleibende Zeit werde ich nur noch für ihn da sein, ohne Zweifel und ohne Angst und ohne Sorge um mich und wie die Welt über mich urteilen wird. Wichtig ist nur, dass Janos im Gedächtnis all jener, die ihn geliebt und verehrt haben, unversehrt, heil und ganz verbleibt. Ich lege dieses Tagebuch zu Janos' Manuskript, beides zusammen mag eines Tages in der Lumpensammlung enden. Doch wichtig ist nur, dass die Welt Janos so in Erinnerung behält, wie er einst war.›» Anna starrte mit Tränen in den Augen auf das Tagebuch. «Sie muss so verzweifelt gewesen sein – und niemand hat es bemerkt.»

«Hören Sie auf damit», sagte er rau. «Sie haben sich nichts vorzuwerfen, Anna.»

«Das kann ich aber nicht», entgegnete sie ebenso heftig. «Wie sollte ich auch? Ich war zu sehr damit beschäftigt zu prüfen, ob Betten richtig gemacht wurden und Simse abgestaubt waren.»

«Anna, Sie haben Ihre Arbeit erledigt – wie alle anderen auch. Viele Menschen kamen mit den Hatvanys in Kontakt und bemerkten nichts. Frau Hatvany war entschlossen, die Wahrheit zu verbergen. Ich bin ihr ein, zwei Mal begegnet. Sie mochte auf den ersten Blick unscheinbar und sanft wirken, aber sie hatte einen eisernen Willen.»

Anna hätte ihm zu gerne geglaubt, doch sie konnte es nicht. Und das ahnte er wohl, er sagte nichts mehr. Sie klappte das Tagebuch zu. «Sie hatten recht, es gab gar keine Chiffre. Kam Ihnen irgendwann der Gedanke, dass es so etwas gewesen sein könnte?»

«Ja, aber ich mochte den Professor und wollte keine Gerüchte in die Welt setzen. Es hätte auch keinen Unterschied gemacht, man hätte mir sowieso nicht geglaubt. Es gab die Chiffre, und es gab sie doch nicht.»

«Dann werden wir niemandem hiervon erzählen?»

«Ich würde den Wunsch der Frau Professor gerne respektieren. Aber wir dürfen nicht ausser acht lassen, was für Folgen ihr Tun bereits hatte.»

«Ja, aber jetzt ist die ‹Chiffre› ja vernichtet; niemand kümmert sich mehr um diese Geschichte.»

«Das ist wahr, und doch kann man daraus noch einiges lernen. Ich finde, wir sollten zumindest Lady Georgiana und Mister Seymour einweihen. Er soll sehen, dass sein grossartiger Plan, der so viel Leid gebracht hat, vollkommen sinnlos war; er wird tunlichst nichts davon weitererzählen. Ich glaube zwar nicht, dass die Geschichte bei ihm viel bewirken wird, aber vielleicht hilft sie, Lady Georgiana die Augen zu öffnen.»

Anna nickte und legte das Tagebuch zur Seite. Es war endlich still geworden. Die letzten Gäste waren zu Bett gegangen. Sie trat ans Fenster und zog den Vorhang ein wenig zurück. Die Fackeln waren niedergebrannt, und über dem Park lag jene tiefe Dunkelheit, die die anbrechende Dämmerung ankündigte.

«Es wird bald hell werden», sagte sie.

«Es ist gut, es geht mir besser», meinte er leise. «Wir sollten wohl beide versuchen, noch etwas Schlaf zu finden.»

Sie war bereits an der Tür, als er sagte: «Vielen Dank und alles Gute für das neue Jahr.»

Anna wandte sich zu ihm um, aber sie brachte kein Wort heraus. Hastig öffnete sie die Tür und floh ins Lesezimmer, wo sie das Licht anmachte. Die japanische Hofdame, die ohne Entschuldigung durchs Leben gegangen war, blickte sie herausfordernd an. Sie berührte das Bild leicht mit den Fingerspitzen.

Als Christian erwachte, sass Miss Staufer wieder an seinem Bett. Inzwischen war es hell geworden, durch die Vorhänge drang sanftes Morgenlicht. Miss Staufer hielt die blaue Mappe mit überkreuzten Armen dicht an sich gepresst. «Ich habe Ihnen noch nicht alles Gute für das neue Jahr gewünscht. Und ich sollte das hier zurückgeben.»

Christian nahm Mappe wie Glückwünsche schweigend entgegen. Sie hatte offenbar noch mehr zu sagen, aber er war sich nicht sicher, dass er das je zu hören bekommen würde. Sie strich mit einer fahrigen Geste den Rock glatt. Er wartete geduldig.

«Die Gedichte sind wunderschön.» Sie holte tief Luft. «Sie brauchen einen Sekretär», sagte sie leise.

Er betrachtete sie eingehend. Ihr Gesicht war eine unerschütterliche Maske – dieses Mal allerdings nicht die Maske der Gouvernante. Dieses Mal war da etwas anderes, etwas Herausforderndes und zugleich Ängstliches. Sie hatte das Kinn leicht angehoben in einer Geste, die ihm bekannt vorkam.

Er öffnete die Mappe und nahm ein Blatt zur Hand. «Ich weiss, das ist alles nicht sehr übersichtlich. Man weiss gar nicht, welche Version denn nun gelten soll, und die vielen Randglossen und Fussnoten sind sehr verwirrend.» Vorsichtig wählte er seine nächsten Worte. «Aber ich würde meine Übersetzungen nur ungern jemandem überlassen, dem ich nicht vertraue. Es müsste jemand mit einem guten Ordnungssinn sein, der einen klaren Kopf hat, aber auch jemand, der Worte liebt und sich an ihnen berauschen kann.»

«Das sind leider widersprüchliche Eigenschaften, die denen, die sie in sich tragen, das Leben schwer machen.» Sie wirkte immer noch angespannt, als wäre sie nicht bereit, den letzten Schritt zu tun.

Er legte die Mappe zur Seite und griff nach dem Buch auf seinem Nachttisch, das neben dem immer noch verschlossenen silbernen Behälter lag. «Das glaube ich gerne. Es braucht Mut, dazu zu stehen.» Er holte ihre Liste der Dinge, die einen innehalten lassen, aus dem Buch hervor. «Das haben Sie aus Versehen Ammann gegeben.»

Als sie das Blatt in die Hand nahm und die Worte sah, die für niemand als sie selbst bestimmt gewesen waren, wurde sie rot.

«Ich möchte das gerne behalten. Geht das?», fragte Christian leise.

Anna starrte auf den Zettel in ihrer Hand. Sie hatte die Tür wieder aufgestossen, doch dieses Mal verbarg sich mehr dahinter als nur der Ausblick auf ein anderes Leben. Sie fürchtete sich davor, diese nur geahnten Möglichkeiten zu benennen. Sie musste sich an dem festhalten, was sie kannte. Die Dachkammer und die Schachtel mit den Neujahrskarten, beides konnte sie hinter sich lassen, wenn sie Ja sagte. Aber war das genug?

Christian beobachtete sie. Er hatte ihr nicht viel zu bieten ausser der Möglichkeit, ein Leben, das sie nicht sehr glücklich zu machen schien, hinter sich zu lassen. Ob er sich wünschte, ihr mehr bieten zu können, war nicht von Belang.

Anna warf einen Blick auf seine Hände, die ruhig neben dem Buch auf der Decke lagen, und legte das Blatt in das Buch zurück.

Es war kein guter Neujahrsmorgen für Herrn Bircher – doch was konnte man nach dem verrückten Silvester schon erwarten? Da war der rätselhafte Streich mit den Papierflugzeugen, in der Lingerie hatten irgendwelche Lausbuben aus dem Dorf ihr Unwesen getrieben und Madame Dubois einen ganzen Sud Naprons und Servietten verdorben, und dann noch ein weiterer Todesfall im Haus!

Er hatte wirklich gehofft, nun würde das alles vorbei sein. Stattdessen musste er am Morgen als Erstes hören, dass seine Gouvernante, auf die er sich bis vor Kurzem immer so hatte verlassen können, die Nacht im Zimmer eines Gastes verbracht hatte. Und als er sie zur Rede stellen wollte, hatte sie ihm kühl erklärt, sie würde ihre Stellung auf Ende Monat aufgeben. Es sei denn, er wolle ihr unverzüglich kündigen. An diesem Punkt hätte er beinahe seine Contenance verloren und sie stante pede aus dem Haus geworfen. Nur ein diskretes Hüsteln von Herrn Ganz, der ebenfalls anwesend war, hatte ihn wieder zur Vernunft gebracht. Die Gouvernante zum Höhepunkt der Saison zu entlassen, wäre reine Narretei gewesen. Er hatte sie scharf verwarnt und ihre Kündigung auf den 31. angenommen.

Und nun wollte auch noch Henning kündigen, der dazu doch nun wirklich keinen Grund hatte. Herr Ganz meinte nach diesem ebenfalls recht unerfreulichen Gespräch: «Nun ja – er musste dieselben Herrschaften, die ihn so zugerichtet haben, wieder bedienen.»

«Was hätten wir denn sonst tun sollen? Ich kann kaiserliche Offiziere doch nicht aus dem Haus schmeissen, weil sie sich mit jemandem wie Henning einen groben Scherz erlaubt haben. Ich war immer grosszügig, was ihn und seinen Lebenswandel anbelangt, aber er kann wirklich nicht erwarten, dass ich die Reputation des Hauses für seinen verletzten Stolz aufs Spiel setze. Er soll sehen, ob er wieder eine Anstellung findet, wo man ihm so viel nachsieht.»

Es klopfte kurz an der Tür, endlich kamen Kaffee und Croissants. Herr Bircher entliess seinen Concierge und überliess sich düsteren Ahnungen, welche weiteren Überraschungen das neue Jahr wohl noch bereithalten mochte.

Herr Ganz kehrte an die Réception zurück und hoffte, dass Herr Bircher sich schnell von den Strapazen der Neujahrsfeier erholen würde. Er wusste, dass der Patron bis tief in die Nacht gefeiert hatte und nun an den Folgen litt. Er hatte deshalb nichts davon erwähnt, dass Henning bereits wieder engagiert war – dieses Mal als Valet. Und dass Lieutenant Wyndham seine Pläne geändert hatte und auf Ende Januar das Splendid verlassen würde, begleitet von Fräulein Staufer und Henning.

Was Fräulein Staufer dazu bewogen hatte, als Sekretärin für den Gentleman zu arbeiten, würde in den kommenden Wochen noch für einigen Gesprächsstoff sorgen. Herr Ganz allerdings war darüber nicht unbedingt erstaunt. Er hatte sehr wohl bemerkt, dass Fräulein Staufer in letzter Zeit ihre Pflichten zwar wie immer sorgfältig, aber zunehmend freudlos erledigt hatte. Mehr als einmal hatte er sie dabei beobachtet, wie sie tief versunken in ihr Notizbüchlein gestarrt hatte. Dabei hatte sie wohl kaum Arbeitslisten studiert. Und die Geschichte mit Fräulein Eberhardt hatte ihr sehr zugesetzt. Herr Ganz verlor nur ungern seine tüchtige Verbündete, aber es war wohl besser so.

Henning hatte Herrn Ganz schlicht erklärt, dass er nicht mehr für andere Leute hinter der Theke stehen, sondern auf eine eigene Bar sparen wolle.

Im Verlaufe des Vormittags gab es weitere schlechte Neuigkeiten, die nicht zurückgehalten werden durften, egal, wie missmutig Herr Bircher bereits in den Tag blickte. Die beiden Herren Helm und Schindler waren am gestrigen Abend nicht von einer Tour zurückgekehrt. Dass das bisher niemandem aufgefallen war, hatte natürlich ebenfalls mit dem Jahreswechsel zu tun. Herr Ganz sandte diplomatische Botschaften an die Concierges der anderen Hotels, um herauszufinden, ob die beiden Herren auf dem Heimweg von ihrer Tour vielleicht in einem der Häuser einen Zwischenhalt gemacht und dann irgendwie den Heimweg ins Splendid nicht mehr gefunden hatten. So etwas war schon vorgekommen, doch dieses Mal war das nicht der Fall. Niemand hatte die beiden Berggänger gesehen. Mit einem Seufzer griff Herr Ganz zum Telefon, um den Alarm auszulösen. Dann überbrachte er die schlechte Nachricht dem Patron.

«Ich habe den Alpen-Club bereits verständigt», versuchte er den Direktor zu beruhigen, der die Neuigkeit vom Verschwinden zweier Gäste nicht gerade gut aufnahm. «Vielleicht hat die Tour einfach länger gedauert als geplant, und die Herren haben beschlossen, das neue Jahr in einer Alphütte zu begrüssen. Gegen Mittag werden wir hoffentlich mehr wissen.»

Der Patron strich sich über sein karges, zerzaustes Haar. «Ihr Wort in Gottes Ohr, Herr Ganz.»

Christian war nicht weiter überrascht, als am frühen Nachmittag Mister Derringer in der Kleinen Suite auftauchte. Er hatte sich schon gefragt, wann er den Reporter wieder würde zu sehen bekommen.

Der Amerikaner konnte sich beim Anblick der Gouvernante, die mit Notizblock und Stift im Lesezimmer stand, ein Grinsen nicht verkneifen; als sie sich zurückziehen wollte, hielt er sie auf.

«Nein, bleiben Sie noch einen Moment, Miss – ich brauche jemanden, der ortskundig ist. Seit ich hier bin, versuche ich, diese Berge auseinanderzuhalten und mir zu merken, wie sie alle heissen, aber es sind einfach zu viele. Können Sie mir den Erlengrat zeigen?»

Etwas verwundert kam sie seiner Bitte nach und zeigte ihm im Westen über einer hohen, steilen Wand einen lang gezogenen Grat, der sich zwischen zwei Bergen erstreckte.

«Aha. Nun, das sieht hübsch gefährlich aus», meinte Mister Derringer kopfschüttelnd. «Es schwirren Gerüchte durchs Hotel, dass die beiden Herren Alpinisten aus Österreich gestern dort eine Tour machen wollten. Sie sind nicht zurückgekehrt. Mitglieder des Alpen-Clubs haben sich auf die Suche gemacht und nun per Spiegel ins Tal signalisiert, dass dort oben eine Lawine abgegangen ist. Wahrscheinlich sind also die beiden Handlanger der Frau Kommerzialrat nun auch tot.»

Sie machte ein leises Geräusch. «Die Route über den Erlengrat hat damals Josts Vater entdeckt», sagte sie tonlos. Für einen Moment blickten sie alle zu dem einsamen Grat.

Mister Derringer räusperte sich. «Tja, ich bin zum Glück nicht abergläubisch veranlagt. Die Berge sind einfach ein gefährlicher Ort.»

«Das sind sie wohl», stimmte ihm Christian zu. «Alles in Ordnung?», fragte er Anna leise.

«Ich habe mich nur daran erinnert, wie Jost einmal von einer Tour dorthin mit seinem Vater erzählte. Er war sehr glücklich, dass er mitdurfte.» Sie wandte sich ab. «Wenn Sie mich entschuldigen wollen. Ich habe noch viel zu tun.»

Als die Tür hinter ihr ins Schloss gefallen war, sagte Mister Derringer zu Christian: «Ich weiss, ihr Engländer habt es mit ‹passend› und ‹unpassend›. Aber seien Sie bloss kein Narr!»

«Nehmen Sie doch bitte Platz, Mister Derringer.»

Der Reporter hob die Hände und setzte sich ächzend in den Fauteuil. «Schon gut, schon gut. Matthew P. Derringer weiss, wann seine Meinung nicht erwünscht ist. Und ich bin ja auch wegen etwas ganz anderem hier.»

«Lassen Sie mich raten – wegen Ihrer Story, die leider nie erscheinen wird?»

«Eine tolle Story. Ich werde Ihnen dafür immer dankbar sein! Als gestern alle in der Waschküche ihre grossartigen Stillschweige-Abkommen trafen, hielt es niemand für nötig, mich zu konsultieren. Ich hatte den Eindruck, Sie wären der Einzige, dem das aufgefallen ist, und dass Sie mit Absicht nichts sagten. Also dachte ich, zum Teufel damit, ich lasse mir eine solche Story doch nicht durch die Finger gehen. Der Colonel aber kennt mich. Und so schickte Seine Exzellenz vergangene Nacht eine Depesche über den Ozean. Und nun – Sie können sich ja wahrscheinlich denken, was dabei herauskam.»

«Der freien Presse Amerikas wurden die Wünsche ihrer Regierung mitgeteilt. Keine Order, nur ein paar sanfte Hinweise.»

«Deveraux hat auf das diplomatische Zuckerwerk verzichtet und mich laut und deutlich zurückgepfiffen.» Er seufzte. «Unsere Regierung will sich eben möglichst aus allem heraushalten und mit Europas Streitereien nichts zu tun haben.»

«Das wird auf Dauer kaum gelingen.»
«Nein, das denke ich auch nicht. Nun denn …» Er erhob sich wieder und streckte Christian die Hand hin. «Es hat mich gefreut, Sie kennenzulernen. Sie haben mir zum Abschluss meiner Karriere ein hübsches Abenteuer beschert. Passen Sie auf sich auf. Und alles Gute für 1914!»

Epilog

«Ich weiss nicht, ob ein Invalider bei dieser Kälte im Freien rumstehen sollte», brummte der Fuhrmann, der sie von der Bahnstation nach Obwil gefahren hatte. Es war ein bitterkalter Tag, Nebel bedeckte den Himmel, und wo es an den Hängen und in Klüften besonders kalt war, flirrte die Luft über Schnee und Eis blau.

Anna war abgestiegen, um etwas herumzulaufen und sich aufzuwärmen. Nun blickte sie zu den zwei Männern, die auf dem kleinen Friedhof in ein Gespräch vertieft waren. Lieutenant Wyndham war dabei, sein Versprechen einzulösen.

Geistesabwesend strich Anna einem der Pferde über die Nüstern und genoss die Wärme, die durch ihren Handschuh drang.

Ihre Gedanken wanderten zu jenem anderen Gespräch in der Kleinen Suite, in dem Lady Georgiana und Mister Seymour die Wahrheit erfahren hatten.

«Nun, das ist natürlich alles sehr tragisch», hatte Mister Seymour gesagt, «aber du kannst das unmöglich mir oder jenen, die dabei halfen, diesen Plan zu erarbeiten, zur Last legen. Wäre diese Frau ihrem Mann nicht so krankhaft ergeben gewesen, dann hätte sie erkannt, dass es ihre Pflicht war, die Welt über seinen Geisteszustand aufzuklären. Der Mann war eine Koryphäe und klang in seinen Briefen absolut klar. Niemand hätte darauf kommen können, dass etwas nicht stimmt.»

«Wenn ich mich recht entsinne, hat Hastings an der Existenz einer solchen Chiffre gezweifelt. Und ich habe diese Ansicht geteilt.»

«Hastings ist noch nicht lange auf seinem Posten, und du hast, wenn ich dich daran erinnern darf, den deinigen verlassen.»

«Was euch nicht daran gehindert hat, mich für euren absurden Plan einzuspannen.»

«Grundgütiger, wirst du jemals damit aufhören! Wir sahen eine gute Möglichkeit und haben sie ergriffen. Wer nichts wagt, der nichts gewinnt.»

«Und Jost Ammann verlor dabei sein Leben.»

«Das wollte natürlich niemand. Aber solche Dinge passieren nun halt manchmal. Seien wir ehrlich, hätte der Junge über genügend

Charakterstärke verfügt, sich nicht mit dieser Hochstaplerin einzulassen, er wäre noch am Leben.»

Es sprach für Lady Georgiana, dass sie diese Erklärung mit einem entsetzten: «Oh, Cecil» kommentiert hatte.

Lieutenant Wyndhams Entgegnung war eine eisige Bitte an seine Cousine gewesen. «Georgiana, sorg dafür, dass ich deinen Herrn Verlobten nicht mehr zu sehen bekomme.»

Lady Georgiana war dem Wunsch ohne zu zögern nachgekommen. Später liess sie nach Anna schicken. Umgeben von Koffern und Taschen, die Paget bereits gepackt hatte, stand sie etwas verloren in ihrem Zimmer. «Mister Seymour hat Mühe, Misserfolge zu akzeptieren.»

Tatsächlich war Cecil Seymours Bericht nach London wohl nicht so ausgefallen, wie er sich das vorgestellt hatte. Dass er mit einer «akuten Influenza» ans Bett gefesselt gewesen war, während die Hatvany-Chiffre in Seifenlauge dem Empire verloren ging, würde wohl einiges Kopfschütteln und vielleicht auch ein paar unangenehme Fragen nach sich ziehen.

Als Anna nichts zu Mister Seymours Benehmen sagte, meinte Lady Georgiana unvermittelt: «Sie werden gut auf Christian aufpassen, nicht wahr? Ich wünschte mir, wir hätten Freundinnen werden können.» Und mit diesen überraschenden Worten hatte sie Anna umarmt und ihr ein Abschiedsgeschenk in die Hand gedrückt.

Im Hotel hatte die Nachricht, dass Fräulein Staufer und Henning beide in die Dienste von Lieutenant Wyndham treten würden, für einige Aufregung gesorgt. Doch Anna hatte so viel zu tun, dass sie das Getuschel nicht kümmerte. Die Wintersaison war hart genug, aber nun musste sie auch noch dafür sorgen, dass ihre Nachfolgerin alles in tadellosem Zustand vorfand.

Vor ein paar Tagen war Frau Trautmann eingetroffen, eine Witwe aus Basel, die der unermüdliche Herr Ganz in seinem Bekanntenkreis gefunden hatte. Bereits nach kurzer Zeit war Anna beruhigt: Frau Trautmann wirkte zwar sehr mütterlich, doch sie wusste sich sehr wohl Respekt zu verschaffen.

Die Abreise von Lieutenant Wyndham vorzubereiten, war nicht schwierig gewesen. Die Bücherkästen und die schweren Koffer waren bereits in Hennings Obhut nach Zürich vorausgeschickt worden. Annas Habseligkeiten ruhten hinten auf dem Fuhrwerk. Der Schal mit dem Pfingstrosenmuster, den Lady Georgiana am Silvesterabend getragen hatte, lag, sorgfältig in Seidenpapier eingeschlagen, in Annas Koffer. Es war das letzte Stück, das sie an diesem Morgen in ihrer Kammer eingepackt hatte.

Danach hatte Anna sich vom Splendid und seiner Belegschaft verabschiedet. In all den Jahren im Hoteldienst hatte sie gelernt, dass sich mit jeder Saison alles verändern konnte und Freundschaften selten ausserhalb dieses Rhythmus weiterbestanden. Man verabschiedete sich von Freundinnen, die anderswo in Stellung gingen oder heirateten, und trotz aufrichtiger Versprechen und anfänglichen Bemühungen: Man verlor sich aus den Augen.

Anna war vorsichtig und zurückhaltend geworden, und so hatten sie die kleinen Abschiedsgeschenke, zahlreiche Notizbücher und von den Pagen eine rote Blechschachtel voller Bleistifte, überrascht und berührt, und sie hatte sogar ein wenig mit Tränen kämpfen müssen.

Sie würde die Berge vermissen; die schneidend kalte Luft, die gespenstische Ruhe nur unterbrochen vom leisen Knirschen des Schnees unter den Hufen der Pferde – das alles würde ihr fehlen. Doch sie hatte keine Wahl: Sie musste fort.

Der Lieutenant kehrte in Begleitung von Herrn Ammann vom Friedhof zurück. Anna erinnerte sich daran, dass sie die Beerdigung seines Sohnes verlassen hatte, ohne ihm zu kondolieren. Herr Ammann hatte das wahrscheinlich nicht bemerkt. Er nahm ihre Hand und sagte leise: «Sie haben Jost gefunden und dabei geholfen, herauszufinden, was wirklich mit ihm passiert ist?»

Anna nickte, und er fuhr fort: «Er hat mir manchmal von Ihnen berichtet, dass Sie ihm viel beigebracht haben für seine neue Stellung. Er war sehr froh über Ihre Hilfe.» Er zögerte, als wollte er noch mehr sagen, aber was er eben erfahren hatte, schien ihn zu überwältigen. «Danke für alles», sagte er nur. «Und Gott behüte Sie!»

Sie drückte seine Hand, die gross und schwer und von den Felsen gezeichnet in der ihren lag. Er nickte ihr zu und verabschiedete sich dann von Lieutenant Wyndham.

Sie blickten ihm nach. Er war ein grosser Mann, den das Alter noch nicht gebeugt hatte – doch seine Schritte waren die eines Menschen am Ende des Weges.

«Dies ist sein letzter Winter», meinte der Fuhrmann düster. «Vielleicht schenkt der Herrgott ihm noch Frühling und Sommer, aber im Herbst wird er bei seinem Buben liegen.» Er machte sich daran, das Fuhrwerk zu wenden.

Anna war sich nicht sicher, ob der Lieutenant das verstanden hatte, doch sie konnte seinem Gesichtsausdruck entnehmen, dass er ähnliche Gedanken hegte. Er legte ihr leicht eine Hand auf die Schulter.

«Zeit zu gehen.» Er machte keine Anstalten, seinen Worten Folge zu leisten. Stattdessen holte er tief Luft. «Riecht es jetzt nach Schnee?»

«Nein», sagte Anna und musste unter Tränen lächeln, «das ist nur die Kälte.»

ENDE

Personenverzeichnis

Im Splendid, Belegschaft

Anna Staufer – ordnungsliebende Gouvernante mit Zweifeln
Elsa und Marie – aufmerksame Stubenmädchen
Jakob – unaufmerksamer Nachtportier
Direktor Bircher – auf Ruf des Hauses bedachter Patron
Herr Ganz – Concierge, Herr über Schlüssel und Geheimnisse
Jost Ammann – Kellner, Hausknecht, Valet; auf der Suche nach seiner Berufung
Henning – Barkeeper mit vielen Talenten
Charles – Kellner mit Ambitionen zum Barkeeper
Herr Brehm – Obergärtner mit Stil
Madame Dubois – Wäschegouvernante mit anglophilen Neigungen
Hans – bibelfester Hausknecht
Helen und Edith – Zimmermädchen mit eigener Meinung
Norbert – Page mit Heimweh
Agnes – Stubenmädchen mit besorgtem Bruder
Alexander Mamonov – Kapellmeister mit Logis-Sorgen
Bedrich Hrdlicka – erste Geige mit charmantem Akzent
Sowie: Albert, talentierter Ersatz-Barkeeper – Herr Bachmann, geduldiger Eismeister – Dominik Bircher, Sohn des Patrons – Giovanni, wenig talentierter Zuckerbäcker – Fräulein Hartlaub, Annas Vorgängerin – Herr Hoffmann, Chef Gardemanger – Jean, untalentierter Ersatz-Barkeeper – Frau Lanz, Kaffeeköchin – Herr Neumeyer, Direktionssekretär und Kassierer – Herr Schmied, Maître d'hôtel

In London

Lt. Christian Wyndham – Royal Navy, im Dienst verwundet, auf der Suche nach Ruhe und Frieden
Lt. Richard Hastings – Royal Navy, sein besorgter Freund
Lady Georgiana Darby – seine abenteuerlustige Cousine
Cecil Seymour – Politiker mit Ambitionen
Doktor Fuller – Arzt mit Beziehungen

In Zürich

Sophie Brennwald – ehemalige Weltenbummlerin und Photographin
Ewald Brennwald – ihr Bruder, Kunsthändler, spezialisiert auf Fernöstliches

Im Splendid, Gäste

Baronin von Helmdorf – Freifrau in kompromittierender Lage
Frau Eberhardt – Mutter mit Sorgen
Louise Eberhardt – Tochter in Schwierigkeiten
Gräfin Tarnowska – glücklose Glücksritterin
Matthew P. Derringer – Journalist auf Sensationssuche
Oberleutnant Ranke – mit Kameraden auf Skiurlaub
Frau Göweil – Kommerzialrats-Witwe mit spiritistischen Neigungen
Paget – Zofe, Zierde ihres Standes
Madame Gérard – Mutter mit Heiratsplänen für ihre Töchter
Mlles. Gérard – von Mamans Plänen nur wenig begeisterte Töchter
Monsieur Gérard – grundsätzlich nicht begeisterter Papa
Herr und Frau Gürtler – Brautpaar ohne spiritistische Neigungen
Konsul Deveraux – Diplomat mit Talent zum Regisseur
Lucille Havers – mit Herz für die Liebe
Sowie: Mister McGarrett, Gentleman im Pech – Herr und Frau Professor Hatvany, gern gesehene Stammgäste – Herr Helm und Herr Schindler, Alpinisten – Mijnherr van Ryssel und Gattin, nur teilweise junges Eheglück – zwei schwedische Ingenieure mit Leidenschaft für technische Pläne

In Sternenbach und Umgebung

Doktor Reber – Arzt mit robusten Ansichten
Wachtmeister Wirz – Dorfpolizist
Herr Ammann – legendärer Bergführer
Sowie: Herr Bieri, Schreiner – Herr Lenz, Patron des Hotel Grand Palace – Herr Muff, Kutscher mit Sinn für Ordnung und Nebeneinkünfte

Danksagung

Herzlichen Dank an alle, die mich beim Schreiben (wissentlich und unwissentlich) mit viel Geduld, Rat und Tat unterstützt haben. Thanks to the silence across the sea.

Die Gedichte der Hofdamen:
Sei Shonagon – Was ans Herz rührt (Seite 73), in: *Das Kopfkissenbuch einer Hofdame.* Herausgegeben und übersetzt von Mamoru Watanabe, Manesse Verlag 1952

Ono no Komachi – Seit ich im Schlaf (Seite 268), übersetzt von Klabund in: *Das Kopfkissenbuch der Liebe. Liebesgedichte von Frauen*, herausgegeben von Michael Korth, Knaur Verlag 2005